Bom de Cama

Jennifer Weiner

Bom de Cama

Tradução de
RICARDO SILVEIRA

2ª Edição

RIO DE JANEIRO - 2003

TÍTULO ORIGINAL
GOOD IN BED
COPYRIGHT © 2001 BY JENNIFER WEINER

Publicado Inicialmente pela Pocket Books, Nova York, NY. Todos os direitos Reservados. Venda dos direitos autorais negociada por Linda Michaels Limited, International Literary Agents.

Este livro é uma obra de ficção. Os nomes, personagens, lugares e incidentes são produtos da imaginação da autora ou são usados de maneira fictícia. Qualquer semelhança com eventos, locais ou pessoas de verdade, vivas ou mortas, é mera coincidência.

"Home is so sad" e "This Be the Verse" retirados do livro *Collected Poems* de Philip Larkin. COPYRIGHT © 1998, 1989 do acervo de Philip Larkin. Reproduzido com permissão de Farrar, Strauss and Giroux, LLC.
Letra da música "Suzie Lightning" de Warren Zevon. COPYRIGHT © 1991, Giant Music Publishing. Todos os direitos reservados. Reproduzido com permissão.

Direitos de edição para língua portuguesa no Brasil reservados à
Editora Leganto - Comércio Direto de Livros
(21) 2493-4578 - Fax (21) 2493-9423
e-mail: leganto@pobox.com
http://www.leganto.com.br
Proibida a reprodução
total ou parcial

Diretora Executiva: Daniela Dutra
Editorial: Verônica Lessa & Jaqueline Lima
Comercial: Fabio Dias
Capa: Marta Dantas
Tradução: Ricardo Silveira
Copidesque: Ana Góes

CATALOGAÇÃO NA FONTE
DEPARTAMENTO NACIONAL DO LIVRO

W423b

    Weiner, Jennifer
        Bom de Cama/ Jennifer Weiner ; tradução Ricardo Silveira. — Rio de Janeiro: Leganto, 2002
    491 p.; 23 cm

      ISBN: 85-88768-02-X

        1. Literatura americana 2. Romance I. Silveira, Ricardo II. Título

CDD: 810

IMPRESSO NO BRASIL/PRINTED IN BRAZIL

Para minha família

O lar é tão triste! Fica qual o deixaram,
Conforme os caprichos do último a partir
Para conquistá-los de volta. Mas, carente
De alguém para agradar, ele murcha,
Sem um coração para guardar o furto
E voltar-se novamente ao que foi no começo,
Alegre ensaio de como devem ser as coisas,
Há muito desfeitas. Pode-se ver como foi ele:
Basta olhar os quadros e os talheres.
A música no banquinho do piano. O vaso, aquele.

    - Philip Larkin

O amor não é nada, mas nada mesmo, absolutamente nada do que dizem.
    - Liz Phair

PARTE UM

Bom de Cama

UM

— Você viu só? — perguntou Samantha.

Cheguei mais para perto do computador de forma que a minha editora não me ouvisse tratar de assuntos pessoais ao telefone.

— Vi o quê?

— Ah, nada não. Esqueça. Vamos conversar quando você chegar em casa.

— Vi o quê? — perguntei de novo.

— Nada — repetiu ela.

— Samantha, você nunca me ligou no meio do dia para não falar nada. Sem essa. Desembuche.

Ela soltou um suspiro.

— Está bem, mas preste atenção: eu não tenho nada a ver com isso, só estou dando uma notícia.

Aí eu fiquei preocupada.

— *Moxie*. Cannie, você tem de arranjar o último número, agora.

— Por quê? O que aconteceu? Será que eu saí na lista das mais deselegantes?

— Dê um pulinho na recepção e pegue a revista. Eu espero na linha.

Só podia ser uma coisa importante. Samantha, além de ser a minha melhor amiga, era sócia da Lewis, Dommel & Fenick. Fazia os outros esperar, ou mandava a secretária dizer que estava em reunião. Mas ela mesma não esperava nunca na linha. "É um sinal de fraqueza", me dizia. Eu senti uma fisgada de ansiedade me subir pela espinha.

Tomei o elevador até o saguão do *Philadelphia Examiner*, acenei para o segurança e me dirigi à pequena banca de jornal, onde encontrei *Moxie* na prateleira junto a outras publicações semelhantes, *Cosmo*, *Glamour* e *Mademoiselle*. Não foi difícil de achar. Também, havia uma supermodelo de lantejoulas na capa e manchetes que diziam, "Sem gozação: Orgasmo múltiplo para todas!" e "Quatro fórmulas infalíveis para empinar o bumbum!" Após um breve minuto de deliberação, enquanto o caixa não parava de mascar o seu chiclete, peguei um saquinho de M&M, paguei o devido e retornei ao escritório.

Samantha ainda estava esperando na linha.

— Página 132 — disse ela.

Eu me sentei, levei tranqüilamente alguns M&M's à boca e abri na página 132, que por acaso era "Bom de cama", sessão regular da *Moxie*, escrita por homens, com o intuito de ajudar a leitora normal a compreender o que seu namorado queria... ou não queria, conforme o caso. A princípio, meus olhos não conseguiram atinar com o que estava escrito. Mas logo as letras se desembaralharam. "Amando uma mulher avantajada", dizia a manchete, "de Bruce Guberman". Bruce Guberman tinha sido meu namorado durante pouco mais de três anos, até três meses atrás quando resolvemos dar um tempo. E a mulher avantajada eu não pude achar que fosse outra além de mim mesma.

Sabe, nesses livros de terror, quando um personagem diz "Senti o coração parar"? Pois é, foi o que aconteceu comigo. De verdade. E depois o senti bater com toda a força novamente, nos pulsos, na garganta, na ponta dos dedos. Os pelinhos da nuca se eriçaram. As mãos ficaram geladas. Deu até para ouvir o sangue retumbando nos ouvidos, quando li a primeira linha do artigo: "Nunca vou me esquecer do dia em que descobri que minha namorada pesava mais que eu."

A voz de Samantha soou distante, como se viesse de muito longe.

— Cannie? Cannie, você está me ouvindo?

— Eu mato esse sujeito! — grunhi.

— Respire fundo — aconselhou-me Samantha. — Inspire pelo nariz, expire pela boca.

Betsy, minha editora, olhou intrigada através da divisória que separava nossas mesas. "Você está bem?", ela perguntou por meio de gestos. Eu fechei os olhos com força. Dei um jeito de derrubar o fone de ouvido no chão.

— Respire — disse a voz de Samantha, apenas um eco vindo do carpete.

Comecei a arquejar, ofegante. Senti o chocolate e a casca dos M&M's grudados nos dentes. Bati os olhos na citação destacada em letras cor-de-rosa, gritando para mim do centro da página. "Amar uma mulher avantajada", escrevera Bruce, "é um ato de coragem em nosso mundo."

— Não acredito! Eu não acredito que ele tenha feito isso! Vou matar esse sujeito!

A essa altura, Betsy já tinha dado a volta em torno da divisória e tentava ler, por trás de mim, a revista que estava em meu colo. Gabby, uma colega atroz, nos espionava com os reluzentes olhinhos castanhos à cata de uma encrenca, os dedos grossos a postos sobre o teclado para transmitir a má notícia, via e-mail, imediatamente às fofoqueiras. Eu, prontamente, fechei a revista. Consegui respirar fundo e, com um gesto tranqüilo, mandei Betsy de volta para o seu lugar.

Samantha estava esperando.

— Você não sabia?

— Não sabia do quê? Que ele achava que me namorar era um ato de coragem? — tentei soltar algo como um riso irônico. — Ele deveria tentar *se colocar no meu lugar*.

— Então você não sabia que ele tinha arranjado um emprego na *Moxie*?

Virei a capa da revista de frente para ver a lista dos colaboradores, onde era apresentado um breve perfil da pessoa, logo abaixo de imagens arte-finalizadas em preto e branco de seus rostos. E lá estava Bruce, com os cabelos compridos esvoaçando ao vento, certamente artificial, por cima dos ombros. Sem um pingo de compaixão, achei-o parecido com o cantor *New Age* Yanni. "O colunista de 'Bom de cama', Bruce Guberman, entra para a equipe da *Moxie* este mês. Escritor free lance de New Jersey, Guberman está atualmente trabalhando em seu primeiro romance."

— Seu primeiro *romance*? — falei. Bem, talvez eu tenha berrado. Um monte de cabeças se viraram. Do lado de lá da divisória, Betsy mostrava-se preocupada novamente, e Gabby já tinha começado a digitar. — Sujeitinho de merda!

— Eu nem sabia que ele estava escrevendo um romance — disse Samantha, indubitavelmente ansiosa para mudar de assunto.

— Ele mal consegue escrever um bilhete de agradecimento — disse eu, abrindo a revista de novo na página 132.

"Eu nunca achei que fosse ficar a fim de uma gordinha", eu li. "Mas quando conheci C., me apaixonei porque ela era muito espirituosa, tinha uns olhos brilhantes e um riso contagiante. Quanto ao corpo, resolvi que era uma coisa com a qual eu poderia aprender a conviver."

— *Ah, Eu Mato Esse Cara!*

— Então mate logo e cale a boca de uma vez por todas — resmungou Gabby, empurrando os óculos fundo-de-garrafa para cima do nariz.

Betsy já estava novamente de pé, e as minhas mãos tremiam, e de repente havia um monte de M&M's espalhados pelo chão, sendo esmigalhados pelas rodinhas da minha cadeira.

— Preciso desligar — disse a Samantha, e desliguei.

— Estou bem — falei para Betsy. Ela me lançou um olhar de preocupação e voltou para sua mesa.

Precisei tentar três vezes até conseguir acertar o número de Bruce, mas depois que o correio de voz me informou que ele não poderia atender ao meu telefonema, perdi a paciência, desliguei e tornei a ligar para Samantha.

— Bom de cama, uma ova! — disse eu. — Eu deveria ligar para o editor dele. Isso é propaganda enganosa. Ora, essa! Será que verificaram as referências dele? Para mim, ninguém telefonou.

— Isso é a voz da raiva — falou Samantha. Desde que começou a namorar com o professor de yoga, ela andava bastante filosófica.

— A fim de uma gordinha? — disse eu. Senti as lágrimas enchendo meus olhos. — Como é que ele foi fazer uma coisa dessas comigo?

— Você leu tudo?

— Só o comecinho.

— Talvez seja melhor não ler o resto.

— Piora ainda mais?

Samantha soltou um suspiro.

— Quer mesmo saber?

— Não. Quero, sim. Não, não quero — aguardei um instante. Samantha aguardou um instante. — Quero sim. Pode dizer.

Samantha soltou outro suspiro.

— Ele chamou você de... "Lewinskyana".

— Referindo-se ao meu corpo ou às minhas chupadas? — tentei rir, mas o que saiu foi um soluço estrangulado.

— E sai falando da sua... deixe-me encontrar. Da sua "amplitude".

— Ai, meu Deus!

— Disse que você era suculenta — falou Samantha, em tom reconfortante. — E carnuda. Não é uma palavra ruim, você acha?

— Caramba, durante todo o nosso namoro ele nunca falou nada...

— Você deu o fora nele. Ele ficou zangado — disse Samantha.

— Eu não dei o fora nele — gritei. — A gente só estava dando um tempo. E ele concordou que seria uma boa idéia!

— Ora, e o que ele poderia fazer? — perguntou Samantha. — Você diz, "Acho que precisamos dar um tempo", e ele só tem duas coisas a fazer: concorda com você e vai embora com os cacos da dignidade que lhe restam, ou implora para você ficar com ele e faz uma cena patética. Ele escolheu os cacos da dignidade.

Eu passei as mãos pelos cabelos cortados à altura do queixo e tentei avaliar o grau da devastação. Quem mais teria visto aquilo? Quem mais saberia que C. era eu? Será que ele teria mostrado aquilo a todos os amigos? Será que a minha irmã teria visto aquilo? Será, Deus me livre, que a minha mãe teria?

— Preciso desligar — falei novamente para Samantha. Tirei o fone de ouvido e me levantei da cadeira, de olho na sala de notícias do *Philadelphia Examiner*. Dúzias de pessoas, quase todas de meia-idade e brancas, digitando com afinco em seus computadores ou aglomeradas em torno de aparelhos de televisão assistindo a CNN.

— Alguém sabe como se faz para conseguir uma arma neste estado? — perguntei, para que todos no salão me ouvissem.

— Estamos trabalhando numa série — disse Larry, o editor do caderno da cidade, um homenzinho de ar perplexo e barba que levava tudo absolutamente a sério. — Mas acho que as leis são bastante permissivas.

— Existe um período de espera de duas semanas — palpitou um dos repórteres esportivos.

— Isso é quando você tem menos de vinte e cinco anos — acrescentou um assistente de editor.

— Só se for para aluguel de carros — disse o repórter, em tom de escárnio.

— A gente acha isso para você, Cannie — disse Larry. — Tem pressa?

— Um pouco — eu me sentei e logo me levantei outra vez. — Na Pensilvânia, eles têm a pena de morte, não têm?

— Estamos trabalhando numa série — falou Larry, sem rir.

— Ah, esqueçam — falei, voltando a me sentar e a telefonar novamente para Samantha.

— Quer saber de uma coisa? Não vou matá-lo. A morte seria boa demais para ele.

— Você é quem sabe — disse ela, com toda a lealdade.

— Vem comigo hoje à noite? Vamos pegá-lo de emboscada no estacionamento.

— Para fazer o quê?

— Isso eu resolvo até chegar lá — falei.

Eu tinha conhecido Bruce Guberman numa festa, no que pareceu ser uma cena da vida de outra pessoa. Eu nunca tinha conhecido, numa reunião social, um sujeito que se sentisse tão atraído por mim e que me pedisse para sair logo de cara. O meu modo normal de agir é ir minando a resistência deles com a minha presença de espírito, o meu charme e, em geral, um franguinho caseiro *kosher*, no tempero de alecrim e alho. Bruce nem precisou do frango. Ele foi fácil.

Eu estava parada num canto, onde tinha boa visibilidade do salão, além de acesso fácil ao molho quente de alcachofra. Estava fazendo uma imitação e tanto de Gabby, a Terrível, tentando comer uma patola de caranguejo do Alasca com o braço na tipóia. Foi assim que, na primeira vez em que vi Bruce, eu trazia um braço apertado contra o peito, como que engessado, a boca escancarada e o pescoço retorcido num ângulo particularmente grotesco, enquanto tentava sugar a carne imaginária de dentro da pata imaginária. Justamente quando eu chegava à parte em que ela enfiava a patola de caranguejo na narina direita sem querer, e acho que havia um pouco de molho de alcachofra na minha bochecha naquele momento, Bruce se aproximou. Altão e bronzeado, ele usava cavanhaque e um rabo-de-cavalo louríssimo, e tinha meigos olhos castanhos.

— Hum, com licença — disse ele. — Você está passando bem?

Ergui as sobrancelhas na direção dele.

— Estou.

— É que você estava meio... — a voz dele, muito bonita, ainda que um pouco aguda, sumiu.

— Estranha?

— Uma vez eu vi uma pessoa tendo um derrame — contou-me. — Começou assim.

A essa altura, minha amiga Brianna já tinha se recomposto. Limpando os olhos, pegou a mão dele e disse:

— Bruce, essa é Cannie. Ela estava fazendo uma imitação.

— Ah — disse ele, ali parado, sentindo-se obviamente meio bobo.

— Não se preocupe — falei. — Foi bom você ter interrompido. Eu estava sendo malvada.

— Ah — repetiu ele.

Eu continuei falando.

— Está vendo? Agora estou tentando ser mais legal. É a minha resolução de ano-novo.

— Já estamos em fevereiro — ressaltou ele.

— Eu estava empurrando com a barriga.

— Bom, pelo menos você estava tentando — disse ele, me deu um sorriso e foi embora.

Passei o resto da festa pegando a ficha de Bruce. Ele veio com um cara com quem Brianna tinha feito pós-graduação. Boa notícia: fazia pós-graduação, o que mostrava um certo grau de inteligência, e era judeu, igualzinho a mim. Ele tinha vinte e sete anos. Eu tinha vinte e cinco. Já se encaixava.

— Ele é divertido — falou Brianna, antes de dar as más notícias: vinha trabalhando na tese havia três anos, ou mais, e morava no centro de New Jersey, a mais de uma hora da gente, escrevia como freelancer aqui e ali, e dava umas aulinhas para os calouros, vivia de bico, de uma parca bolsa de estudos e, acima de tudo, do dinheiro dos pais.

— Geograficamente indesejável — proferiu Brianna.

— Mãos bonitas — foi a minha contrapartida. — Dentes também.

— Ele é vegetariano — disse ela.

Eu me retraí.

— Há quanto tempo?

— Desde a faculdade.
— Hum! De repente, eu dou um trato nele.
— Ele... — Brianna não completou.
— Condicional? — brinquei. — Viciado em analgésicos?
— Meio imaturo — disse ela.
— Ele é homem — falei eu, dando de ombros. — E não são todos? Ela riu.
— Ele é um cara legal. — disse. — Converse com ele. Você vai ver.

Passei a noite inteira observando-o e senti que ele estava me observando. Mas ele não falou nada até a festa terminar, e eu já estava indo para casa bastante decepcionada. Fazia um bom tempo que eu não via ninguém por quem me interessar, ainda mais alto, com mãos bonitas, dentes bonitos, estudante de pós-graduação. Aquele Bruce parecia, pelo menos de fora, uma boa possibilidade.

Mas quando ouvi passos atrás de mim, eu não estava pensando nele. Estava pensando no que toda mulher que mora em cidade grande pensa quando ouve passos apressados se aproximando por trás, depois da meia-noite e no meio de um quarteirão. Dei uma olhada rápida ao redor, enquanto tentava pegar o spray de pimenta, em miniatura, que eu trazia sempre pendurado no chaveiro. Havia um sinal logo em frente e um carro estacionado bem na esquina. O meu plano era tentar imobilizar temporariamente quem quer que estivesse se aproximando de mim com o spray, quebrar o vidro do carro na esperança de disparar o alarme, gritar por socorro e sair correndo.

— Cannie?

Eu dei meia-volta. E lá estava ele, sorrindo timidamente para mim.

— Ei — disse, rindo um pouco do meu medo. Ele me acompanhou até em casa. Eu lhe dei meu telefone. Ele me ligou na noite seguinte e nós conversamos durante três horas, sobre tudo: faculdade, pais, a dissertação dele, o futuro dos jornais.

— Eu quero ver você — disse-me, à uma hora da madrugada, justamente quando pensei que, se continuássemos a conversar daquele jeito, eu iria estar um caco para trabalhar no dia seguinte.

— Claro, vamos sair — falei.

— Não. Estou dizendo agora.

E duas horas mais tarde, depois de errar o caminho, na saída da ponte Ben Franklin, ele estava de novo à minha porta: ainda maior do que eu me lembrava, de camisa quadriculada e calça de moleton, com um saco de dormir enrolado embaixo do braço, cheirando a acampamento de verão, e um sorriso tímido no rosto. Pronto!

Agora, mais de três anos depois do nosso primeiro beijo, três meses depois do nosso papo de dar um tempo e quatro horas depois de eu ficar sabendo que ele contou para todos os leitores de revista desse mundo que eu era uma mulher avantajada, Bruce olhava para mim lá do outro lado do estacionamento, em frente do prédio dele, onde tínhamos combinado de nos encontrar. Ele estava dando piscadelas duplas, como costumava fazer quando ficava nervoso. Estava carregado de coisas. O prato de plástico azul que eu deixava no apartamento dele para o meu cachorro Nifkin. Uma fotografia emoldurada em madeira vermelha, mostrando nós dois em cima de um penhasco em Block Island. Um brinco em arco de prata que estava na mesa-de-cabeceira dele há meses. Três meias, um vidro de Chanel pela metade. Tampões. Uma escova de dentes. Três anos de quinquilharias, perdidas embaixo da cama ou na fresta do sofá. Evidentemente Bruce viu aquele nosso encontro como uma ótima oportunidade para matar dois coelhos com uma só cajadada: enfrentar a minha ira por conta da coluna "Bom de cama" e devolver as minhas coisas. Para mim, foi como levar um tranco no peito, ver os meus objetos pessoais todos enfurnados numa caixa vazia de Chivas, que ele provavelmente pegou numa loja de bebidas quando saiu do trabalho — prova concreta de que nós tínhamos acabado, mesmo.

— Cannie — falou ele, tranqüilo, ainda dando piscadelas duplas de um jeito que eu achei especificamente nojento.

— Bruce — falei, tentando evitar que a voz tremesse. — Como vai o romance? Eu vou ser a estrela dele também?

Ele ergueu as sobrancelhas, mas não disse nada.

— Você poderia me relembrar a que altura do nosso relacionamento eu concordei em deixar que você partilhasse detalhes íntimos da nossa convivência com milhões de leitores? — perguntei.

Bruce deu de ombros.

— Não há mais nada entre nós.

— Nós só estávamos dando um tempo — falei.

Ele me deu um sorriso de condescendência.

— Ora essa, Cannie! Nós sabemos muito bem o que isso quis dizer.

— Para mim, quis dizer o que eu disse — falei, olhando firme para ele. — Já é, pelo menos, um de nós dois, não é mesmo?

— Enfim — falou Bruce, tentando empurrar as coisas todas para cima de mim. — Sei lá por que você está tão zangada. Eu não disse nada de mais — ele endireitou os ombros. — Para falar a verdade, achei a coluna bastante legal.

Em um dos poucos momentos da minha vida adulta, fiquei literalmente sem fala.

— Você está doido, é isso? — perguntei. Com Bruce, essa pergunta era mais do que uma questão de retórica. — Você me chamou de gorda numa revista, me transformou numa piada. E acha que não fez nada de mais?

— Ah, Cannie, admita — disse ele. — Você é gorda — ele inclinou a cabeça. — Mas isso não quer dizer que eu não a amasse.

A caixa de tampões bateu na testa dele, esparramando-se, com tudo que tinha dentro, pelo chão do estacionamento.

— Que legal! — falou Bruce.

— Seu cretino! — passei a língua nos lábios, respirando com dificuldade. As mãos tremiam. Meu foco tinha sumido. A foto descambou do ombro dele e se espatifou no chão. — Não acredito que eu tenha pensado seriamente, nem por um segundo, em casar com você.

Bruce deu de ombros, se abaixou e começou a catar itens de proteção feminina, lascas de madeira e cacos de vidro, e a colocá-los de volta dentro da caixa. A nossa foto, ele deixou no chão.

— Essa foi a maior maldade que alguém já fez comigo — falei, com a garganta engasgada de choro. — E quero que você saiba disso — mas, no momento exato em que as palavras saíram da minha boca, vi que não era verdade. No âmbito maior da vida, mais histórico, meu pai ter-nos deixado foi ainda pior. Está aí uma das grandes sacanagens do meu pai: ter-me roubado a possibilidade de dizer para outro homem, "essa é a pior coisa que já aconteceu comigo", e ser sincera.

Bruce deu de ombros novamente.

— Não preciso mais me preocupar com os seus sentimentos. Você mesma deixou isso bem claro — ele se ergueu. Torci para que ficasse zangado, ao menos emocionado, mas só consegui arrancar-lhe aquela calma enlouquecedora e cínica. — Foi você quem quis isso, está lembrada?

— Eu quis dar um tempo. Quis um tempo para pensar nas coisas. Eu deveria ter-lhe dado um fora — falei. — Você é um... — e fiquei novamente sem fala, pensando na pior coisa que eu poderia dizer, a palavra que o fizesse sentir ao menos uma fração da vergonha, do horror e da fúria que eu senti. — Você é pequeno — finalmente proferi, incutindo no termo toda nuança de ódio que me foi possível angariar, para que ele soubesse que me referia ao espírito e a tudo o mais também.

Bruce não falou nada. Nem sequer olhou para mim. Só deu meia-volta e foi embora.

Samantha tinha deixado o carro ligado.

— Você está bem? — perguntou, assim que eu me sentei no banco do carona, apertando a caixa contra o peito.

Confirmei com a cabeça, sem dizer nada. Ela deve ter pensado que eu estava ridícula. Mas eu não esperava a solidariedade dela numa situação como essa. Com um metro e setenta e oito, os cabelos pretos, a pele clara e as maçãs do rosto bem salientes e torneadas, ela mais parece uma Anjelica Huston no auge da juventude. E ainda por cima é magra! Sem fazer nada, nunca. Nada. Se dessem a ela todas as opções de comida do mundo, ela provavelmente escolheria um pêssego fresco e uma torrada de pão de centeio. Se não fosse minha melhor amiga, eu a detestaria, e mesmo sendo minha melhor amiga, às vezes é difícil não sentir inveja de uma pessoa para quem tanto faz comer ou deixar de comer, enquanto eu sempre prefiro comer e chego até a comer a parte dela quando ela não quer mais. O único problema que lhe trouxeram o rosto e o corpo foi ser muito paquerada pelos homens. Eu nunca consegui lhe dar ao menos uma noção do que é viver num corpo como o meu.

Ela me deu uma breve olhadela.

— Então, hum, imagino que esteja tudo acabado entre vocês dois?

— Adivinhona! — disse eu, apática. Senti uma secura na boca. A pele, refletida no vidro do carro, estava pálida, parecia de cera. Olhei para dentro da caixa de papelão, para os meus brincos, livros, o tubo de batom Mac que eu achava que tinha perdido para sempre.

— Você está legal? — perguntou Samantha, carinhosamente.

— Estou.

— Quer beber alguma coisa? Quem sabe a gente vai jantar em algum lugar? Quer pegar um cineminha?

Apertei a caixa com mais força e fechei os olhos para não ter de ver onde estávamos, para não ter de ver o carro percorrendo de volta as ruas que me levavam até ele.

— Acho que eu só quero ir para casa.

Minha secretária eletrônica estava piscando três vezes, quando entrei em casa. Ignorei. Tirei a roupa do trabalho, vesti um macacão e uma camiseta e entrei de pés descalços na cozinha. Do congelador, tirei um pacote de limonada Minute Maid congelada. Da prateleira de cima da dispensa, baixei uma garrafinha de tequila. Bati os dois ingredientes no liquidificador, peguei uma colher, respirei fundo, tomei um gole, sentei-me no sofá de brim azul e comecei a ler.

Amando uma Mulher Avantajada
de Bruce Guberman

Nunca vou me esquecer do dia em que descobri que minha namorada pesava mais que eu.
Ela estava dando um passeio de bicicleta e eu em casa assistindo ao jogo, folheando as revistas em cima da mesinha de centro, quando encontrei seu fichário dos Vigilantes do Peso, uma caderneta do tamanho de meia folha de papel ofício, com anotações do que ela havia comido, quando havia comido, quais eram seus planos para o que iria comer em seguida e se vinha tomando os oito copos de água por dia. Lá estava o nome dela. O número de identificação. E o peso, que eu não cometerei a indelicadeza de revelar aqui. Basta dizer que o número me deixou chocado.
Eu sabia que C. era uma garota grande. Sem dúvida, maior do que as mulheres que eu via na TV, andando para lá e para cá de biquíni, aquelas magrelinhas que aparecem nas comédias e seriados médicos. Absolutamente maior do que todas as outras mulheres que eu namorei.

Ora, essa!, pensei sarcasticamente. Do que as duas?

Eu nunca achei que fosse ficar a fim de uma gordinha. Mas quando conheci C., me apaixonei porque ela era muito espirituosa, tinha uns olhos brilhantes e um riso contagiante. Quanto ao corpo, resolvi que era uma coisa com a qual eu poderia aprender a conviver.

Os ombros dela eram tão largos quanto os meus, as mãos quase do mesmo tamanho. E dos seios até a barriga, da cintura para baixo, passando pelas coxas, suas curvas eram um deleite, convidativas. Abraçá-la era como chegar a um porto seguro. Como chegar em casa.
Mas sair com ela não era uma sensação tão reconfortante assim. Talvez fosse pela maneira como eu absorvia as expectativas da sociedade, os pressupostos do que os homens devem querer e das características físicas que as mulheres devem ter. Talvez fosse mais pelo jeito dela mesmo. C. era o próprio soldado nas guerras do corpo. Com um metro e setenta e oito, estatura de jogador de futebol americano, e um peso que a classificaria direto para a equipe profissional, C. não tinha como passar despercebida.
Mas eu sei que, se fosse possível, se todos os ombros curvados e posturas constrangidas, todos os camisões pretos sem forma e sem graça, se tudo isso pudesse apagá-la do mundo físico, ela teria ido num instante. Ela não sentia prazer algum exatamente nas coisas que eu mais amava, no seu tamanho, na sua amplitude, no seu corpanzil suculento e carnudo.
Por mais que eu lhe dissesse que era linda, ela nunca acreditava em mim. Por mais que lhe dissesse que aquilo não importava, eu sei que para ela importava. Eu era apenas uma voz, e a voz do mundo era mais alta. Eu sentia que a vergonha dela era algo palpável, que caminhava pelas ruas do nosso lado, sentava-se junto conosco no cinema, à espreita de alguém que viesse lhe dizer a palavra mais feia do mundo: *gorda*.
E eu sabia que não era nenhuma paranóia. Estamos todos cansados de ouvir que a gordura é o último preconceito aceitável, que os gordos são o único alvo seguro neste nosso mundo politicamente correto. Quem quiser saber se isso é verdade que arranje uma namorada gorducha! Vai ver como as pessoas olham para ela, e como olham para você por estar com ela. Quando

resolver comprar roupa íntima para lhe dar de presente no dia dos namorados, você vai ver que os tamanhos acabam antes de começar a numeração dela. Toda vez que saírem para comer, você vai vê-la sofrendo para escolher entre o que vai querer comer e o que vai se permitir, e entre o que vai se permitir comer e o que vai deixar que a vejam comer em público.

E o que vai se deixar dizer.

Lembro-me de quando surgiu a história da Monica Lewinsky e C., que é jornalista, escreveu uma defesa emocionada da estagiária da Casa Branca que fora traída por Linda Tripp, em Washington, e ainda mais traída pelos amigos de Beverly Hills, que não tardaram em vender as lembranças de ginásio que tinham da Monica para as revistas *Inside Edition* e *People*. Quando o artigo dela foi publicado, C. recebeu um monte de cartas depreciativas, inclusive a de um sujeito que começava dizendo assim: "Dá para ver pelo seu artigo que você está acima do seu peso e ninguém a ama." E foi essa carta, com aquelas palavras, que mais a incomodou, mais do que qualquer outra coisa que tenham dito. A ser verdade aquilo de estar acima do seu peso, então a parte em que ele diz que ninguém a ama também deveria ser. Parecia que ser "Lewinskyana" era pior que ser traidora, ou pior do que ser burra. Parecia que ser gorda era algum tipo de crime.

Amar uma mulher avantajada é um ato de coragem em nosso mundo, talvez até um ato de futilidade. Porque, ao amar C., eu sabia que estava amando alguém que não se acreditava digna do amor de ninguém.

E agora que acabou, não sei para onde apontar a minha raiva ou mágoa. Para um mundo que a fazia sentir-se daquele jeito com relação ao seu corpo e a ser desejada. Para C., por não ser forte o suficiente para superar o que o mundo lhe dizia. Ou para mim mesmo, por não amar C. o suficiente a ponto de fazê-la acreditar em si mesma.

Eu chorei direto em cima da *Celebrity Weddings*, esparramada no chão em frente do sofá, lágrimas que desciam pelo rosto e pingavam do queixo, encharcando-me a camiseta a cada "Sim" que diziam as inúmeras supermodelos magricelas da revista. Chorei por Bruce, que me havia entendido muito mais profundamente do que eu o acharia capaz e talvez até mais do que eu mesma merecesse. Ele poderia ter sido tudo que eu queria, tudo que eu esperava. Poderia ter sido meu marido. E eu estraguei tudo.

E o perdi para sempre. Ele e a família dele — uma das coisas que eu mais gostava no Bruce. Os pais dele eram o que June e Ward teriam sido se fossem judeus e morassem em New Jersey na década de 1990. O pai dele, com sua barba e os olhos meigos como os de Bruce, era dermatologista. Sua família era seu maior deleite. Não sei como dizer isso de outra forma, nem quanto isso me impressionava. Graças a minha experiência com meu pai, observar Bernard Guberman era como olhar para um alienígena vindo de Marte. *Ele gosta mesmo do filho!* Eu ficava estupefata. *Ele quer de fato estar junto dele! Ele se lembra de coisas da vida do Bruce!* O fato de Bernard Guberman aparentemente gostar de mim, também, pode ter menos a ver com o que ele sentia por mim como pessoa e mais a ver com o fato de eu ser: a) judia, e portanto uma esposa possível; b) bem empregada, e portanto não uma sanguessuga; e c) uma fonte de felicidade para seu filho. Mas eu não ligava para a razão de ele ser tão carinhoso comigo. Eu simplesmente me deleitava com seu carinho sempre que podia.

A mãe de Bruce, Audrey, foi a parcela que chegou a intimidar um pouco, com as unhas sempre pintadas da cor que iria sair na *Vogue* no mês seguinte, os cabelos penteados no melhor estilo, a casa envidraçada com sete banheiros e o assoalho coberto por tapetes brancos de parede a parede, tudo mantido imaculadamente limpo. Audrey do Bom Gosto Eterno, eu dizia para as minhas amigas. Mas, superados a manicure e o cabelereiro, Audrey também era legal. Formara-se professora, mas, quando a conheci, seus dias de trabalhar para ganhar a vida já iam longe. Agora, ela se assumira, em tempo integral, como dona de casa, mãe e voluntária — a eterna mãe da Associação de Pais e Mestres, líder da organização de escoteiros e bandeirantes e presidente da Hadassah, aquela com quem sempre se pode contar na sinagoga, para organizar a campanha anual do alimento ou o baile de inverno da Irmandade.

O ruim de ter pais assim, eu costumava pensar, era que eles acabavam com a ambição de qualquer um. Com os pais divorciados que eu tinha e mais a dívida do crédito educativo, eu estava sempre na disputa pelo próximo degrau da escada, o próximo emprego ou mais um trabalho por fora; atrás de mais dinheiro, mais reconhecimento, atrás da fama, conquanto se pode ser famoso quando o seu trabalho é contar as histórias de outras pessoas. Quando comecei num pequeno jornal no fim do mundo, cobrindo acidentes de carro e reuniões da diretoria do departamento local de águas e esgotos, vivia ansiosa para chegar logo a um maior, e quando finalmente arranjei um, não se passaram nem duas semanas para que começasse a planejar uma escalada maior ainda.

Bruce se contentou em perambular pelo curso de pós-graduação, pegando umas aulinhas para dar aqui e uns trabalhinhos como freelancer ali, ganhando aproximadamente metade do que eu ganhava, deixando que seus pais pagassem o seguro do carro dele (o carro, inclusive, diga-se de passagem) e o "ajudassem" a pagar o aluguel e a manter o estilo de vida, com esmolinhas de cem dólares a cada vez que se viam, além dos cheques de cair o queixo nos aniversários, Chanucá, a Festa das Luzes, e às vezes até sem razão alguma. "Para que a pressa?", ele me dizia sempre que eu pulava da cama cedo para trabalhar numa matéria ou ir ao escritório num sábado, a fim de enviar cartas de sondagem aos editores das revistas de Nova York. "Você precisa aproveitar mais a vida, Cannie."

Às vezes, eu achava que Bruce gostava de se imaginar como um dos personagens principais das primeiras músicas do Springsteen — um romântico furioso e apaixonado, aos dezenove anos de idade, vociferando contra o mundo em geral e o pai em particular, atrás de uma garota que o salvasse. O problema era que os pais dele não lhe haviam dado nada contra o que se rebelar — não lhe arranjaram um emprego bestificante numa fábrica, o pai não era um patriarca parcial e inflexível, a pobreza passou longe. E uma música do Springsteen durava apenas três minutos, incluindo o coral, o tema e um clímax de guitarras explosivas, e nunca levava em consideração a louça suja, a roupa por lavar e a cama por fazer, os milhares de minúsculos atos de consideração e boa vontade necessários à manutenção de um relacionamento. Meu Bruce preferia vaguear pela vida, demorando-se na leitura do jornal dominical, consumindo drogas de altíssima qualidade, sonhando com grandes jornais e melhores contratos, sem fazer muito esforço para chegar lá. Uma vez, logo no início do nosso relacionamento, ele tinha enviado seus recortes para o *Examiner* e recebeu uma resposta curta e grossa do tipo "volte a nos procurar daqui a cinco anos". E o que fez? Enfiou a carta numa caixa de sapatos e nós nunca mais falamos no assunto.

Mas ele estava feliz. E cantava para mim, citando o Grateful Dead: "A cabeça está totalmente vazia, e eu nem ligo." Eu forçava um sorriso, achando que a minha cabeça jamais ficava vazia, e se por acaso ficasse, uma coisa seria certa: eu ligaria.

E enquanto tomava a minha mistura de aguardente com gelo diretamente da tigela, fiquei devaneando sobre o que minha ambição me teria conseguido. Mas não importava. Ele não me amava mais.

Acordei depois da meia-noite, babando no sofá. Batidas ecoavam na cabeça. Então, me dei conta de que havia alguém batendo à porta.

— Cannie?

Sentei-me no sofá, depois de algum tempo, para localizar as mãos e os pés.

— Cannie, abra esta porta imediatamente. Estou preocupada com você.

Minha mãe. Pelo amor de Deus, não.

— Cannie!

Encolhi-me toda no sofá, recordando-me de que ela ligara de manhã, um milhão de anos atrás, para me contar que viria à cidade à noite para o Bingo Gay, e que ela e Tanya iriam passar em casa quando terminasse. Eu me pus de pé e apaguei a luz halógena o mais silenciosamente que pude, o que não foi grande coisa, considerando que consegui derrubar a luminária durante o processo. Nifkin grunhiu e subiu atabalhoadamente na poltrona, fitando-me com ar de reprovação. Minha mãe voltou a bater.

— Cannie!

— Vá embora — falei, com a voz fraca. — Estou... nua.

— Ah, não está mesmo. Está de macacão, bebendo tequila e assistindo *A noviça rebelde*.

Ela acertou tudo. O que é que eu posso dizer? Adoro musicais, especialmente *A noviça rebelde* — em particular, a cena em que Maria junta a prole órfã dos Von Trapp na sua cama, durante a tempestade, e canta *My favorite things*. Era uma imagem de aconchego tão grande, de tanta segurança — do jeito que a minha própria família já tinha sido um dia, durante um minuto, uma vez na vida, há muito tempo.

Ouvi murmúrios de indagações do lado de fora da porta — a voz da minha mãe, depois outra, em tom mais grave, qual fumaça de Malboro filtrada no cascalho. Tanya, a companheira infernal.

— Cannie, abra essa porta.

Fiz um esforço para conseguir sentar novamente e me arrastei até o banheiro, onde acendi a luz e pude me olhar no espelho, analisando a situação e a minha aparência. Cara de quem chorou, presente. Cabelo, castanho-claro com luzes avermelhadas, cortado à joãozinho e enfiado por trás da orelha, também presente. Sem maquiagem. Indícios — indícios nada, presença — de uma papada.

Bochechas protuberantes, arredondadas, ombros curvados, seios fartos e caídos, dedos gordos, ancas cheias, bunda grande, coxas com musculatura rija sob uma camada balouçante de gordura. Os olhos estavam especialmente pequenos, como se tentassem se esconder nas carnes do rosto, e havia neles um ar de avidez, fome e desespero. Olhos exatamente da cor do mar, no porto de Menemsha, em Martha's Vineyard, o verde das uvas. Meu melhor traço, pensei arrasada. Belos olhos verdes e um sorriso de esguelha, inebriado. "Que rostinho lindo!", minha avó dizia, segurando-me o queixo com a mão em concha, e em seguida balançava a cabeça sem sequer se dar ao trabalho de dizer o resto.

Pois, eis-me aqui: vinte e oito anos, com os trinta despontando no horizonte. Bêbada. Gorda. Só. Desamada. E, pior de tudo, um clichê, Ally McBeal e Bridget Jones juntas, que era mais ou menos o meu peso, e com duas lésbicas determinadas esmurrando a minha porta. A minha melhor opção, resolvi, seria me esconder no armário e me fingir de morta.

— Eu tenho uma chave — ameaçou minha mãe.

Arranquei a garrafa de tequila de Nifkin e gritei:

— Espere aí — peguei a luminária e abri a porta uma frestinha apenas. Minha mãe e Tanya olharam para mim, vestidas em casacos idênticos de moleton, com capuz do L.L. Bean, e com a mesma expressão de preocupação.

— Gente, eu estou bem. Só estou com sono, por isso vou dormir. Amanhã nós conversamos, está bem?

— Ei, a gente viu o artigo da *Moxie* — falou minha mãe. — Lucy trouxe para vermos.

Obrigada, Lucy, pensei.

— Eu estou bem — repeti. — Bem, bem, bem, bem.

Minha mãe, com a cartela do bingo na mão, mantinha-se cética. Tanya, como sempre, parecia que queria um cigarro e uma bebida, e que eu e meus irmãos nunca tivéssemos nascido, para que ela tivesse minha mãe só para si, e que as duas pudessem ir morar numa comuna em Northampton.

— Você vai me ligar amanhã? — perguntou minha mãe.

— Vou ligar, sim — falei, e fechei a porta.

Minha cama parecia um oásis no deserto, um banco de areia no mar revolto. Avancei para ela e me atirei, de costas, com braços e pernas escarrapachados, como uma estrela-do-mar tamanho-família grampeada ao edredom. Eu adorava minha cama — o lindo edredom azul-claro de pena de ganso, os macios lençóis cor-de-rosa, a pilha de travesseiros, todos com fronhas de cores vivas: uma roxa, uma laranja, uma amarelo-claro e uma creme. Adorava a franja Laura Ashley e o cobertor de lã vermelho que eu tinha desde menina. A cama, pensei, era a única coisa que eu tinha a meu favor agora, quando Nifkin subiu de um pulo e se aninhou ao meu lado, e eu fiquei só olhando para o teto, que girava de uma maneira alarmante.

Gostaria de não ter pedido um tempo ao Bruce. Gostaria de não tê-lo conhecido. Gostaria de ter continuado e corrido naquela noite, corrido sem olhar para trás.

Gostaria de não ser repórter. Gostaria de trabalhar numa confeitaria, fazendo bolos, quebrando ovos, pesando farinha e operando o caixa, onde ninguém me destrataria, pelo contrário, a maioria até gostaria que eu fosse gorda. Todos os pneuzinhos e marcas de celulite seriam testemunho da excelência dos meus assados.

Gostaria de trocar de lugar com o cara que vestia as placas do anúncio de "Sushi Fresco" para cima e para baixo na Pine Street, na hora do almoço, distribuindo cupões para World of Wasabi. Gostaria de ser anônima e invisível. Ou de estar morta.

Imaginei-me numa banheira, pregando um bilhete no espelho, levando uma lâmina afiada aos pulsos. Mas depois imaginei Nifkin ganindo, intrigado, esfregando as patinhas na borda da banheira e querendo saber por que eu não me levantava. E imaginei minha mãe tendo de vasculhar minhas coisas e encontrando um exemplar meio desgastado de *As melhores cartas da Penthouse* na gaveta de cima da penteadeira, além das algemas estofadas com pelame cor-de-rosa que Bruce me deu de presente no dia dos namorados. E, finalmente, imaginei os paramédicos tentando manobrar o meu cadáver molhado para descer três andares de escada. "Essa aqui é das grandes!", imaginei um deles dizendo.

Chega. Suicídio está fora de cogitação, pensei, enfiando-me embaixo do edredom e trazendo o travesseiro cor de laranja para baixo da cabeça. As hipóteses confeitaria/anúncio de Sushi, embora tentadoras, provavelmente não iriam acontecer. Não consegui enxergar como eu iria inserir aquilo na revista dos ex-alunos. Quem se graduava por Princeton e resolvia sair da roda-viva, em geral, abria uma confeitaria, que daí se transformaria numa bem-sucedida cadeia, logo abria o capital e faturava milhões. As confeitarias seriam apenas paliativos durante alguns anos, para terem o que fazer enquanto criavam os filhos, que invariavelmente apareceriam na revista dos ex-alunos, vestidos com roupinhas empetecadas na cor da moda, com uma frase do tipo "Turma de 2012!" estampada em seus precoces peitinhos enfunados.

O que eu queria, pensei, apertando o travesseiro com força contra o rosto, era ser menina novamente. Estar na minha cama, na casa onde eu tinha crescido, enfiada embaixo da colcha escocesa estampada de marrom e vermelho, lendo mesmo depois de já ter passado a hora de dormir, ouvindo a porta se abrir e o meu pai entrar no quarto, sentindo a presença silenciosa dele perto de mim, percebendo o peso do orgulho e do amor dele como se fossem coisas tangíveis, qual água morna. Queria que ele colocasse a mão na minha testa como costumava fazer, queria perceber o sorriso na sua voz quando ele dissesse: "Ainda está lendo, Cannie?" Ser pequena e amada. E magra. Eu queria isso.

Girei na cama, tateei em cima da mesa-de-cabeceira e peguei papel e caneta. Escrevi *perder peso*, depois parei e fiquei pensando. *Arranjar outro namorado*, acrescentei. *Vender roteiro. Comprar casa grande com jardim e quintal com cerca. Arranjar namorada mais simpática para mamãe.* Em algum instante, depois de escrever *cortar o cabelo num estilo legal* e enquanto pensava em *arranjar um jeito de magoar Bruce,* eu finalmente caí no sono.

Bom de cama. Ora, que coragem a dele, assinar uma coluna como especialista sexual, considerando as poucas pessoas com quem tivera experiência e o pouco que sabia antes de me conhecer!

Eu dormira com quatro pessoas — três namorados de longas datas e um casinho, que eu mal considerava direito no primeiro ano da faculdade —, quando eu e Bruce começamos, e tinha farreado bastante com uma meia dúzia por aí. Posso ter sido uma garota grande, mas lia a *Cosmopolitan* desde os treze anos e sabia levar a coisa. Pelo menos, nunca reclamaram.

Então, eu era experiente. E Bruce... não era. Ele levara uns foras brabos na escola secundária, quando tinha a pele muito ruim e antes de descobrir que maconha e um rabo-de-cavalo eram atrativos infalíveis para um certo tipo de meninas.

Quando apareceu naquela primeira noite, com o saco de dormir e a camisa quadriculada, não era mais virgem, mas nunca tivera um relacionamento de verdade e decerto nunca estivera apaixonado. Portanto, estava procurando uma consorte, e eu, embora não estivesse avessa a encontrar o meu par ideal, estava buscando mais... bem, digamos que fosse afeto, atenção. Ah, pode chamar de sexo mesmo.

Começamos no sofá, sentados lado a lado. Eu peguei a mão dele. Estava gelada e pegajosa. E quando eu despretensiosamente passei o braço em torno dos ombros dele, e encostei a coxa na dele, senti-o estremecer. O que me deixou emocionada. Fui gentil com ele, eu queria ser simpática. Peguei-lhe as mãos entre as minhas e o ajudei delicadamente a se levantar do sofá.

— Vamos nos deitar — disse eu.

Fomos para o quarto de mãos dadas, e ele se deitou de costas no meu futon, com os olhos arregalados a brilhar na escuridão, meio parecido com alguém que se senta na cadeira do dentista. Apoiei o rosto no cotovelo e deixei as pontas do cabelo ficarem roçando de leve o rosto dele. Quando lhe dei um beijinho no pescoço, ele arfou como se eu o tivesse queimado; e quando enfiei a mão por dentro da camisa para brincar com os pelinhos do peito, ele soltou um suspiro dizendo "Ah, Cannie!", na voz mais carinhosa que eu já tinha ouvido na vida.

Mas ele beijava muito mal e me babou toda, esticando a língua e fazendo bico com os lábios que pareceram desmontar quando encontraram os meus, de forma que me restou somente a opção entre os dentes e o bigode. As mãos duras não sabiam o que fazer.

— Fique quietinho — sussurrei-lhe.

— Desculpe — sussurrou ele de volta, entristecido. — Eu faço tudo errado, não faço?

— Psiu! — foi a minha resposta, e meus lábios já estavam de volta no pescoço dele, na pele macia logo abaixo de onde acabava a barba.

Desci a mão pelo peito dele até embaixo, acariciando-lhe de leve a virilha. Não deu em nada. Comprimi os seios contra o corpo dele, beijei-lhe a testa, as pálpebras, a ponta do nariz e tentei novamente. Nada ainda. Ora, mas que coisa curiosa! Resolvi mostrar-lhe um truque, ensinar que ele poderia me fazer feliz ficando com tesão ou não. Ele me emocionou muito, esse sujeito com mais de um metro e oitenta e rabo-de-cavalo, e uma expressão no olhar como se eu fosse eletrocutá-lo em vez de... em vez de fazer o que fiz. Prendi uma das pernas dele entre as minhas, peguei-lhe a mão e a enfiei dentro da minha calcinha. Seus olhos encontraram os meus e ele sorriu quando sentiu o quanto eu estava molhada. Dirigi os dedos dele para onde precisava que estivessem, com a mão sobre a dele, apertando-lhe os dedos contra o meu corpo, mostrando-lhe o que fazer, e me mexi contra o corpo dele, deixando que ele sentisse o meu suor e a minha respiração, e gemendo quando gozei. Tornei a aconchegar o rosto ao pescoço dele e levei os lábios à sua orelha.

— Obrigada — sussurrei. Senti gosto de sal. Suor? Lágrimas, talvez? Mas estava um pouco escuro, e eu não olhei.

Caímos no sono naquela posição mesmo: eu, de camiseta e calcinha, enroscada nele; ele, só com a camisa desabotoada até a metade, ainda de cueca, calça de moleton e meias. E quando a luz penetrou as janelas da casa, quando acordamos e olhamos um para o outro, a sensação foi de que já nos conhecíamos há muito mais do que uma noite apenas. Como se nunca tivéssemos sido desconhecidos.

— Bom-dia — sussurrei.

— Você é linda — disse ele.

Achei que seria bom me acostumar a ouvir aquilo todo dia de manhã. Bruce achou que estava apaixonado. Ficamos juntos durante os três anos que se seguiram e aprendemos muita coisa um com o outro. Ele acabou me contando toda a história de sua experiência limitada, falou que sempre estava bêbado ou doidão, e muito tímido, que tinha levado alguns foras no primeiro ano da faculdade e simplesmente resolvera ser paciente. "Eu sabia que um dia iria encontrar a garota certa", ele disse, sorrindo e me aconchegando um pouco mais em seus braços. Nós fomos descobrindo as coisas que ele gostava, as coisas que eu gostava e as coisas que nós dois gostávamos. Algumas eram bem diretas. Outras teriam sido indecentes a ponto de espantar muita gente até mesmo na *Moxie*, onde sempre saíam artigos sobre novos e "emocionantes segredos sexuais!"

Mas o que me amargurou mesmo, o que me arrasou o coração enquanto eu me virava e me retorcia na cama, com o corpo grudento e a boca seca da tequila na noite anterior, foi o título da coluna. "Bom de cama." Que mentira! Não era uma questão de ele ser o maioral do sexo, uma maravilha embaixo dos lençóis... era que nós tínhamos nos amado, de verdade. Juntos, nós tínhamos sido bons de cama.

DOIS

Acordei no domingo de manhã com o barulho do telefone. Três toques e depois silêncio. Uma pausa de dez segundos, depois mais três toques, seguidos de mais um silêncio. Minha mãe não era fã de secretárias eletrônicas, de forma que se soubesse ou ao menos achasse que eu estava em casa, iria continuar ligando simplesmente até que eu atendesse. Seria inútil resistir.

— Mas que chatice! — falei, em vez de "alô".

— Por acaso, aqui quem fala é a sua mãe — disse mamãe.

— Estou chocada. Será que você poderia me ligar mais tarde? Por favor? Ainda é cedo. Estou muito cansada.

— Ah, pare de choramingar — disse ela, com aspereza. — Você está é de ressaca. Venha me pegar daqui a uma hora. Vamos à demonstração de culinária no Reading Terminal.

— Não — disse. — De jeito nenhum! — mesmo sabendo que, querendo ou não, por mais que protestasse, reclamasse e arranjasse dezessete desculpas diferentes, ao meio-dia eu ainda estaria no Reading Terminal, submissa ante a vastidão de críticas minuciosas da escolha infeliz do menu e do gabarito culinário do *chef*.

— Beba um pouco d'água. Tome uma aspirina — disse ela. — Estou esperando. Daqui a uma hora, hein!

— Mãe, por favor...

— Suponho que você tenha lido o artigo do Bruce — disse ela. Minha mãe não é boa em mudar de assunto.

— Pois é — disse eu, sabendo, sem precisar perguntar, que ela também tinha.

Minha irmã Lucy, assinante de carteirinha da *Moxie* e leitora assídua de tudo quanto é coisa que sai sobre feminilidade, ainda mandava entregar seu exemplar em casa. Depois do estrago devastador de ontem à noite, eu só podia supor que ela tivesse mostrado a mamãe... ou que Bruce tivesse mostrado. Só de pensar na conversa, "Estou ligando para avisar que eu publiquei um artigo este mês e acho que a Cannie está bastante chateada com isso", tive vontade de me esconder embaixo da cama. Se ao menos eu coubesse! Não tive vontade de ir para as ruas de um mundo que tivesse a *Moxie* nas bancas, nas caixas de correio. A vergonha me queimava, como se eu estivesse usando um C. gigantesco, como se todo mundo que me visse soubesse que eu era a garota do "Bom de cama" e que era gorda e tinha dado o fora num cara que tentara me compreender e me amar.

— Bem, eu sei que você está zangada...

— Eu não estou zangada — respondi, de pronto. — Estou bem.

— Ah — disse ela. Obviamente, não era essa a resposta que estava esperando. — Achei meio malvado da parte dele.

— Ele é malvado — falei.

— Ele não era malvado. Daí a surpresa.

Afundei nos travesseiros. Que dor de cabeça!

— Será que nós vamos ficar discutindo aqui a maldade dele?

— Mais tarde, quem sabe? Até daqui a pouco.

Há dois tipos de casa no bairro onde me criei: aquelas onde os pais continuaram casados e aquelas onde não continuaram.

Ante o olhar menos atento, ambas pareciam iguais — grandes, espaçosas, em estilo colonial, com quatro ou cinco quartos, e afastadas

das ruas sem calçadas para pedestres, todas em lotes de cinco mil metros quadrados. A maioria de pintura conservadora, com venezianas e molduras fazendo contraste — casa cinza-escuro, com janelas azul-escuro, por exemplo, ou casa bege-claro, com portas vermelhas. A maioria com entrada de carro em cascalho, comprida, e uma piscina escavada no chão do quintal dos fundos.

Basta olhar mais de perto — ou melhor, ficar mais um pouco — que você vai começar a perceber a diferença.

As casas dos divorciados são aquelas onde o caminhão do jardineiro não pára mais, aquelas pelas quais o trator passa direto depois das nevascas no inverno. Fique olhando que você vai ver uma procissão de adolescentes com cara de chateados, ou até mesmo a própria dona da casa sair para passar o ancinho e cortar a grama, tirar a neve ou podar o jardim. São aquelas onde o Camry ou o Accord ou a van da mamãe não é trocado todo ano e só fica envelhecendo na garagem; onde o segundo carro, se houver, será muito provavelmente uma sucata velha comprada nos classificados do *Examiner*, em vez do Honda Civic zero quilômetro com muita honra, ainda que pelado; ou, se a criança tiver muita sorte, o carro esporte que o papai descartou depois da crise da meia-idade.

Não têm paisagismo sofisticado, não têm festas à beira da piscina no verão, não têm operários fazendo uma barulhada às sete horas da manhã, na obra de acréscimo de um escritório domiciliar ou de uma suíte presidencial para o casal. A pintura tem de agüentar quatro ou cinco anos, em vez de dois ou três, e quando chega a ser refeita é porque já estava mais do que descascada.

Mas, acima de tudo, dava para ver nas manhãs de sábado, quando tinha início o que eu e minhas amigas chamávamos de Desfile dos Papais. Por volta das dez ou onze horas da manhã, sábado sim, sábado não, as entradas de carro de um lado e de outro da nossa rua, e das ruas vizinhas, se enchiam com os carros dos homens que moravam antes nesses casarões. Um a um, eles saíam de seus carros, caminhavam até as portas, tocavam as campainhas dos lares onde costumavam dormir e pegavam os filhos para passar o fim de semana juntos. Os dias, me diziam as amigas, eram cheios de todo tipo de extravagância — compras, passeios pelo shopping, idas ao zoológico, ao circo, almoço fora, jantar fora, um cineminha antes e um depois. Qualquer coisa para fazer passar o tempo, para preencher os minutos mortos entre filhos e pais que, de repente, tinham muito pouco a dizer uns aos outros depois das primeiras trocas de amenidades (nos casos cordatos, sem culpa) ou de bílis (nos casos litigiosos, em que os pais desfilavam as fraquezas e infidelidades mútuas diante do juiz — e, por extensão, em frente do público fofoqueiro, e, por fim, de seus filhos também).

Todas as minhas amigas conheciam a rotina. Meu irmão, minha irmã e eu fizemos isso algumas vezes nos primeiros tempos da separação dos meus pais, antes de meu pai avisar que queria ser menos um pai e mais um tio, e que as nossas visitas de fim de semana não se encaixavam nessa sua noção. As noites de sábado eram passadas num sofá-cama do apartamentinho dele, do outro lado da cidade — um lugar empoeirado, cheio de caríssimos equipamentos de som, aparelhos de televisão da melhor qualidade e um excesso de fotos dos filhos ou, de vez em quando, nenhuma. Na casa do meu pai, Lucy e eu nos aconchegávamos em cima do colchão fino do sofá-cama, sentindo o estrado de metal nos espetando a noite inteira, enquanto Josh dormia ao nosso lado, sobre um saco de dormir estendido no chão. Só se faziam refeições em restaurantes. Poucos eram os pais recém-solteiros que sabiam cozinhar, ou que tinham vontade de aprender. A maioria deles, como era o caso, estava apenas esperando chegar uma esposa ou namorada substituta que lhes abasteceria a geladeira e os esperaria toda noite com o jantar pronto.

E, no domingo de manhã, na hora da missa ou da aula de hebraico, começava novamente o desfile, só que ao contrário: os carros paravam para expelir crianças, que se aventuravam pelo cascalho tentando não correr nem se mostrar por demais aliviadas, e os pais tentavam sair dirigindo com calma no esforço de se lembrar que aquilo deveria ser um prazer e não uma obrigação. Durante dois, três, quatro anos vinham todos. Depois começavam a desaparecer — casados novamente, em sua maioria, ou morando noutro lugar.

Não era tão ruim assim — não era ruim como no terceiro mundo, nem tanto quanto nos Montes Apalaches. Não havia dor física, nem fome de verdade. Mesmo com a queda do padrão de vida, os subúrbios da Filadélfia eram muito melhor de ver do que a vida que levava a maioria das pessoas do mundo — ou do país. Mesmo com carros velhos e férias menos maravilhosas, e piscinas nem tão limpinhas assim, ainda tínhamos carros, férias, piscinas no quintal e um teto sobre nossas cabeças.

E mães e filhos aprendiam a depender uns dos outros. O divórcio nos ensinou a lidar com as coisas da vida, fossem as contenções circunstanciais ou o que dizer quando a chefe das bandeirantes perguntava o que você gostaria de trazer para o banquete do Pai com a Filha, ("Um pai", era a resposta preferida). Minhas amigas e eu aprendemos a ser petulantes e teimosas, um bando juvenil de cínicas, tudo isso antes de chegar aos dezesseis anos.

Mas eu sempre tive curiosidade de saber como se sentiam os pais ao subirem a rua que costumavam descer toda noite, e se de fato enxergavam suas antigas casas, se percebiam como as coisas haviam se desgastado e esfrangalhado por todo lado depois de sua partida. Tive essa curiosidade novamente, ao parar o carro na casa onde me criei. Percebi que estava mais zoneada do que o normal. Minha mãe não gostava muito de trabalhar no quintal, nem sua hedionda companheira, Tanya, de forma que o gramado estava entulhado de folhas mortas amareladas. O cascalho da entrada de carros estava mais ralo do que cabelo de velho penteado de um lado para o outro, com a finalidade de cobrir a coroa que se abre com os anos, e, quando estacionei, percebi o parco reflexo de metal velho atrás do antigo depósito de ferramentas. Nós costumávamos estacionar nossas bicicletas ali dentro. Tanya tinha feito uma "faxina": tirou todas dali, desde os velocípedes até as de dez marchas abandonadas, e colocou atrás do depósito a céu aberto, para que enferrujassem. "Considerem isso uma instalação artística", mamãe nos pediu, quando Josh reclamou que aquela pilha de bicicletas ali criava uma atmosfera de cortiço. Tive curiosidade de saber se meu pai passou por ali alguma vez, se sabia da nova situação da minha mãe, se pensava em nós, ou se estava satisfeito em ter seus três filhos largados pelo mundo, crescidos e desconhecidos.

Minha mãe me esperava na entrada de carros. Ela é alta, como eu, e pesada (uma Mulher Avantajada, ouvi a voz de Bruce me atormentando a cabeça). Enquanto eu sou uma ampulheta (de proporções extremadas), minha mãe tem o formato de uma maçã — cortada ao meio, assentada sobre pernas rígidas e musculosas. Destaque em tênis, basquete e hóquei no curso secundário, e estrela das Switch Hitters (seu inevitável time de *softball*), Ann Goldblum Shapiro manteve tanto a postura quanto a sensibilidade de um eterno brutamontes, uma mulher que acredita não haver problema que não se possa resolver, nem situação que não possa melhorar, com uma breve caminhada em passo acelerado ou umas boas braçadas na piscina.

Ela usa o cabelo curto e o deixa grisalho, e se veste com roupas confortáveis em tons de cinza, bege e rosa pálido. Os olhos têm o mesmo tom de verde dos meus, mas são maiores e menos ansiosos, e ela sorri muito. É o tipo de pessoa que está sempre sendo abordada por desconhecidos — para indicar caminhos, dar conselhos e até uma opinião sincera sobre o maiô que a colega de vestiário na loja de departamentos quer comprar, mas receia ficar com a bunda muito grande dentro dele.

Hoje, para a nossa saída, estava usando calças largas de moleton rosa pálido, um suéter azul de gola rulê, um de seus catorze pares de tênis para atividades específicas e uma jaqueta decorada com um pequeno broche triangular, nas cores do arco-íris. Estava sem maquiagem — nunca usou — e o cabelo espetado em seu estado habitual, após o uso do secador. Mostrou-se alegre ao entrar no carro. Para ela, essas demonstrações gratuitas de culinária no melhor mercado de alimentos do centro da cidade, ao mesmo tempo um ponto de encontro dos mais gabaritados, eram melhores do que shows de comediantes. Não deveriam ser eventos participativos, mas ninguém avisou a ela.

— Sutil — falei, apontando para o seu broche.

— Gostou? — perguntou ela, desligada. — Tanya e eu trouxemos lá de New Hope no fim de semana passado.

— Você trouxe um para mim?

— Não — disse ela, recusando-se a pegar a isca. — Trouxemos isso para você — entregou-me um pequeno retângulo, embrulhado num lenço de papel roxo. Eu o desembrulhei, quando o sinal fechou, e vi um ímã com a figura de uma menina de desenho animado, de balançantes cabelos cacheados e óculos. Estava escrito: "Eu não sou gay, mas minha mãe é." Perfeito.

Mexi um pouco no rádio e fiquei calada durante os trinta minutos do percurso de volta à cidade. Minha mãe permaneceu em silêncio ao meu lado, obviamente à espera de que eu trouxesse à baila a última obra de Bruce. Entrando no Terminal, entre o verdureiro e o balcão de peixes frescos, finalmente eu trouxe.

— Bom de cama — grunhi. — Até parece!

Minha mãe me lançou um olhar de soslaio.

— Pelo que estou vendo, ele não era?

— Eu não quero levar essa conversa com você — resmunguei, enquanto passávamos pelos balcões de comida tailandesa e mexicana em direção aos nossos assentos diante da cozinha de demonstração.

O *chef* — freqüentador quase assíduo, que eu me lembrava da aula dos favoritos do Sul, três semanas antes — empalideceu quando minha mãe se sentou.

Olhando para mim, ela deu de ombros e fixou a vista no quadro-negro. Esta semana era dos Clássicos Americanos com Cinco Ingredientes Fáceis. O *chef* desfiou seu rosário. Um dos assistentes — um adolescente alto e desengonçado, cheio de espinhas no rosto, do Restaurante Escola — começou entusiasticamente a picar um repolho.

— Ele vai cortar o dedo fora — previu minha mãe.

— Psiu! — fiz, quando a primeira fileira de freqüentadores assíduos, em sua maioria idosos que levavam essas aulas extremamente a sério, nos olhou com cara feia.

— Ora, mas vai — disse minha mãe. — Está segurando a faca errado. Bem, vamos voltar ao Bruce...

— Eu não quero falar nisso — disse eu.

O *chef* derreteu um pedação de manteiga numa panela. Depois, acrescentou bacon. Minha mãe prendeu o fôlego, como se tivesse acabado de ver alguém sendo decapitado, e levantou a mão.

— Por acaso não existe uma alternativa saudável para essa receita? — indagou. O *chef* soltou um suspiro e começou a falar de azeite de oliva. Minha mãe voltou a atenção para mim. — Esqueça o Bruce. Você consegue coisa melhor.

— Mamãe!

— Psiu! — fizeram alguns aficionados da primeira fila.

Minha mãe balançou a cabeça.

— Não acredito.

— No quê?

— Olhe só para o tamanho daquela frigideira. Ali não vai dar — dito e feito. O aprendiz de cozinheiro estava enfiando uma quantidade demasiada de repolho mal cortado dentro de uma frigideirinha rasa. Minha mãe levantou a mão. Eu a puxei para baixo.

— Deixe para lá.

— Como é que ele vai aprender alguma coisa, se ninguém avisa quando ele está cometendo um erro? — reclamou ela, olhando para o palco com o rosto espremido de descontentamento.

— Exatamente — disse a mulher, sentada ao seu lado.

— E se ele for salpicar aquela farinha em cima do frango — continuou minha mãe —, acho melhor temperá-lo primeiro.

— A senhora já experimentou pimenta-malagueta? — perguntou um senhor mais idoso, na fileira da frente. — Não pode exagerar, sabe, basta uma pitadinha para dar um gosto delicioso.

— Tomilho é muito bom também — disse minha mãe.

— Está bem, Julia Child!

Fechei os olhos e afundei o mais que pude na poltroninha dobrável, enquanto o *chef* passava às batatas carameladas e fritadas de maçã, e minha mãe continuou sabatinando-o sobre substituições, modificações e técnicas que ela havia aprendido nos seus tempos de dona de casa, isso sem parar de fazer comentários para o deleite dos que estavam ao seu lado e a fúria da primeira fileira.

Mais tarde, enquanto tomávamos cappuccino e comíamos *pretzels* no balcão dos Amish, me veio com o sermão que eu sabia estar preparando desde a noite anterior.

— Sei que você está magoada agora — começou. — Mas existe um monte de rapazes por aí.

— É mesmo? — murmurei, com os olhos fixos na xícara.

— Moças também — prosseguiu ela, querendo ajudar.

— Mãe, quantas vezes vou ter de lhe dizer: eu não sou lésbica. Não estou interessada.

Ela balançou a cabeça fingindo tristeza.

— Eu depositava tanta esperança em você — disse, soltando um suspiro fingido, e apontou para um dos balcões de peixe, onde havia carpas e lúcios empilhados um em cima do outro, com a boca escancarada e os olhos esbugalhados, e a luz ambiente refletida em suas escamas. — Isso é de uma aula prática.

— Isso é um balcão de peixes — corrigi.

— Está lhe dizendo que há vários peixes no mar — disse ela. Foi até lá e bateu com a unha no vidro do balcão. Eu fui junto, relutando.

— Está vendo? — prosseguiu. — Pense em cada um desses peixes como um rapaz solteiro.

Fixei meu olhar nos peixes. E eles, empilhados em seis camadas, pareceram me responder com um olhar boquiaberto.

— Esses aí têm bons modos — comentei. — E alguns talvez até saibam conversar melhor.

— Quer peixe? — perguntou uma baixinha de traços asiáticos, que usava um avental de borracha roçando no chão. Trazia na mão uma faca de corte. Pensei, por um breve instante, em pedi-la emprestada, e em qual seria a sensação de estripar Bruce. — Peixe bom — disse ela, torcendo para que comprássemos.

— Não, obrigada — respondi.

Minha mãe me levou de volta à mesa.

— Você não deveria ficar tão zangada — disse ela. — Aquele artigo vai estar forrando gaiolas de passarinho no mês que vem...

— Que pensamento estimulante para se compartilhar com uma jornalista!

— Não seja sarcástica — disse ela.

— Não sei ser de outra maneira — retruquei, soltando um suspiro.

Tornamos a nos sentar. Minha mãe pegou a xícara e arriscou:

— Foi por ele ter conseguido um emprego numa revista?

Respirei bem fundo.

— Talvez — reconheci. E era verdade, ver a estrela do Bruce subindo, enquanto a minha continuava no mesmo lugar, teria sido doloroso mesmo que o primeiro artigo dele não fosse sobre mim.

— Você está indo bem — disse minha mãe. — O seu dia chegará.

— E se não chegar? — cobrei. — E se eu nunca mais conseguir outro emprego, ou outro namorado...

Ela fez com a mão um gesto de quem descarta a possibilidade, como se a hipótese fosse boba demais para ser considerada.

— Mas, hein? E se eu não conseguir? — perguntei, dilacerada.

— Ele arranjou essa coluna, está escrevendo um romance...

— Ele diz que está escrevendo um romance — disse minha mãe. — Não significa que seja verdade.

— Nunca mais vou conhecer outra pessoa — disse, secamente.
Mamãe soltou um suspiro.
— Sabe, eu acho que parte disso é culpa minha — disse ela, afinal.
Isso capturou a minha atenção.
— Quando o seu pai falava certas coisas...
Essa virada na conversa eu não queria de jeito algum.
— Mamãe...
— Não, não, Cannie, eu quero falar — ela tomou bastante fôlego. — Ele era horrível. Mau e horrível, e eu o deixava fazer o que bem entendesse, muito mais do que deveria, e deixei passar tempo demais.
— Águas passadas — comentei.
— Sinto muito — disse ela. Eu já a ouvira dizer isso antes, mas magoava sempre, porque toda vez me fazia lembrar exatamente do que ela estava se desculpando e quanto tinha sido ruim. — Eu sinto muito, porque sei que foi justamente isso que a fez do jeito que você é.
Eu me levantei, peguei a xícara dela e a minha, os guardanapos usados, os restos de *pretzel* e saí atrás de uma lata de lixo. Ela veio atrás de mim.
— De que jeito eu sou? — perguntei.
Ela pensou um instante.
— Bem, você não aceita crítica.
— Não me diga!
— Não se sente muito à vontade com o seu visual.
— Quero ver uma mulher que se sinta — retruquei, prontamente. — Só que não são todas que têm o prazer de constatar suas inseguranças exploradas diante de milhões de leitores da *Moxie*!
— E eu gostaria... — ela olhou, ressentida, para as mesas no centro do mercado, onde se reuniam famílias, comendo sanduíches e tomando café, trocando cadernos do *Examiner* entre si. — Gostaria que você acreditasse mais em si mesma. No seu... lado romântico.

Mais uma conversa que eu não gostaria de estar tendo com minha mãe, que se converteu em lésbica já muito tarde na vida.

— Você vai encontrar o rapaz certo — disse ela.

— As opções até agora me deixam em total apatia.

— Você ficou tempo demais com o Bruce...

— Mamãe, por favor!

— Ele era um bom moço. Mas eu sabia que você não o amava tanto assim.

— Eu achava que você tinha abandonado o aconselhamento heterossexual.

— Estou fazendo um atendimento sob encomenda para tratar de um propósito específico — retrucou ela, alegremente.

Lá fora, ao lado do carro, me deu rudimentos de um abraço — o que já foi um grande passo para ela, eu sabia. Minha mãe é uma grande cozinheira, uma excelente ouvinte e sabe julgar o caráter das pessoas como ninguém, mas nunca se deu muito bem com essas coisas de contato físico e sentimentos.

— Eu te amo — disse ela, o que também não era muito do seu feitio. Mas eu é que não iria protestar. Estava precisando de todo o amor que conseguisse!

TRÊS

Segunda-feira de manhã, eu estava sentada numa sala de espera, cheia de mulheres grandes demais para cruzarem suas pernas, todas nós encaixadas em poltronas inadequadas, no sétimo andar do Centro de Tratamento de Distúrbios Alimentares, da Universidade da Filadélfia, pensando que, se eu fosse a gerente dali, não deixaria de colocar sofás.

"Isso é só uma pesquisa", dissera a secretária magricela e sorridente sentada à mesa, ao me entregar um maço de formulários com mais de um centímetro de espessura, uma prancheta e uma caneta. "Tem café da manhã ali", ela acrescentou, toda alegrinha, apontando para uma pilha de bolachas de água e sal, um pote de requeijão desnatado e uma jarra de suco de laranja, com uma película de polpa flutuando na superfície. Como se alguém fosse comer aqui, pensei, contornando as bolachinhas e me sentando com os meus formulários embaixo de um pôster, em que se lia, "Perdendo... um pouco a cada dia!", e se via uma modelo, de malha de ginástica, saltitando pelo meio de um campo todo florido, algo que eu não pensava em fazer de jeito algum, por mais que emagrecesse.

Nome. Essa é fácil. Altura. Não tem problema. Peso atual. Sabido. Menor peso que manteve na vida adulta. Quatorze já conta como adulto? Razão para querer perder peso. Pensei um instante e logo escrevi, *Fui humilhada numa publicação de âmbito nacional.* Pensei mais um pouco e acrescentei, *Gostaria de me sentir melhor comigo mesma.*

Página seguinte. Histórico de dietas. Maiores pesos, menores pesos, programas em que me inscrevi, quanto perdi, quanto tempo me mantive assim. "Por favor, use o verso se precisar de mais espaço", estava escrito no formulário. Eu precisei. A bem da verdade, a julgar por uma breve olhadela na sala inteira, todo mundo precisou. Uma mulher chegou até a pedir mais papel.

Página três. Peso dos pais. Peso dos avós. Peso dos irmãos. Chutei todos eles. Não eram coisas que discutíssemos em volta da mesa, nas reuniões de família. Eu comia por compulsão e depois purgava tudo, fazia jejum, tomava laxantes, tinha costume de me exercitar? Se fizesse isso tudo, pensei, o meu visual seria esse?

Faça uma lista dos seus cinco restaurantes preferidos. Ora, isso seria fácil. Bastava descer a minha rua que eu passava por cinco lugares maravilhosos para comer — dos *donuts* ao *tiramisu*, antes de terminar o terceiro quarteirão. A Filadélfia ainda vivia na sombra de Nova York e em geral tinha o caráter de uma segunda irmã soturna, que nunca integrou a lista dos homenageados da casa ou de visitantes ilustres. Mas o resgate de nossos restaurantes foi para valer e eu morava no bairro que ostentava a primeira *crêperie*, a primeira loja de *yakisoba* e o primeiro mix de restaurante com casa de espetáculos de *drag-queens* (as imitações de mulheres eram mais ou menos, mas a lula era excelente). Tínhamos também os dois cafés de praxe por quarteirão, que conseguiram me deixar viciada nos elaboradíssimos cafés com leite de três dólares e nos doces de massa fofa com floquinhos de chocolate. Sem dúvida não era, e eu sabia muito bem disso, o café da manhã dos campeões, mas o que poderia fazer uma pobre menina, a não ser tentar compensar, evitando a tentação dos sanduíches de bife com queijo que se encontra em cada esquina da Filadélfia? Além disso, Andy, o único amigo de verdade que eu arranjei no jornal, era quem fazia a crítica dos restaurantes. Eu costumava acompanhá-lo nas refeições para análise dos cardápios, comendo patê de fígado de ganso, guisado de coelho, vitela, veado e perca flambada nos melhores restaurantes da cidade, enquanto ele murmurava ao microfone escondido, com fio e tudo, por baixo de sua gola.

Cinco comidas preferidas. A coisa estava começando a ficar esquisita. As sobremesas, na minha opinião, eram uma categoria totalmente distinta dos pratos principais, e o café da manhã, por sua vez, era outra história completamente diferente, e as cinco melhores coisas que eu conseguia cozinhar não traziam qualquer semelhança com as cinco melhores coisas que eu conseguia comprar. Purê de batatas e frango assado eram o meu recurso alimentar mais corriqueiro, mas será que eu poderia comparar isso com as tortas de chocolate e o *crème brûlée* da Parisian Bakery, na Lombard Street? Ou as folhas de uva recheadas na brasa do Viet Nam, ou o frango frito do Delilah's, e os *brownies* do Le Bus? Escrevi algumas coisas, rabisquei tudo, me lembrei do pudim de pão de chocolate do Silk City Diner, aquecido e ainda por cima com creme de chantilly, e aí precisei começar tudo de novo.

Sete páginas de história física. Eu tinha sopro no coração, pressão alta, glaucoma? Estava grávida? Não, não, mil vezes não. Seis páginas de história emocional. Eu comia quando estava nervosa? Sim. Comia quando estava feliz? Sim. Estaria me enchendo daquelas bolachas com aquele requeijão maroto neste exato instante, se não fosse pelas demais pessoas presentes? Pode apostar.

Passando para as páginas de psicologia. Eu ficava deprimida com freqüência? Fiz um círculo em volta de *às vezes*. Pensava em suicídio? Eu me retraí toda e logo em seguida marquei *raramente*. Insônia? Não. De vez em quando, me achava imprestável? Sim, mesmo sabendo que não era. Já tivera a fantasia de cortar fora partes mais carnudas ou pelancudas do meu corpo? O quê, todo mundo não tem? Por gentileza, faça comentários adicionais. Escrevi: *Estou satisfeita com todos os aspectos da minha vida, exceto minha aparência.* Depois acrescentei: *E minha vida amorosa.*

Ri um pouco. A mulher enfiada na poltrona, ao meu lado, experimentou trocar um sorriso comigo. Estava usando uma dessas roupas que eu sempre considerei típica das gordinhas elegantes: *legging*, e por cima uma túnica toda em azul-petróleo, com margaridas estampadas no peito. Muito bonita, e não era roupa barata, não, mas muito à vontade. Como se os estilistas de moda resolvessem que depois de um certo peso as mulheres não precisassem mais se preocupar com *tailleurs*, trajes de passeio, mais nada que não fossem as gloriosas variações dos abrigos de ginástica, e tentassem se desculpar por nos vestirem como Teletubbies de idade um pouco mais avançada, colocando estampas de margaridas nas blusas.

— Estou rindo para não chorar — expliquei.

— Entendi muito bem — disse ela. — Meu nome é Lily.

— Meu nome é Cannie. Apelido de Candace.

Ela sorriu. O cabelo era preto brilhante, estava torcido para cima, por trás da cabeça, e preso por um desses pauzinhos laqueados, que mais parecem aqueles de comer comida japonesa, e seus brincos eram diamantes do tamanho de um amendoim.

— Você acha que isso vai funcionar? — perguntei.

Ela encolheu os grossos ombros.

— Eu estava tomando *phen-fen* — falou. — Perdi quarenta quilos.

Ela enfiou a mão na bolsa. Eu já sabia o que viria. As mulheres normais trazem consigo fotos de seus bebês, maridos, casas de campo. As gordas trazem fotos de quando eram magras. Lily me mostrou uma de corpo inteiro, de *tailleur* preto, e outra de perfil, de minissaia e suéter. Sem dúvida, estava de arrasar.

— *Phen-fen* — disse ela, e soltou um suspiro gigantesco. O peito dela parecia algo regido por marés e gravidade, não por mero desejo humano. — Eu estava indo tão bem — continuou. Os olhos se perderam no infinito. — Não sentia fome nunca. Era como se estivesse voando.

— A anfetamina faz isso também — comentei.

Lily nem me ouviu.

— Chorei no dia em que tiraram do mercado. Fiz o que pude, mas ganhei tudo de volta, assim, em coisa de dez minutos — ela contraiu os olhos. — Eu seria capaz até de matar para conseguir mais *phen-fen*.

— Mas... — falei, hesitante. — Ele não causava problemas cardíacos?

Lily resfolegou.

— Se me dessem uma opção entre estar deste tamanho e estar morta, eu juro que teria de pensar no caso. É ridículo! Em qualquer esquina compra-se cocaína, mas *phen-fen* não se consegue por dinheiro algum, nem por amor.

— Ahn! — não consegui pensar em coisa alguma para dizer.

— Você nunca experimentou *phen-fen*?

— Não. Só os Vigilantes do Peso.

A frase detonou um coro de reclamações e olhares de esguelha em todas as mulheres sentadas ao meu redor.

— Vigilantes do Peso!

— Isso é uma balela.

— E cara, ainda por cima.

— Entrar na fila para um magricela qualquer vir tirar o seu peso...

— E aquelas balanças nunca estão certas — disse Lily, sendo aclamada por um coro de *anh-hans!*

A manequim 42, sentada à escrivaninha, estava começando a ficar preocupada. Insurreição das gorduchas! Eu sorri, imaginando-nos em procissão pelo corredor, um exército de justiceiras vestidas com calças de lycra, virando as balanças, derrubando os aparelhos de pressão, rasgando as tabelas de peso e altura das paredes e enfiando-as pela goela dos médicos magricelas, enquanto nos refestelávamos comendo bolachas de água e sal com requeijão desnatado.

— Candace Shapiro?

Um médico alto, de voz extremamente gutural, estava chamando meu nome. Lily me apertou a mão.

— Boa sorte — sussurrou-me. — E se ele tiver alguma amostra de *phen-fen* ali dentro, pegue-a.

O médico estava na faixa dos quarenta, era magro (óbvio!) e tinha as têmporas grisalhas, um aperto de mão afetuoso e grandes olhos castanhos. Também era extremamente alto. Mesmo com os meus Doc Martens de solado grosso, eu mal batia nos ombros dele, o que significava um sujeito beirando os dois metros. O nome dele me pareceu algo como Dr. Krushelevansky, só que tinha mais sílabas.

— Pode me chamar de Dr.K. — disse ele, em sua voz absurdamente gutural e lenta.

Eu fiquei o tempo todo esperando que ele parasse com o que considerei uma imitação malfeita de Barry White e falasse normalmente, mas, como ele não parou, concluí que aquele *basso profundo* era mesmo o seu jeito de falar. Fiquei sentada, apertando a bolsa contra o peito, enquanto ele folheava os meus formulários, fazendo careta diante de algumas respostas, rindo abertamente diante de outras. Eu olhei ao redor, tentando relaxar. O consultório era bonito. Sofás de couro, uma escrivaninha cheia de coisas em agradável desordem, um tapete que parecia mesmo oriental, coberto de pilhas de livros, papéis e revistas, um aparelho de TV acoplado com vídeo num canto, e uma geladeirinha com uma máquina de café em cima no outro. Pensei se ele não dormiria de vez em quando ali... talvez se o sofá se transformasse em cama. O lugar tinha um aspecto convidativo, era agradável ficar ali.

— Humilhada em publicação de âmbito nacional? — leu, em voz alta. — O que aconteceu?

— Ahn, você não iria gostar de ouvir.

— Não, iria sim. Acho que essa foi a resposta mais incomum que alguém já escreveu.

— Bem, o meu namorado... — retraí-me. — Ex-namorado. Perdão. Ele está escrevendo uma coluna para a *Moxie*...

— Bom de cama? — perguntou o médico.
— Bem, ele diz que sim.
O médico corou.
— Não... quero dizer...
— Pois é essa a coluna que Bruce escreve. Não me diga que você leu — falei, pensando que se um médico de clínica de emagrecimento, com quarenta e poucos anos de idade, tinha lido, dava para presumir que praticamente todo mundo com quem eu convivo também tinha.
— Na verdade, eu até recortei — contou-me. — Achei que as nossas pacientes gostariam de ler.
— O quê? Por quê?
— Ora, na verdade foi uma observação bastante sensível de uma... de uma...
— De uma gorda?
O médico sorriu.
— Ele jamais a chamou assim.
— Só faltou isso.
— Então você veio aqui por causa do artigo?
— Em parte.
O médico olhou para mim.
— Está bem. Praticamente sim. É que, não sei... eu nunca pensei em mim mesma... daquele jeito. Como uma mulher avantajada! Quero dizer, eu sei que sou... avantajada... e sei que preciso perder peso. Sabe, não sou cega nem nada, conheço a cultura, sei que as pessoas esperam que as mulheres tenham um certo visual...
— Então você está aqui por causa das expectativas das pessoas?
— Eu quero ser magra — ele ficou me olhando, esperando. — Bem, mais magra, enfim.
Ele folheou os meus formulários e disse:
— Os seus pais estão acima do peso.

— Ahn... um pouco. Minha mãe está um pouco pesada. Meu pai, eu não o vejo há anos. Tinha uma barriguinha quando foi embora, mas... — disse isso, e parei. A verdade era que eu não sabia se meu pai estava vivo e era sempre muito estranho quando o assunto surgia. — Não faço idéia de como ele está agora.

O médico tirou os olhos do formulário e olhou para mim.

— Você não tem contato com ele?

— Não.

Ele fez uma anotação.

— E seus irmãos?

— Dois magricelas — disse eu, num suspiro. — Eu fui a única em quem rogaram a praga gorda.

O médico riu.

— Rogaram a praga gorda! Nunca tinha ouvido assim desse jeito.

— Ah, é? Eu tenho mais um milhão dessas.

Ele folheou mais um pouco.

— Você é repórter?

Confirmei, com a cabeça apenas. Ele folheou mais.

— Candace Shapiro... já vi matéria assinada por você.

— Viu? — uma surpresa de fato! A maioria dos civis pula direto o nome do autor da matéria.

— Você escreve sobre televisão, às vezes.

Confirmei, novamente.

— Você é muito engraçada. Gosta do seu trabalho?

— Adoro — falei, com sinceridade. Quando não estava neurotizada com o excesso de pressão e com a ânsia de estar na boca do povo, ou ralando para conseguir um destaque interessante junto aos colegas mais territorialistas, eu até que dava um jeito de me divertir. — É muito legal. Interessante, motivador... todas essas coisas.

Ele escreveu alguma coisa no fichário.

— E você acha que o peso afeta seu desempenho no trabalho... o salário, a carreira?

Fiquei pensando um minuto.

— Não, acho que não. Sabe, às vezes algumas das pessoas que entrevisto... pois é, são magras e eu não sou, então fico um pouco enciumada, talvez, ou pensando se me acham preguiçosa ou qualquer coisa assim, e aí preciso me cuidar quando escrevo os artigos, para não deixar que os meus sentimentos afetem o que vou dizer delas. Mas sou boa no que faço, respeitada. Tem gente até que tem medo de mim. E o jornal é regularizado, o que significa que financeiramente eu estou bem.

Ele riu e continuou folheando, diminuindo o ritmo na página de psicologia.

— Fez terapia ano passado?

— Umas oito semanas.

— Posso perguntar por quê?

Pensei um minuto. Não há como dizer para alguém, que você acaba de conhecer, que a sua mãe anunciou, aos cinqüenta anos de idade, que é homossexual. Especialmente, quando se trata de alguém que parece um James Earl Jones branco e magro, e provavelmente vai ficar tão tocado que vai repetir em voz alta. Possivelmente mais de uma vez.

— Coisas de família — falei, afinal.

Ele ficou só me olhando.

— Minha mãe tinha começado um relacionamento novo, as coisas estavam andando muito rapidamente, e eu fiquei meio pirada.

— E a terapia ajudou?

Pensei na figura para quem o meu plano de saúde me encaminhou, uma mulherzinha raquítica, com cachinhos de anjo e óculos pendurados numa corrente presa ao pescoço, que parecia sentir medo de mim. Ficar sabendo que minha mãe tinha se tornado recentemente lésbica e meu pai era absolutamente ausente, logo nos primeiros minutos da minha anamnese, talvez tenha sido um pouco demais para ela. O olhar dela era sempre algo retraído, como se temesse que eu, a qualquer instante, fosse pular por cima de sua mesa, derrubar no chão a sua caixinha de lenços de papel e esgaçá-la.

— Acho que sim. O ponto principal da terapeuta foi que eu não posso mudar o que as pessoas da minha família fazem, mas sim a maneira como vou reagir.

Ele rabiscou alguma coisa no meu fichário. Tentei me inclinar um pouquinho para tentar distinguir alguma coisa do que ele estava escrevendo, mas o papel estava inclinado num ângulo muito acentuado.

— O conselho valeu?

Eu estremeci por dentro, ao me lembrar que Tanya se mudou para a casa de minha mãe apenas seis semanas depois de começarem o namoro, e a primeira coisa que fez ao se instalar foi tirar toda a mobília do que tinha sido o meu quarto e encher tudo com seus penduricalhos de vidro, seus respectivos arco-íris, os livros de auto-ajuda, além do tear de duas toneladas. A maneira de Tanya dizer obrigada foi tecer um suéter listrado para Nifkin, que só o usou uma vez e depois o comeu.

— Acho que sim. Quero dizer, a situação não é perfeita, mas estou dando um jeito de me acostumar.

— Está bem, então — disse ele. — O negócio é o seguinte, Candace.

— Cannie — falei. — Só me chamam de Candace quando estou numa encrenca.

— Pois seja, Cannie. Estamos conduzindo um estudo, que vai durar um ano, de uma droga chamada sibutramin, que funciona mais ou menos do mesmo modo que o *phen-fen*. Você já tomou *phen-fen*?

— Não — falei —, mas tem uma mulher na sala de espera que sente uma falta danada dele.

Ele tornou a sorrir. Percebi que tinha uma covinha na bochecha esquerda.

— Obrigado pelo aviso — disse ele. — Agora, a sibutramina é muito mais suave, mas faz o mesmo efeito, que é basicamente enganar o cérebro, para dar a impressão de que você está satisfeita por mais tempo. O lado bom é que ele não impõe os mesmos riscos à saúde, nem tem o mesmo potencial de complicações que estava associado ao *phen-fen*. Estamos procurando mulheres que estejam pelo menos trinta por cento acima do peso ideal...

— ...e têm o enorme prazer de me informar que eu me encaixo nesse perfil — falei, com azedume.

Ele sorriu.

— Agora, os estudos que já foram feitos mostram que os pacientes perdem entre cinco e dez por cento do peso corpóreo em questão de um ano.

Fiz uns cálculos rápidos. Perder dez por cento do meu peso corpóreo ainda não me faria chegar nem perto do peso que eu queria ter.

— Ficou decepcionada?

Será que ele estava brincando? Que coisa mais frustrante! Tínhamos a tecnologia para substituir corações, levar septuagenários à Lua, propiciar ereções a velhinhos safados e o melhor que a ciência moderna conseguia fazer por mim eram uns parcos dez por cento?

— Acho que é melhor do que nada — falei.

— Dez por cento é muito melhor do que nada — disse ele, sério. — Os estudos mostram que uma perda de quatro quilos já faz um efeito drástico na pressão sangüínea e no colesterol.

— Tenho vinte e oito anos de idade. Minha pressão sangüínea e meu colesterol estão muito bem, obrigada. Não estou preocupada com a saúde — percebi que minha voz aumentou de volume. — Eu quero ser magra. Preciso ser magra.

— Candace... Cannie...

Respirei fundo e apoiei a testa nas mãos.

— Desculpe.

Ele colocou a mão no meu braço. Foi gostoso. Talvez fosse um ensinamento que ele aprendeu na faculdade de medicina: se a paciente ficar histérica ante a perspectiva de uma perda relativamente minúscula de peso, coloque a mão carinhosamente sobre seu antebraço... Puxei o braço.

— Veja bem — disse ele. — Em termos realísticos, considerando a sua hereditariedade e a sua estrutura, talvez você não seja talhada para ser uma pessoa magra. E isso não é a pior coisa do mundo.

— Ah, não? — indaguei, sem levantar a cabeça.

— Você não está doente. Não está sentindo dor alguma...

Mordi o lábio. Ele não fazia idéia. Eu me lembro de quando tinha mais ou menos catorze anos, nas férias de verão em alguma praia da vida, caminhando pelo calçadão com minha irmã, minha magra irmã, Lucy. Estávamos usando boné de beisebol, short, com maiô por baixo, e sandália de dedo. Tomando sorvete de casquinha. Eu fechava os olhos e enxergava as pernas bronzeadas em contraste com o short branco, sentia o sorvete derretendo na língua. Uma senhora de cabelos brancos e olhar terno nos abordou com um sorriso. Achei que fosse falar que nós nos parecíamos muito com suas netas, ou que sentia saudade da própria irmã e do quanto se divertiam quando estavam juntas. Nada disso! Ela cumprimentou minha irmã com um breve aceno de cabeça e se dirigiu a mim, apontando para o sorvete. "Você não deveria estar comendo isso, queridinha. Deveria estar de dieta."

Eu me lembrava de coisas como essa. Um acréscimo cotidiano de indelicadezas, todas aquelas pequenas mágoas que não se vão e eu carregava pela vida como pedras costuradas aos meus bolsos. O preço que se paga por ser uma Mulher Avantajada. *Você não deveria estar comendo isso.* Não está sentindo dor alguma, ele dissera. Que piada!

O médico limpou a garganta.

— Vamos falar um pouco sobre motivação.

— Ah, eu sou muito motivada — ergui a cabeça e consegui dar um sorrisinho meio amarelo. — Não dá para perceber?

Ele me retribuiu o sorriso.

— Também estamos atrás de gente que tenha o tipo certo de motivação — fechou o fichário e cruzou as mãos sobre a barriga inexistente. — Talvez você já saiba disso, mas as pessoas mais bem-sucedidas no controle do peso são aquelas que resolvem perder peso para si mesmas. Não para seus cônjuges, pais, ou porque o encontro da turma da escola secundária vai chegar em breve, ou porque se viram encabuladas por algo que alguém escreveu.

Ficamos olhando firme um para o outro em silêncio.

— Eu gostaria de ver se você consegue arranjar algumas razões para perder peso, além do fato de estar zangada e chateada agora.

— Eu não estou zangada — disse, zangada.

— Você consegue pensar em outras razões? — indagou, sério.

— Estou na pior — soltei. — Sozinha. Ninguém vai querer sair comigo desse jeito. Vou morrer só e o meu cachorro vai me lamber o rosto, e ninguém vai nos achar até que o cheiro saia por baixo da porta.

— Acho isso bastante improvável — falou ele, sorrindo.

— Você não conhece o meu cachorro — falei. — Então, quer dizer que eu passei? Quando é que recebo as drogas? Posso tomar agora?

— A gente se fala. — disse, e sorriu. Eu me levantei. Ele tirou o estetoscópio do pescoço e deu umas palmadinhas na mesa de exame. — Vamos tirar um pouco de sangue, antes de você ir embora. Eu só preciso auscultar o seu coração um minuto. Suba aqui para mim, por favor.

Sentei-me toda ereta na mesa e o papel amassou ruidosamente, e fechei os olhos quando as mãos dele tocaram as minhas costas. A primeira vez que um homem me tocava com alguma atenção ou carinho desde Bruce. Esse pensamento bastou para me encher os olhos. Não faça isso, pensei fervorosamente, não me vá chorar agora.

— Inspire — disse calmamente o Dr. K. Se teve alguma noção do que estava se passando, ele não deixou perceber. — Encha bem os pulmões... e segure... e solte.

— Ainda está aí? — perguntei, olhando para a cabeça dele, abaixada, quando sua mão encaixou o estetoscópio sob o meu seio esquerdo. E, de repente, antes que eu conseguisse me controlar... — Está partido?

Ele levantou a cabeça, sorrindo.

— Ainda. E não está partido. A bem da verdade, parece que o seu coração é saudável e forte — esticou a mão para me ajudar a descer. — Você vai ficar muito bem — disse. — A gente se fala.

Na sala de espera, Lily, a moça da blusa com margaridas estampadas no peito, ainda estava encaixada na poltrona, com metade de uma bolacha equilibrada sobre o joelho.

— E aí? — perguntou.

— Eles vão me informar depois — falei. Havia um pedaço de papel em sua mão. Fiquei surpresa ao ver que era uma fotocópia de "Amando uma Mulher Avantajada", de Bruce Guberman.

— Você viu isso? — perguntou-me.

Eu fiz que sim com a cabeça.

— Que legal! — disse ela. — Esse cara entende das coisas — ela se ajeitou o tanto que dava para se ajeitar na poltrona e me olhou bem nos olhos. — Você consegue imaginar a idiota que deixaria um cara assim ir embora?

QUATRO

Acho que toda pessoa solteira deveria ter um cachorro. Acho que o governo deveria interferir: se você não está casada nem morando junto com ninguém, seja por ter sido largada ou por ter-se divorciado, ou ainda que tenha enviuvado, eles deveriam exigir o seu comparecimento ao canil mais próximo a fim de escolher um animal para lhe fazer companhia.

Os cachorros dão ritmo e um propósito ao seu dia. Não dá para acordar ridiculamente tarde, nem passar o dia inteiro e mais a noite inteira fora, quando há um cachorro que depende de você.

Todo dia de manhã, independente do que eu tivesse bebido ou feito, do meu coração estar partido ou não, Nifkin me acordava encostando o nariz nas minhas pálpebras. Ele é um cachorrinho muito compreensivo, disposto a ficar pacientemente sentado no sofá, com as patinhas cruzadas à frente, ouvindo-me cantar junto com *My fair lady* ou recitar em voz alta receitas recortadas da revista *Family Circle*, que eu assinava, embora, como eu gostava de brincar, não tivesse nem círculo nem família.

Nifkin é um *rat terrier* pequeno e bem-feito, branco com manchas negras e marcas marrons nas pernas compridas e raquíticas. Ele pesa exatamente cinco quilos e parece um Jack Russell anoréxico e extremamente nervosinho, com orelhas de *doberman pinscher* sempre apontadas para cima, espetadas na cabeça. É um cachorro de segunda mão. Eu o herdei de três jornalistas esportivos que conheci no meu primeiro jornal. Eles estavam alugando uma casa e resolveram que uma casa precisava de um cachorro, e pegaram Nifkin no canil, achando que ele fosse, de fato, um filhote de *doberman pinscher*. Claro que não era... era apenas um *rat terrier*, com orelhas grandes demais. Na verdade, parece feito de pedaços de cachorros diferentes, que alguém resolveu montar daquele jeito por brincadeira. E tem um sorriso permanente de Elvis na cara — conseqüência, pelo que me contaram, de uma mordida que levou da mãe quando pequenino. Mas eu evito falar de seus defeitos quando ele está por perto. Nifkin também é muito cioso de sua aparência. Tal e qual a mãe dele.

Os jornalistas esportivos passaram seis meses alternando entre enchê-lo de todo tipo de atenção, e dar-lhe até cerveja para beber na tina de água, ou deixá-lo preso na cozinha totalmente ignorado, enquanto esperavam que ele atingisse a maturidade dobermanpinscheriana. Até que um deles arranjou um emprego no *Sun Sentinel*, de Fort Lauderdale, e os outros dois resolveram se separar, indo cada um morar no seu apartamento. Nenhum deles quis levar o pequeno e ansioso Nifkin, que nem de longe lembrava um *doberman pinscher*.

Os funcionários podiam colocar anúncios gratuitamente nos classificados do jornal e o deles, "Cachorrinho malhado, grátis, para um lar acolhedor", saiu durante duas semanas sem nenhum candidato. Desesperados, de malas prontas e com os depósitos de garantia já efetuados para assegurar os novos lares, os jornalistas esportivos me fizeram uma marcação sob pressão na lanchonete da empresa.

— Ou fica com você ou vai de volta para o canil municipal — disseram-me.

— Ele foi ensinado a não sujar a casa?

Eles trocaram olhares desconcertados.

— Mais ou menos — disse um deles.

— Na maoria das vezes — disse o outro.
— Sai roendo tudo que vê?
Mais um olhar desconcertado.
— Ele gosta de ossinhos de couro — disse um deles.
O outro ficou calado, do que pude inferir que Nifkin também gostava de sapatos, cintos, carteiras e tudo que lhe aparecesse pela frente.
— E ele já aprendeu a andar de coleira ou fica puxando o tempo todo? E vocês acham que ele seria capaz de atender a um chamado diferente de Nifkin?
Os dois se entreolharam.
— Veja bem, Cannie — disse um deles, afinal — , você sabe o que acontece com os cachorros no canil... a menos que consigam convencer alguém mais de que se trata de um *doberman pinscher*. E isto é improvável.
Fiquei com ele. E, obviamente, Nifkin passou os primeiros meses de nosso convívio fazendo cocô escondido num canto da sala, mordendo o sofá até abrir um buraco e se comportando como um coelho espasmódico, sempre que a guia estava presa à coleira. Quando me mudei para a Filadélfia, resolvi que tudo seria diferente. Arranjei um horário rígido para ele: um passeio às sete e meia da manhã, outro às quatro da tarde, pelos quais eu pagava ao filho do vizinho vinte dólares por semana, e um outro de praxe, rapidinho, antes de dormir. Fizemos seis meses de campo de concentração e depois disso ele já tinha parado de morder as coisas, mantinha a casa limpa e, em geral, passeava tranqüilo ao meu lado, a menos que um esquilo ou skatista o distraísse. Dado o progresso que obteve, tinha permissão para subir nos móveis. Ficava sentado ao meu lado no sofá, quando eu assistia televisão, e dormia enroscado em cima de um travesseiro ao lado da minha cabeça toda noite.

"Você gosta mais desse cachorro do que de mim", Bruce reclamou uma vez; e de fato Nifkin era totalmente mimado, tinha todo tipo de brinquedos de pelúcia, ossos de couro comestível, suéteres de lã e guloseimas sofisticadas, e me envergonha dizer que ainda tinha um sofazinho do seu tamanho, estofado com o mesmo brim que o meu sofá, onde ele dormia enquanto eu estava trabalhando. (Também é fato que Bruce não dava atenção alguma para Nifkin e não havia jeito de fazê-lo levar o cachorrinho para passear. Quando chegava da academia, ou do passeio de bicicleta, ou de um cansativo dia de trabalho, eu costumava encontrar Bruce escarrapachado no sofá — normalmente com seu narguilé por perto — e Nifkin empoleirado e tremendo em cima de uma das almofadas, com jeito de quem estava prestes a explodir. "Ele foi à rua?", eu perguntava, e Bruce dava de ombros, com a maior cara de pau. Depois de deparar com esse quadro uma dúzia de vezes, eu simplesmente parei de perguntar.) O meu protetor de tela no trabalho é uma foto do Nifkin e eu tenho uma assinatura do boletim on-line *Ratter Chatter*, embora tenha conseguido ficar sem mandar uma foto dele — até agora.

Juntos na cama, Bruce e eu costumávamos inventar possibilidades sobre o histórico de Nifkin. Na minha opinião, Nifkin tinha nascido numa abastada família inglesa, mas o pai o deserdou depois de encontrá-lo em posição comprometedora no depósito de feno com um dos cavalariços e o baniu para a América.

"Talvez ele tenha trabalhado como vitrinista", brincava Bruce, colocando a mão em concha por cima da minha cabeça. "Que chapéu gostoso!", dizia eu, e me aconchegava nele.

"Aposto que ele vivia indo ao Studio 54."

"Provavelmente conheceu o Truman."

"E usava terno sob medida, e andava de bengala no braço."

Nifkin olhava-nos como se fôssemos malucos e depois ia para a sala. Eu inclinava a cabeça para ganhar um beijo de Bruce e nós voltávamos à carga.

Mas ao mesmo tempo em que resgatei Nifkin dos jornalistas esportivos, dos classificados e do canil municipal, ele também me resgatou. Ele não me deixava sentir só, dava-me uma razão para acordar todo dia de manhã e me amava. Ou talvez amasse apenas o fato de que eu tinha polegares oponentes e conseguia usar o abridor de latas. Fosse o que fosse. Quando ele recostava o focinho ao lado da minha cabeça, na hora de dormir, dava um suspiro e fechava os olhos, isso já bastava.

Na manhã seguinte à minha consulta na clínica de controle do peso, coloquei a coleira retrátil nele, enfiei um saco plástico do Wal-Mart no bolso direito, quatro biscoitos caninos e uma bola de tênis no esquerdo. Nifkin pulava alucinadamente, carambolando do meu sofá para o dele, cruzando o corredor até o quarto e voltando numa velocidade estonteante, parando só para me dar uma lambida no nariz. Toda manhã, para ele, é uma celebração. Parece até que diz: Oba! Já é de manhã. Eu adoro a manhã. Manhã! Vamos passear. Finalmente conseguimos sair, mas ele continuou empinando do meu lado, enquanto eu sacava os óculos escuros de dentro do bolso e os colocava no rosto. Descemos a rua, Nifkin praticamente dançando e eu sendo arrastada a reboque.

O parque estava quase vazio. Havia só um par de cães de caça fuçando as moitas e um brioso *cocker spaniel* num canto. Soltei o cachorro da guia e ele, sem provocação alguma, tirou logo uma reta para cima do *cocker spaniel*, latindo freneticamente.

— Nifkin! — gritei, sabendo que assim que chegasse a uns trinta ou quarenta centímetros do cachorro ele iria parar, cheirar o outro profunda e desdenhosamente, talvez latir mais algumas vezes e depois deixá-lo para lá.

Eu sabia disso, Nifkin sabia disso e muito provavelmente o *cocker spaniel* também sabia disso (minha experiência tem mostrado que os outros cachorros em geral ignoram Nifkin quando ele entra no modo de ataque, provavelmente por ser pequeno demais e nem um pouco ameaçador, mesmo quando se esforça). Mas o dono do outro cachorro ficou alarmado quando viu um míssil em forma de *rat terrier* malhado, de olhar zombeteiro, arremetendo contra o seu bichinho de estimação.

— Nifkin! — chamei, de novo e meu cachorro pelo menos uma vez na vida me atendeu, interrompendo prontamente o ataque.

Corri até ele, tentando manter um ar de dignidade, peguei-o pela nuca e coloquei-o no colo, olhando-o firme nos olhos e dizendo "Não" e "Malvado", conforme eu tinha aprendido no adestramento. Nifkin ganiu e mostrou-se desconcertado por ver-se privado de seu divertimento. O *cocker spaniel* balançou a cauda, hesitante.

O cara do *cocker spaniel* olhou, entretido.

— Nifkin? — perguntou. Percebi que ele estava prestes a lançar a pergunta e fiquei curiosa para ver se teria coragem. Apostei comigo mesma que teria.

— Você sabe o que é *nifkin*? — perguntou ele. Primeiro ponto, Cannie. *Nifkin*, segundo os amigos do clube do meu irmão, é a palavra em inglês para a área entre o saco de um sujeito e o seu ânus. Os jornalistas esportivos tinham lhe arranjado esse nome.

Eu armei o olhar mais intrigado que consegui.

— Hein? É o nome dele. Quer dizer alguma coisa?

O sujeito corou.

— Ah, quer sim. É... uma gíria, mais ou menos.

— E quer dizer o quê? — perguntei, com ares de inocência. O cara descruzou as pernas. E eu fiquei olhando, só na expectativa. Nifkin também.

— Hum! — disse, e parou.

Resolvi ter piedade.

— Tudo bem. Eu sei o que é *nifkin* — falei. — É um cachorro de segunda mão — e narrei-lhe uma versão abreviada da história dos jornalistas esportivos. — E quando finalmente descobri o que queria dizer Nifkin, já era tarde demais. Tentei chamá-lo de Nifty... e Napkin... e Ripken... e todo tipo de coisa que me ocorreu. Mas não adiantou, ele só responde quando a gente chama Nifkin.

— Que brabeira! — disse ele, rindo. — Meu nome é Steve — apresentou-se.

— O meu é Cannie. Qual é o nome do seu cachorro?

— Sunny — respondeu. Nifkin e Sunny foram se cheirar e Steve e eu apertamos as mãos.

— Acabei de me mudar para cá, vim de Nova York — disse ele. — Sou engenheiro...

— A família mora aqui?

— Não. Sou solteiro.

As pernas dele eram bonitas. Bronzeadas, um pouco cabeludas. E aquelas sandálias com fecho de velcro que todo mundo estava usando naquele verão. Short cáqui, camiseta cinza. Bonitinho!

— Você toparia sair para tomar uma cerveja uma hora dessas? — perguntou ele.

Bonitinho, e obviamente não avesso a uma mulher suada e avantajada.

— Toparia, sim. Legal!

Ele me deu um sorriso protegido pela sombra do seu boné de beisebol. Dei-lhe o número do meu telefone, tentando não me encher de esperanças, mas sentindo-me satisfeita.

Quando cheguei em casa, dei a Nifkin um pouco de ração Small Bites, comi o meu cereal, depois fui passar fio dental e fazer meus gargarejos, e fiquei respirando profundamente a fim de me acalmar para a entrevista com Jane Sloan, diretora extraordinária cujo perfil eu deveria traçar para o jornal de domingo. Em deferência à sua fama, e por estarmos almoçando no chiquérrimo Four Seasons, me esmerei nas roupas. Enfiei-me numa calcinha modeladora e numa meia-calça redutora. Uma vez garantida a cintura, vesti um conjunto azulado de saia e paletó, com extravagantes botões em forma de estrela, calcei o bojudo sapato esporte preto do momento, requisito básico de qualquer um entre os vinte e os trinta anos que se pretenda na moda. Rezei para ter força e compostura, e para que os dedos de Bruce se quebrassem nalgum bizarro acidente industrial, de maneira que ele jamais tornasse a escrever. Depois chamei um táxi, peguei o bloco e parti para o Four Seasons, para almoçar.

Eu faço a cobertura de Hollywood para o *Philadelphia Examiner*. Isso não é tão fácil como parece, porque Hollywood fica na Califórnia e eu, ora essa, não moro lá.

Ainda assim, eu insisto. Escrevo sobre tendências, fofocas, namoricos e casórios dos astros e estrelas. Faço resenhas e até entrevistas ocasionais com as raríssimas celebridades que acham por bem fazer uma escala na costa leste em suas turnês promocionais.

Fiz uma incursão pelo jornalismo depois de sair da faculdade de letras com um diploma na mão e sem um plano de verdade. Eu queria escrever. Os jornais foram um dos lugares onde descobri que poderiam me pagar para tanto. Então, no mês de setembro que se seguiu à minha formatura, fui contratada por um jornalzinho no interior da Pensilvânia. A idade média dos repórteres era vinte e dois anos. Nossa experiência profissional somada não chegava a dois anos e, caramba, isso estava na cara!

No *Central Valley Times*, eu cobria cinco jurisdições escolares, mais alguns incêndios e batidas de carro ocasionais, além de quaisquer matérias que encontrasse tempo para desencavar. Por tais serviços, eu recebia a régia quantia de trezentos dólares semanais — o suficiente para sobreviver, na conta, se nada desse errado. E, é claro, sempre tinha alguma coisa dando errado.

E havia também os anúncios de casamentos. O *Central Valley* era um dos últimos jornais do país que ainda fazia, gratuitamente, extensas descrições de casamentos — e, ai de mim, de vestidos de noiva. Pence Princesa, renda Alençon, bordado francês, véu, uma grinalda trabalhada, saiote de tule... tudo isso eram termos que eu me via escrevendo com tanta freqüência que os coloquei no recurso de salvar. Bastava digitar uma tecla que surgiam frases completas: *bordado com pérolas*, ou *ballonnet de tafetá marfim*.

Um dia, estava na canseira de digitar anúncios de casamento e pensar na injustiça daquilo tudo, quando deparei com uma palavra que não consegui ler. Muitas de nossas noivas preenchiam os formulários à mão. Uma delas especificamente escreveu, com rebuscada caligrafia, em roxo, uma palavra que parecia ser "ESPDUMAR".

Levei o formulário para Raji, outro foca.

— O que isso quer dizer?

Ele fez careta quando viu a tinta roxa.

— "ESPDUMAR" — leu, devagar. — Como MDOS, coisa desse tipo.

— Mas, para um vestido?

Raji deu de ombros. Crescera na cidade de Nova York e freqüentara a Escola de Jornalismo de Columbia. O jeitão do pessoal do interior da Pensilvânia era estranho para ele. Voltei para a minha mesa; Raji voltou para sua tarefa aterradora: digitar o menu escolar para a semana inteira.

— Tater Tot [1] — ouvi-o soltar, num suspiro. — Sempre esse Tater Tot.

O que me deixava com o ESPDUMAR por resolver. Como a lacuna de "contato para perguntas" fora preenchida com o telefone residencial, peguei o aparelho e disquei.

— Alô? — atendeu uma mulher, com voz jovial.

— Alô — disse eu —, aqui é Candace Shapiro do *Valley Times*. Estou querendo falar com Sandra Garry...

— Sou eu, Sandy — disse a moça, com meiguice.

— Oi, Sandy. Sou eu que faço os anúncios de casamento aqui no jornal e estava lendo o seu formulário quando encontrei uma palavra... ESPDUMAR?

— Espuma do mar — respondeu ela, prontamente. Ao fundo, ouvi uma criança gritando, "Mamãe!", e o que me pareceu uma novela na televisão. — É a cor do meu vestido.

— Ah, bom — retruquei —, era isso que eu queria saber. Obrigada...

---

[1] Tipo de batata pré-processada, muito usada na culinária norte-americana. (N. do T.)

— Espere aí... é que..., talvez as pessoas não saibam o que é espuma do mar, não é? No que você pensa quando ouve da cor de espuma do mar?

— Verde? — arrisquei. Eu queria mesmo era desligar o telefone. Tinha três cestos de roupa me esperando na mala do carro. Estava mais a fim de ir embora do escritório, passar na academia, lavar minhas roupas, comprar leite. — Um verde-claro, acho eu.

Sandy soltou um suspiro.

— Está vendo? Não é bem isso — disse ela. — É mais para azul, sabe. A menina da Bridal Barn disse que a cor se chamava espuma do mar, mas isso eu acho que tem mais cara de verde, sabe.

— Podemos colocar azul aqui — falei. Outro suspiro de Sandy. — Azul-claro? — tentei.

— Sabe, é que não é bem azul — falou ela. — Se você puser azul, as pessoas vão pensar, assim, um azul como o do céu, ou talvez um azul-marinho, e não é nem escuro nem nada...

— Azul-bebê? — sugeri, consultando o meu leque de sinônimos amealhados entre os anúncios de casamentos. — Azul-celeste? Azul-turquesa?

— Só acho que nenhum desses está exatamente correto — disse Sandy, minuciosamente.

— Hum! — falei. — Bem, se você quiser pensar no assunto e me ligar de volta...

Foi quando Sandy começou a chorar. Pude ouvi-la soluçando no outro lado da linha, enquanto a novela continuava zumbindo ao fundo e a criança, que imaginei bochechuda e com dedos do pé gordinhos, berrando "Mamãe!".

— Eu quero que esteja certo — ela disse, entre um soluço e outro. — Sabe, esperei tanto tempo por esse dia... Quero que tudo esteja perfeito... e não consigo nem dizer qual é a cor do meu vestido...

— Ora, o que é isso? — falei, sentindo-me ridiculamente ineficaz. — Olhe, não é tão ruim assim...

— Talvez você possa dar um pulinho aqui — disse ela, ainda chorando. — Você é repórter, não é? Talvez possa vir dar uma olhadinha no vestido e dizer qual seria o nome certo.

Pensei na roupa por lavar, no que pretendia fazer à noite.

— Por favor? — pediu Sandy, com uma vozinha de súplica.

Eu respirei fundo. Achei que a roupa suja poderia esperar. Agora estava curiosa. Que mulher era essa, e como é que alguém que mal sabe escrever espuma do mar direito é capaz de encontrar o amor?

Perguntei o endereço dela, fiquei me achando uma manteiga derretida e disse a ela que chegaria em uma hora.

Para ser absolutamente sincera, eu estava esperando um amontoado de *trailers*. Existem muitos no interior da Pensilvânia. Mas Sandy morava numa casa de verdade, branquinha ao estilo Cape Cod, de janelas pretas e a proverbial cerca branca em frente. Nos fundos, havia um quintal com um enorme pistolão d'água de plástico cor de laranja, um velotrol abandonado e um balanço com cara de novo. Na entrada, estava estacionada uma picape preta, brilhando, e atrás da porta estava Sandy, me esperando — a moça tinha mais ou menos trinta anos, a fisionomia cansada em torno dos olhos, mas com uma espécie de tremor de esperança neles, os cabelos louros bem claros, finos como algodão-doce, um narizinho arrebitado e grandes olhos azuis-esverdeados, como os de uma estatueta pintada.

Saí do carro com o bloco na mão. Sandy sorriu através da porta de tela. Avistei duas mãozinhas agarrando-lhe a coxa por trás e um rostinho de criança que espiou pelo lado e logo desapareceu.

A mobília da casa era barata, mas bem arrumada e limpa, com pilhas de revistas em cima da mesinha de centro envernizada: *Guns & Ammo*, *Road & Track*, *Sport & Field*. A coleção dos "&", pensei com meus botões. O carpete da sala era azul-cobalto e ia de parede a parede; o piso da cozinha era de linóleo branco recém-colocado — desses que vêm em folha, para desenrolar de uma vez só no chão, e têm uma padronagem estampada, com o recorte de ladrilhos.

— Quer tomar um refrigerante? Eu já ia pegar um para mim — disse ela, acanhada.

Eu não queria refrigerante. Queria ver o vestido, arranjar logo um adjetivo, botar o pé na estrada e estar bem longe dali na hora que começasse o *Melrose Place*. Mas ela parecia desesperada e eu estava com sede, de forma que me sentei à mesa da cozinha, embaixo de uma flâmula de pano pregada na parede em que se lia "Deus abençoe este lar", com o bloco ao meu lado.

Sandy tomou um gole do refrigerante, soltou um discreto arroto contra o dorso da mão, fechou os olhos e balançou a cabeça.

— Ai, me desculpe, por favor!

— Está nervosa com o casamento? — perguntei.

— Nervosa — repetiu ela, e riu um pouco. — Querida, eu estou aterrorizada.

— Esse é... — achei melhor pisar com cuidado nesse terreno. — Você já passou por toda essa coisa de casamento antes?

Sandy negou com a cabeça.

— Desse jeito, não. Da primeira vez, eu fugi com ele. Foi quando descobri que estava grávida do Trevor. Fomos ao Juiz de Paz em Bald Eagle — falou. — Fui com o vestido da festa de formatura da escola secundária.

— Ah! — disse eu.

— Da segunda vez — continuou ela —, nem houve casamento. Esse foi o pai do Dylan, que dá para considerar como o meu marido de direito. Ficamos juntos sete anos.

— Dylan sou eu! — disse uma vozinha esganiçada debaixo da mesa. Surgiu uma cabecinha de cabelos louros lisos. — Meu pai está no exército.

— Isso mesmo, querido — falou Sandy, acariciando distraidamente os cabelos de Dylan com uma das mãos. Ela ergueu o olhar para mim, com firmeza, balançou a cabeça e soletrou — P-r-e-s-o.

— Ah! — disse eu, novamente.

— Roubo de carro — sussurrou ela. — Não foi nada, sabe, uma pena! Na verdade, eu conheci o meu noivo, Bryan, quando fui visitar o pai do Dylan.

— Então o Bryan... — eu estava começando a aprender como é que uma pausa prolongada pode se tornar a melhor amiga de uma repórter.

— Sai amanhã, livramento condicional — disse Sandy. — Foi preso por fraude.

O que, eu pude apurar pelo seu tom de voz, era um passo à frente em comparação com o roubo de automóveis.

— Na verdade, já vínhamos nos correspondendo durante algum tempo — falou Sandy. — Ele colocou anúncio na sessão de classificados... aqui está, eu guardei — ela se levantou de súbito, o que chacoalhou os nossos copos de refrigerante em cima da mesa, e me apresentou um pedaço de jornal, do tamanho de um selo de carta. Estava escrito: "Homem alto, atencioso, cristão, de porte atlético e signo de leão, procura correspondente sensível para trocar cartas, talvez mais."

— Ele recebeu doze cartas — disse Sandy, exultante. — E falou que gostou mais da minha!

— O que você falou para ele?

— Eu fui totalmente sincera. Expliquei minha situação. Que era mãe solteira. Que queria alguém para desempenhar um papel masculino na vida dos meus meninos.

— E você acha...

— Ele vai ser um bom pai — prosseguiu ela. E sentou-se de novo, com o olhar fixo no copo, como se ele contivesse o mistério dos tempos, em vez de refrigerante pura e simplesmente. — Eu acredito no amor — falou, com a voz clara e forte.

— Os seus pais... — comecei a falar, mas ela prontamente levantou a mão me interrompendo.

— Meu pai foi embora quando eu tinha quatro anos de idade, acho — foi dizendo. — Aí eu fiquei só com a minha mãe, e um namorado após o outro. Pai Rick, pai Sam, pai Aaron. Jurei que comigo não seria igual. E não é — falou. — Eu acho... eu sei... que desta vez acertei.

— Mamãe? — Dylan tinha voltado, com a boca vermelha de Ki-Suco, segurando o irmão pela mão. Enquanto Dylan era pequeno e louro, de ossos finos, este menino (Trevor, se não me engano) era mais escuro e taludo, de olhar compenetrado.

Sandy se levantou e arriscou um sorriso.

— Espere só um instantinho — falou. — Meninos, venham comigo. Vamos mostrar a repórter o vestido bonito da mamãe!

Depois de tudo isso — prisão, os maridos, o anúncio do cristão nos classificados — eu estava preparada para algo medonho, um vestido tirado do figurino de um filme de horror. Afinal, era a especialidade da Bridal Barn.

Mas o vestido era belíssimo. Justo em cima, um corpete armado de princesa de conto de fadas, salpicado de flocos de cristais que captavam a luz. Um decote cavado, que deixava ver a pele sedosa de seu colo, alargando-se para baixo, numa onda de tule que fazia frufru entre os pés. O rosto de Sandy estava corado, os olhos azuis-esverdeados cintilavam. Ela parecia a fada madrinha da Cinderela, parecia Glinda, a Bruxa Boa do Norte. Trevor vinha segurando-lhe a mão com solenidade ao entrarem na cozinha, murmurando *Lá vem a noiva*. Dylan tinha pegado o véu e o colocara sobre a própria cabeça.

Sandy parou embaixo da luz da cozinha e deu uma voltinha. A barra da saia farfalhou pelo assoalho. Dylan riu e bateu palmas, e Trevor ficou olhando para a mãe, para os braços e ombros nus, e os cabelos caídos sobre a pele. Ela ficou ali girando, dando várias voltinhas, ante os filhos que a fitavam como que sob encanto, até que parou.

— O que você acha? — perguntou. O rosto estava enrubescido e ela, ofegante. A cada respiração, eu podia ver o busto dela inchando de encontro ao contorno das palhetas justas do corpete. Ela girou mais uma vez e eu avistei minúsculos botões de rosa de tecido, costurados em toda a extensão das costas, fechadinhos qual bico de neném. — É azul? Verde?

Olhei para ela durante um bom tempo, para o rosto rosado e a pele leitosa, e para o olhar deleitado de seus filhos.

— Não tenho muita certeza — falei. — Mas vou arranjar uma solução.

Perdi o prazo, claro. O editor do caderno da cidade já tinha ido embora havia muito tempo, quando eu finalmente retornei à sala de edição — depois de Sandy me mostrar as fotos de Bryan e me falar dos planos para a lua-de-mel, de vê-la colocar as crianças para dormir, lendo a historinha infantil *Where the wild things are*, e dar-lhe beijinhos de boa-noite, um na testa e um no rosto, e depois de colocar um dedinho de *bourbon* em seu refrigerante e meio no meu.

— Ele é um homem bom — disse, sonhadora. O cigarro aceso passeava no ar qual um vaga-lume.

Eu tinha aproximadamente oito centímetros para ocupar e precisava escrever de forma a encaixar o texto ali, escrever apenas o suficiente para atingir a cota de espaço abaixo da foto do rosto sorridente e desfocado de Sandy. Sentei-me ao computador, com a cabeça girando um pouco, e preenchi o meu formulário de casamento, aquele com lacunas: nome da noiva, nome do noivo, nome dos convidados, descrição do vestido. Depois apertei a tecla "Esc", limpei a tela, respirei fundo e escrevi:

> Amanhã, Sandra Louise Garry se casará com Bryan Perreault na Igreja de Nossa Senhora da Misericórdia, na Old College Road. Ela entrará na igreja com caprichadas presilhas de *strass* no cabelo e prometerá amar, respeitar e cuidar de Bryan, cujas cartas mantém guardadas embaixo do travesseiro e já leu tantas vezes que o papel se encontra fino como as asas de uma borboleta.

"Acredito no amor", diz ela, embora os descrentes possam dizer que há todas as razões para que não acredite. O primeiro marido a abandonou, o segundo está preso — na mesma cadeia onde ela conheceu Bryan, cuja condicional começa no dia do casamento. Nas cartas, ele a chama de pombinha querida, seu anjo perfeito. Na cozinha de casa, com o último dos três cigarros que se permite todas as noites a queimar entre os dedos, ela diz que ele é um príncipe.

Os filhos dela, Dylan e Trevor, acompanharão a noiva. O vestido é de uma cor chamada espuma do mar, um tom perfeitamente eqüidistante do mais claro verde e do mais claro azul. Não é branco, cor de virgem, uma adolescente com a cabeça cheia de romances açucarados, nem marfim, que é o branco com um pingo de resignação. O vestido tem a cor dos sonhos.

Bem. Um pouco floreado, exagerado e rebuscado. Um vestido com a cor dos sonhos? O artigo todo trazia o selo da "Oficina de Redação Criativa dos Recém-Formados da Faculdade", em cada sílaba. No dia seguinte, cheguei ao trabalho e havia uma cópia da página jogada em cima do meu teclado, com um círculo vermelho marcado a lápis-cera pelo editor ao redor da passagem ofensiva. "Fale Comigo", dizia o recadinho rabiscado na margem do papel, na inconfundível caligrafia de Chris, o editor-executivo, um sulista irascível que fora atraído para a Pensilvânia com a promessa de passar para um jornal maior da cadeia (além da inigualável pesca de truta na região). Bati à sua porta timidamente. Ele fez sinal para eu entrar. Havia uma segunda cópia da minha matéria em cima de sua mesa.

— Isto — disse ele, apontando com um dedo comprido. — O que é isto?

Dei de ombros.

— Foi só... bem, eu conheci essa mulher. Estava digitando o anúncio dela e apareceu uma palavra que não consegui entender, então telefonei para ela, fui até lá e depois... — não completei a frase. — Achei que poderia dar uma boa matéria.

Ele ergueu o olhar do papel para mim.

— E achou certo — disse. — Quer fazer de novo?

E assim nasceu uma estrela... bem, mais ou menos. Semana sim, semana não, eu encontrava uma noiva e escrevia uma breve coluna sobre ela — quem era, o vestido, a igreja, a música e a recepção. Mas acima de tudo, eu escrevia *como*: como minhas noivas resolviam se casar, ficar diante de um bispo ou rabino ou juiz de paz e fazer uma promessa para todo o sempre.

Vi noivas jovens e noivas velhas, noivas cegas e surdas, noivas adolescentes se declarando para o primeiro amor e outras mais céticas, já de vinte e poucos anos, trocando votos com os homens a quem chamavam pais de seus filhos. Participei do primeiro casamento, do segundo, do terceiro e do quarto de algumas pessoas, mas de apenas um quinto casamento. Vi festanças com oitocentos convidados (um casamento ortodoxo, onde os homens e a mulheres dançavam em salões separados e havia até oito rabinos presentes, todos usando perucas cintilantes ao estilo Tina Turner no fim da noite). Vi um casal contrair núpcias em leitos vizinhos num hospital, depois de um acidente de automóvel que a deixou quadriplégica. Vi uma noiva abandonada no altar, vi seu rosto se contrair quando o padrinho entrou na igreja e sussurrou, primeiro ao ouvido da mãe dela e depois ao dela.

Que ironia! Mesmo naquela época eu já sabia. Enquanto outros jornalistas iguais a mim escreviam, na primeira pessoa, colunas sarcásticas para revistas *online* que acabavam de ser lançadas, sobre a vida de solteiro nas grandes cidades do país, eu estava labutando num jornalzinho municipal — um dinossauro, estrebuchando no breu da extinção na escala evolutiva da mídia —, investigando casamentos, dentre todas as coisas. Que raridade! Um encanto!

Mas não poderia estar escrevendo sobre mim mesma tal e qual faziam os meus colegas de turma, ainda que quisesse. Eu não tinha a galhardia de fazer crônicas da minha própria vida sexual. Tampouco tinha o tipo de corpo para expor sem me incomodar, ainda que por escrito. E o sexo não me interessava como me interessava o casamento. Eu queria compreender como era fazer parte de um casal, como alguém adquiria coragem para pegar a mão de outra pessoa e saltar para lá do abismo. Pegava a história de cada noiva, cada narrativa surpreendente de como se conheceram, aonde foram e quando souberam, e a revirava na cabeça, procurando o fio solto da meada, a costura invisível, a brecha para esmiuçar até virar o caso às avessas e descobrir a verdade.

Se você tivesse lido aquele jornalzinho no início da década de 1990, provavelmente me veria no canto de uma centena de diferentes fotografias de casamento, com o vestido de linho azul que eu usava — despojada, para não atrair a atenção para mim, mas bem vestida, em deferência à solenidade da ocasião. Iria me avistar nos assentos do corredor, com o bloco enfiado no bolso, fitando uma centena de noivas diferentes — velhas, novas, negras, brancas, magras, não magras — à procura de respostas. Como é que se sabe quando um cara é o cara certo? Como é que se pode ter certeza a ponto de fazer uma promessa para todo o sempre, e fazê-la com sinceridade? Como é que se pode acreditar no amor?

Depois de dois anos e meio na batida dos casamentos, meus artigos calharam de passar pela mesa do editor certo, no momento exato em que o grande jornal diário de minha cidade natal, o *Philadelphia Examiner*, tinha decidido, como instituição, que atrair leitores da geração X era de suma importância e que uma jovem repórter, por sua própria existência, atrairia esses leitores. Então eles me convidaram para voltar à cidade onde nasci, a fim de ser seus olhos e ouvidos sobre o que se passava com os jovens da Filadélfia na faixa dos vinte e poucos anos de idade.

Duas semanas depois, o *Examiner* resolveu, como instituição, que atrair leitores da geração X não estava com nada e voltou, desesperadamente, a tentar sustentar sua circulação entre as mães ligadas ao futebol nos subúrbios. Mas o mal já fora feito. Eu estava contratada. A vida foi boa. Bem, em grande parte.

Desde o início, o maior estorvo do meu emprego foi Gabby Gardiner. Gabby é uma anciã enorme, coroada de cachos brancos, tingidos com um tom levemente azulado, e óculos grossos e ensebados. Se eu sou grande, ela é imensa. Você poderia pensar que partilharíamos alguma solidariedade por causa do mesmo mal que nos oprime, nossa luta comum para sobreviver num mundo que considera grotesca e risível qualquer mulher com manequim acima de 42. Pois pensaria errado.

Gabby escreve a coluna de entretenimento do *Philadelphia Examiner* e ocupa o cargo, conforme adora relembrar a mim e a qualquer um que esteja perto o suficiente para ouvir, desde "muito antes de você nascer". Isso é tanto seu ponto forte quanto fraco. Possui uma rede de contatos que abrange as duas costas do país e duas décadas inteiras. Infelizmente, as décadas foram as de 1960 e 1970. Ela parou de prestar atenção em algum momento entre a eleição de Reagan e o advento da TV a cabo, de forma que existe um universo inteiro de coisas, da MTV em diante, que seu radar simplesmente não capta da mesma maneira que capta, digamos, a Elizabeth Taylor.

A idade de Gabby é qualquer coisa acima dos sessenta. Não tem filhos, nem marido; não se discerne nela nenhum traço de sexualidade ou de qualquer tipo de vida fora do escritório. Seu fluido vital é a fofoca hollywoodiana e sua atitude com relação às personalidades sobre as quais escreve raramente é algo menos do que reverencial. Ela fala das estrelas que cobre, a maioria em terceira mão, por meio de textos reimpressos de fofoca regurgitada dos tablóides de Nova York e da *Variety*, como se convivesse intimamente com eles, como se fossem seus amigos. O que já seria patético se Gabby Gardiner fosse ao menos um pouquinho simpática. O que não é.

Mas Gabby tem sorte. A maioria dos leitores do *Examiner* tem acima de quarenta anos e não está muito interessada em aprender nada novo, de forma que sua coluna, "Papeando com a Gabby", continua sendo uma das partes mais lidas do nosso caderno — outro fato que ela sempre destaca, a todo volume (grita sob a alegação de ser surda, mas eu estou convencida de que grita simplesmente porque fica mais chato ainda do que só falar).

Durante os meus primeiros anos no *Examiner*, deixamo-nos em paz uma à outra. Infelizmente, as coisas pioraram no último verão, quando Gabby tirou licença de dois meses para cuidar de um problema médico que parecia muito ruim ("pólipos" foi a única palavra que peguei, antes que Gabby e suas amigas me crivassem com o raio laser do ódio nos seus olhares, e saí correndo da sala de correio sem sequer pegar meu exemplar do *Teen People*). Durante o afastamento de Gabby, fiquei escrevendo sua coluna diária. Ela perdeu a guerra, mas ganhou a batalha: continuaram chamando aquilo de "Papeando com a Gabby", acrescentando uma notinha em fonte, acabrunhadamente pequena, explicando que Gabby estava "a serviço" e que a "escritora da equipe do *Examiner*, Candace Shapiro, a estava substituindo".

"Boa sorte, menina", Gabby dissera, com ar de superioridade, ao se aproximar da minha mesa, saracoteando para se despedir, exultante como se não tivesse passado as duas últimas semanas fazendo *lobby* junto aos editores para que usassem um serviço de *clipping*, em vez de me darem uma chance durante sua ausência, quando presumivelmente lhe estariam sendo retirados os pólipos. "Eu já pedi às minhas melhores fontes que a procurassem."

Fantástico, pensei. Fofocas quentes sobre Walter Cronkite. Mal posso esperar.

E a coisa deveria terminar aí. Mas não terminou. Toda manhã, de segunda a sexta, eu podia esperar sentadinha o telefonema diário de Gabby.

"Ben Affleck?", dizia num fio de voz. "O que é um Ben Affleck?"

Ou: "*Comedy Central?* Ninguém assiste isso."

Ou, propositadamente: "Vi uma coisa sobre a Elizabeth no *Entertainment Tonight* ontem à noite. Por que nós não pusemos nada sobre isso aí?"

Eu tentava ignorá-la — tratá-la com simpatia ao telefone e, de vez em quando, nas ocasiões em que ela ficava especificamente mal-humorada, jogava, ao fim da coluna, uma linha dizendo: "Gabby Gardiner retornará no fim de setembro."

Mas, uma certa manhã, ela ligou e eu não estava lá para atender ao seu telefonema, e Gabby ouviu o meu correio de voz, que era basicamente eu mesma dizendo: "Alô, você ligou para Candace Shapiro, colunista de entretenimento do *Philadelphia Examiner*." Eu não tinha me dado conta do passo em falso até que o diretor-executivo do jornal veio à minha mesa.

— Você anda dizendo por aí que é a colunista de entretenimento? — perguntou.

— Não — falei. — E não sou. Só estou substituindo.

— Eu recebi um telefonema irado da Gabby ontem à noite. Tarde da noite — enfatizou ele, com a expressão de um homem que não gosta que seu sono seja interrompido. — Ela acha que você está dando às pessoas a impressão de que Gabby não volta mais e que você assumiu o cargo.

Aquilo me deixou confusa.

— Não sei do que ela está falando.

Ele soltou um suspiro.

— O seu correio de voz — falou. — Não sei o que diz e, para ser sincero, não quero saber. Faça o favor de dar um jeito nisso para que Gabby não acorde mais a minha esposa e os meus filhos.

Fui para casa chorar as mágoas com Samantha ("Ela é totalmente insegura", observou, passando-me um copo de frappé, enquanto eu estava lá, jogada no sofá). Vociferei com Bruce ao telefone ("Mude aquela porcaria, Cannie"). Resolvi seguir o conselho dele e mudei a mensagem do meu correio de voz para: "Você ligou para Candace Shapiro, jornalista que está encarregada desta coluna de entretenimento a título temporário, impermanente, só de passagem, como substituta, e não ficará de jeito algum com o cargo." Gabby ligou na manhã seguinte. "Adorei a mensagem, menina", disse.

Mas o mal já estava feito. Quando voltou da licença, Gabby deu para me chamar de Eva — como no filme *A malvada* — sempre que falava comigo. Eu só tentava ignorá-la, e me concentrar em minhas atividades extracurriculares: contos, rabiscos de um romance, e *Rumo às estrelas*, o roteiro que vinha laboriosamente escrevendo há meses. *Rumo às estrelas* era uma comédia romântica sobre uma repórter de cidade grande que se apaixona por um dos astros que entrevista. Eles se conhecem de uma maneira legal (depois que ela cai do tamborete do bar do hotel, por estar vidrada olhando para ele), começam com o pé esquerdo (depois que ele resolve tratá-la como mais uma fã gorducha), se apaixonam e, depois das complicações apropriadas do Terceiro Ato, terminam um nos braços do outro, enquanto vão passando os créditos.

O astro se baseia em Adrian Stadt, comediante bonitinho de *Saturday Night!*, cujo senso de humor era bem sintonizado com o meu — mesmo quando estava cumprindo o seu memorável período de três meses como *Piloto de provas nojentas de canhão humano*. Ele foi o cara a quem assisti durante todos os meus anos de faculdade e ainda depois, e pensava que, se ele estivesse aqui ou eu estivesse lá, provavelmente nos daríamos bem. A repórter, claro, era eu, só que resolvi chamá-la de Josie, fiz com que fosse ruiva e dei-lhe pais normais, estáveis e ainda casados.

O roteiro foi onde eu pendurei meus sonhos. Foi a resposta a todas as minhas boas notas, a todos os professores da escola que disseram que eu tinha talento, a todos os professores da faculdade que disseram que eu tinha potencial. Melhor de tudo, foi uma resposta de cem páginas para um mundo (e para os meus próprios temores secretos) que me dissera que mulheres gorduchas não podiam ter aventuras nem se apaixonar. E hoje eu iria fazer uma coisa audaciosa. Hoje, durante o almoço no Four Seasons, estaria entrevistando o ator

Nicholas Kaye, astro do futuro lançamento *Irmãos arroto*, uma comédia para adolescentes sobre dois gêmeos cujos gases lhes dão poderes mágicos. Mais importante ainda, também estaria entrevistando Jane Sloan, a produtora-executiva do filme (com uma das mãos segurando o nariz, eu suponho). Jane Sloan era uma de minhas heroínas que, antes do escorregão para a linha comercial, tinha escrito e dirigido alguns dos filmes mais brilhantes e engraçados que Hollywood já vira. Melhor ainda, eram filmes com mulheres inteligentes e engraçadas. Havia semanas que eu me distraía da saudade de Bruce, elaborando um devaneio no qual nos encontraríamos e ela imediatamente reconheceria em mim uma alma irmã e uma colaboradora em potencial, entregando-me seu cartão e insistindo que a contatasse assim que largasse o jornalismo e assumisse a dramaturgia. Cheguei até a sorrir um pouco, imaginando o olhar deleitado em seu rosto quando eu lhe confessasse muito modestamente que já tinha um roteiro, que lhe enviaria se ela quisesse.

Ela era uma escritora, eu era uma escritora. Ela era engraçada, deduzi, e eu também sou engraçada. É verdade, Jane Sloan era também rica e famosa, muito mais bem-sucedida do que eu poderia sonhar, e tinha o tamanho de uma coxa minha, mas a irmandade, relembrei a mim mesma, era uma coisa poderosa.

Quase uma hora depois de minha chegada, quarenta e cinco minutos depois da hora marcada, Jane Sloan sentou-se à mesa do lado oposto a mim e colocou um espelho grande e uma garrafa de água mineral Evian ainda maior ao lado de seu prato.

— Olá! — falou, com a voz gutural atravessando os dentes cerrados e se pôs a tratar do rosto com algumas borrifadas.

Fitei-a, na esperança que ela dissesse uma frase de impacto, que confirmasse estar brincando. Não estava. Nicholas Kaye sentou-se ao seu lado e lançou-me um sorriso de desculpas. Jane Sloan finalmente repousou o espelho e a garrafa.

— Queira nos desculpar o atraso — disse Nicholas Kaye, que de fato parecia o que se vê na televisão: uma gracinha!

Jane Sloan empurrou o pires de manteiga com força para o outro lado. Pegou o guardanapo, dobrado sobre a mesa em forma de cisne, abriu-o com uma sacudidela despretensiosa e limpou o rosto com todo cuidado. Só depois de pousar na mesa o guardanapo, agora com manchas cor da pele, vermelhas e de rímel, foi que se dignou a falar.

— Esta cidade — declarou — está fazendo miséria com os meus poros.

— Sinto muito — falei, sentindo-me uma idiota assim que as desculpas saíram da minha boca. Por que haveria de estar sentida? Eu não estava fazendo nada com os poros dela.

Jane abanou languidamente a mão pálida, como se meu breve pedido de desculpas pela Filadélfia não valesse um grão de areia no deserto, pegou a faca de manteiga de prata e começou a futricar o tablete de manteiga, servida em formato de flor no pires que acabara de banir para o meu lado da mesa.

— O que é que você precisa saber? — perguntou, sem me olhar nos olhos.

— Hum! — falei, remexendo o bolso para pegar caneta e bloco. Eu tinha uma lista completa de perguntas prontas, perguntas sobre tudo, desde como foi a escolha do elenco do filme até quais teriam sido suas influências, e ainda do que ela gostava na televisão, mas só consegui pensar em dizer... — De onde você tirou a idéia?

— Vi na TV — falou, sem desviar os olhos da manteiga.

— Naquela comédia que passa tarde da noite na HBO? — disse Nicholas Kaye, o que muito me ajudou.

— Liguei para o diretor. Falei que achava que aquilo deveria virar um filme. Ele concordou.

Ótimo! Então era assim que se faziam os filmes. Uma amostra grátis de Elvira avessa a manteiga com um frasco de *spray* dá um telefoneminha e, *voilà*, o filme está pronto!

— E... foi você quem escreveu o roteiro?

Mais um abano daquela mão fantasmagórica.

— Supervisionei, só.

— Contratamos uns caras do *Saturday Night!* — disse Nicholas Kaye.

Duas vezes ótimo! Não só eu não trabalhava para o *Saturday Night!*, como também não era um cara. Silenciosamente abandonei meus planos de lhe contar que tinha escrito um roteiro. Eles provavelmente voltariam para Pittsburgh rindo de mim o tempo todo.

O garçom veio nos atender. Tanto Jane quanto Nicholas franziram o cenho, olhando silenciosamente para os menus. O garçom me lançou um olhar desesperado.

— Vou querer um *ossobuco* — falei.

— Excelente pedida — disse ele, exultante.

— Eu vou querer... — disse Nicholas. Pausa, demorada, muito demorada. O garçom esperou, com a caneta em riste. Jane futucou a manteiga. Senti uma gota de suor brotar em minha nuca, escorrer pelas costas e entrar na calcinha. — Esta salada — falou ele afinal, apontando.

O garçom se inclinou para ver.

— Muito bem, senhor — disse, aliviado.

— E a senhora?

— Alface — murmurou Jane Sloan.

— Uma salada? — arriscou o garçom.

— Alface — repetiu ela. — Roxa, se tiver. Bem lavada. Com vinagre. E não quero as folhas cortadas, de jeito algum — continuou. — Quero arrancadas. À mão.

O garçom tomou nota e sumiu. Jane Sloan foi erguendo os olhos, lentamente. Tornei a abrir o bloco.

— Hum...

Alface, eu estava pensando. Jane Sloan está almoçando alface e eu vou ficar aqui sentada à sua frente encarando uma vitela. E o que era pior, eu não conseguia pensar em nada para perguntar.

— Gostaria de saber qual é a sua cena preferida no filme — consegui finalmente.

Pergunta horrível, de calouro para o jornal da faculdade, mas melhor do que nada, pensei.

Ela sorriu, finalmente — esmaecido e fugaz, mas inegavelmente um sorriso. Em seguida, balançou a cabeça.

— Não posso — disse. — Muito pessoal.

Ai, meu Deus, me ajude, me salve. Mande um tornado entrar uivando pelo Four Seasons adentro, arrebatando empresários e porcelana chinesa num turbilhão. Eu estou morrendo.

— E qual vai ser o próximo?

Jane só fez dar de ombros e assumir um ar de mistério. Senti o elástico da minha meia-calça redutora entregar os pontos e escorregar pelas pernas, vindo parar na coxa.

— Nós estamos trabalhando juntos numa coisa nova — candidatou-se a falar Nicholas Kaye. — Eu vou escrever... com alguns colegas de faculdade... e Jane vai mostrar para os estúdios. Você quer saber mais detalhes disso?

Ele entoou uma entusiasmada descrição do que parecia ser o filme mais idiota do mundo — a historieta de um rapaz que herda do pai uma fábrica de almofadinhas de pum e é vítima da traição do sócio do pai, saindo-se ele e a resoluta faxineira muito bem no final. Tomei nota sem prestar atenção, a mão direita se mexendo mecanicamente sobre a página, enquanto a esquerda levava comida à boca. Entrementes, Jane dividia a alface em duas pilhas — uma quase toda com partes da folha e a outra quase toda com talos. Terminada a divisão, ela passou a molhar o primeiro terço dos dentes de seu garfo no pote de vinagre e depois espetar minuciosamente um único pedacinho de alface do montículo composto primordialmente de folhas e por fim colocou-o com precisão na boca. Depois de exatas seis garfadas — durante as quais Nicholas deu cabo da salada e de mais duas fatias de pão, e eu da metade do meu *ossobuco*, que estava, considerando todos os prós e os contras, uma delícia — ela secou os lábios com o guardanapo, pegou a faca e pôs-se novamente a futucar a manteiga.

Estiquei o braço e puxei o pires de manteiga dali, pensando que não agüentava mais ver aquilo e também achando que precisava tentar alguma coisa, porque a entrevista estava indo por água abaixo.

— Pare com isso — falei, com firmeza. — Essa manteiga não lhe fez nada.

Houve uma pausa. Uma pausa gélida e abismal. Jane Sloan fitou-me com seus olhos absolutamente negros.

— Laticínio — disse ela, como se fosse uma maldição.

— A terceira maior indústria da Pensilvânia — argumentei, sem a menor idéia se era verdade. Mas parecia. Sempre que os meus passeios de bicicleta se estendiam alguns quilômetros para fora da cidade, eu avistava vacas.

— Jane é alérgica — falou Nicholas. Sorriu para sua diretora, pegou-lhe a mão e aí a ficha caiu: eles são um casal. Embora ele tenha vinte e sete anos e ela... ora, meu Deus, pelo menos uns quinze anos a mais. Embora ele seja reconhecidamente humano e ela... não.

— Que mais? Diga-me... — gaguejei, com a mente em branco ante a visão de seus dedos entrelaçados. — Diga-me alguma coisa sobre o filme que ninguém mais saiba.

— Uma parte foi filmada onde foi filmado *Showgirls* — concedeu Nicholas.

— Isso está no pacote para a imprensa — falou Jane, subitamente. Eu sabia disso, mas resolvi ser educada, aceitar a oferta e dar o fora dali antes de descobrir o que uma mulher que almoçava seis folhinhas de alface fazia quando lhe perguntavam se iria querer sobremesa.

— Vou lhe contar uma coisa — falou ela. — Sabe quem é a menina da loja de flores? É minha filha.

— É mesmo?

— Seu primeiro papel — falou Jane, com uma voz de quase orgulho, quase timidez. Quase verdadeira. — Eu venho desestimulando-a... já está começando a se preocupar demais com a aparência...

A quem será que ela puxou, pensei, mas não falei.

— Não contei isso a mais ninguém — disse Jane. Os cantos de sua boca se retorceram levemente. — Mas eu gostei de você.

Que os céus ajudem os repórteres de quem você não gostar, pensei, e estava tentando encontrar uma resposta razoável quando ela subitamente se levantou, arrastando Nicholas consigo.

— Boa sorte — murmurou, e os dois se foram porta afora. No momento exato em que o carrinho de sobremesas chegou.

— A senhorita vai querer alguma coisa? — disse o garçom, em tom de solidariedade.

— Você iria me culpar se eu dissesse que sim?

* * *

— E então? — perguntou Samantha, ao telefone naquela mesma tarde.

— Ela almoçou alface — gemi.

— Uma salada?

— Alface. Alface pura. Com vinagre. Eu quase morri.

— Só alface?

— Alface — repeti. — Alface roxa. Ela especificou a variedade. E ficou borrifando Evian no rosto.

— Cannie, você está inventando.

— Não estou. Eu juro. Meu ídolo de Hollywood, uma aberração comedora de alface, uma... uma miniatura de Elvira, com sombra tatuada nos olhos...

Samantha me escutou sem fazer muito caso.

— Você está chorando.

— Não — menti. — Só estou decepcionada. Eu pensava... você sabe... eu fazia idéia de que iríamos nos dar muito bem. E que eu iria enviar o roteiro para ela, mas nunca vou conseguir enviá-lo para ninguém, porque não fiz faculdade com ninguém da equipe do *Saturday Night!*, e só eles conseguem que leiam seus roteiros! — Dei uma espiadela em mim mesma. Mais uma má notícia. — E ainda derramei *ossobuco* no casaco!

Samantha soltou um suspiro.

— Acho que você precisa de um agente.

— Não tenho como arranjar um agente. Eu já tentei; falando sério. Eles nem olham para o seu material se você não tiver nada produzido, e você não consegue que os produtores olhem para o seu material se não vier de um agente — esfreguei os olhos, zangada. — Que semana horrível!

— Sua correspondência! — disse Gabby, em júbilo.

Ela deixou cair na minha mesa uma pilha de papéis e foi-se embora saçaricando. Eu me despedi de Samantha e fui ver a correspondência. *Press release. Press release.* Fax, fax, fax. Envelope com meu nome escrito em cuidadosa caligrafia que eu há muito aprendera a identificar como Pessoa Idosa, Zangada. Abri o envelope.

"Prezada Sra. Shapiro", diziam as letras trêmulas, "o seu artigo sobre o especial de Celine Dion foi um lixo, a coisa mais antipática e nojenta que eu já vi nos meus cinqüenta e sete anos de fiel leitor do *Examiner*. Como se não bastasse chamar a música de Celine de 'baladas exageradas, bombásticas', ainda foi fazer troça da aparência dela! Aposto que você não é nenhuma Cindy Crawford. Atenciosamente, Sr. E. P. Deiffinger."

— Oi, Cannie!

Minha Nossa! Gabby estava sempre me espionando por trás. Mesmo sendo imensa, velha e surda, conseguia ser silenciosa como um felino quando lhe convinha. Virei para trás e lá estava ela, bisbilhotando a carta no meu colo por cima do meu ombro.

— Você errou alguma coisinha aí? — perguntou, com a voz carregada de uma solidariedade gritantemente falsa. — Vamos precisar publicar uma errata?

— Não, Gabby — falei, tentando não gritar. — Apenas um ponto de vista contrário.

Joguei a carta na lixeira e empurrei a cadeira para trás tão rápido que quase atropelei os dedos do pé dela.

— Nossa! — falou ela, reforçando a sibilação, e foi embora.

"Prezado Sr. Deiffinger", compus na cabeça, "talvez eu não seja uma supermodelo, mas pelo menos tenho uma quantidade suficiente de neurônios em funcionamento para ouvir uma coisa e saber que não presta."

"Prezado Sr. Deiffinger", pensei, percorrendo a pé os dois quilômetros entre o meu trabalho e o consultório do Centro de Distúrbios Alimentares para a minha primeira aula de gordura. "Sinto muito pelo senhor ter-se ofendido com a minha descrição do trabalho de Celine Dion, mas achei que de fato eu estava sendo caridosa."

Entrei na sala de conferências com passadas fortes, sentei-me à mesa e olhei ao redor. Avistei Lily, da sala de espera, e uma senhora negra de mais idade, talvez do meu tamanho, com uma pasta estufada ao lado, cutucando um desses aparelhos portáteis de ler e-mail. Havia uma adolescente loura, de cabelos compridos, presos para trás da cabeça por uma faixa, cujo corpo se escondia sob um parrudo casaco de moleton, alguns números maior que o seu, e uma gigantesca calça jeans folgadona. Havia também uma mulher com uns sessenta anos, que devia pesar para lá de duzentos quilos. Ela entrou comigo na sala, andando com a ajuda de uma bengala, e examinou minuciosamente todos os lugares, comparando o seu tamanho com o dos assentos, antes de escolher onde se sentar.

— Oi, Cannie — disse Lily.

— Oi — resmunguei.

Estava escrito *Controlar as Porções* num quadro de recados, desses brancos laváveis, e havia um pôster da reprogramação alimentar preso à parede. Essa droga de novo, pensei, imaginando se não haveria um jeito de evitar aquela aula. Afinal, eu havia freqüentado os Vigilantes do Peso. Já sabia controlar as porções de cor e salteado.

A enfermeira magricela, de quem eu me lembrava da sala de espera, entrou carregando tigelas, xícaras medidoras e uma réplica, em miniatura, de uma costeleta de porco em matéria plástica.

— Boa noite a todos — disse ela, e escreveu no quadro o seu nome, enfermeira Sarah Pritchard.

Todas em volta da mesa se apresentaram. A lourinha era Bonnie, a negra, Anita, e a grandalhona, Esther, que morava na West Oak Lane.

— Estou me sentindo de novo na faculdade — sussurrou Lily, quando a enfermeira Sarah começou a distribuir folhetos contendo cálculos de calorias e maços de apostilas sobre mudança de comportamento.

— E eu estou me sentindo de novo nos Vigilantes do Peso — sussurrei-lhe de volta.

— Você experimentou os Vigilantes? — perguntou a lourinha Bonnie, chegando mais para perto de nós.

— No ano passado — falei.

— Foi no programa Um, dois, três: sucesso?

— Gordura e Fibra — sussurrei-lhe de volta.

— Isso não é marca de sucrilhos? — perguntou Esther, cuja voz era surpreendentemente agradável, baixinha e terna, sem aquele sotaque horrível da Filadélfia, que faz as pessoas engolirem as consoantes como se fossem bala puxa-puxa recém-saída do tacho.

— Aquilo é Fruta e Fibra — disse a lourinha.

— Gordura e Fibra era quando a gente tinha de contar os gramas de gordura e os gramas de fibra em todo alimento, e tinha de comer uma certa quantidade de gramas de fibra sem passar de uma certa quantidade de gramas de gordura — expliquei.

— E funcionou? — perguntou Anita, baixando o *palm pilot*.

— Que nada! — disse eu. — Mas foi provavelmente por minha culpa. Eu vivia trocando o número que não podia ultrapassar pelo número que não devia alcançar... depois encontrei, sabe, um desses *brownies* ricos em fibra que parecem ter recheio de ferro ou coisa que o valha...

Lily soltou uma gargalhada.

— Cada pedacinho tinha um zilhão de calorias, mas eu achei que não faria diferença porque eles tinham baixíssimo teor de gordura e eram riquíssimos em fibra...

— Erro bastante comum — disse a enfermeira Sarah, toda alegre. — Tanto a gordura quanto a fibra têm a sua importância, mas também a quantidade total de calorias que se ingere é muito importante. Na verdade, é muito simples.

Ela se virou para o quadro e escreveu exatamente o tipo de equação que mais me atrapalhou a vida na escola secundária.

— Calorias ingeridas *versus* calorias gastas — continuou Sarah. — Se ingerir mais calorias do que as que consegue queimar, você vai ganhar peso.

— É mesmo? — perguntei, com os olhos arregalados.

A enfermeira me olhou com um ar desconfiado.

— Você está falando sério? É só isso?

— Hum — fez ela.

Eu, por minha vez, desconfiei que Sarah estivesse acostumada com gorduchas que se sentavam naquelas cadeiras, cheias de recato, qual ovelhas bem alimentadas, sorridentes, concordando com tudo e gratas pela sabedoria que ela lhes transmitia, olhando-a com um misto de receio e admiração. Tudo porque aquela mulher tinha tido a sorte de nascer magra. Fiquei furiosa com esse raciocínio.

— Então, se eu comer menos calorias do que as que queimo... — e dei um tapa na minha testa. — Meu Deus! Entendi, finalmente. Agora eu entendi. Estou curada — então, me levantei, socando o ar com as mãos, e Lily teve de prender o riso. — Curada! Fui salva. Graças ao meu bom Jesus e ao Centro de Tratamento de Distúrbios Alimentares, consegui tirar essa venda dos olhos!

— Muito bem — disse a enfermeira. — Já entendi o que você quis dizer.

— Ora! — disse eu, voltando ao meu lugar. — Estava pensando em pedir para ser dispensada.

A enfermeira soltou um suspiro.

— Veja bem — disse Sarah. — Na verdade, há muitos fatores que complicam... e a ciência ainda não compreende todos eles. Já sabemos que existem metabolismos variados e que os corpos de algumas pessoas preferem se ater ao excesso de peso enquanto os de outras não. Sabemos que nada disso é fácil. E eu jamais lhes diria que é.

Ela pôs-se a fitar-nos, com a respiração acelerada. E nós nos pusemos a fitá-la também.

— Me desculpe — rompi o silêncio, finalmente. Foi muito cinismo da minha parte. É só que... ora, eu não quero falar em nome de todo mundo, mas já me explicaram isso antes.

— É — disse Anita.

— Para mim também — disse Bonnie.

— Os gordos não são burros — prossegui. — Mas todo programa para perder peso que já freqüentei na vida nos trata como se fôssemos, como se bastasse nos explicar que frango assado é melhor do que frito, que iogurte congelado é melhor do que sorvete e que se tomarmos um banho quente em vez de comermos uma pizza vamos todas nos transformar imediatamente na Courteney Cox.

— É isso mesmo — disse Lily.

A enfermeira ficou frustrada.

— Eu não quis sequer insinuar que alguma de vocês fosse burra — disse ela. — A dieta faz parte e os exercícios também, embora não tanto como costumávamos pensar.

Aquilo me deixou intrigada. Que sorte a minha, ora essa! Tantas caminhadas e passeios de bicicleta, e ainda a ginástica todos os dias na academia com Samantha, os exercícios eram a única parte de um estilo de vida saudável com a qual eu já tinha me acertado.

— Hoje — prosseguiu ela — nós vamos falar sobre o tamanho das porções. Vocês sabiam que a maioria dos restaurantes servem porções muito acima das normas recomendadas pelo Ministério da Agricultura para atender as necessidades de uma mulher durante um dia inteiro?

Resmunguei comigo mesma um grunhido baixinho, enquanto a enfermeira arrumava pratos e xícaras e a costeleta de plástico em cima da mesa.

— A porção correta de proteína — continuou, no tom lento, alto e claro, que as professoras do jardim de infância costumam usar — é de cem gramas. Agora, será que alguém consegue me dizer quanto é isso?

— O tamanho da mão da gente — resmungou Anita. — Programa Jenny Craig — apressou-se em dizer, ante o olhar surpreso da enfermeira.

Sarah respirou fundo.

— Muito bem! — disse ela, fazendo um esforço visível para soar alegre e animada. — Agora, e a porção de gordura?

— A pontinha do polegar — resmunguei eu. Os olhos dela se arregalaram. — Olhe — prossegui — a gente já sabe isso... Não sabe?

Olhei para todas ao redor da mesa. Elas concordaram.

— A única coisa que viemos procurar aqui, a única coisa que esse programa tem para nos oferecer são as drogas. Bom, será que vamos recebê-las hoje ou teremos de ficar aqui sentadas, fingindo que você está nos dizendo coisas que ainda não sabemos?

A expressão da enfermeira passou da frustração (e um pouco de rejeição) para a raiva (e mais do que um pouco de medo).

— Temos um procedimento a seguir — disse ela, afinal. — Nós explicamos antes. Quatro semanas de aulas de mudança de comportamento...

— Dro-gas... dro-gas... dro-gas... — cantarolou Lily, batendo com o punho na mesa.

— Nós não podemos sair dando receita para medicamentos assim...

— Dro-gas... dro-gas... dro-gas... — agora, a loura Bonnie e Esther também estavam fazendo coro. A enfermeira abriu a boca, mas fechou logo em seguida.

— Vou chamar o médico — disse ela, partindo dali a toda. Nós cinco nos entreolhamos. E, depois de um breve instante, caímos na gargalhada.

— Ela ficou com medo — disse Lily, num apito de voz.

— Deve ter achado que iríamos esmagá-la — murmurei eu.

— Bem feito! — falou Bonnie, quase engasgando.

— Detesto gente magricela — acrescentei.

— Não diga uma coisa dessas — disse Anita, com olhar muito sério. — Não se deve detestar ninguém.

— Ahhh... — eu soltei um suspiro. Nesse instante, o Dr. K. entrou na sala, seguido pela intimidada enfermeira que vinha praticamente agarrada à barra do paletó dele.

— Está havendo um problema por aqui, pelo que sei — grunhiu ele.

— Drogas! — disse Lily.

O médico parecia estar com muita vontade de rir, mas fazia um esforço enorme para não deixar transparecer.

— Será que temos uma porta-voz do movimento? — perguntou. Todas olharam para mim. Eu me pus de pé, alisei a blusa e pigarreei.

— Acho que todas aqui temos a sensação de que já passamos por várias palestras e cursos e grupos de apoio voltados para a modificação do comportamento — olhei ao redor da mesa. Elas pareciam estar fazendo que sim com a cabeça, concordando. — Todas temos a impressão de que já tentamos modificar nosso comportamento, e comer menos, e fazer mais exercícios, e tudo isso que vivem nos mandando fazer, e o que nós queríamos mesmo... a razão para estarmos de fato aqui, aquilo pelo qual todas nós pagamos, é uma coisa nova. A saber: drogas — concluí, e me sentei novamente.

— Ora essa, eu sei como vocês se sentem — falou ele.

— Duvido muito — disparei.

— Bem, talvez não — disse ele, com um jeito brando. — Mas, vejamos, o processo não funciona como se eu soubesse todos os segredos de perder peso pelo resto da vida e estivesse aqui para contá-los a vocês. Vamos encarar isso como uma jornada... vamos considerar como se tivéssemos embarcado nessa juntos.

— Só que a nossa jornada acabou nos levando a compras nas lojas de tamanhos GG e a noites solitárias — grunhi.

O médico sorriu para mim — um sorriso daqueles que desarmam a gente.

— Vamos deixar de lado isso de gordo e magro durante um minuto — falou. — Se vocês já conhecem a quantidade de calorias de tudo e sabem o tamanho que deve ter uma porção de massa, então tenho certeza de que já estão cientes de que a maioria das dietas não funciona. Pelo menos, a longo prazo, não.

Agora ele conseguiu atrair nossa atenção. Verdade, todas já tínhamos percebido isso (por meio de amargas experiências pessoais, na maioria dos casos), mas ouvir aquilo da boca de uma autoridade competente, um médico, e um médico que estava conduzindo um programa de perda de peso... ora, era praticamente uma heresia. Fiquei à espera de que guardas de segurança entrassem correndo, o retirassem dali e o submetessem novamente a uma lavagem cerebral.

— Acho — prosseguiu ele — que teremos mais sorte, e ficaremos mais felizes, se passarmos a pensar em pequenas mudanças de estilo de vida, pequenas coisas que possamos fazer no nosso cotidiano que não acabem por se tornar insustentáveis a longo prazo. Se pensarmos em melhorar nossa saúde e em ficar felizes conosco no lugar de parecermos com a Courteney...

Ele olhou para mim, com as sobrancelhas erguidas.

— Cox — forneci o que faltava. — Na verdade, Cox-Arquette. Ela se casou.

— Isso. Ela mesma. Esqueçam essa mulher. Vamos nos concentrar no que é tangível. E eu prometo que ninguém aqui vai tratar nenhuma de vocês como se fosse burra, independente do seu tamanho.

Senti que fiquei emocionada, contra a minha vontade. O que ele disse tinha nexo. Melhor ainda, ele não estava nos depreciando. A coisa era... revolucionária, mesmo.

A enfermeira nos lançou um último olhar antipático e saiu rapidinho. O médico fechou a porta e se sentou.

— Gostaria de fazer um exercício com vocês — falou. Olhou em torno da mesa. — Quantas de vocês comem sem ter fome?

Silêncio mortal. Eu fechei os olhos. Comilança emocional. Também já tinha assistido a essa aula.

— Vocês tomam café da manhã e depois vão para o escritório, e quando chegam lá tem uma caixa de apetitosos *donuts*. Quantas de vocês resolvem que vão comer um, só porque eles estão ali?

Mais silêncio.

— Dunkin' Donuts ou Krispy Kremes? — perguntei, finalmente.

O médico contraiu os lábios grossos.

— Não tinha pensado nisso.

— Pois faz diferença — falei.

— Dunkin' Donuts — disse ele.

— Chocolate? Geléia? Glacê, que alguém da contabilidade partiu ao meio, de forma que só ficou meio *donut* ali?

— Krispy Kremes são melhores — disse Bonnie.

— Especialmente quando quentinhos — disse Esther.

Eu lambi os lábios.

— A última vez que comi *donuts* — disse Esther — foi quando alguém levou para o trabalho, exatamente como estamos conversando aqui, e eu peguei um que era igual ao com creme de Boston... sabe, aquele com cobertura de chocolate?

Nós confirmamos. Provavelmente todas sabíamos reconhecer um *donut* com creme de Boston só de ver.

— Aí eu cravei os dentes — continuou Esther. — E era... — os lábios dela se contorceram. — Limão.

— Eca! — disse Bonnie. — Detesto limão.

— Tudo bem — falou o médico, rindo. — O que eu quero dizer é o seguinte, poderiam ser os melhores *donuts* do mundo. Poderiam ser o ideal platônico da "*donutice*". Mas se vocês já tomaram café e não estão com fome de verdade, o ideal seria que vocês conseguissem passar direto.

Pensamos naquilo durante um minuto.

— Quem dera... — falou Lily, finalmente.

— Talvez fosse uma boa idéia vocês tentarem dizer a si mesmas que quando estiverem realmente com fome, se estiverem com fome de *donut*, então vão lá e comam o seu *donut*.

— E como é que se sabe de que a gente está com fome? — perguntou Bonnie. — No meu caso... estou sempre com fome das coisas que sei que não deveria estar comendo. Basta me dar um saco de cenourinhas que eu fico... sabe? Sei lá.

— Você já experimentou dar uma fervura nelas e amassar com um pouco de gengibre e casca de laranja? — perguntou Lily. Bonnie franziu o nariz.

— Eu não gosto de cenoura — falou Anita —, mas gosto de abóbora-manteiga.

— Mas isso não é legume. É amido — falei.

Anita ficou confusa.

— Como não é legume?

— É um legume rico em amido. Igual à batata. Aprendi isso com os Vigilantes do Peso.

— No Gordura e Fibra? — perguntou Lily.

— Muito bem! — disse o médico.

Dava para perceber que o papo desordenado de cinco veteranas dos Vigilantes do Peso, de Jenny Craig, de Pritikin, de Atkins e outros estava começando a incomodá-lo. Não tinha como ser divertido.

— Vamos experimentar uma coisa — disse ele. Foi até a porta e apagou as luzes. A sala ficou na penumbra. Bonnie soltou uma risadinha. — Quero que vocês todas fechem os olhos e tentem descobrir como estão se sentindo agora, neste exato momento. Estão com fome? Cansadas? Tristes, ou felizes, ou ansiosas? Tentem se concentrar de fato e depois tentem realmente separar as sensações físicas do que está acontecendo emocionalmente.

Fechamos os olhos.

— Anita? — perguntou o médico.

— Estou cansada — disse ela, de imediato.

— Bonnie?

— Ahn, talvez cansada. Talvez com um pouco de fome, também — falou ela.

— E emocionalmente? — ele a instigou.

Bonnie soltou um suspiro.

— Estou de saco cheio da minha escola — resmungou, finalmente. — Os meninos ficam dizendo um monte de bobagens para mim.

Arrisquei uma olhadela. Ela estava com os olhos ainda bem fechados e punhos firmemente cerrados, apoiados sobre as calças jeans descomunais. A escola secundária, evidentemente, não tinha ficado mais gentil ou delicada desde os meus dias, dez anos antes. Tive vontade de colocar a mão em seu ombro. Dizer-lhe que as coisas iriam melhorar... só que, considerando os eventos mais recentes da minha vida, eu não teria tanta certeza de estar dizendo uma verdade.

— Lily?

— Morrendo de fome — respondeu, prontamente.

— E emocionalmente?

— Hum... tudo bem — disse ela.

— Só isso? — perguntou o médico.

— Tem um episódio novo do *ER, o Plantão médico,* hoje à noite — falou. — Não posso reclamar; está tudo bem.

— Esther?

— Estou com vergonha — disse ela, e debulhou-se em lágrimas. Abri os olhos. O médico tirou do bolso uma caixinha de lenços de papel e a entregou a ela.

— Vergonha, de quê? — perguntou, com delicadeza.

Esther abriu um sorriso fraco.

— Do meu pensamento, porque antes de começarmos eu estava olhando para a costeleta e pensando que ela não era tão ruim assim!

Foi o suficiente para quebrar a tensão. Todas começamos a rir, até o médico. Esther fungou, limpando os olhos.

— Não se preocupe — falou Lily. — Eu estava pensando exatamente a mesma coisa do tablete de manteiga na pirâmide de alimentos.

O médico pigarreou.

— E Candace? — perguntou.

— Cannie — falei.

— Como é que você está?

Fechei os olhos, mas só por um segundo, e o que vi foi o rosto de Bruce, seus olhos castanhos perto dos meus. Bruce dizendo que me amava. Quando tornei a abri-los, fitei-o diretamente.

— Bem — falei, embora não fosse verdade. — Estou bem.

— E aí, como é que foi? — perguntou Samantha. Estávamos ofegantes fazendo *step* lado a lado na academia naquela noite.

— Até agora, não foi ruim — respondi. — Ainda não falaram das drogas. O médico que conduz as aulas parece legal.

Fizemos a subida em silêncio durante alguns minutos, com os *steps* rangendo e chiando sob os nossos pés, em meio à balbúrdia da extravagante aula de ginástica que se desenrolava ao lado. A academia parecia determinada a atrair novos alunos, oferecendo aulas de ginástica com um sabor para cada dia da semana, de forma que tínhamos Pilates, aeróbica do Evangelho, *spinning* intervalado e uma coisa chamada Preparo Físico Completo para Bombeiros, com mangueiras, escadas e um boneco de aproximadamente cinqüenta quilos para ser carregado, enquanto se subia e descia. Por outro lado, tinha goteiras no teto, o ar-condicionado não funcionava lá muito bem e a hidromassagem estava sempre consertando.

— E como foi o resto do seu dia, minha amiga? — perguntou Samantha, limpando o rosto com a manga. Contei-lhe sobre o Sr. Deiffinger, que ficou zangado com o que eu tinha escrito e partiu em defesa de Celine Dion.

— Detesto leitores — soltei, aos bofes, quando o meu *step* engatou numa marcha mais acelerada. — Por que eles têm de levar tudo de maneira tão pessoal?

— Talvez ele tenha entrado numa que você está se metendo com a Celine e achou que você merecia.

— Ah, sim, mas ela é de domínio público e eu não.

— Mas para ele, é. O seu nome está no jornal, o que faz de você domínio público, igual à Celine.

— Só que maior.

— E de bom gosto! E que — completou Samantha, com firmeza — não está planejando se casar com seu empresário de setenta anos de idade que a conhece desde que você estava com doze.

— Ah, quem é que está sendo crítica agora, hein? — perguntei.

— Que se danem os canadenses! — disse Samantha.

Ela havia trabalhado alguns anos em Montreal, passou por um relacionamento amoroso com um canadense, que foi um desastre, e jamais teve algo simpático a dizer dos nossos vizinhos ao norte, inclusive Peter Jennings, que ela se recusava terminantemente a assistir, sob o argumento de que ele tirou um emprego que deveria ter ido, por direito, para um americano — "alguém que soubesse pronunciar a palavra *about*".

Depois de quarenta minutos desgraçados, fomos para a sauna, enrolamo-nos nas toalhas e nos deitamos de bruços nos bancos.

— E como vai o Rei do Yoga? — indaguei. Sam deu um sorrisinho de satisfação e esticou os braços acima da cabeça em direção ao teto.

— Estou ficando mais flexível — falou ela, toda vaidosa. E eu joguei minha toalha na cabeça dela.

— Não me torture — falei. — Talvez eu nunca mais tenha sexo na vida.

— Ah, pare com isso, Cannie — falou Samantha. — Você sabe que isso não vai durar. Comigo nunca dura.

O que era verdade. A vida amorosa de Sam, recentemente, andava excepcionalmente amaldiçoada. Ela conhecia um cara e saía uma vez, e tudo ficava às mil maravilhas. Eles saíam de novo e as coisas iam dando certo. E aí, no terceiro encontro, sempre havia um péssimo momento, alguma revelação inacreditável, alguma coisa que a impossibilitava de ter mais um encontro com ele. O último com quem saiu, um médico judeu de currículo fabuloso e físico invejável, parecia um candidato até o terceiro encontro, quando a convidou para jantar em casa e ela ficou incomodada ao deparar com um retrato da irmã dele em destaque no hall de entrada.

— "E o que há de errado nisso?" — perguntara a ela.

— "Ela estava de *topless*" — respondeu Samantha. Sai o bom moço e entra o Rei do Yoga.

— Veja as coisas por este ângulo — disse ela. — Foi um dia ruim. Mas agora já acabou.

— Eu gostaria de ter uma conversa com ele.

Samantha puxou os cabelos para trás dos ombros, apoiou a cabeça no cotovelo e me fitou lá de cima, do último degrau do estrado de madeira da sauna.

— Com o Sr. Deiffledorf?

— Deiffinger. Não, com ele não — joguei mais uma concha d'água em cima das pedras, de forma que subiu uma onda de vapor em torno de nós. — Com o Bruce.

Samantha forçou a vista para me enxergar em meio à névoa.

— Bruce? Não entendi.

— E se... — falei, devagar. — E se eu tiver cometido um erro?

Ela soltou um suspiro.

— Cannie, eu passei meses escutando as suas lamentações, que as coisas não iam bem, que nada melhorava e você tinha certeza de que dar um tempo seria a melhor coisa no final das contas. E mesmo você tendo ficado zangada logo depois, nunca ouvi você dizer que tinha tomado a decisão errada.

— E se eu estiver pensando de forma diferente agora?

— Bem, e o que foi que mudou a sua maneira de pensar?

Pensei na minha resposta. O artigo era parte integrante. Bruce e eu nunca conversamos sobre o meu peso. Talvez se tivéssemos... se ele fizesse alguma idéia de como eu me sentia, se eu tivesse ao menos a mais ínfima noção de quanto ele compreendia... talvez as coisas pudessem ter sido diferentes.

Ainda mais do que isso, eu sentia falta de conversar com ele, de lhe contar como tinha sido o meu dia, de desabafar com ele as últimas saraivadas de Gabby, de ler a introdução de alguns dos meus artigos e passagens dos meus roteiros.

— Sinto falta dele — falei, enfraquecida.

— Mesmo depois do que ele escreveu sobre você? — perguntou Sam.

— Talvez não fosse tão ruim assim — murmurei. — Quero dizer, ele não disse que não me achava... sabe... desejável.

— Claro que ele a achava desejável. *Você* é que não o achava desejável. Achava-o preguiçoso, imaturo, bagunceiro, e você me falou, não faz três meses, neste mesmo banco, que se ele deixasse mais um lenço de papel usado na cama, que iria matá-lo e deixar o corpo num ônibus circular de New Jersey.

Retraí-me toda. Não me lembrava exatamente da frase, mas, com certeza, eu seria capaz de dizer uma coisa daquelas.

— E se ligasse para ele — continuou Samantha —, o que iria dizer?

— Oi, como vai, planejando me humilhar por escrito, mais uma vez, em breve?

Na verdade, guardei um desabafo durante o mês inteiro. No mês de outubro, a coluna "Bom de Cama", de Bruce, se chamou "O Amor e a Luva". Alguém — Gabby, eu tinha quase certeza — deixara um exemplar na minha mesa de trabalho no dia anterior, e eu li o mais rápido que pude, com o coração na garganta, até verificar que não havia uma palavra sobre C. Neste mês, pelo menos, não houve.

Homens de verdade usam camisinha, foi a primeira linha. O que era ridículo, pois nos nossos três anos de relacionamento, Bruce foi quase absolutamente poupado das indignidades do látex. Nós dois fizemos os testes, que deram negativo, e eu passei a tomar pílula, depois de algumas experiências desanimadoras em que o tesão dele sumia assim que eu pegava as camisinhas. É claro que esse pequeno detalhe foi notoriamente omitido da matéria, assim como o fato de que era eu quem acabava tendo de colocar o preservativo nele — ato que me fazia sentir como uma mãe superprotetora, amarrando o cadarço do sapato do filhinho. *Colocar a luva é mais do que uma mera obrigação*, ele ensinava aos leitores da *Moxie*. *É um sinal de dedicação, de maturidade, um sinal de respeito por todas as mulheres* — e *um sinal do amor que ele tem por você.*

Ora essa, a lembrança do jeito como ele de fato encarava as camisinhas parecia meiga demais para ser considerada. E a simples idéia de estar na cama com Bruce me fez retrair, porque o pensamento que surgiu zunindo como uma bala foi: *Nunca mais vamos ficar do mesmo jeito outra vez.*

— Não telefone — disse Sam. — Eu sei que é horrível agora, mas você vai superar isso. Vai sobreviver.

— Obrigada. De fato Gloria Gaynor já dizia: "I will survive!" — resmunguei, e fui tomar uma ducha.

Quando cheguei em casa, a secretária eletrônica estava piscando. Apertei o botão para ouvir os recados e lá estava Steve: "Lembra de mim? O cara do parque? Eu estava querendo saber se você gostaria de tomar aquela cerveja esta semana, ou quem sabe jantar. Me liga."

Sorri quando levei Nifkin para passear, sorri ainda mais quando cozinhei um peito de frango com batata-doce e espinafre para jantar. Fiquei exultante durante a minha consulta de vinte minutos com Sam sobre o Steve, o Cara Bonitinho do Parque. Às nove horas em ponto, eu liguei para ele. Ele ficou feliz de ouvir minha voz. Pelo jeito, ficou... felicíssimo. Alegre. Cheio de consideração. Interessado nas mesmas coisas que eu. Rapidamente cobrimos as questões básicas da vida um do outro: idades, faculdades, ah-você-conhece-a-Janie-do-meu-colégio, um pouquinho sobre pais, mães e famílias (deixei de lado toda a questão da minha mãe lésbica, para poder ter do que falar caso houvesse um segundo encontro), e um pouquinho sobre as-razões-de-estarmos-solteiros-no-momento (fiz-lhe uma sinopse de duas frases sobre o desenlace com Bruce. Ele me falou que tinha uma namorada em Atlanta, mas que ela passara para a escola de enfermagem e ele se mudara para cá). Contei-lhe sobre a cobertura do festival dos padeiros de Pillsbury. Ele me falou que estava aprendendo a andar de caiaque. Resolvemos sair para jantar no sábado à noite, no Latest Dish e, quem sabe, pegar um cineminha depois.

"Então, talvez com esse dê certo", falei para Nifkin, que não parecia estar ligando muito, desse no que desse. Ele deu três voltas em torno de si mesmo e se deitou numa almofada. Eu coloquei a camisola, tentando evitar relances do meu corpo no espelho do banheiro, e fui dormir precavidamente otimista de que havia pelo menos uma chance de não morrer só.

Samantha e eu já tínhamos resolvido que o Azafran seria sempre indicado como o nosso restaurante para os primeiros encontros. Tinha todas as vantagens: ficava logo ali na esquina da casa dela e do meu apartamento. A comida era boa, não era muito caro, era do tipo que você traz sua própria bebida, o que nos dava a chance de: 1) impressionar o cara, trazendo uma garrafa de um bom vinho, e 2) eliminar a possibilidade de o cara ficar de porre, porque não haveria nada mais do que uma única garrafa. E, o melhor de tudo, o Azafran tinha janelas que iam do piso ao teto, e garçonetes que malhavam na nossa academia, que nos conheciam e nos fariam a gentileza de nos colocar sempre nas mesas perto das janelas — de costas para a rua, com o cara de frente — de forma que aquela de nós que não tivesse o encontro poderia passar com Nifkin e fazer um apanhado geral do candidato.

Eu estava de parabéns, porque Steve parecia eminentemente apresentável. Camisa pólo de mangas curtas, calça cáqui, que parecia ter sido passada por ele mesmo, e um agradável aroma de água-de-colônia. Uma boa melhora em relação a Bruce, que era dado a camiseta manchada com short folgado e que, de vez em quando, se eu não o lembrasse o tempo todo, se eximia de usar desodorante.

Sorri para Steve. Ele correspondeu ao sorriso. Nossos dedos se roçaram por cima da lula. O vinho estava delicioso, corretamente resfriado, e a noite estava perfeita, com céu limpo, estrelado, e uma pitada de outono na brisa.

— E o que você fez hoje? — perguntou Steve.

— Fui dar um passeio de bicicleta, até Chestnut Hill — falei. — Pensei em você...

Uma coisa tremeliсou em seu rosto. Uma coisa ruim.

— Escute — falou ele devagar. — Preciso dizer uma coisa. Quando lhe perguntei se queria tomar uma cerveja comigo... bem, falei que era novo aqui no bairro... sabe, eu estava mesmo só procurando... você sabe. Amizade. Gente com quem me enturmar.

A lula virou uma bola de chumbo no meu estômago.

— Oh!

— E acho que não deixei isso suficientemente claro... ora, eu não quero que isso seja um primeiro encontro nem nada... ah, meu Deus! — disse ele. — Não me olhe desse jeito.

Não chore, falei comigo mesma. Não chore, não chore, não chore. Como pude me enganar desse jeito? Eu era patética. Uma piada ambulante. Eu queria Bruce de volta. Diabo! Queria a minha mãe. Não chore, não chore, não chore.

— Os seus olhos — disse ele, baixinho. — Os seus olhos estão me matando.

— Desculpe — falei, feito uma idiota. Sempre me desculpando. Do jeito que está, não dá para piorar, pensei. Steve olhou pela janela, por cima da minha cabeça.

— Ei! — falou. — Aquele ali não é o seu cachorro?

Eu me virei e, sem dúvida, lá estava Samantha e Nifkin, os dois espiando pela janela. Sam estava impressionada. Quando olhei, ela me fez um rápido sinal com os polegares para cima.

— Você me dá uma licencinha? — murmurei.

Eu me levantei, forçando os pés a se mexerem. No banheiro feminino, joguei água fria no rosto, concentrando-me em não respirar, sentindo as lágrimas que não podia chorar se acumulando dentro da minha testa e se transformando instantaneamente em dor de cabeça. Considerei a programação que tínhamos feito para aquela noite: jantar, depois iríamos assistir ao último desastre do fim do mundo exibido no multiplex. Mas eu não conseguiria. Não conseguiria passar o resto da noite sentada ao lado de um cara que acabara de se declarar um não-candidato. E talvez isso tenha-me deixado sensível demais, ou ridícula, mas a verdade era que eu não conseguiria.

Fui até a cozinha e achei a nossa garçonete.

— Quase pronto — falou ela, e olhou para o meu rosto. — Ah, meu Deus... o quê? Ele é *gay*. Fugiu da prisão. Estava namorando a sua mãe.

— Por aí — falei.

— Quer que eu diga que você está passando mal?

— Quero — falei, mas pensei melhor. — Não. Sabe de uma coisa? Embrulhe a comida, e não diga nada. Vamos ver quanto tempo ele fica ali sentado.

Ela girou os olhos nas órbitas.

— Ruim assim?

— Tem uma outra saída por aqui, não tem?

Ela apontou para a saída de incêndio, cuja porta estava sendo mantida aberta pela escora de um ajudante de garçom no seu momento de descanso.

— Vai nessa — disse ela, e um minuto depois, segurando duas embalagens para viagem e o que restava do meu orgulho, eu me esgueirei pelo vão da porta, desviando-me do ajudante de garçom, e enfrentei a noite lá fora.

Minha cabeça latejava. Idiota, pensei impiedosamente. Bobona! Burra, burra, imbecil de achar que alguém com aquele visual estaria interessado em alguém com o seu visual!

Subi, joguei fora a comida, tirei o vestido, coloquei o macacão esfarrapado, pensando, furiosamente, que talvez estivesse parecida com a escritora Andrea Dworkin. Desci a escada pesadamente, saí porta afora e comecei a caminhar, primeiramente ao longo do rio, depois me dirigi para o norte, em direção à Society Hill e à Old City, e por fim à Rittenhouse Square.

Uma parte de mim — a parte razoável — estava pensando que isso não era lá grande coisa, apenas um buraquinho na ciclovia da vida; e que o idiota era ele, não eu. *Sou solteiro*, ele tinha dito. Por acaso eu estaria errada em achar que ele me convidou para sair à sério? E daí se aquilo não fosse dar em nada? Eu já tinha ficado com alguém só por uma noite. Já tinha tido até namorados. Era totalmente razoável pensar que eu teria ambos novamente e esse cara não valia mais um segundo sequer do meu tempo.

Mas a outra parte — a parte gritante, histérica e crítica, que infelizmente falava mais alto — estava dizendo uma coisa absolutamente diferente.

Que eu era burra. Que eu era gorda. Que eu era tão gorda que ninguém mais me amaria e tão obtusa que não conseguia enxergar isso. Que eu tinha bancado a boba, ou melhor, ele me fizera de boba. Que

Steve, aquele engenheiro de sandálias Teva nos pés, estaria sentado sozinho à mesa, comendo lulas e rindo consigo mesmo daquela gorducha, a boboca da Cannie.

E para quem eu iria contar aquilo? Quem poderia me consolar?

Não seria a minha mãe. Eu não poderia conversar com ela sobre a minha vida afetiva depois de ter deixado bem claro que não aprovava a dela. Além do mais, com a coluna do Bruce, ela já havia aprendido o suficiente acerca das minhas atividades depois do pôr-do-sol, sem que eu lhe desse corda.

Poderia contar a Samantha, mas ela me acharia maluca. "Por que você está achando que isso tem a ver com o seu visual?", iria cobrar de mim, e eu iria resmungar que talvez fosse por outra coisa, ou um simples mal-entendido, sentindo a verdade a me comer os ossos o tempo inteiro, o Evangelho segundo meu pai: eu era gorda e feia, e ninguém iria gostar de mim. E desse jeito seria desconcertante. Eu queria que as minhas amigas me tivessem como uma pessoa inteligente, engraçada, capaz. Não queria que sentissem pena de mim.

O que tive vontade de fazer foi ligar para Bruce. Não lhe contaria sobre esta última humilhação — também não queria que ele sentisse pena de mim, nem que achasse que eu estava implorando para voltar, ou que estivesse planejando isso simplesmente por ter sido rejeitada por um sujeitinho de pernas cabeludas —, mas eu queria ouvir sua voz. Não importa o que ele tenha dito na *Moxie*, não importa quanto ele tenha-me envergonhado. Depois de três anos, ele me conhecia melhor do que provavelmente qualquer outra pessoa no mundo, exceto Samantha, e naquele momento, parada na esquina da 17th Street com a Walnut, senti tanta vontade de falar com ele que os meus joelhos enfraqueceram.

Voltei correndo para casa e subi as escadas, galgando os degraus de dois em dois. Suada, com as mãos trêmulas, me esparramei na cama, peguei o telefone e disquei o mais rápido que pude. Ele atendeu instantaneamente.

— Oi, Bruce — comecei.

— Cannie? — a voz dele soou estranha. — Eu já ia ligar para você.

— É mesmo? — senti uma centelha de esperança se acender no peito.

— Eu queria contar a você — começou a falar, e a voz dele logo irrompeu em soluços ríspidos e entrecortados. — Meu pai morreu hoje de manhã.

Não me lembro do que eu disse ali. Lembro-me de que ele me contou os detalhes: ele teve um derrame e morreu no hospital. Foi tudo muito rápido.

Eu estava chorando, Bruce estava chorando. Não me lembro de ter-me sentido tão mal por causa de alguma coisa. Aquilo não era justo. O pai de Bruce era um homem maravilhoso. Amava a família. Talvez até, pensei, tivesse me amado também.

Mas ainda que estivesse terrivelmente mal, senti a centelha crescendo. *Agora ele vai entender*, sussurrou uma voz na minha cabeça. Quem sofre uma perda como essa não muda a maneira de ver o mundo? E não mudaria a maneira como ele me via, a minha família desfeita, meu pai sumido? Além do mais, iria precisar de mim. Já tinha precisado de mim antes, para resgatá-lo da solidão, da ignorância e vergonha sexual... e certamente iria precisar de mim para ajudá-lo a passar por isso.

Pensei no enterro, eu segurando a mão dele, ajudando-o, amparando-o, estando lá para ele se apoiar em mim, da maneira como eu gostaria de ter-me apoiado nele. Imaginei-o olhando para mim com renovado respeito e compreensão, com uma nova consideração e os olhos de um homem, não os de um menino.

— Bruce, me deixe ajudá-lo. Como eu posso ajudar? — falei. — Quer que eu vá para aí?

A resposta dele foi desanimadoramente instantânea.

— Não — disse ele. — Estou indo para casa e tem uma multidão de gente lá agora. Seria estranho. Você iria ao enterro amanhã?

— Claro — falei. — Claro. Eu te amo — as palavras tinham saído da minha boca quase antes de eu terminar de pensar nelas.

— O que você quer dizer com isso? — perguntou ele, ainda chorando.

Para o meu próprio crédito, recuperei-me rápido.

— Que quero estar ao seu lado... para ajudá-lo da melhor forma possível.

— Então, vá ao enterro amanhã — falou, secamente. — É só o que você pode fazer neste instante.

Mas alguma coisa perversa dentro de mim insistiu.

— Eu te amo — repeti, e deixei as palavras soltas no ar. Bruce soltou um suspiro, sabendo o que eu queria, mas sem vontade, ou sem ter como me dar.

— Preciso desligar — falou. — Sinto muito, Cannie.

PARTE DOIS

Reconsidere-me

CINCO

Relembrando, talvez houvesse uma maneira de eu me sentir pior no enterro de Bernard Guberman. Por exemplo, se eu o tivesse matado.

A cerimônia começou às duas horas da tarde. Cheguei cedo, mas o estacionamento já estava cheio, os carros transbordavam do acesso à casa para fora. Finalmente, consegui vaga do outro lado da estrada, atravessei correndo as quatro faixas de rolamento e parei junto a um amontoado de amigos de Bruce. Estavam todos no hall de entrada, vestindo os ternos que reservavam para suas entrevistas, de mãos nos bolsos, falando baixinho e olhando para os próprios pés. Era uma belíssima tarde ensolarada de outono — um dia em que se deve olhar para as folhas, comprar cidra de maçã e acender a lareira pela primeira vez no ano. Não era um dia para isso.

— Ei, Cannie — falou George, baixinho.

— Como é que ele está? — perguntei.

Ele deu de ombros e falou:

— Está lá dentro.

Bruce estava sentado num vestíbulo pequeno, segurando uma garrafa de água Evian e um lenço na mão direita. Usava o mesmo terno azul que tinha usado no Yom Kippur, quando nos sentamos lado a lado no templo. Ainda parecia apertado demais, a gravata ainda curta demais, e os sapatos esportivos de lona ele decorou com desenhos de estrelas e redemoinhos durante alguma aula chata. No instante em que o avistei, foi como se a nossa história recente se desfizesse — minha decisão de pedir um tempo, sua decisão de relatar o meu corpo por escrito. Foi como se não houvesse nada além da nossa conexão — e a dor que ele sentia. A mãe dele estava em pé, ao lado, com a mão em seu ombro. Havia gente por toda parte. Todos choravam.

Fui até ele, ajoelhei-me e o abracei.

— Obrigado por ter vindo — disse ele, tranqüilamente. Formalmente.

Dei-lhe um beijo no rosto, que me espetou com a barba por fazer havia uns três dias. Ele não se deu conta. O abraço que a mãe dele me deu foi mais carinhoso, as palavras que ela me disse em marcante contraste com as dele.

— Cannie — sussurrou-me —, que bom que você veio!

Eu sabia que seria ruim. Sabia que me sentiria muito mal por estar ali depois do nosso rompimento no estacionamento, ainda que, claro, não houvesse maneira de saber que uma coisa como essa iria acontecer.

Mas não foi só ruim. Foi uma agonia. Agonia quando o rabino, que eu já vira jantando na casa de Bruce algumas vezes, falou que Bernard Leonard Guberman tinha vivido para a mulher e o filho. Que ele levava Audrey para lojas de brinquedos, embora não tivessem netos. "Só para estarmos prontos", dizia. Foi quando me desesperei, sabendo que era eu quem deveria ter feito aqueles netos e que eles certamente iriam adorar. E que eu deveria ter me dado a chance de participar de todo aquele amor.

Fiquei ali sentada naquele banco de madeira dura na capela, oito fileiras atrás de Bruce, que deveria ter sido o meu marido, pensando que tudo que desejava era estar ao lado dele e que jamais me sentira mais distante.

— Ele a amava de verdade — sussurrou-me Barbara, a tia de Bruce, quando estávamos lavando as mãos do lado de fora.

Havia carros estacionados em fila dupla no balão de retorno, carros dando a volta no quarteirão, tantos carros que precisaram colocar um policial de plantão do lado de fora do cemitério durante o enterro. O pai de Bruce fora ativo no templo e tinha um bem-sucedido consultório de dermatologia. A julgar pela multidão, parecia que todo adolescente judeu com problema de pele viera prestar sua homenagem.

— Era um homem maravilhoso — falei.

Ela me olhou com curiosidade.

— Era?

Foi quando me dei conta de que ela estava falando de Bruce, que ainda estava vivo.

Barbara envolveu-me o antebraço com os dedos de unhas pintadas em tom de marrom-avermelhado e me arrastou para a imaculada lavanderia que cheirava a roupa limpa.

— Eu sei que você e Bruce terminaram — falou. — Foi porque ele não a pediu em casamento?

— Não — falei. — Acho... fui sentindo cada vez mais que nós não nos encaixávamos direito.

Foi como se ela não tivesse escutado.

— Audrey vivia me falando que Bernie dizia que ficaria imensamente feliz em ter você na família — falou. — Ele sempre dizia: "Se Cannie quiser um anel, ganhará o anel em um minuto."

Ah, meu Deus! Senti as lágrimas começando a se formar por trás dos olhos. De novo. Eu já tinha chorado durante a cerimônia, quando Bruce subiu no *bimah* e falou sobre o pai lhe ensinando a rebater a bola e a dirigir, e chorei no cemitério quando Audrey soluçou sobre a cova aberta e disse diversas vezes: "Não é justo, não é justo."

Tia Barbara me entregou um lenço.

— Bruce precisa de você — sussurrou, e eu fiz que sim com a cabeça, sabendo que não poderia confiar na voz. — Vá — disse ela, empurrando-me para a cozinha. Eu esfreguei os olhos e entrei.

Bruce estava sentado no alpendre com os amigos formando um círculo em volta dele, como que a escondê-lo. Quando me aproximei, ele me olhou com os olhos apertados, observando-me como se eu fosse um espécime numa fotografia.

— Ei — falei, baixinho —, tem alguma coisa que eu possa fazer por você?

Ele negou com a cabeça, virou e olhou para o outro lado. Todas as cadeiras do alpendre estavam ocupadas e ninguém deu a entender que iria sair. Com toda a graciosidade de que fui capaz, ajeitei-me no degrau de trás, na beirada externa do círculo, e fiquei ali sentada, segurando os joelhos. Eu estava com frio e fome, não tinha trazido um casaco e não havia onde equilibrar um prato. Fiquei ouvindo a conversa deles sobre o nada — esportes, concertos, empregos, coisas desse tipo. Observei quando as filhas das amigas da mãe de Bruce, um trio de mocinhas muito iguais, na faixa dos vinte aos trinta, chegaram ao alpendre com pratos de papelão cheios de salgadinhos e deram os pêsames a Bruce, oferecendo os rostinhos de pele lisa para ele beijar. Senti um gosto de areia na boca, percebendo o esforço dele em sorrir-lhes e mostrar-lhes que se lembrava de todos os nomes, quando mal conseguia me dispensar um olhar de relance. Claro, eu sabia que quando decidíssemos romper, muito provavelmente ele iria arranjar outra. Só não tinha pensado que iria ter de passar por uma inspeção prévia. Sentei-me sobre as mãos, sentindo-me arrasada.

Quando Bruce finalmente se levantou, eu me levantei para segui-lo, mas a minha perna ficara dormente e eu tropecei, estatelando-me no chão e retraindo-me toda, quando uma farpa penetrou na palma da minha mão.

Bruce ajudou-me a levantar. Relutante, a meu ver.

— Quer dar um passeio? — perguntei. Ele deu de ombros. Fomos caminhar. Descemos pela entrada de veículos e tomamos a rua, que estava lotada de carros.

— Eu sinto muito — falei. Bruce não disse nada. Peguei a mão dele, com as pontas dos dedos roçando-lhe o dorso. Ele não correspondeu. — Sabe de uma coisa, Bruce? — falei, sentindo-me desesperada. — Eu sei que as coisas têm sido... Eu sei que nós... — minha voz sumiu. Bruce me lançou um olhar frio.

— Você não é mais a minha namorada — disse ele. — Foi você quem pediu um tempo, lembra? E eu sou pequeno — disse, praticamente como um tapa.

— Quero ser sua amiga — falei.

— Eu tenho amigos.

— Percebi. Muito bem-educados.

Ele deu de ombros.

— Sabe —, será que... será que nós... — coloquei o punho contra os lábios. Faltavam-me as palavras. Só me restavam soluços. Engoli em seco. Resolva isto, pensei. — Independente do que aconteceu entre nós, do que você esteja sentindo por mim, quero que você saiba que o seu pai foi um homem maravilhoso. Eu o amava. Ele foi o melhor pai que eu já vi e fico muito sentida por ele ter morrido, e me sinto muito mal com tudo isso... — Bruce ficou só me olhando fixo. — E se você quiser ligar para mim... — eu disse, finalmente.

— Obrigado — disse ele, afinal. Virou-se para voltar para a casa e, depois de um instante, eu me virei para segui-lo, qual um cãozinho amestrado, num passo entorpecido atrás dos seus, com a cabeça baixa.

Deveria ter ido embora e pronto, mas não fui. Fiquei para as preces à tardinha, quando a sala de estar de Audrey se encheu de homens com talites sobre os ombros, esbarrando com os joelhos na madeira dura dos bancos do velório, encostando os ombros nos espelhos recobertos. Fiquei quando Bruce e seus amigos se reuniram na cozinha branca, ornada com detalhes cromados, para pegar as bandejas de guloseimas e bater papo. Fiquei à margem do grupo, tão cheia de tristeza que pensei que fosse explodir e me derramar pelo assoalho de azulejos espanhóis de Audrey. Bruce não olhou para mim. Nem uma vez sequer.

O sol se pôs. A casa foi-se esvaziando. Bruce recolheu os amigos e nos levou para o seu quarto no andar de cima, onde se sentou na cama. Eric, Neil e a esposa imensamente grávida sentaram-se no sofá. George se sentou na cadeira da escrivaninha de Bruce. Eu me sentei de pernas cruzadas no chão, fora do círculo, pensando em alguma partezinha primitiva do meu cérebro que, se os anos que passamos juntos valeram alguma coisa, ele teria de falar comigo novamente, teria de me deixar consolá-lo.

Bruce soltou o rabo-de-cavalo, balançou os cabelos e tornou a prendê-los.

— Eu sempre fui uma criança — avisou aos presentes.

Ninguém demonstrou saber uma boa resposta para dar, de forma que fizeram o que eu suponho que eles normalmente fazem lá em cima no quarto de Bruce. Eric encheu o narguilé e George tirou um isqueiro do bolso do paletó, enquanto Neil enfiava uma toalha embaixo da porta. Incrível, pensei, contendo a muito custo uma gargalhada histérica. Eles lidam com a morte exatamente da mesma maneira que lidam com uma noite de sábado, quando não há nada de bom na TV a cabo.

Eric passou o narguilé para Neil, sem sequer me perguntar se eu queria. Eu não queria e ele provavelmente sabia disso. O único efeito que a maconha produzia em mim era aumentar ainda mais a vontade de dormir e de comer. Não era exatamente esse o tipo de droga de que eu precisava. Mesmo assim, teria sido simpático ele me oferecer.

— O seu pai era um cara legal mesmo — murmurou George, e os demais murmuraram confirmando, menos a grávida, que fez o que pareceu ser uma tremenda produção para se pôr de pé e, em seguida, saiu. Ou talvez seja mesmo necessária uma tremenda produção para se levantar quando se está grávida daquele tamanho. Quem sabe? Neil ficou olhando fixamente para os próprios tênis. Eric e George tornaram a dizer que estavam muito tristes. Depois, todo mundo começou a falar das finais.

Sempre uma criança, pensei, olhando para Bruce através da fumaceira. Num breve instante, capturei-lhe o olhar e nos fitamos bem um ao outro. Ele inclinou o narguilé para mim.

— Quer? — perguntou.

Fiz que não com a cabeça e respirei profundamente o silêncio.

— Lembra quando a piscina ficou pronta? — perguntei.

Bruce me fez um aceno encorajador, ainda que pequeno, com a cabeça.

— Seu pai ficou tão feliz — falei. Olhei para os seus amigos. — Vocês deveriam ter visto. O Dr. Guberman não sabia nadar...

— ...ele nunca aprendeu — acrescentou Bruce.

— Mas insistia, insistia mesmo, que a casa tivesse uma piscina. "Meus filhos não vão passar mais um verão inteiro suando!"

Bruce riu um pouco.

— Então, no dia em que a piscina ficou pronta, ele deu uma festa gigante — agora George estava confirmando com a cabeça. Ele tinha vindo à festa. — Contratou bufê. Mandou vir uma dúzia de cestas de melancia...

— ...e um barril — disse Bruce, rindo.

— E passou a tarde andando por aí de roupão bordado com um emblema das suas iniciais, que ele comprou especialmente para a festa, fumando um charuto gigantesco. Parecia um rei! — concluí. — Devia ter umas cem pessoas aqui... — minha voz se calou. Estava me lembrando do pai de Bruce na piscina de hidromassagem, com um charuto aceso na boca, preso entre os dentes, uma caneca de cerveja gelada repousando na borda e a lua cheia brilhando qual um círculo dourado no céu.

E finalmente me senti num terreno mais firme. Eu não fumava maconha e ele não me deixava beijá-lo, mas eu poderia passar a noite inteira contando histórias.

— Ele ficou feliz — falei para Bruce — porque você estava feliz.

Bruce começou a chorar em silêncio e quando eu me levantei e cruzei o quarto para me sentar ao seu lado, ele não falou nada. Nem quando o abracei. Quando o meu braço pousou em cima do seu ombro, ele se aconchegou a mim, me abraçou também e deixou o choro vir. Fechei os olhos e só ouvi seus amigos se levantando e fazendo fila na porta para sair.

— Ah, Cannie — disse ele.

— Psiu! — falei, e o embalei um pouco, movimentando-o para a frente e para trás com todo o meu corpo, até deitá-lo na cama, embaixo da prateleira cheia dos seus troféus da *Little League* e placas de homenagem por nunca ter faltado às aulas de hebraico. Os amigos, todos, já tinham saído. Ficamos finalmente sozinhos. — Psiu! Fique quietinho agora — beijei-lhe o rosto úmido. Ele não resistiu. Os lábios dele estavam tranqüilos, quando os meus os tocaram. Ele não estava me retribuindo o beijo, mas também não estava me afastando. Já era um bom começo.

— O que você está querendo? — sussurrou.

— Eu faço o que você quiser — falei. — Até mesmo... se você quiser.. eu faço. Eu amo você...

— Não diga nada — falou ele, enfiando as mãos por baixo da minha blusa.

— Oh, Bruce — respirei forte, sem querer acreditar que aquilo estava mesmo acontecendo, que ele estava me querendo, também.

— Psiu! — fez ele, para que eu me calasse da mesma maneira que eu o fizera calar-se momentos antes. Tentava desajeitadamente abrir os diversos fechos do meu sutiã.

— Tranque a porta — sussurrei.

— Não vou deixar você ir embora — falou ele.

— E não precisa — disse-lhe, enfiando o rosto em seu pescoço, sentindo seu cheiro, o da fumaça adocicada, o do creme de barbear e o do xampu, glorificada por estar entre os seus braços, pensando que era exatamente isso que eu queria, o que eu sempre quis: o amor de um homem que era maravilhoso e meigo e que, acima de tudo, me compreendia. — Nunca mais vai precisar.

Tentei fazer o que fosse melhor para ele, tocá-lo nos seus cantinhos preferidos, mexer-me da maneira como sabia que ele gostava. Para mim, foi maravilhoso estar com ele novamente, e pensei, segurando-lhe os ombros enquanto ele se enfiava gemendo em mim, que poderíamos começar novamente; que *estávamos* começando novamente. A matéria da *Moxie* eu estava pronta a descartar como águas passadas, contanto que ele prestasse o solene juramento de jamais mencionar o meu corpo novamente por escrito. E o restante, a morte do pai dele, aquilo nós iríamos superar juntos como um casal. Juntos.

— Eu te amo tanto — sussurrei, beijando-lhe o rosto, abraçando-o com força, tentando calar a vozinha dentro de mim que percebia, mesmo nos arroubos da paixão, que ele não estava retrucando a nada do que eu dizia.

Depois, descansando a cabeça no peito dele e traçando círculos com os dedos no seu peito, achei que nada tinha dado tão certo antes. Pensei que talvez eu tivesse sido infantil, uma menininha, mas agora estava pronta para subir no pódio, fazer o que era certo, ser uma mulher, e ficar ao lado dele, apoiando-o, dessa noite em diante.

Os pensamentos de Bruce, evidentemente, foram outros.

— É melhor você ir agora — falou, retirando-se do meu abraço e entrando no banheiro, sem olhar para a cama atrás dele.

Isso foi totalmente inesperado.

— Eu posso ficar — falei.

Bruce saiu do banheiro com uma toalha enrolada na cintura.

— Tenho de ir ao templo com minha mãe amanhã de manhã e acho que seria... hum... um pouco complicado se... — a voz dele sumiu.

— Tudo bem — falei, lembrando-me da minha jura, de ser adulta, de pensar no que ele precisava antes do que eu queria, mesmo que o que eu quisesse naquele momento estivesse mais próximo de um aconchego até cairmos os dois tranqüilamente no sono e não aquela retirada às pressas. — Não tem problema — e vesti a roupa rapidamente. Mal acabei de ajeitar a calcinha e Bruce já me pegou delicadamente pelo cotovelo e me encaminhou para a porta, passando direto pela entrada da cozinha e da sala de estar, onde presumivelmente sua mãe estaria esperando e seus amigos reagrupados.

— Telefone para mim — falei, percebendo o tremor na voz — na hora que você quiser.

Ele olhou para o outro lado.

— Vou estar meio ocupado — falou.

Respirei fundo, desejando que o pânico cedesse.

— Tudo bem — falei. — Mas saiba que estou aí, para o que você quiser.

Ele assentiu, com seriedade.

— Muito obrigado, Cannie — falou, como se eu tivesse lhe oferecido assessoria de planejamento financeiro, em vez do meu coração numa bandeja.

Eu fui dar-lhe um beijo. Ele me ofereceu o rosto. Tudo bem, pensei, entrando no carro, segurando firme o volante para que ele não visse as minhas mãos tremendo. Eu sei ser paciente. Sei ser madura. Sei esperar por ele. Ele me amou tanto, pensei, voltando para casa à toda, na escuridão da noite. Iria me amar novamente.

SEIS

Quando fiz psicologia 101, o professor nos deu aulas de reforço aleatório. Coloque três grupos de ratos em três gaiolas diferentes, cada qual equipada com uma barra. O primeiro grupo de ratos recebe ração cada vez que apertar a barra. O segundo grupo nunca recebe nada, independentemente de quantas vezes venham a apertar a barra. E o terceiro grupo recebe ração esporadicamente.

O primeiro grupo, disse-nos o professor, acaba se enfadando com a recompensa garantida e os ratos que nunca recebem nada também desistem. Mas os ratos do grupo de recebimento aleatório ficam apertando aquela barra o tempo todo, na esperança de que naquela vez ocorra a mágica e eles tenham sorte. Foi naquele instante da aula que eu me dei conta de que tinha virado o rato do meu pai.

Ele havia me amado. Eu me lembrava. Tinha um punhado de fotos mentais, cartões postais com as bordas amolecidas de tanto serem manuseados. Cena um: Cannie, aos três anos, confortavelmente sentada no colo do pai, com a cabeça apoiada no peito dele, sentindo a voz vibrar por todo seu corpo, enquanto ele lia *Where the wild things are*. Cena dois: Cannie, aos seis anos, de mãos dadas com o papai entrando na escola primária, num agradável sábado de verão, para fazer o teste de adaptação. "Não se acanhe, filhinha", ele diz, e lhe dá dois beijinhos, um de cada lado do rosto. "Você vai se dar muito bem."

Lembro-me dos meus dez anos, quando passava dias inteiros com o meu pai, fazendo várias coisas juntos. Encontrávamos a sua secretária e também a Sra. Yee da lavanderia que cuidava das suas camisas. O vendedor da loja, que fitava meu pai com respeito enquanto ele pagava pelos ternos que queria. Ele escolhia *brie*, na sofisticada loja de queijos que tinha um cheiro maravilhoso de café torrado, e discos de jazz na Old Vinyl. Todo mundo sabia o nome do meu pai.

— "Dr. Shapiro" — cumprimentavam-no, sorrindo para os filhos em escadinha, sendo eu a primeira da fila.

Ele colocava a mão grandona, com carinho, na minha cabeça e alisava o meu rabo-de-cavalo: — "Esta é Cannie, a minha mais velha", dizia.

E todos, desde os funcionários da casa de queijos até os guardas de segurança do prédio do consultório, pareciam saber não só quem ele era, mas também quem eu era. "Seu pai diz que você é muito inteligente", diziam, e eu ficava ali parada, sorrindo, procurando parecer inteligente.

Mas dias como esses foram ficando mais raros à medida que eu fui crescendo. A verdade é que meu pai passou a me ignorar cada vez mais. A ignorar todos nós — Lucy, Josh e até mesmo minha mãe. Chegava tarde, saía cedo, passava os fins de semana no consultório ou passeando de carro "para esfriar a cabeça". Todo o carinho que nos dava, toda a atenção que prestava, vinha em pequenas doses, administradas sem a menor freqüência. Mas ah, quando me amava, quando punha a mão na minha cabeça, quando eu encostava a cabeça nele... não havia sentimento no mundo que sequer se igualasse. Eu me sentia importante. Sentia o seu carinho. E faria o que fosse preciso, apertaria aquela barra até que minhas mãos sangrassem para sentir aquilo de novo.

Ele nos deixou pela primeira vez quando eu completei doze anos. Cheguei da escola e lá estava ele, inesperadamente, colocando um monte de camisas e meias dobradas dentro de uma mala.

— Papai? — falei, assustada de vê-lo em plena luz do dia. — Você vai... nós vamos... — eu quis perguntar se nós iríamos a algum lugar, talvez uma viagem.

Os olhos dele estavam pesarosos e sombrios.

— Pergunte à sua mãe — disse ele. — Ela vai explicar.

E minha mãe explicou que tanto ela quanto meu pai nos amavam muito, mas eles não estavam conseguindo se entender. Ainda anestesiada pelo choque, acabei descobrindo a verdade por intermédio de Hallie Cinti, uma das meninas populares da escola. Ela jogava no meu time de futebol, mas andava com um grupinho completamente diferente do meu. Na hora do jogo, sempre dava a impressão de preferir que eu não lhe passasse a bola, como se o contato do meu pé na bola fosse passar para ela os meus defeitos pessoais ou infestar-lhe as chuteiras com os germes de uma CDF. Três anos depois, ela ficaria famosa por aplicar reconfortantes boquetes em três dos cinco jogadores de basquete da escola, durante o intervalo das finais do campeonato estadual, e ganharia toda sorte de apelidos maldosos por conta do ocorrido, mas eu não sabia disso ainda.

— Soube do seu pai — disse Hallie Cinti, debruçando-se pesadamente na minha mesa, num canto da lanchonete onde ela e os de sua laia raramente se aventuravam.

O pessoal do clube de xadrez e as minhas amigas do grupo de discussão assistiram, boquiabertos, quando Hallie e sua amiga Jenna Lind penduraram as bolsas no encosto de duas das cadeiras de plástico e ficaram me fitando.

— O que você soube dele? — perguntei ressabiada.

Eu não confiava em Hallie, que sempre me ignorou em todos aqueles seis anos de escola, nem em Jenna, que fazia escova todo dia no cabelo antes de sair de casa.

Como era de se esperar, Hallie não conseguia se conter de vontade de me contar.

— Ouvi minha mãe conversando sobre isso ontem à noite. Ele foi morar com uma assistente de dentista lá na Copper Hill Road.

Brinquei um pouco com o meu sanduíche de manteiga de amendoim, para ganhar tempo. Será que era verdade? Como é que a mãe da Hallie sabia? E por que estaria falando disso? Minha mente estava efervescendo com tantas perguntas, além das lembranças incertas do rosto de todas as mulheres que já tinham raspado meus dentes.

Jenna se debruçou para dar o golpe de misericórdia:

— Nós ouvimos dizer que ela só tem vinte e sete anos.

Ora! Isso explicava a fofoca. Hallie e Jenna ficaram me olhando, e o pessoal do meu grupo de discussão ficou olhando para elas a me olhar. Tive a sensação de estar sendo jogada num palco de repente, sem saber a minha fala ou sequer a peça que estaria encenando.

— E aí, é verdade ou não é? — perguntou Hallie, impacientemente.

— Mas também não é assim — disse Jenna, obviamente tentando me fazer desembuchar, ao mostrar-se solidária. — Meus pais são divorciados.

Divorciados, pensei, sentindo o gosto da palavra. Será que era isso mesmo o que estava acontecendo? O meu pai faria uma coisa dessas conosco?

Ergui o rosto e olhei para as duas.

— Saiam daqui — disse-lhes. Ouvi uma das minhas amigas do grupo de discussão engolir em seco. Ninguém falava com Hallie e Jenna daquele jeito. — Vão embora e me deixem em paz.

Jenna girou os olhos dentro das órbitas. Hallie empurrou a cadeira para trás.

— Você é uma gorda fracassada — xingou-me, antes de sair correndo de volta para as mesas das populares, cujas camisetas todas tinham jacarezinhos e tudo que elas almoçavam era uma Coca-Cola *diet*.

Voltei para casa andando devagar e, quando cheguei, encontrei minha mãe na cozinha, com cerca de dez sacolas de supermercado meio esvaziadas, espalhadas pelos balcões e pela mesa de jantar.

— O papai está morando com outra pessoa? — soltei de uma só vez.

Ela enfiou três pacotes de peito de galinha no congelador e soltou um suspiro, com as mãos na cintura.

— Eu não queria que você descobrisse desse jeito — murmurou.

— Hallie Cinti me contou.

Outro suspiro.

— Mas ela não sabe de nada — falei, torcendo para que minha mãe concordasse.

Mas ela foi se sentar à mesa, na cozinha, e fez sinal para eu vir me sentar junto.

— A Sra. Cinti trabalha no mesmo hospital que o seu pai — falou.

Então, era verdade.

— Você pode me contar as coisas. Não sou uma criancinha — mas, naquele momento, quis ser uma criancinha, daquelas que os pais ainda lêem para ela na cama e seguram a mão para atravessar a rua.

Minha mãe respirou fundo.

— Acho que o seu pai é quem deve lhe contar isso.

Mas tal conversa jamais aconteceu, e duas noites depois meu pai voltou para casa. Josh, Lucy e eu ficamos no quintal dos fundos assistindo, enquanto ele tirava a bagagem do porta-malas do seu carro esporte vermelho. Lucy estava chorando e Josh tentava segurar o choro. Meu pai nem sequer olhou para nós quando cruzou a pista do acesso para carros, com as botas esmigalhando o cascalho a cada passo.

— Cannie? — fungou Lucy. — Se ele voltou agora, isso é bom, não é? Ele não vai mais embora, certo?

Fiquei só olhando a porta, enquanto se fechava lentamente depois que ele entrou.

— Não sei — falei. Eu precisava de respostas. Não se podia chegar perto do meu pai, e minha mãe de nada ajudava.

— Não se preocupe — repreendeu-me minha mãe. O próprio rosto dela estava todo marcado de um sono mal dormido. — Vai ficar tudo bem, querida — esta veio da minha mãe, que nunca me chamava de querida. Por mais que detestasse a idéia, eu teria de ir direto à fonte.

Encontrei Hallie Cinti no vestiário das meninas, na tarde da segunda-feira seguinte. Olhava-se no espelho, apertando os olhos ao reaplicar brilho Bonnie Belle nos lábios. Eu pigarreei. Ela me ignorou. Bati de leve em seu ombro e ela se virou para mim, com os lábios contraídos de desgosto.

— O quê? — cuspiu.

Pigarreei, enquanto ela me fitava.

— Hum... aquilo... sobre o meu pai — comecei.

Hallie girou os olhos e tirou um pente de plástico cor-de-rosa da bolsa.

— Ele voltou a morar lá em casa — disse eu.

— Que bom para vocês! — disse ela, agora penteando a franja.

— Achei que talvez você tivesse sabido o porquê. Pela sua mãe.

— E por que eu iria contar alguma coisa a você? — zombou.

Eu tinha passado o fim de semana inteiro me preparando para essa eventualidade. O que poderia eu, a gorducha e pouco popular Cannie Shapiro, oferecer à bela e vistosa Hallie? Tirei dois objetos da mochila. O primeiro foi um trabalho escolar de cinco páginas sobre imagens de luzes e trevas em *Romeu e Julieta*. O segundo foi uma garrafa de vodka que eu havia surrupiado do armário de bebidas dos meus pais naquela manhã. Hallie e suas amigas talvez não fossem tão avançadas em termos acadêmicos quanto eu, mas compensavam noutros campos de empreendimentos.

Hallie tomou a garrafa da minha mão, verificou se o selo não estava partido, e depois tentou pegar o trabalho. Eu o puxei de volta.

— Primeiro, você vai me contar.

Ela encolheu os ombros de leve, deixou a garrafa cair dentro da bolsa e se virou novamente para o espelho.

— Ouvi minha mãe conversando no telefone. Ela disse que a auxiliar de dentista falou que queria filhos — disse Hallie. — Pelo visto, o seu pai não queria mais nenhum. E olhando para você dá para entender por quê.

Ela se virou para mim, com um sorriso sarcástico, e estendeu a mão para pegar o trabalho.

Joguei-o em cima dela.

— Basta copiar com a sua caligrafia. Já acrescentei alguns erros de ortografia para que achem que foi você mesma quem fez e não eu.

Hallie pegou o trabalho e eu voltei para a minha aula. *Não queria mais filhos*. Ora, pelo jeito como nos tratava, fazia sentido.

Ele ficou conosco quase seis anos depois disso, mas nunca mais foi o mesmo. Os pequenos momentos de carinho e amor, as noites em que lia para nos fazer dormir, os sorvetes de casquinha nas tardes de sábado e os passeios de carro nas tardes de domingo acabaram. Foi como se o meu pai tivesse caído no sono dentro de um ônibus ou um trem e acordasse vinte anos depois, cercado de estranhos: minha mãe, minha irmã, meu irmão e eu, todos querendo coisas — ajuda com os pratos, uma carona para o ensaio da banda, dez pratas para o cinema, sua aprovação, sua atenção, seu amor. Ele nos olhava com os olhos castanho claros nadando em confusão, depois se enrijecia de raiva. Quem são essas pessoas?, parecia se perguntar. Quanto tempo vou ter de viajar ao lado delas? E por que acham que eu lhes devo alguma coisa?

Passou de eventual e longinquamente carinhoso a malvado. Seria por eu saber o seu segredo — que ele não queria mais filhos, que provavelmente jamais nos quis? Seria por sentir falta da outra mulher, por ser ela o seu amor verdadeiro que lhe fora negado para sempre? Eu achava que era um pouco disso. Mas havia outras coisas também.

Meu pai era — ou talvez ainda seja — um cirurgião plástico. Começou no exército, trabalhando com vítimas de queimaduras, soldados feridos, homens que voltavam da guerra com a pele fustigada e enrugada por produtos químicos, ou inchada e desfigurada por estilhaços.

Mas descobriu seu talento de verdade depois que nos mudamos para a Pensilvânia. Lá, o bojo do seu trabalho não envolvia soldados, mas sim damas da sociedade, mulheres cujas feridas não se viam e que estavam dispostas a jogar milhares de dólares em cima de um cirurgião discreto e habilidoso que lhes deixasse a barriga mais durinha, as pálpebras menos caídas, capaz de eliminar os pneuzinhos e as papadas com algumas passadas rápidas do bisturi.

Foi bem-sucedido. Quando nos deixou pela primeira vez, Larry Shapiro era o homem que se deveria procurar na região da grande Filadélfia para tirar uma barriguinha aqui, fazer um *lift* facial ali, para dar um jeito no nariz ou nos seios. Nós tínhamos o casarão de praxe, com a entrada de carros em curva, uma piscina grande encravada no chão e outra térmica no quintal dos fundos. Meu pai tinha um Porsche (mas ainda bem que minha mãe conseguiu convencê-lo a não colocar uma daquelas placas com dizeres especiais que revelam sua profissão). Minha mãe tinha um Audi. Vinha uma faxineira duas vezes por semana; meus pais davam festas com bufê mês sim, mês não; e nós íamos de férias ao Colorado (para esquiar) e à Flórida (para pegar sol).

Então, ele foi embora, e depois voltou, e as nossas vidas se desintegraram, como um livro adorado que você lê e relê várias vezes, até que uma noite você o pega antes de cair no sono e a capa solta e as páginas se esparramam todas pelo chão. Ele não queria essa vida. Isso ficou bem claro. Sofria misérias atrelado a esse subúrbio, à infindável programação de jogos de futebol e sabatinas de ortografia e aulas de hebraico, ao financiamento da casa e dos carros, aos hábitos e às obrigações. E descontava o sofrimento em todos nós — e, por alguma razão, especialmente em cima de mim.

De repente, foi como se não suportasse olhar para mim. E nada do que eu fizesse estava certo, nem de longe.

— Veja só uma coisa dessas! — explodia em cima dos meus conceitos B+ em álgebra. Ele estava sentado à mesa de jantar, com o costumeiro copo de uísque por perto. Eu, me escondendo atrás da porta, tentando me ocultar nas sombras. — Qual é a sua desculpa para uma coisa dessas?

— Eu não gosto de matemática — dizia eu.

Na verdade, tinha tanta vergonha da nota quanto ele tinha raiva. Nunca tirei nada abaixo de A na minha vida inteira. Mas não importava quanto eu me esforçasse, ou quantas aulas particulares fizesse, a álgebra sempre foi difícil para mim.

— Você acha que eu gostei da faculdade de medicina? — grunhia ele. — Você tem noção do seu potencial? Faz idéia do desperdício de não aproveitar os seus dons?

— Não importam os meus dons. Eu não gosto de matemática.

— Tudo bem — dizia, dando de ombros, jogando o boletim de notas em cima da mesa, como se o papel de repente começasse a feder. — Pois vá fazer secretariado. Eu não estou nem aí!

Era assim com todos nós — resmungão, mal-humorado, desmancha-prazeres e grosso. Chegava do trabalho, largava a pasta no hall, servia-se da primeira de toda uma série de doses de uísque com gelo, e passava batido por nós, subindo para o quarto, onde se trancava. Ou ficava lá ou se refugiava na sala de estar, à meia-luz, onde ficava ouvindo as sinfonias de Mahler. Mesmo aos treze anos de idade, mesmo sem o benefício de aulas de apreciação musical, eu sabia que ouvir Mahler sem parar, com o pano de fundo das pedras de gelo tilintando no copo, não poderia dar em boa coisa.

E quando ele se dignava a falar conosco, era somente para reclamar: do cansaço, da falta de consideração, do duro que dava para colocar as coisas em casa para essa "cambada de esnobes, com esqui e piscina no quintal", como dizia com a língua enrolada.

"Eu detesto esquiar", dizia Josh, que detestava mesmo. Bastava uma descida e ele voltava direto ao abrigo, para tomar um chocolate quente e ficar amuado, e se o forçássemos a voltar, ele convencia os patrulheiros da pista de esqui de que estava congelando, e nós tínhamos de ir pegá-lo na cabana de primeiros socorros, onde o encontrávamos só de ceroulas, secando embaixo das lâmpadas de calor.

"Prefiro nadar, com as outras crianças do Centro de Recreação, a esquiar", dizia Lucy, o que era verdade. Tinha mais amigos do que os demais juntos. O telefone não parava de tocar. Mais uma dificuldade com meu pai. "Essa porcaria de telefone!", ele gritava quando tocava durante o jantar. Mas não podíamos atender. Poderia ser do consultório dele, afinal.

"Se você nos odeia tanto, por que foi ter filhos?", eu gritava, provocando-o com o que sabia ser verdade. Ele nunca tinha uma resposta — só mais insultos, mais raiva, mais ira repressora e crítica. Josh, que só tinha seis anos, era "um bebê". Lucy, que tinha doze, ele ignorava ou enchia de broncas. "Sua burra!", dizia, balançando a cabeça, quando via o boletim. "Desastrada!", quando ela derrubava um copo. E, aos treze, eu virei "o cachorro".

É verdade que com treze anos não foi a época em que estive mais bonita. Além dos seios e dos quadris que me surgiram praticamente da noite para o dia, adquiri um complexo jogo de tiras de borracha e de metal para corrigir a arcada dentária ressaltada. Cortava o cabelo *à la* Dorothy Hamill, a patinadora, o que não ajudava em nada a minha carinha de lua. Comprava roupa em dois tamanhos — GG e XGG — e passei o ano inteiro recurvada, tentando encobrir o peito. Parecia o Corcunda de Notre Dame, só que com espinhas e aparelho. Sentia-me uma afronta ambulante, como um acervo das coisas contra as quais meu pai passava seus dias a combater. O xis do trabalho dele era a beleza — sua criação, sua manutenção, sua perfeição. Ter uma mulher que não atingiu aquele patamar e não conseguiu continuar magra era uma coisa, eu suponho... agora, uma filha que fracassara de forma tão flagrante era, evidentemente, imperdoável. E eu tinha fracassado. Não havia beleza alguma em mim aos treze anos de idade, nada mesmo, e eu sentia a confirmação desse fato na dureza e no ódio do seu olhar, e nas coisas que ele dizia.

"Cannie é brilhante", ouvi-o contar a um de seus colegas de golfe. "Ela vai conseguir cuidar de si mesma. Não é uma beldade, mas é inteligente."

Fiquei ali parada, sem conseguir acreditar no que tinha ouvido, e quando enfim acreditei, desmoronei por dentro, qual um torrão de areia sob as rodas de um carro. Eu não era burra, nem cega, e sabia das muitas diferenças entre mim e a Farrah Fawcett, e as meninas do cinema e dos pôsteres nos quartos dos meninos. Mas eu me lembrava da mão dele na minha cabeça, da barba dele pinicando o meu rosto quando me beijava. Eu era a filha dele, a menininha dele. Ele tinha de me amar. Agora, ele me achava feia. *Não é uma beldade...* mas que pai não acha a filhinha linda? Só que eu não tinha nada de *inha*. E, pelo visto, nem era mais a menina querida dele.

Quando olho as minhas fotografias daquela época — e é de se compreender que só existam umas quatro —, vejo um ar de desespero horroroso estampado no meu rosto. *Por favor, gostem de mim*, eu imploro, mesmo quando estou tentando me esconder atrás de uma fileira de primos num *Bar Mitzvá*, ou me ocultar sob as bolhas de água quente da piscina térmica durante as festas no quintal de casa, com os lábios delineando um sorriso sofrido em torno do aparelho ortodôntico e a cabeça enfurnada sobre o peito, arqueando os ombros e me recurvando para ficar mais baixa, menor. Tentando desaparecer.

Anos depois, na faculdade, quando uma amiga relembrava passagens dos horrores da infância nos subúrbios, tentei explicar como foram as coisas com meu pai.

— Ele era um monstro — desabafei.

Eu estudava letras, já era versada em Chaucer e Shakespeare, Joyce e Proust àquela altura. E ainda não tinha descoberto uma palavra melhor do que essa.

O rosto da minha amiga ficou muito sério.

— Ele abusava de você? — perguntou ela.

Eu quase ri. Considerando que o teor fundamental das conversas entre mim e meu pai girava quase exclusivamente em torno da minha feiúra, gordura e repugnância, abuso era a última coisa que eu poderia esperar.

— Ele a maltratava? — perguntou ela.

— Bebia demais — falei. — E nos deixou.

Mas nunca me bateu. Nunca bateu em nenhum de nós. Teria sido mais fácil se batesse. Assim, haveria um nome para dar àquilo que ele fazia, uma caixa onde guardar aqueles ressentimentos e um rótulo para essa caixa. Haveria leis, autoridades, abrigos, programas de entrevistas na televisão, com repórteres discutindo seriamente aquilo que estávamos passando, um reconhecimento embutido do que vivenciávamos para nos ajudar a superar.

Mas jamais levantou um dedo sequer. E aos treze, catorze anos, eu não tinha palavras para descrever o que ele fazia conosco. Não sabia nem como começar a conversa. O que poderia dizer? "Ele era mau?" Mau significaria uma base, significaria ficarmos sem televisão depois do jantar, não o tipo de agressão verbal que meu pai cotidianamente nos dirigia à mesa do jantar, um recital escorchante de todas as maneiras em que eu havia ficado aquém do meu potencial, uma turnê completa pelos lugares em que eu havia fracassado.

E quem acreditaria em mim? Meu pai sempre foi a personificação do charme para as minhas amigas. Lembrava-se dos nomes delas e dos nomes dos namorados delas, perguntava educadamente sobre planos para o verão e visitas a faculdades. Ninguém teria acreditado em mim e, se acreditassem, iriam querer que eu explicasse. E eu não tinha explicações, não tinha respostas.

Quando se está no campo de batalha, não se tem o luxo do tempo para se aprofundar nos vários fatores históricos e influências sociopolíticas que levaram à guerra. Você fica de cabeça baixa e tenta sobreviver, passa as páginas antigas, fecha o livro e finge que não há nada quebrado, que não há nada errado.

No verão, antes do meu último ano na escola secundária, minha mãe levou Josh e Lucy para passarem um fim de semana em Martha's Vineyard. Uma amiga tinha alugado uma casa, ela estava se coçando para sair de Avondale. Eu havia conseguido o meu primeiro emprego de verão, como salva-vidas num clube campestre da região. Falei para minha mãe que eu ficaria em casa, tomaria conta dos cachorros, cuidaria de tudo. Achei que seria legal: teria a casa toda para mim, ficaria com meu namorado de vinte e três anos longe da vigilância dela, iria e viria conforme me aprouvesse.

Durante os três primeiros dias foi ótimo. Aí, cheguei em casa na madrugada do quarto dia e foi como se eu tivesse doze anos de novo. Lá estava meu pai no quarto, com a mala em cima da cama, as camisetas e as meias pretas empilhadas uma em cima da outra — talvez as mesmas, pensei tresloucadamente, que ele levara da vez anterior.

Olhei para aquelas roupas e depois para ele. Meu pai me fitou durante um bom tempo. E soltou um suspiro.

— Vou ligar — disse —, assim que tiver um telefone novo.

Dei de ombros e falei:

— Como você quiser.

— Não fale comigo desse jeito — disse ele.

Ele detestava quando éramos impertinentes. Exigia respeito, mesmo, e especialmente, quando não merecia.

— Qual é o nome dela? — perguntei.

Ele estreitou os olhos.

— Por que você quer saber?

Fiquei olhando para ele e não consegui pensar numa resposta. Será que eu imaginava que faria alguma diferença? Será que um nome teria importância?

— Conte à sua mãe — começou ele.

— Ah, não — falei, ao mesmo tempo em que negava com a cabeça. — Não me mande fazer o seu trabalho sujo. Se tiver alguma coisa para dizer a ela, então diga você mesmo.

Ele deu de ombros, como se não importasse. Juntou mais algumas camisas e um punhado de gravatas.

— Ainda bem que você está indo embora. Sabia? — minha voz soou alta demais no silêncio da madrugada. — Vai ser melhor sem você — falei.

Ele me olhou. E assentiu.

— Vai, sim — disse. — Acho que vai ser melhor, sim.

Ele continuou fazendo a mala. Eu fui para o quarto. Deitei-me na cama — a cama em que meu pai tinha lido para mim, um milhão de anos atrás — e fechei os olhos. Já esperava por isso, enfim. Sabia que a hora estava chegando. Achei que iria sentir a mesma coisa que a gente sente quando cai a casquinha de um machucado antigo — um pontada momentânea, um pouquinho de dor, uma sensação de ausência. E depois, mais nada. Nadinha, mesmo. Era só isso que deveria sentir, era só isso que queria sentir, pensei com todas as forças, revirando-me na cama, tentando me consolar. Não importa, dizia a mim mesma, diversas vezes. Só não conseguia entender por que eu estava chorando.

Fui estudar em Princeton porque ele me mandou para lá, num de seus últimos atos práticos de pai. Eu queria ir para Smith. Gostei do campus, gostei do treinador da equipe de remo, gostei da idéia de uma faculdade só para mulheres, onde a ênfase seria sobre o aprendizado, onde eu teria a liberdade para ser quem sou: a CDF modelo do final da década de 1980, com o nariz enfiado num livro.

— De jeito nenhum — declarou meu pai à mesa. Já havia saído de casa fazia seis meses na ocasião: mudara-se para outro subúrbio, estava morando num condomínio novíssimo e impecável com uma namorada novíssima e impecável. Tínhamos combinado de jantar todos juntos, depois cancelamos e remarcamos duas vezes. — Não vou colocá-la para estudar em escola de sapatão.

— Larry! — disse minha mãe, com a voz baixa e carente de alguma esperança.

O seu bom humor e alegria havia vazado todo àquela altura. Só muitos anos depois — e depois da Tanya —, ela voltaria a rir e gargalhar facilmente.

Meu pai a ignorou, fitando-me desconfiado, com um pedaço de bife espetado no garfo a caminho da boca.

— Você não é sapatão, é?

— Não, pai — falei. — Na verdade, prefiro um *ménage à trois*.

Ele mastigou. Engoliu. Limpou os lábios delicadamente com o guardanapo.

— Então, são duas pessoas a mais do que eu imaginaria que pudessem querer vê-la nua — disse ele.

Não foi por querer estudar em Smith que eu não gostei de Princeton. O campus parecia a arena de uma bem-sucedida experiência de eugenia: todos eram louros, bem formados e perfeitos, menos as garotas de cabelos pretos, que eram vistosas, exóticas e perfeitas. Durante o fim de semana que passei lá, não vi uma pessoa gorda sequer, nem ninguém com problema de pele. Só um monte de cabelos sedosos, dentes brancos e alinhados, e corpos perfeitos, vestidos com roupas perfeitas, dispostos à sombra de salgueiros perfeitos, que ficavam em perfeitos pátios góticos de pedra.

Falei que me sentiria muito mal ali. Meu pai falou que não se importava. Finquei o pé. Ele me disse que era Princeton ou nada. Depois que eu estava instalada em Campbell Hall e já tinha passado lá o tempo suficiente para as aulas terem se iniciado, e para terem conseguido roubar do estacionamento de bicicletas da biblioteca a minha *mountain bike*, que eu ganhara de presente de formatura do segundo grau, o divórcio estava consumado e ele se foi para sempre, deixando por nossa conta as mensalidades da faculdade, pois havia pago apenas o suficiente para impossibilitar um recomeço em qualquer outro lugar. Portanto, abandonei a equipe de remo — que não foi lá uma grande perda para mim, nem para a equipe, suponho, pois eu havia ganho os sete ou oito quilos de praxe que todo calouro ganha logo que entra para a faculdade, mais os sete ou oito que caberiam à minha colega de quarto, que não os ganhou graças aos seus diligentes acessos de bulimia — e arranjei um emprego na Cantina e Refeitório, que os funcionários chamavam carinhosamente de Cretina.

Se os anos que passamos na faculdade representam os melhores da nossa vida, então posso afirmar que passei os melhores anos da minha vida numa cantina, limpando pratos de ovos mexidos reaproveitados com bacon rançoso, colocando louça suja na esteira rolante, passando esfregão no chão, olhando para as minhas colegas de turma com o canto do olho, e achando que elas eram tão mais bonitas e graciosas, e se sentiam muito mais à vontade em seus corpinhos do que eu. Todas tinham lindíssimos cortes de cabelo. E todas eram magras. É verdade que muitas eram magras porque enfiavam o dedo na garganta depois das refeições, mas, às vezes, isso parecia um preço baixo para se ter o que toda mulher quer — neurônios, beleza e um jeito de comer sorvete e torta de cereja sem engordar.

"Cabelos Lindos" foi o primeiro artigo que escrevi para o jornal alternativo do campus. Era caloura, e a editora-chefe, uma terceiranista de nome Gretel, cuja própria cabeleira loura era mantida num corte à escovinha, ao estilo paramilitar, me pediu para escrever mais. No segundo ano, virei colunista. No terceiro, escritora sênior, tarefa à que me dedicava, com afinco, quando não estava servindo PFs, nem passando esfregão nos abarrotados e poeirentos escritórios do *Nassau Weekly*, no Aaron Burr Hall, e resolvi que era isso que eu queria fazer na vida.

Escrever me permitia fugir. Permitia-me fugir de Princeton, onde todos eram chiques e requintados e, no caso do sujeito no fim do corredor, o futuro monarca de algum recôndito principado do Oriente Médio. Permitia-me fugir da influência constante de minha família e daquela agonia sem fim. Escrever era como mergulhar no oceano, um lugar onde eu podia me mexer com facilidade, onde podia ser graciosa, brincalhona, invisível e visível, tudo de uma vez — um nome que assina uma matéria, não um corpo. Sentar-me diante do computador com a tela em branco e o cursor piscando foi a melhor fuga que conheci.

E havia muito do que fugir. Nos quatro anos que passei em Princeton, meu pai tornou a se casar e teve mais dois filhos. Daniel e Rebecca. Teve a audácia de me enviar as fotos e os comunicados dos nascimentos. Será que achou que eu iria ficar feliz de ver as carinhas amassadas e as impressões das plantas dos pés dos bebês? Para mim, foi como levar um pontapé. A questão não era ele não querer filhos, infelizmente eu percebi. Era ele não nos querer.

Minha mãe voltou a trabalhar e seus telefonemas semanais eram repletos de reclamações sobre as escolas e as crianças terem mudado tanto desde que havia se formado. As entrelinhas estavam claras: não era a vida que ela escolheu. Não era onde queria estar, aos cinqüenta, mal conseguindo pagar as contas com o que ganhava de pensão alimentícia e o parco salário que a escola do bairro pagava às substitutas permanentes.

Entrementes, Lucy foi convidada a se retirar da universidade em que cursava o primeiro ano, em Boston, por incompetência, e voltou para casa, a fim de freqüentar umas aulinhas na faculdade dali mesmo, na vizinhança, e se diplomar em homens que não prestam. Josh passava três horas por dia na academia, malhando tanto que seu tronco parecia inflado, e praticamente parou de falar salvo por alguns grunhidos tonais e um "É isso aí", de vez em quando.

"Termine os seus estudos" dizia minha mãe, cansada, depois do último discurso sobre o atraso dos cheques do papai, sobre o defeito que deu no carro dela, sobre as duas noites seguidas que minha irmã não vinha dormir em casa. "Basta concluir os estudos. Nós aqui vamos levando."

Até que — enfim — chegou o mês de junho, o mês da minha formatura.

Afora alguns almoços tensos durante as férias de verão e o recesso natalino, eu não tinha visto meu pai. Ele mandava cartões de aniversário (normalmente na data) e cheques para pagar a faculdade (quase sempre atrasados), em geral na metade do valor que deveriam ser. Eu me sentia como um item a mais, sem destaque algum, na sua lista de afazeres. Não esperava que viesse à minha formatura. Nunca achei que fosse se preocupar. Mas ele me telefonou uma semana antes da esperada data, dizendo que mal podia esperar. Ele e sua nova esposa, que eu não conhecia.

— Não sei... acho que não... — gaguejei.

— Cannie — disse ele —, eu sou seu pai. E a Christine não conhece Princeton.

"Então, diga a Christine que você vai lhe mandar um cartão-postal", minha mãe falou, com azedume. Detestei ter de lhe contar que ele iria, mas não havia conseguido dizer não. Afinal, foram as palavras mágicas, as suas palavras-ração: *Eu sou seu pai*. Depois de tudo — da distância, da deserção, da nova esposa e novos filhos —, eu ainda estava, ao que parece, ansiosa por seu amor.

Meu pai, com a nova esposa e filhos a reboque, chegou durante a recepção do Departamento de Letras. Eu havia ganho uma pequena condecoração por criatividade na redação, mas eles chegaram tarde demais para ouvir o meu nome sendo chamado. Christine era do tipo mignon, com um corpo enrijecido por ginástica aeróbica e adornado por uma permanente loura. As crianças eram adoráveis. Meu vestido, Laura Ashley, com motivos florais, estava maravilhoso no dormitório. Agora, parecia uma capa de sofá, pensei desanimada. E eu parecia um sofá.

— Cannie — falou meu pai, olhando-me de alto a baixo. — Parece que a comida da faculdade lhe fez bem.

Eu apertei a minha placa idiota contra o peito.

— Muitíssimo obrigada — falei. Meu pai se virou para a nova esposa e girou os olhos nas órbitas como quem diz, "será possível que ela seja tão sensível assim?".

— Estava brincando com você — falou ele, enquanto seus novos filhos adoráveis me olhavam fixamente, como se eu fosse um animal de um zoológico de gordos.

— Eu, hum, consegui os seus ingressos para a cerimônia.

Não mencionei que, para isso, tive de implorar, tomar um empréstimo e afinal pagar cem dólares com os quais não estava em condições de arcar. Cada formando recebia quatro ao todo. A administração de Princeton ainda não dera um jeito de encaixar aqueles de nós que se digladiavam com famílias reconstruídas que incluíam madrastas, padrastos, novos meio-irmãos e coisas afins.

Meu pai balançou a cabeça.

— Não vai ser necessário. Vamos embora amanhã de manhã.

— Embora? — repeti. — Mas, vocês vão perder a formatura!

— Nós arranjamos ingressos para a Vila Sésamo — cantarolou a esposinha, Christine.

— Vila Sésamo! — repetiu a garotinha, para dar mais ênfase.

— E Princeton estava a meio caminho.

— Isso... é... ora!... — e de repente eu estava piscando para conter as lágrimas. Mordi o lábio com toda a força que pude, e apertei tanto a placa contra o corpo que fiquei com um hematoma de vinte por trinta estampado no peito, durante uma semana e meia. — Foi legal vocês darem uma passadinha por aqui.

Meu pai fez que sim com a cabeça e um gesto de quem iria me dar um abraço, mas acabou me pegando pelos ombros e dando um sacolejo, do tipo que os técnicos costumam dar em atletas cujo desempenho está insatisfatório — do tipo "entra numa, camarada".

— Parabéns! — falou. — Estou orgulhoso de você — mas quando me beijou, seus lábios nem sequer tocaram a minha pele e eu sabia o tempo todo que os seus olhos estavam grudados na porta.

De algum jeito, consegui sobreviver à cerimônia, à desocupação do meu quarto no dormitório e à longa viagem de volta para casa. Pendurei o diploma na parede e tentei resolver o que faria em seguida. Uma pós-graduação estava fora de cogitação. Mesmo depois de todos os PFs que tinha preparado, depois de todas as fatias de bacon babado e ovos mexidos estragados, ainda tinha uma dívida de uns vinte mil dólares. Não havia como tomar mais um empréstimo. Então, marquei uma série de entrevistas de emprego nos vários jornalecos dispostos a contratar uma recém-formada, sem experiência alguma no mercado, no meio de uma recessão, e passei o verão dirigindo de um lado para o outro da zona nordeste, na van de terceira mão que consegui comprar com parte do dinheiro do trabalho na lanchonete. Quando peguei o carro para partir atrás das minhas entrevistas de emprego, prometi a mim mesma: não seria mais o rato do meu pai. Tomaria distância da barra de ração. Ele só me trazia infelicidade e eu não precisava de mais infelicidade na minha vida.

Soube, pelo meu irmão, que meu pai se mudara para a zona oeste, mas não perguntei os detalhes e ninguém também quis dar. Dez anos depois do divórcio, ele não precisava mais pagar sustento nem pensão alimentícia. Os cheques pararam de vir. E também os cartões de aniversário, ou qualquer reconhecimento da nossa existência. A formatura de Lucy chegou e passou, e quando Josh enviou o aviso da dele, o cartão foi devolvido ao remetente. Nosso pai se mudara, pelo visto, sem nos dizer para onde.

— Poderíamos dar um jeito de encontrá-lo na Internet — sugeri.
Josh me olhou escandalizado.
— Por quê?
E eu não consegui pensar numa resposta. Se o encontrássemos, será que ele viria? Se importaria? Provavelmente não. Concordamos, então, os três, que deixaríamos tudo como estava. Se o nosso pai queria sumir, que sumisse.

E enveredamos pelo início da nossa vida adulta sem ele. Josh superou o medo das rampas e passou um ano e meio vagando de uma estação de esqui para outra, e Lucy se mandou para o Arizona com um sujeito que ela dizia ter sido jogador profissional de hóquei. Para provar, pediu que ele tirasse a ponte no meio do jantar e mostrasse os dentes que faltavam.

Foi isso aí, eu diria.

Sei que o que aconteceu com meu pai — os insultos, as críticas, o seu jeito de me fazer sentir uma aleijada e deformada — me magoou. Deparei com inúmeros artigos de auto-ajuda em revistas femininas, para saber que não se passa ilesa por esse tipo de crueldade. A cada homem que eu conhecia, prestava muita atenção em mim mesma. Será que gostei mesmo desse editor, pensava, ou será que só estou procurando o papai? Será que amo esse cara, me perguntava, ou estarei apenas pensando que ele nunca vai me deixar, como fez meu pai?

E onde fui parar com todos esses cuidados, hein? Eu estava só. O homem, que gostava de mim o suficiente para me querer na família, estava morto e eu nem consegui dizer quanto senti. E agora que era possível — até provável — que Bruce finalmente conseguisse me entender, pudesse se solidarizar com o que eu passei por causa do que passou, ele não queria nem falar comigo. Parecia uma grande piada, das boas mesmo, como se tirassem o tapete debaixo dos meus pés. Noutras palavras, exatamente como meu pai me fez sentir, tudo de novo.

SETE

As balanças do Centro de Tratamento de Distúrbios Alimentares, da Universidade da Filadélfia, pareciam carrinhos de açougue. As plataformas tinham mais ou menos quatro vezes o tamanho que costumam ter nas normais, com grades em toda a volta. Era difícil não se sentir como gado toda vez que se subia numa delas, conforme eu vinha fazendo semana sim, semana não, desde setembro.

— Isso é muito raro — disse o Dr. K., olhando o mostrador digital vermelho da balança. — Você perdeu quatro quilos.

— Não estou conseguindo comer — falei, entorpecida.

— Quer dizer, você está comendo menos — disse ele.

— Não, quero dizer que basta botar alguma coisa na boca que eu vomito.

Ele me lançou um olhar sério e depois tornou à balança. Os números eram os mesmos.

— Vamos dar um pulinho no meu consultório — sugeriu.

E lá estávamos de novo: eu na cadeira, ele em sua mesa, meu fichário cada vez mais grosso aberto à sua frente. Ele estava mais bronzeado do que da última vez que o vi, e possivelmente mais magro, flutuando dentro de seu jaleco branco. Já fazia seis semanas desde que eu estivera com Bruce pela última vez e as coisas não estavam se desenvolvendo dentro do esperado.

— A maioria dos pacientes ganha peso antes de começarmos com a sibutramina — disse ele. — É como se soltassem um último grito de guerra. Então, como eu disse, isso é raro.

— Aconteceu uma coisa — falei.

Ele me lançou mais um olhar sério.

— Outro artigo?

— O pai de Bruce faleceu — disse eu. — Bruce, meu namorado... ex-namorado. O pai dele morreu no mês passado.

Ele pousou o olhar nas próprias mãos, no fichário e, finalmente, em mim outra vez.

— Sinto muito.

— Ele me ligou, me contou e me pediu para ir ao enterro... Mas não quis que eu ficasse. Estava tão antipático. Foi muito triste... O rabino disse que o pai de Bruce costumava ir às lojas de brinquedos, e me senti horrivelmente mal.

Pisquei com força contra as lágrimas. Sem dizer uma palavra, o Dr. K. me entregou uma caixa de lenços de papel. Tirou os óculos e apertou o nariz no cantinho dos olhos.

— Eu sou uma pessoa ruim — choraminguei. Ele olhou carinhosamente para mim.

— Por quê? Por haver terminado com ele? Que besteira! Como é que você poderia saber que isso iria acontecer?

— Não — falei. — Eu sei que não poderia. Mas agora, é como se... tudo que eu quero é estar lá, para ele, e amá-lo, e ele não me quer, e eu me sinto tão... só...

Ele soltou um suspiro.

— É duro quando as coisas terminam. Mesmo que ninguém morra, mesmo que a separação se dê nos melhores termos possíveis e não haja nenhuma outra pessoa envolvida. Mesmo quando é você quem abre mão primeiro. Nunca é fácil. Sempre há mágoa.

— Eu estou com a sensação de que cometi um erro imenso. Como se não tivesse pensado direito no que iria fazer. Achei que sabia... o que iria sentir estando longe dele. Mas não sabia. Não tinha como. Nunca imaginei uma coisa como essa. E só faço sentir saudade dele... — engoli em seco, afogando-me em soluços. Eu não conseguia explicar que passei a vida esperando por um cara que me aceitasse, que compreendesse a minha dor. Achava que sabia o que era dor, mas sabia agora que jamais tinha me sentido assim tão magoada.

Ele focou um ponto na parede acima da minha cabeça, enquanto eu chorava. De repente, abriu uma gaveta, tirou um bloco e começou a escrever.

— Eu fui tirada do estudo? — perguntei.

— Não — disse ele. — Claro, você vai ter de começar a comer de novo em breve. Mas acho que vai ser uma boa idéia você ter alguém com quem conversar.

— Ah, não — falei. — Terapia não.

Ele me lançou um sorrisinho maroto.

— Será que estou percebendo uma certa antipatia por aqui?

— Não, não tenho nada contra, mas é que eu sei que não vai funcionar — falei. — Estou olhando para a situação de maneira realista. Eu cometi um tremendo erro. Não tinha certeza se o amava o suficiente, e agora sei que sim, e o pai dele está morto e ele não me ama mais — endireitei a coluna e limpei o rosto. — Mas eu ainda quero fazer isso. Quero mesmo. Quero ter uma coisa na minha vida que me faça sentir bem. Quero ter a sensação de que estou fazendo uma coisa direito.

Ele me pediu para sentar na mesa de exames, tocando-me delicadamente as costas e os braços com as mãos, enquanto amarrava uma borracha em torno do meu bíceps e me pedia para fechar o punho. Virei o rosto quando ele enfiou a agulha, mas o fez com tanta maestria que eu mal senti. Ficamos os dois olhando para o frasco de vidro se encher com o meu sangue. Senti curiosidade de saber o que ele estava pensando.

— Está quase acabando — disse ele, com tranqüilidade, antes de retirar habilidosamente a agulha e comprimir a picada com um pedaço de gaze.

— Tenho direito a um pirulito? — brinquei. Ele me entregou um Band-Aid no lugar do pirulito e o pedaço de papel onde escrevera dois nomes, dois telefones.

— Tome — falou. — E mais uma coisa, Cannie, você tem de comer. Se não estiver conseguindo, ligue, e aí eu vou ter de insistir que você procure um desses terapeutas.

— Eu sou tão imensa. Você acha mesmo que mais uns diazinhos vão me matar?

— Não faz bem para a saúde — disse ele, sério. — Pode ter um impacto adverso no seu metabolismo. Minha sugestão é começar com algo mais fácil... torradas, bananas, refrescos.

Na sala de espera, entregou-me uma pilha de papéis com quase dez centímetros de espessura.

— E não pare de fazer ginástica, também — disse. — Ajuda muito se você estiver se sentindo bem.

— Você parece a minha mãe — falei, enfiando tudo dentro da bolsa.

— E, Cannie — falou, ao mesmo tempo em que me segurava pelo antebraço. — Tente não levar tudo tão a sério.

— Eu sei — falei. — Só queria que as coisas fossem diferentes.

— Você vai ficar bem — disse-me, com firmeza. — E...

E não disse mais nada. Parecia pouco à vontade.

— Lembra que você falou que era uma pessoa ruim?

— Oh — falei, meio sem jeito. — Desculpe. É que eu tenho uma tendência a ficar um pouco melodramática...

— Não, não. Tudo bem. O que eu queria dizer... eu queria dizer que...

As portas do elevador se abriram e as pessoas lá dentro ficaram me olhando. Eu olhei para o médico e dei um passo para trás.

— Você não é — disse ele. — A gente se vê na aula.

Fui para casa e direto para o telefone. Meu único recado era da Samantha.

"Oi, Cannie, é a Sam... não, não é o Bruce; portanto, pode tirar esse olhar patético da sua carinha e me ligar se estiver a fim de dar um passeio. Eu lhe pago um ice coffee. Vai ser ótimo. Melhor do que um namorado. Tchau!"

Coloquei o telefone no gancho e tornei a pegar assim que ele começou a tocar. Talvez fosse o Bruce desta vez, pensei.

Mas não era; era minha mãe.

— Onde você estava? — quis saber. — Toca, toca e você não atende.

— Você não deixou recado — comentei.

— Sabia que você acabaria atendendo — falou. — Como vão as coisas?

— Ah, você sabe... — falei, e pronto.

Minha mãe vinha se esforçando desde que o pai de Bruce falecera. Enviou um cartão para a família e fez uma doação para o templo. Passou a ligar para mim toda noite e andava insistindo para que eu fosse assistir às finais da liga de *softball* dela, para ver a peleja entre o Switch Hitters e o outro time que se chamava Nine Women Out. Eram atenções sem as quais eu poderia viver tranqüilamente, mas sabia que ela estava com a melhor das intenções.

— Você tem caminhado? — perguntou. — Tem andado de bicicleta?

— Um pouquinho — suspirei, lembrando-me de Bruce reclamando que passar um tempo na minha casa parecia mais um treinamento para triatlo do que férias, porque minha mãe estava sempre programando uma caminhada, um passeio de bicicleta, umas duplas de basquete no Centro Judaico, onde ela enfrentava meu irmão nas quadras, enquanto eu suava no *step* e Bruce lia a sessão de esportes no saguão dos idosos.

— Tenho caminhado — falei. — Levo Nifkin para passear todos os dias.

— Cannie, isso não é o suficiente! Você deveria vir para casa — disse ela. — Você vem para a Ação de Graças, não vem? Vem na quarta-feira ou no dia mesmo?

Ai meu Deus!... Ação de Graças. Ano passado Tanya tinha convidado outro casal — duas mulheres, claro. Uma delas não podia nem ver carne e se referia às pessoas heterossexuais como "reprodutores", enquanto sua namorada, cuja estatura atarracada e ombros largos davam-lhe uma desconcertante semelhança com meu acompanhante no baile de formatura da escola secundária, sentou-se encabulada ao seu lado durante um tempo e depois fugiu para a sala íntima, onde a encontramos horas mais tarde assistindo a um jogo de futebol. Tanya, cujo hábito de fumar Marlboro acabara com as funções de suas papilas gustativas, passou a refeição inteira numa agitação entre a cozinha e a mesa, transportando travessas de acompanhamentos, todos além do ponto, mexidos ou salgados demais, um depois do outro, além de um peru de tofu para vegetarianos. Josh caiu fora antes, na noite de quinta, murmurando alguma coisa sobre as finais, e Lucy passou o tempo inteiro ao telefone com um namorado misterioso, que, depois nós ficamos sabendo, era casado e vinte anos mais velho do que ela.

"Nunca mais" sussurrava ao ouvido de Bruce, enquanto tentava me ajeitar no sofá calombento e Nifkin tremia atrás do alto-falante do som.

O tear de Tanya ocupava o espaço que anteriormente alojara minha cama e, sempre que vínhamos para casa, eu tinha de acampar na sala. Além disso, suas duas gatas safadas, Gertrude e Alice, se revezavam na caça a Nif.

— Por que não vem passar o fim de semana? — perguntou minha mãe.

— Estou ocupada — falei.

— Você está obcecada — corrigiu. — Aposto que está aí sentadinha, lendo velhas cartas de amor que Bruce lhe mandou e torcendo para que eu desligue, caso ele resolva ligar.

Porcaria! Como é que ela faz uma coisa dessas?

— Não estou — falei. — Eu tenho chamada em espera.

— Desperdício de dinheiro — disse minha mãe. — Preste atenção, Cannie, ele obviamente está zangado com você. Não vai voltar correndo, pelo menos agora...

— Estou perfeitamente ciente disso — falei, com absoluta frieza.

— Então, qual é o problema?

— Sinto saudade dele — falei.

— Por quê? Do que é que você sente tanta saudade?

Fiquei sem dizer nada um tempo.

— Deixe-me perguntar uma coisa — falou minha mãe, com delicadeza. — Você já falou com ele?

— Falei. Nós nos falamos — na verdade, eu não agüentei e liguei duas vezes para ele. Ambos os telefonemas duraram menos de cinco minutos, ambos terminaram quando ele me disse educadamente que tinha algumas coisas para fazer.

— Ele anda ligando para você? — insistiu minha mãe.

— Não muito. Não exatamente.

— E quem é que anda encerrando os telefonemas? Ele ou você?

O assunto estava ficando incômodo.

— Pelo visto, você voltou à esfera do aconselhamento heterossexual.

— Eu tenho permissão — falou minha mãe, alegremente. — Agora: quem tem desligado?

— Depende — menti. Na verdade, era Bruce. Sempre Bruce. Era como Sam tinha dito. Eu estava patética, sabia disso, e não conseguia me conter, o que era ainda pior.

— Cannie — falou ela —, por que você não dá um tempo para ele? E um tempo para você também? Venha para casa.

— Estou ocupada — objetei, mas percebi que estava começando a enfraquecer.

— Vamos assar uns biscoitinhos — disse ela de maneira tentadora. — Vamos dar umas caminhadas longas. Vamos fazer uns passeios de bicicleta. Quem sabe a gente não vai passar o dia em Nova York...

— Com Tanya, claro.

Minha mãe soltou um suspiro.

— Cannie — falou —, eu sei que você não gosta dela, mas ela é minha parceira... Você não consegue pelo menos ser simpática?

— Não. Sinto muito — disse.

— Podemos dedicar um tempo a uma relação mãe/filha, se você estiver mesmo a fim.

— Talvez — disse eu. — Tenho andado ocupada por aqui. E vou precisar ir a Nova York no fim de semana que vem. Não lhe contei? Vou entrevistar Maxi Ryder.

— Vai mesmo? Oh, ela estava ótima naquele filme escocês.

— Vou contar a ela que você disse isso.

— Mais uma coisa, Cannie: não ligue mais para ele. Dê um tempo.

Sabia que ela estava com a razão, claro. Eu não era burra, e já vinha recebendo o mesmo conselho de Samantha e de todos os meus outros amigos e conhecidos que estavam, de alguma forma, familiarizados com a situação. Provavelmente estaria ouvindo a mesma coisa do Nifkin, se ele pudesse falar. Mas eu não sabia por que não conseguia parar. Tornara-me alguém por quem eu sentiria pena numa outra vida; alguém que buscava sinais, que analisava padrões, que repassava cada palavra de uma conversa atrás de significados ocultos, sinais secretos, as entrelinhas que diriam, *Sim, eu ainda amo você, é claro que ainda amo você.*

— Eu gostaria de ver você — disse a ele, timidamente, durante a Conversa de Cinco Minutos nº 2. Bruce soltou um suspiro.

— Acho que deveríamos esperar — disse. — Eu não gostaria de mergulhar de volta assim.

—Mas nós vamos nos ver qualquer hora dessas? — falei, com uma vozinha mirrada que era absolutamente diferente do que eu normalmente usaria em qualquer conversa, e ele soltou outro suspiro.

— Não sei, Cannie, não sei mesmo.

Mas "não sei" não era um "não", racionalizei, e assim que tivesse uma chance de estar novamente com ele, de lhe dizer quão sentida eu estava, de lhe mostrar o que eu tinha para dar, quanto queria estar de novo com ele... ora, ele me aceitaria de volta. Claro que aceitaria. Não foi ele que falou "eu te amo" primeiro, três anos atrás, enquanto estávamos abraçados na minha cama? E não era ele quem sempre falava em casamento, sempre parando no meio dos nossos passeios para admirar bebês, sempre me levando para vitrines de joalherias quando passávamos pela Sansom Street, e me dando beijinhos no dedo anelar, dizendo que ficaríamos sempre juntos?

Era inevitável, tentei me convencer. Só uma questão de tempo.

— Posso perguntar uma coisa? — comecei.

Andy, o analista de cardápios, empurrou os óculos para cima do nariz e murmurou para a própria manga:

— As paredes são pintadas de verde-claro, com dourado nas sancas. É muito francês.

— É como estar dentro de um ovo Fabergé — opinei, olhando ao redor.

— Como estar dentro de um ovo Fabergé — repetiu Andy.

Escutei um clique surdo, quando ele desligou o gravador que estava escondido em seu bolso.

— Não consigo entender os homens! — falei.

— Vamos fazer o nosso pedido antes? — escarneceu Andy.

O nosso trato era: primeiro a comida, depois minhas perguntas sobre homens e a vida de casado. Hoje estávamos avaliando a última *crêperie* quanto à possibilidade de uma crítica.

Andy estudou o menu.

— Estou interessado no patê, no *escargot*, nas verduras com pera e gorgonzola e no cogumelo do campo com massa folheada para começar — instruiu. — Você pode pegar qualquer tipo de *crêpe* que quiser como prato principal, menos o só de queijo.

— Ellen? — tentei adivinhar. Andy assentiu.

Numa dessas extremas ironias da vida, a esposa de Andy, Ellen, era possuidora de um dos paladares menos aventureiros de todos os tempos. Ela repudiava molhos, temperos, praticamente todas as culinárias étnicas, e vivia fazendo caretas para todos os menus, buscando, em desespero, alguma coisa do tipo peito de frango na chapa e purê de batata que não contivesse nenhum molho de cogumelo, de alho ou que ao menos não tivesse nenhum enfeite. Sua noitada ideal, ela uma vez me confidenciou, consistia em alugar um filme e tirar um *waffle* do congelador para comer com "um tipo de cobertura que não tenha nada de bordo no meio". Andy a adorava... mesmo quando ela estragava suas refeições de análise de cardápios pedindo mais uma salada mista ou um filé de peixe simples.

Nosso garçom veio em passo lento tornar a encher de água os nossos copos.

— Alguma pergunta? — falou, com a voz arrastada.

Pela espontaneidade de seus modos e pela tinta azul embaixo das unhas, supus que fosse garçom de dia e artista de noite. Dava a impressão de uma indiferença imensa, suprema, intangível. *Preste atenção*, tentei dizer-lhe telepaticamente. Mas não funcionou.

Pedi o *escargot* e um *crêpe* de camarão, tomate e creme de espinafre. Andy ficou com paté e salada, um *crêpe* com champignon, queijo de cabra e amêndoas tostadas. Cada um pediu uma taça de vinho branco.

— Agora — falou ele, enquanto o garçom marchava de volta para a cozinha —, posso ajudá-la em quê?

— Como é que eles podem... — comecei. Andy levantou a mão.

— Estamos falando do abstrato ou do específico?

— Do Bruce — admiti.

Andy girou os olhos. Ele não era fã do Bruce... não desde o primeiro e último jantar para análise de cardápios em que ele participou. Bruce ainda era pior do que Ellen. "Um vegetariano mimado", Andy me mandou um bilhete no dia seguinte no trabalho, "é basicamente um dos piores pesadelos de um analista de cardápios". Além de não encontrar nenhuma das coisas que queria comer, Bruce inclinou tanto o menu para perto da vela que iluminava nossa mesa que conseguiu tocar fogo nele, o que atraiu três garçons e o *sommelier* e forçou Andy, para quem o anonimato é imprescindível, a ir se esconder no banheiro dos homens para não ser descoberto. "É difícil manter um mínimo de discrição", ele ressaltou cuidadosamente no dia seguinte, "quando se está recebendo um jato do extintor de incêndio".

— Eu só queria saber — falei. — Sabe, o que eu não consigo entender...

— Fale logo, Cannie — insistiu Andy.

O garçom voltou, jogou o meu *escargot* diante de Andy, o patê de Andy diante de mim e foi embora rapidinho.

— Com licença — chamei-o pelas costas. — Eu gostaria de um pouco mais de água. Quando você tiver um minutinho. Por favor.

O garçom soltou um suspiro que pareceu sair do corpo inteiro quando foi buscar a jarra.

Depois que nossos copos estavam cheios, Andy e eu trocamos os pratos e eu esperei que ele fizesse a descrição e provasse, antes de continuar.

— Bem, é assim... sabe? Tudo bem, sei que fui eu quem quis dar um tempo, e agora estou sentindo saudade, e é assim, uma dor, sabe...

— É uma dor aguda, como uma pontada, ou é uma dor constante, que lateja?

— Você está me gozando?

Andy me fitou profundamente, com seus olhos castanhos arregalados e inocentes por trás dos óculos de armação dourada.

— Está bem, um pouquinho só.

— Ele me esqueceu completamente — resmunguei, espetando um molusco. — É como se eu nunca tivesse significado nada... como se eu nunca tivesse sido importante para ele.

— Estou confuso — disse Andy. — Você o quer de volta ou está apenas preocupada com o seu legado?

— Os dois — falei. — Só quero saber... — e tomei uma gole de vinho para evitar as lágrimas. — Só quero saber se eu signifiquei alguma coisa, de alguma forma.

— Só porque ele está agindo como se você não tivesse significado nada não quer dizer que você não tenha — disse Andy. — Isso aí é provavelmente uma encenação.

— Você acha?

— O cara adorava você — falou Andy. — Aquilo não era encenação.

— Mas como é que ele não quer nem conversar comigo agora? Como é que a coisa pode ser assim tão... — cortei o ar com uma das mãos espalmadas, para indicar um fim violento e absoluto.

Andy soltou um suspiro.

— Para alguns caras, é assim mesmo.

— Para você, é?

Ele ficou parado um instante, depois assentiu.

— Para mim, quando acabava, acabava mesmo.

Por cima de seu ombro, avistei nosso garçom se aproximando... o nosso e mais dois outros, seguidos por um homem de cabelos escuros e ar preocupado, com um avental amarrado por cima do terno. O gerente, deduzi. O que só poderia significar a coisa que Andy mais detestava — a saber, alguém tinha descoberto quem ele era.

— *Monsieur*! — começou o homem do terno, enquanto nosso garçom servia as entradas, outro nos servia água e um terceiro tirava os farelos de nossa mesa já bastante limpa. — Está tudo do seu agrado?

— Está tudo bem — falou Andy, num tom enfraquecido, enquanto o Garçom nº 1 colocava talheres limpinhos ao lado de nossos pratos, o Garçom nº 2 fazia chegar pão fresco e manteiga ao centro de nossa mesa e o Garçom nº 3 chegava rapidinho com uma vela acesa.

— Por favor, se quiser mais alguma coisa, é só pedir. Qualquer coisa! — concluiu o gerente, com fervor.

— Peço, sim — falou Andy, enquanto os três garçons se perfilavam olhando-nos atentamente, com ar ansioso e um tanto ressentido, antes de se retirarem, afinal, para os cantos do restaurante de onde ficaram observando cada uma de nossas garfadas.

Eu não dei a mínima.

— Só acho que cometi um erro — falei. — Você alguma vez terminou com alguém e ficou achando que tinha cometido um erro?

Andy negou com a cabeça e, calado como estava, me ofereceu uma mordida de seu *crêpe*.

— O que é que eu devo fazer?

Ele mastigou, com um olhar pensativo.

— Não sei se esse é o cogumelo do campo de verdade. Para mim, está com um gosto meio doméstico.

— Você está mudando de assunto — resmunguei. — Você está... ai, meu Deus! Eu sou uma chata, mesmo, não sou?

— Nunca — disse ele, fielmente.

— Não, eu sou sim. Acabei virando uma dessas pessoas horrorosas que só ficam falando dos ex-namorados o tempo todo, até que ninguém agüenta mais ficar perto delas, e acabam sem amigos...

— Cannie...

— ...e dão para beber sozinhas, falar com seus animais de estimação, o que eu já faço de qualquer maneira... oh, meu Deus! — falei, fingindo um desmaio em cima do prato de pão. — Que desastre!

O gerente acudiu rapidamente.

— Madame! — gritou. — Está tudo bem?

Eu me endireitei, dando petelecos nos pedacinhos de pão que grudaram no meu suéter.

— Está, sim — falei. Ele retomou seus afazeres e eu retornei ao Andy.

— Quando foi que eu virei Madame? — indaguei pesarosa. — Pelo amor de Deus! Da última vez que fui a um restaurante francês, me chamaram de *mademoiselle*.

— Não esquente — disse Andy, entregando-me o último pedacinho de patê. — Você vai encontrar alguém muito melhor que Bruce. Ele não vai ser vegetariano, você vai ficar feliz, eu vou ficar feliz e tudo vai ficar bem.

OITO

Eu tentei. Eu bem que tentei. Mas acabei ficando tão preocupada com a minha carência do Bruce que não conseguia fazer nada direito no trabalho. Foi o que considerei, sentada ao Metroliner, da Amtrak, a caminho de Nova York, e ao encontro de Maxi Ryder, famosa por seus cabelos cacheados e por ser freqüentemente abandonada, a coadjuvante do drama romântico candidato ao Oscar do ano passado, *Tremores*, em que fazia o papel de uma neurocirurgiã brilhante que acaba sucumbindo à doença de Parkinson.

Maxi Ryder era inglesa, tinha vinte e sete ou vinte e nove anos, dependendo da revista em que você acreditasse, e ficou conhecida logo no início da carreira como o patinho feio até que, por milagre de uma dieta rigorosa, Pilates e Ponto Z (além disso, dizia-se à boca miúda, uma discreta cirurgia plástica), conseguiu se transformar num cisne, bela e macérrima. A bem da verdade, ela sempre foi magra e uma beldade, mas havia adquirido dez quilos para o papel que lhe deu fama num filme estrangeiro chamado *Colocação avançada*, em que fazia uma tímida estudante escocesa que tem um caso acaloradíssimo com a diretora de sua escola. Quando o filme chegou aos Estados Unidos, ela já havia despachado os dez quilos, tingido o cabelo de castanho-avermelhado, dispensado o empresário inglês, se ligado à agência mais quente de

Hollywood, fundado a inevitável empresa de produção (Maxi'd Out, foi o nome que escolheu) e aparecido no encarte de mansões dos astros da *Vanity Fair*, sedutoramente envolvida apenas num boá de penas pretas, embaixo da manchete "O Apê de Maxi". Maxi, noutras palavras, havia chegado para ficar.

Apesar de todo o seu talento e beleza, Maxi Ryder continuava sendo abandonada, das maneiras mais públicas que se possa imaginar.

Fizera tudo o que as jovens estrelas fazem aos vinte, vinte e poucos anos, popularizado por Julia Roberts e praticado pelas gerações que se seguiram, que foi se apaixonar por seus coadjuvantes. Entretanto, enquanto Julia os tinha a puxá-la na direção do altar, a pobre Maxi só saía de coração partido, uma vez após a outra. E nada disso acontecia discretamente. O assistente de direção, por quem ela se apaixonou em *Colocação avançada*, apareceu no Golden Globes trocando chupões com uma das garotas do *Baywatch*. Seu coadjuvante, em *Tremores* — aquele com quem ela fez meia dúzia de ardentes cenas de amor, quando a química entre os dois estava tão palpável que só faltava encharcar a pipoca da gente —, lhe comunicou o término do *affair*, e ao resto do mundo ao mesmo tempo, durante uma entrevista a Barbara Walters no *As dez pessoas mais fascinantes*. E o astro do rock, que ela pegou no rebote, se casou em Las Vegas, duas semanas depois de eles se conhecerem, com uma mulher que não era Maxi.

"É impressionante que ela esteja atendendo a imprensa", Roberto, o divulgador da Midnight Oil, comentara comigo na semana anterior. A Midnight Oil era uma pequena e obscura firma de relações públicas de Nova York — léguas aquém das grandes agências com as quais Maxi costumava lidar. Mas entre *Colocação avançada* e *Tremores*, ela passara seis semanas em Israel, fazendo um filmezinho de entressafra sobre um *kibbutz*, durante a Guerra dos Sete Dias... E filmezinhos normalmente têm agenciazinhas de publicidade, que foi onde entrou o Roberto.

Soldado dos sete dias não teria chegado às salas de exibição norte-americanas se não fosse pela indicação que Maxi ganhou para o Oscar, por *Tremores*. E Maxi jamais teria feito qualquer publicidade para o filme se não tivesse assinado um contrato antes de dar uma grande tacada, o que significava que concordara em não receber um vintém furado e em divulgar o filme "da maneira que os produtores acharem apropriada".

Então, não é necessário dizer que os produtores viram a chance de um grande fim de semana de lançamento, com base na badalação de Maxi. Eles a tinham trazido de uma filmagem na Austrália, instalaram-na na cobertura do Regency, de Upper East Side, e convidaram, o que Roberto definiu como, "um seleto grupo de repórteres", para desfrutar de audiências de vinte minutos com ela. E Roberto, abençoado seja seu leal coração, me ligou antes.

— Está interessada? — perguntou.

Claro que estava, e Betsy ficou empolgadíssima como ficam os editores sempre que caem em suas mãos recheados furos de reportagem assim, embora Gabby tivesse resmungado coisas do tipo "maravilhas de um sucesso só" e "fogo de palha".

Eu fiquei feliz. Roberto ficou feliz. Então, a divulgadora pessoal de Maxi entrou na jogada.

E lá estava eu, amuada em minha mesa, contando quantos dias se passaram desde que Bruce e eu nos falamos (dez), a duração da conversa em minutos (quatro), e considerando se deveria marcar uma consulta com um numerologista para ver se o futuro nos reservava algo de bom, quando o telefone tocou.

— Aqui é a April da NVA — proferiu a voz do outro lado. — Soubemos que você está interessada em conversar com Maxi Ryder.

"Interessada?", pensei comigo mesma.

— Tenho uma entrevista marcada com ela para sábado, às dez horas da manhã — disse-lhe eu. — O Roberto, da Midnight Oil, foi quem marcou.

— Pois é. Nós temos algumas perguntas antes de fecharmos.

— Pode repetir quem é você?

— April. Da NVA.

A NVA é uma das maiores e mais conhecidas firmas de relações públicas de Hollywood. Era para eles que ligavam as pessoas famosas com menos de quarenta anos, que se viam numa situação desagradável ou ilegal, e desejavam manter toda e qualquer imprensa que não fosse bajuladora e afável a uma distância bem grande. Robert Downey contratou a NVA depois que desmaiou num quarto alheio sob efeito de heroína. Courtney Love pediu à NVA para reconstruir sua imagem depois da plástica no nariz, nos seios e no estilo, e eles lhe propiciaram uma transição suave de uma deusa *grunge* desbocada para uma fada da alta costura. No *Examiner*, nós chamávamos a NVA de "Não Vai Acontecer". Por exemplo, aquela entrevista pela qual você está torcendo, aquele perfil que está querendo escrever? "Não Vai Acontecer..." Então, obviamente, Maxi Ryder também os tinha contratado.

— Nós gostaríamos de confirmar com você — começou a falar April, da NVA — que essa entrevista só vai se concentrar no trabalho de Maxi.

— No trabalho dela?

— Nos papéis — disse April. — Em cena. Não na vida pessoal.

— Ela é uma celebridade — falei, com brandura. Ou foi como achei que saiu a fala. — Considero isso o trabalho dela. Sendo uma pessoa famosa.

A voz de April teria congelado calda de chocolate quente.

— O trabalho dela é como atriz — disse ela. — Qualquer atenção que receba é somente por conta desse trabalho.

Normalmente, eu teria deixado passar — cerraria os dentes, sorriria e concordaria com quaisquer condições ridículas que eles quisessem impor. Mas não tinha dormido na noite anterior e a tal de April estava apertando todos os botões errados.

— Ah, sem essa! — falei. — Toda vez que abro a revista *People* eu a vejo de saiote com abertura no lado e uns óculos escuros enormes do tipo não-olhe-pra-mim. E você vem me dizer que ela quer ser conhecida apenas como atriz?

Torci para que April levasse meus comentários na brincadeira, conforme fora a minha intenção. Mas não percebi nenhum derretimento no gelo.

— Não pode perguntar sobre a vida amorosa dela — falou April, com firmeza.

Soltei um suspiro.

— Tudo bem — falei. — Ótimo! Seja o que vocês quiserem. Falaremos sobre o filme.

— Então, concorda com as condições?

— Concordo, sim. Não se fala de vida amorosa. Nem de saias. Nem de nada.

— Assim, eu vou ver o que posso fazer.

— Eu lhe disse, Roberto já marcou a entrevista.

Mas falei para um telefone desligado.

Duas semanas depois, quando finalmente fui para a entrevista, era uma manhã de sábado chuvosa, cinzenta, em fins de novembro, o tipo de dia em que parece que todo mundo na cidade que tem condições e dinheiro foi para as Bahamas, ou para a casa de campo em Poconos, e as ruas ficam cheias das pessoas deixadas para trás: entregadores com a pele ruim, meninas negras de trancinhas, meninos brancos mal-arrumados com cabelo rastafari, andando de bicicleta. Secretárias, turistas japoneses. Um cara com uma verruga no queixo, dois pêlos espetados nela, e uma cabeleira cacheada comprida que lhe chegava quase ao peito. Ele sorriu e acariciou os cachos quando eu passei. Meu dia de sorte!

Passei os vinte quarteirões da minha caminhada até a cidade tentando não pensar em Bruce e tentando não deixar que o meu cabelo ficasse muito molhado. O saguão do Regency era imenso, todo de mármore, abençoadamente silencioso e forrado de espelhos, o que me permitia apreciar de diferentes ângulos a espinha que surgira na minha testa.

Cheguei cedo, então decidi passar o tempo. A loja de suvenires do hotel, como todas elas, oferecia roupões de banho muito mais caros do que o normal, escovas de dentes a cinco dólares cada, e revistas em várias línguas, uma das quais casualmente era a *Moxie*, de novembro. Peguei-a e fui direto para a página de Bruce. "Caindo de boca", eu li. "As Aventuras Orais de um Homem." Ha! "Aventuras orais" não eram o forte de Bruce. Ele tinha um probleminha com excesso de saliva. Num momento de fraqueza encharcada de *margarita* referi-me a ele como "o bidê humano". Foi desse jeito mesmo, no início. É claro que ele não mencionaria isso, pensei presunçosamente, nem que eu fui a única garota com a qual tentou essa manobra específica. E voltei à coluna. *"Uma vez ouvi minha namorada referir-se a mim como um bidê humano"*, dizia a legenda. Ele ouviu aquilo? Meu rosto ferveu.

— Senhorita? Vai querer comprar? — perguntou a mulher do balcão. Foi o que fiz, acrescentando à compra um pacotinho de chiclete de frutas e uma garrafa de água que custou quatro dólares. E fui me sentar num dos luxuosos sofás do gélido saguão, onde comecei a ler:

Caindo de Boca

Quando eu tinha quinze anos e era virgem, quando usava aparelho e as cueqinhas brancas apertadas que minha mãe me comprava, meus amigos e eu nos escangalhávamos de rir com uma rotina de Sam Kinison.
"Mulheres!", ele reclamava, jogando a cabeleira por cima do ombro, acercando o palco como um rotundo animalzinho enjaulado, usando boina. "Digam o que vocês querem. Por que", dizia, deixando-se cair num joelho só, implorando, "por que é tão *Difícil* dizer *Sim*, bem *Ali*, isso é *Bom*, ou *Não*, *Aquilo* não. *Diga-nos O Que Vocês Querem!*". Ele gritava e o público dizia, *"Nós Vamos Dizer!"*.

Nós ríamos sem saber exatamente o que fazia com que aquilo fosse tão histérico. O que seria tão difícil?. Queríamos saber. O sexo, até onde nos levara a experiência, não envolvia muito mistério. Ensaboa, enxágua, repete. Era o nosso repertório. Sem minúcias, nem bagunça ou confusão.
Quando C. afastou as pernas e se abriu com as pontas dos dedos...

Ah... meu... Deus! Foi como se eu tivesse enfiado um espelho entre as pernas e transmitido a imagem para o mudo inteiro. Engoli em seco e continuei lendo.

...tive uma sensação de solidariedade súbita e absoluta com todos os homens que levantaram o punho ante o lamento de Kinison. Foi como olhar para um rosto sem traços, este o melhor pensamento que me veio. Cabelo, barriga e mãos acima, coxas macias à esquerda e à direita, mas à minha frente um mistério, curvas e dobras e ressaltos que aparentemente não tinham semelhança alguma com a pornografia de aerógrafo que eu via desde os quinze anos. Ou talvez fosse a proximidade. Ou talvez fossem apenas os meus nervos. Confrontar-se com um mistério dá medo.
"Diga-me o que você quer", sussurrei-lhe, e me lembro que a cabeça dela estava muito distante naquele momento. "Diga-me o que você quer, e eu faço." Mas aí me dei conta de que se dissesse o que queria, ela estaria admitindo que... bem, que ela sabia o que queria. Que outra pessoa havia olhado para esse coração estranho e desconhecido, aprendido sua geografia, desvendado seus segredos. E embora eu soubesse que ela tivera outros namorados, isso era uma coisa que tinha um quê de diferente, algo mais íntimo. Ela deixara outra pessoa vê-la assim, como eu a estava vendo. E eu, por ser homem e ainda por cima antigo ouvinte de Sam Kinison, resolvi levá-la ao paraíso,

fazê-la ronronar como uma gatinha saciada, expurgar todo e qualquer vestígio de lembrança de Aquele Que Já Se Foi.

Coração estranho e desconhecido, resfoleguei. Aquele Que Já Se Foi. Ah, fala sério!

E ela tentou, e eu tentei também. Ela demonstrou com a ponta dos dedos, com palavras, com carícias e gemidos e suspiros. E eu tentei, também. Mas a língua não é como o dedo. Meu cavanhaque a enlouquecia, da maneira exatamente oposta àquela que ela queria. E quando a ouvi ao telefone se referindo a mim como O Bidê Humano, ora, achei mais fácil me ater às coisas que eu sabia fazer melhor.
Será que algum de nós sabe o que está fazendo? Algum homem? Quando pergunto aos meus amigos, eles começam soltando uma tremenda gargalhada e juram que depois precisam subir ao teto para tirar a mulher de lá. Aí, eu pago uma rodada de cerveja, e mais outra, e não deixo os copos se esvaziarem, e em poucas horas obtenho a verdade verdadeira: não temos a menor idéia. Nenhum de nós sabe o que está fazendo ali.
"Ela diz que está gozando", diz Eric. "Mas eu não sei, cara."
"Não é nada fácil", diz George. "E como é que nós ficamos sabendo?"
Pois é, como? Nós somos homens. Precisamos de confiabilidade, precisamos de provas concretas (ou líquidas), precisamos de diagramas e roteiros, precisamos que expliquem o mistério.
E quando fecho os olhos, ainda sou capaz de vê-la, quando se deitou aquela primeira vez, enrodilhada qual as asas de um passarinho, rósea qual uma concha, sabendo à rica água do mar, cheia de minúsculas vidas, coisas que jamais verei, muito menos entenderei. Eu gostaria de entender. Gostaria de ter entendido.

— Muito bem, seu Jacques Cousteau — resmunguei, e fiz um esforço para me levantar. Quando fechava os olhos ainda me via, ele escreveu. Ora, o que isso quer dizer, exatamente? E quando foi que ele escreveu isso? E se ainda sentia saudade de mim, por que não telefonava? Pensei que talvez houvesse uma esperança. Talvez telefonasse para ele mais tarde. Talvez ainda tivéssemos uma chance.

Peguei o elevador para o vigésimo andar, para a suíte de recepção, onde uma horda de agentes de publicidade pálidas feito larvas, todas usando variações de calças *stretch* pretas, *collants* pretos e botas pretas, fumavam sentadas nos sofás.

— Meu nome é Cannie Shapiro, sou do *Philadelphia Examiner* — falei para uma que estava sentada embaixo de um pôster da Maxi Ryder em tamanho real, usando trajes camuflados e empunhando uma Uzi.

A menina cor de larva folheou languidamente algumas páginas cheias de nomes.

— Não estou vendo você aqui — disse.

Ótimo!

— O Roberto está?

— Ele saiu um minutinho — disse ela, balançando a mãozinha na direção da porta.

— E disse quando voltaria?

Ela deu de ombros, aparentemente por ter exaurido seu vocabulário.

Espiei as páginas, tentando ler de cabeça para baixo. Lá estava meu nome: Candace Shapiro. Riscado por uma linha preta, grossa. "NVA", dizia o comentário ao lado.

Foi justamente quando Roberto chegou.

— Cannie — disse —, o que você está fazendo aqui?

— Você é quem tem de me dizer — falei, me esforçando para sorrir. — Pelo que me consta, eu deveria estar entrevistando Maxi Ryder.

— Minha Nossa! — disse ele. — Ninguém telefonou para você?

— A respeito de quê?

— Maxi resolveu... hum... dar um tempo nas entrevistas para a imprensa. Agora, só para a *Times* e para a *USA Today*.

— Ora, essa! Ninguém me falou — encolhi os ombros. — Bem, eu estou aqui. Betsy está esperando um artigo.

— Cannie, eu sinto muito...

Pois não tem nada que sentir, seu idiota, pensei com meus botões. Faça alguma coisa.

— ...mas não há nada que eu possa fazer.

Eu lhe ofereci o melhor sorriso que pude. Meu sorriso mais charmoso, que espero ter sido sublinhado pela minha estampa de quem trabalha num jornal grande e importante.

— Roberto — falei —, eu estava pretendendo conversar com ela. Nós reservamos o espaço. Estamos contando com o artigo. Ninguém me ligou... e eu me despenquei até aqui num sábado, que é o meu dia de folga...

Roberto começou a esfregar as mãos.

— ...e eu ficaria imensamente grata, de verdade, se nós conseguíssemos pelo menos uns quinze minutinhos com ela.

A essa altura Roberto estava esfregando as mãos e mordendo o lábio ao mesmo tempo, além de ficar passando o apoio do corpo de um pé para o outro. Todos maus sinais.

— Veja bem — falei baixinho, inclinando-me para perto dele —, eu assisti a todos os filmes dela, até os que foram feitos direto para vídeo. Sou, por assim dizer, uma especialista em Maxi. Não há nadinha que possamos fazer? — percebi que ele começava a cambalear, quando o celular no cinto dele tocou.

— April? — disse ele. *April*, gesticulou com a boca para mim. Roberto era uma doçura, mas não era lá muito esperto.

— Posso falar com ela? — sussurrei, mas Roberto já estava embainhando o telefone.

— Ela disse que eles não ficaram muito satisfeitos quando você... hum... concordou com as condições.

— Que é isso, Roberto? Eu concordei com todas as condições dela...

Minha voz começou a subir. As criaturas larvais do sofá começaram a se mostrar algo alarmadas. Bem como Roberto, que já se encaminhava para o corredor.

— Eu quero falar com a April — reivindiquei, esticando a mão na direção do celular dele. Roberto fez que não com a cabeça. — Roberto — falei, ouvindo minha voz alquebrar, imaginando o desdém no sorriso de Gabby quando eu retornasse ao escritório de mãos vazias —, não posso voltar sem um artigo.

— Entenda, Cannie, eu sinto muito, muitíssimo mesmo...

Ele estava cambaleando. Percebi que estava. E foi quando surgiu uma mulherzinha com botas de couro preto até os joelhos, batendo com os saltos altos pelo assoalho de mármore do imenso corredor. Havia um celular numa das mãos, um walkie-talkie na outra, e um ar determinado em seu rosto liso e cuidadosamente maquiado. Passaria por vinte e oito anos bem maduros, ou quarenta e cinco, com um excelente cirurgião plástico. Era, sem dúvida alguma, April.

Ela me olhou por inteiro — minha espinha, minha raiva, meu vestido preto e as sandálias do verão passado, muito menos na moda do que qualquer larva do sofá — com um único olhar de repúdio. E se dirigiu ao Roberto.

— Algum problema? — disse.

— Esta é Candace — falou ele, apontando fragilmente para mim. — Do *Examiner*.

Ela me fitou. Eu senti — senti, de verdade — minha espinha se expandindo, ante o olhar dela.

— Algum problema? — repetiu.

— Não havia até alguns minutos atrás — falei, me esforçando para manter a voz calma. — Eu tinha uma entrevista marcada para às duas horas da tarde. Roberto está me dizendo que foi cancelada.

— Correto — disse ela, em tom agradável. — Resolvemos limitar nossas entrevistas impressas aos jornais de grande circulação.

— O *Examiner* tem uma circulação de 700.000 aos domingos, que foi para quando planejamos o artigo — falei. — Somos a quarta maior cidade da costa leste. E ninguém se deu o trabalho de me informar que a entrevista tinha sido cancelada.

— Isso era responsabilidade do Roberto — disse ela, perscrutando-o com o olhar.

Isso era obviamente uma novidade para Roberto, mas ele não iria cutucar a onça com vara curta.

— Desculpe! — murmurou para mim.

— Aceito as desculpas — falei —, mas conforme contei ao Roberto, agora temos um buraco no nosso jornal de domingo e eu perdi o meu dia de folga.

O que não era uma verdade absoluta em termos técnicos. Havia histórias o tempo todo, conforme April bem deveria saber, e nós simplesmente enfiaríamos outro artigo no buraco. E quanto ao meu dia de folga perdido, bastava ter uma passagem gratuita para Nova York nas mãos que eu arranjava algo para fazer por lá.

Mas eu estava furiosa. Que ousadia dessa gente, me tratar com tanta grosseria e não dar descaradamente a mínima para isso!

— Não há um jeito de falar com ela durante apenas uns minutos? Já que estou aqui?

O tom de April estava ficando notavelmente menos agradável.

— Ela já está atrasada e ainda vai tomar um avião para chegar ao *set* de filmagem hoje à tarde. Na Austrália — enfatizou, como se fosse um lugar do qual uma interiorana como eu jamais tivesse ouvido falar. — E — prosseguiu, abrindo subitamente um bloquinho de anotações — já marcamos uma entrevista por telefone com a sua chefe.

Minha chefe? Seria inconcebível Betsy fazer uma coisa dessas, para lá de inconcebível, e não me falar.

— Com Gabby Gardiner — concluiu April.

Fiquei estupefata.

— Gabby não é minha chefe!

— Sinto muito — falou April, sem parecer nem um pouquinho sentida —, mas foi isso que acertamos.

Retrocedi para o interior da suíte de recepção e me deixei cair sentada numa poltrona perto da janela.

— Quer saber de uma coisa? — falei. — Estou aqui, e tenho certeza de que você concordaria comigo que seria melhor para todos nós uma entrevista pessoalmente — ainda que rapidinha — com alguém que viu todos os filmes de Maxi e dedicou um bom tempo a se preparar para a tarefa, do que uma coisa feita por telefone. Terei prazer em esperar.

April ficou parada no corredor um instante.

— Será que vou ter de chamar os seguranças? — perguntou ela, afinal.

— Não vejo por quê — falei. — Vou ficar sentada aqui até que a Srta. Ryder termine o encontro com quem quer que seja agora, e caso tenha um minutinho ou dois para mim antes de voltar correndo para a Austrália, farei a entrevista que me foi prometida — cerrei os punhos para que ela não visse como eu estava tremendo e joguei minha cartada final. — Claro, se acontecer da Srta. Ryder não ter uns minutinhos para mim — falei, com doçura —, terei de escrever um artigo de duas colunas sobre o que aconteceu aqui comigo. E, a propósito, qual é o seu sobrenome?

April arregalou os olhos para mim. Roberto se achegou a ela, com os olhos ricocheteando de um lado para o outro entre mim e ela, como se nós duas estivéssemos jogando uma partida de tênis muito rápida. Eu cravei os olhos em April.

— Impossível! — disse ela.

— Sobrenome interessante! — falei. — É um daqueles especiais de Ellis Island?

— Sinto muito — disse ela, pelo que seria a última vez —, mas a Srta. Ryder não vai vê-la. Você foi sarcástica comigo ao telefone...

— Oh, uma repórter sarcástica! Aposto que você nunca viu uma dessas antes.

— ...e a Sra. Ryder não precisa do seu tipo de atenção...

— O que está muito bem — explodi —, mas será que um dos seus lacaios ou criados ou estagiários não poderia ter feito a gentileza de me ligar antes que eu me despencasse até aqui?

— O Roberto deveria ter feito isso — repetiu ela.

— Pois não ligou — disse-lhe, e cruzei os braços.

Empate. Ela ficou ali me fitando, com os olhos arregalados. E eu a fitando de volta. Roberto se recostou na parede, tremendo de verdade. As larvas ficaram enfileiradas, com os olhos indo de um lado para o outro.

— Chamem os seguranças — falou April afinal, e deu meia volta. Olhou para mim por cima do ombro. — E você — disse — escreva o que quiser. Não estamos nem aí.

E assim se foram: Roberto, lançando-me um olhar final, desesperado, suplicante, por cima do ombro; as larvas, todas de botas pretas; April, e qualquer chance que eu pudesse ter de me encontrar com Maxi Ryder. Fiquei sentada ali até que todos desapareceram dentro do elevador. Foi só aí que deixei vir o choro.

Em termos gerais, banheiros de hotéis são lugares excelentes para se ter uma crise nervosa. Os hóspedes normalmente usam os banheiros de seus quartos. O povo na rua não se dá conta de que é possível entrar discretamente pelo saguão, até do hotel mais sofisticado, e quase sempre usar o banheiro sem ser incomodado. E esses banheiros costumam ser espaçosos e luxuosos, com todos os apetrechos, desde secador de cabelos até tampões, e mesmo toalhas de verdade para se limpar as lágrimas e secar as mãos. Às vezes, têm até um sofá para você desabar em cima.

Percorri o corredor cambaleando, entrei no elevador, passei pela porta dourada onde se lia "Damas" em letras caprichadas, e me dirigi direto para o compartimento dos deficientes físicos, para a paz, o silêncio e a solidão, pegando duas toalhas bem enroladinhas no meio do caminho.

— Que Maxi Ryder mais cretina! — xinguei, e bati a porta, sentando-me e comprimindo os punhos contra os olhos.

— Hum? — disse uma voz conhecida de algum lugar acima da minha cabeça. — Por quê?

Olhei para cima. Um rosto me espiava de cima da divisória do cubículo.

— Por quê? — falou Maxi Ryder, novamente.

Era tão adorável em pessoa quanto no telão, com seus olhos azuis do tamanho de um pires, a pele cremosa e levemente sardenta, os cachos castanho-avermelhados, aparentemente mais luminosos e brilhantes do que o padrão do cabelo humano foi feito para ser. Ela estava com um cigarro fino na mãozinha de veias azuladas e, enquanto eu a olhava, tirou uma tragada considerável e soltou a baforada para o teto.

— Não fume aqui dentro — disse-lhe. Foi a primeira coisa em que consegui pensar. — Vai disparar os alarmes.

— Você está me xingando porque estou fumando?

— Não. Eu a estou xingando porque você me deu um bolo.

— O quê?

Dois pezinhos calçados com tênis de passeio bateram suavemente contra o piso de mármore e vieram se postar ao lado da porta do meu cubículo.

— Abra — disse ela, batendo com os dedos à porta. — Eu quero uma explicação.

Eu quase afundei dentro do vaso. Primeiro a April, e agora essa! Relutei, mas me inclinei para a frente e destranquei a porta. Maxi estava ali parada, de braços cruzados, esperando por suas respostas.

— Eu sou do *Philadelphia Examiner* — comecei. — Vim para entrevistá-la. A sua Gestapo me falou, depois de eu ter me despencado até aqui, que a entrevista havia sido cancelada e remarcada com uma mulher do meu escritório que é... — engasguei. — De vomitar! — foi ao que cheguei. — Então, sabe, isso me arruinou o dia. Sem falar da nossa sessão de domingo — soltei um suspiro. — Mas acho que a culpa não é sua. Sabe, me desculpe, então. Eu não deveria tê-la xingado.

— Mas que danada, essa April! — falou Maxi. — Ela nem me falou nada.

— Não me surpreende.

— Estou me escondendo — disse Maxi Ryder, e soltou uma risadinha nervosa. — Da April, na verdade.

Em pessoa, sua voz era baixinha, educada. Ela estava com uma calça boca-de-sino e uma camiseta rosa de gola rulê. O penteado era organizadamente desarrumado, desses que o cabeleireiro leva meia hora para fazer, com minúsculos e brilhantes grampos borboleta. Como a maioria das jovens estrelas que conheci, era magra a ponto do irreal. Dava quase para ver os ossos dos punhos e antebraços, o traçado azulado das veias no pescoço.

Os lábios cheios tinham batom escarlate. Os olhos, sombra e rímel cuidadosamente aplicados. E o rosto estava encharcado de lágrimas.

— Sinto muito pela entrevista — falou ela.

— Não foi culpa sua — repeti. — Mas, o que a traz a estas paragens? Você não tem o seu próprio banheiro noutro lugar qualquer? — perguntei.

— Ah — falou ela, e respirou tão profundamente que estremeceu. — Você sabe.

— Para falar a verdade, por não ser uma magra, rica e bem-sucedida estrela de cinema, eu não sei.

Um cantinho de sua boca deu uma puxada para cima, mas logo caiu em trêmulo arco carmim.

— Você já ficou de coração partido alguma vez? — perguntou, com a voz incerta.

— Para falar a verdade, já — falei.

Ela fechou os olhos. Cílios impossivelmente compridos pousaram sobre a pálida e sardenta maçã de seu rosto, e por baixo deles escorreram lágrimas.

— É insuportável — disse ela. — Eu sei que isso parece...

— Não. Não. Eu sei o que você quer dizer. Sei exatamente o que você está sentindo.

Entreguei-lhe uma das toalhas enroladas que tinha pegado na entrada. Ela a segurou e depois olhou para mim. Pensei que aquilo seria um teste.

— Minha casa está cheia das coisas que ele me deu — comecei, e ela assentiu com tanto vigor que os cachos balançaram.

— É isso mesmo — falou ela. — Exatamente isso.

— E dói só de olhar, e dói tirar do lugar.

Maxi deixou-se cair no chão do banheiro e encostou o rosto no mármore frio da parede. Depois de um momento de hesitação, juntei-me a ela, tomada por todo aquele absurdo, e pela belíssima abertura do artigo que aquilo daria: *Maxi Ryder, uma das jovens atrizes mais aclamadas de sua geração, está chorando no chão do banheiro.*

— Minha mãe sempre diz que é melhor ter amado e perdido do que não ter amado de jeito algum — falei.

— Você acredita nisso? — perguntou ela.

Só precisei pensar naquilo um minutinho.

— Não, e acho que nem ela acredita. Eu gostaria de nunca tê-lo amado. Gostaria de nem tê-lo conhecido. Porque acho que por melhores que tenham sido os bons tempos, não vale a pena estar sentindo isso.

Ficamos ali sentadas lado a lado durante um instante.

— Qual é o seu nome?

— Candace Shapiro. Cannie.

— E o nome dele?

— Bruce. E você?

— Eu sou Maxi Ryder.

— Eu sei disso. Quis dizer o nome dele?

Ela fez uma careta horrível.

— Ah, não me diga que você não sabe! Todo mundo sabe! A *Entertainment Weekly* fez um artigo completo. Com diagrama e tudo!

— Bem, é que eu fui explicitamente proibida de mencionar isso — além do mais, havia mais de um candidato, mas não me pareceu prudente comentar isso.

— Kevin — sussurrou ela. Que seria Kevin Britton, seu coadjuvante em *Tremores*.

— Ainda o Kevin?

— Ainda o Kevin, sempre o Kevin — falou, entristecida, buscando mais um cigarro. — O Kevin que eu não consigo esquecer, mesmo depois de tentar de tudo. Bebida... drogas... trabalho... outros homens...

Caramba! De repente, me senti tão inocente.

— O que você faz?

Eu sabia o que ela estava me perguntando.

— Ah, sabe, provavelmente o mesmo tipo de coisa que você — coloquei uma das mãos sobre a testa, afetando uma dignidade mundana exaurida. — Comecei fugindo para a minha ilha particular com o Brad Pitt e comprando umas fazendas de criação de lhamas na Nova Inglaterra para esquecer a dor...

Ela me deu um soco no braço. O punho cerrado me deu a impressão de uma lufada de ar.

— Fala sério! Talvez seja uma coisa que eu ainda não tenha pensado.

— Provavelmente mais um monte de coisas que de fato não funcionam. Banhos de banheira, de ducha, passeios de bicicleta...

— Passeios de bicicleta eu não posso — falou, em tom melancólico.

— Por causa dos *paparazzi*?

— Não. É porque eu não sei andar.

— Não sabe? Bruce, meu ex-namorado, também não sabia andar de bicicleta... — minha voz se calou.

— Ai, meu Deus! Isso não é horrível? — perguntou ela.

— A maneira como até as coisas mais disparatadas fazem lembrar justamente a pessoa que a gente está tentando esquecer? É, horrível mesmo — olhei para ela. Com o rosto emoldurado pelo mármore do banheiro, estava pronta para tirar um *close*. Enquanto eu, provavelmente, estaria com o rosto todo manchado, o nariz escorrendo. Mas que injustiça, pensei! — E você faz o quê? — perguntei.

— Invisto — falou Maxi, de imediato. — Gerencio meu dinheiro. E o dos meus pais, também — ela soltou um suspiro. — Eu gerenciava o dinheiro do Kevin. Quem dera ele tivesse me dado uma dica de que iria me largar! Eu teria colocado todas as ações dele no Planet Hollywood de tal maneira que ele precisaria fazer uns especiais nos programas de auditório da WB só para conseguir pagar o aluguel.

Passei a considerar Maxi com renovado respeito.

— Então, você... — puxei do fundo do baú o vocabulário certo. — Você faz *day-trade*?

Ela balançou a cabeça.

— Não. Eu não tenho tempo para ficar o dia inteiro grudada no computador. Escolho ações e procuro oportunidades de investimento — ela se levantou e se alongou, com as mãos na cintura inexistente. — Compro imóveis.

Meu respeito estava virando admiração.

— Casas?

— Isso. Compro, mando a turma reformar e vendo com lucro, ou fico morando lá um tempo, se estiver entre um filme e outro.

Senti os dedos procurando a caneta e o bloco, se mexendo como que por conta própria. Maxi como magnata do ramo imobiliário era uma coisa que eu não tinha lido em nenhum dos perfis que vasculhei. Daria um furo e tanto!

— Ei — arrisquei-me — será que... eu sei que me avisaram que você estava ocupada, mas quem sabe... será que nós poderíamos conversar durante alguns minutos? Para eu poder escrever o meu artigo?

— Claro — falou Maxi, dando de ombros, e olhou à volta como se dando conta naquele instante de que estávamos no banheiro. — Vamos sair daqui. Vamos?

— Você não tem de pegar o avião para a Austrália? Foi o que April disse.

Maxi mostrou-se exasperada.

— Eu só vou amanhã. April é uma mentirosa.

— Não diga — falei.

— Não, é sério... ah. Ora, entendi. Você está brincando — e ela sorriu para mim. — Às vezes, me esqueço de como são as pessoas.

— Bem, em geral, elas são maiores do que você.

Ela soltou um suspiro, olhou para si mesma e tirou uma profunda tragada do cigarro.

— Quando chegar aos quarenta — disse — eu juro que vou largar isso tudo, vou construir uma fortaleza numa ilha, com fosso e cercas eletrificadas, e vou deixar os cabelos brancos aparecerem e comer todo o creme do mundo, até crescerem catorze papadas embaixo do meu queixo.

— Não foi isso — chamei-lhe a atenção — que você contou à *Mirabella*. Você disse que queria estrear um filme de qualidade por ano e criar seus filhos numa casa de fazenda no interior.

Ela ergueu uma sobrancelha apenas.

— Você leu isso?

— Li tudo sobre você — contei.

— Mentira. Tudo mentira — disse ela, quase com alegria. — Hoje, por exemplo, devo ir para um lugar chamado Mooma...

— Moomba — corrigi.

— ...e tomar uns drinques com Matt Damon, ou Ben Affleck. Ou talvez os dois. E nós temos de ficar de segredinhos e namoricos, e alguém vai ligar para o *Page 6,* e vamos ser fotografados, e depois vamos parar em algum restaurante que April fechou para jantar, só que eu não posso jantar, é claro, porque, Deus que me livre, nunca posso ser fotografada com alguma coisa na boca, nem com a boca aberta, ou basicamente de forma alguma que sugira que eu faça alguma outra coisa com a boca além de beijar homens...

— ...e fumar.

— Nem isso! Campanha do câncer, sabe. Foi por isso que eu consegui escapar da April. Disse que precisava dar uma fumadinha.

— Então, você quer mesmo dispensar o jantar e os drinques com Ben... ou com Matt...

— Ah, mas não pára aí. Depois eu tenho de ser vista dançando num bar com *Hog* no nome ...

— *Hogs and Heifers*?

— É isso aí. Dançar lá até altíssima madrugada, e só então, só lá pelas tantas da madrugada, é que vou poder dormir. Isso depois de fazer um *topless* e subir no balcão para ficar dançando lá no alto, enquanto giro o sutiã acima da cabeça.

— Uau! Quer dizer que, hum, eles planejam isso tudo para você?

Ela tirou um pedaço de papel amassado do bolso. Lá estava: quatro horas da tarde, Moomba; sete da noite, Tandoor; onze da noite, *Hogs and Heifers*. Enfiou a mão noutro bolso e tirou um minúsculo sutiã preto de renda, que enroscou na mão e começou a desenroscar fazendo-o rodopiar em torno da cabeça, enquanto balançava as cadeiras, jogando as ancas para os lados, numa paródia de rebolado.

— Está vendo? — disse. — Eles até me fazem ensaiar. Se eu pudesse, dormiria o dia inteiro...

— Eu também. E ficava assistindo o *Iron Chef*.

Maxi fez cara de quem não conhecia.

— O que é isso?

— Você falou como quem nunca ficou sozinha em casa numa noite de sexta-feira. É um programa de televisão que tem um milionário que gosta de viver isolado e tem três *chefs*...

— Os *Iron Chefs* — adivinhou Maxi.

— Isso. E toda semana eles fazem uma batalha culinária com um *chef* desafiante, aí o milionário excêntrico dá um ingrediente-tema que eles precisam usar no prato que vão cozinhar, e metade das vezes é uma coisa viva, como lulas ou enguias gigantes...

Maxi estava sorrindo, e assentindo, e parecia que não podia mais esperar para assistir o primeiro episódio. Ou talvez estivesse apenas encenando, tentei me lembrar. Afinal, encenar era o trabalho dela. Talvez agisse empolgada e simpática assim, até legal, ora, sempre que conhecia uma pessoa nova, e depois se esquecia da existência da pessoa tão logo começasse um filme novo.

— É engraçado — concluí. — E também é de graça. Mais barato do que alugar uma fita. Gravei o de ontem e vou assistir quando chegar em casa hoje.

— Eu nunca estou em casa sexta e sábado — disse ela, triste.

— Bem, eu estou quase sempre. Pode acreditar em mim, você não está perdendo muita coisa.

Maxi Ryder me abriu um largo sorriso.

— Cannie — falou —, quer saber o que eu estou mesmo a fim de fazer?

E foi assim que acabei no Bliss *Spa*, nuinha em pêlo, ao lado de uma das jovens estrelas de cinema mais aclamadas da minha geração, falando dos fracassos da minha vida amorosa, enquanto um homem chamado Ricardo esfregava lama verde ativa nas minhas costas.

Maxi e eu saímos às escondidas pela porta dos fundos do hotel e pegamos um táxi para o spa, onde a recepcionista nos informou com grande antipatia que as reservas estavam lotadas para o dia inteiro, para algumas semanas, na verdade, até que Maxi tirou os óculos escuros e fez um contato significativo olho-a-olho durante três segundos e o serviço melhorou coisa de três mil por cento.

— Ah, isso é uma delícia! — disse-lhe, talvez pela quinta vez.

E era mesmo. A cama estava forrada por meia dúzia de toalhas, cada uma facilmente mais grossa do que o meu edredom. Tocava uma música tão tranqüila de fundo que eu pensei que fosse um CD, até que fiquei de olhos abertos o tempo suficiente para enxergar uma mulher tocando uma harpa de verdade a um canto, meio oculta por uma barreira de cortinas de renda.

Maxi assentiu.

— Espere até eles começarem com as duchas e as massagens com sal — ela fechou os olhos. — Estou tão cansada — murmurou. — Só quero saber de dormir.

— Eu não consigo dormir — contei-lhe. — Quero dizer, eu caio no sono, mas depois acordo...

— ...e a cama está tão vazia.

— Bem, na verdade eu tenho um cachorrinho, de forma que vazia a cama não está.

— Ah, eu adoraria um cachorro! Mas não posso. Muitas viagens.

— Você pode vir brincar com Nifkin à hora que quiser — falei, sabendo que era altamente improvável que Maxi viesse tomar um ice coffee comigo e depois dar um passeio no parque de cães mais cheio de cocô do sul da Filadélfia. Mas logo raciocinei, quando Ricardo me virou de frente e começou a esfregar a minha barriga, que isto também era altamente improvável.

— Mas, o que vem agora? — perguntei. — Você está mandando toda a sua programação para o espaço?

— Acho que sim — disse ela. — Eu só quero um dia e uma noite para viver como uma pessoa normal.

Não me pareceu o momento adequado para dizer que uma pessoa normal dificilmente jogaria mil dólares numa única ida a um spa.

— O que mais você quer fazer?

Maxi ponderou.

— Não sei. Já faz tanto tempo... o que você faria se tivesse um dia inteiro para passar em Nova York?

— Eu sou *eu* ou sou *você* nessa hipótese?

— Que diferença faz?

— Bem, tenho recursos ilimitados e certas características de reconhecimento, ou sou apenas eu mesma?

— Vamos ver você mesma primeiro.

— Hum! Bem, eu iria ao balcão de descontos da Times Square e tentaria conseguir um ingresso pela metade do preço para algum espetáculo da Broadway hoje à noite. Depois iria à Steve Madden, em Chelsea, para ver o que encontraria em liquidação. E passaria por todas as galerias, compraria seis presilhas para o cabelo por um dólar no mercado das pulgas em Columbus, jantaria no Virgil's e iria ao espetáculo.

— Maravilha! Vamos nessa! — Maxi se sentou, ereta, nua, coberta de lama, com uma coisa grudenta puxando-lhe o cabelo para trás, e tirou as rodelas de pepino dos olhos. — Onde estão os meus sapatos? — olhou para si mesma. — Onde estão as minhas roupas?

— Deite-se — falei, soltando uma risada. Maxi tornou a deitar-se.

— O que é Steve Madden?

— É uma loja de sapatos maravilhosa. Uma vez eu entrei lá e eles estavam fazendo a Liquidação "Sem Essa de Pé Grande". Todos os tamanhos quarenta estavam pela metade do preço. Acho que foi o dia mais feliz da minha vida, em termos de calçados.

— Mas que legal! — falou Maxi, em tom de sonho. — Ah, sim, e o Virgil's?

— Churrasco — falei. — Eles têm umas costeletas e um frango frito, e uns biscoitinhos com manteiga de bordo... mas você é vegetariana, não é?

— Só para constar nos livros — disse Maxi. — Eu adoro costeletas.

— Você acha que dá para ir? Quero dizer, as pessoas não vão reconhecê-la? E a April? — olhei-a, com ar tímido. — E... sabe, não quero pressioná-la nem nada, mas se pudéssemos conversar sobre o seu filme durante um instantinho... para eu poder escrever o meu artigo e a minha editora não me matar.

— Mas, é claro — falou Maxi, com grandiloqüência. — Pode perguntar o que quiser.

— Mais tarde — falei. — Não quero me aproveitar.

— Ah, vai nessa! — disse ela, com uma risadinha alegre, e começou a escrever o meu artigo. — "Maxi Ryder está nua num spa do centro da cidade, coberta de essências aromáticas, refletindo sobre seu amor perdido."

Apoiei-me em cima do cotovelo para poder olhar para ela.

— Você vai mesmo querer falar do amor perdido? É que esse era o ponto sobre o qual April fez a maior questão. Só queria que os repórteres lhe fizessem perguntas sobre o seu trabalho.

— Mas ser atriz é isso: você pega a sua vida, a sua angústia, e a coloca para trabalhar a seu favor — ela respirou profundamente, numa atitude de limpeza interna. — Tudo serve a um propósito — disse. — Eu sei que se me chamarem para fazer uma mulher desprezada... digamos, dispensada publicamente num programa de entrevistas... estarei pronta.

— Você acha isso ruim? Meu ex-namorado escreve a coluna de sexo para homens na *Moxie*.

— É mesmo? — perguntou Maxi. — Eu saí na *Moxie* no último outono. "Maxi na *Moxie*." Foi uma besteirada. O seu ex escreve sobre você?

Soltei um suspiro sofrido.

— Sou o tópico favorito dele. E não é nada divertido.

— O quê? — perguntou ela. — Falou sobre coisas pessoais?

— Falou — disse eu. — Meu peso, para começar.

Maxi se sentou na cama novamente.

— "Amando uma Mulher Avantajada"? Era você?

Droga! Será que todo mundo tinha lido aquela porcaria?

— Era eu, sim.

— Uau! — Maxi ficou olhando para mim, não para tentar adivinhar o quanto eu peso, espero, ou se era de fato mais do que Bruce. — Li no avião — disse ela, meio que se desculpando. — Normalmente, não leio a *Moxie*, mas era um vôo demorado, cheio de tédio, e acabei lendo o que não leio em três meses...

— Você não precisa se desculpar — falei. — Tenho certeza de que muita gente leu.

Ela tornou a se deitar.

— Foi você que o chamou de bidê humano? — perguntou.

Mesmo debaixo daquela camada de lama, senti meu rosto enrubescer.

— Nunca na cara dele — falei.

— Bem, poderia ter sido pior. Eu fui dispensada num especial da Barbara Walters — Maxi falou.

— Eu sei — falei. — Eu vi.

Ficamos em silêncio, enquanto o pessoal do spa retirava a lama com meia dúzia de mangueiras. Senti-me como um animalzinho de estimação exótico e mimado... isso, ou um corte de carne particularmente caro. Depois, fomos recobertas de sal grosso, nos esfregaram, tornaram a nos dar uma ducha, nos vestiram com roupões quentinhos e nos mandaram para uma facial.

— Acho que foi pior para você do que para mim — ponderei, enquanto deixávamos secar nossas máscaras de argila. — Quero dizer que quando Kevin falou em terminar um relacionamento longo, todos que estavam assistindo sabiam que ele se referiu a você. Mas com o artigo, as únicas pessoas que sabiam que C. era eu eram...

— As pessoas que conheciam você — disse Maxi.

— É. Por aí — soltei um suspiro.

Com toda a alga marinha, o sal e a música *New Age*, e o carinho das mãos de Charles me massageando com óleo de amêndoas, eu tinha a sensação de estar envolta numa nuvem deliciosa, quilômetros acima do mundo, distante de telefones que não tocam, de colegas invejosos e divulgadores presunçosos. Distante do meu peso... tanto que não estava nem aí para o que Charles & Cia. estariam pensando, enquanto me esfregavam e besuntavam e giravam para lá e para cá. Só havia eu e a tristeza, mas até isso não estava pesando tanto no momento. Eu só sabia que estava lá, como o meu nariz, como a cicatriz logo acima do meu umbigo, que arranjei de tanto cutucar a ferida da catapora aos seis anos de idade. Apenas mais uma parte de mim.

Maxi pegou minha mão.

— Somos amigas, não somos? — disse.

E eu pensei, por um instante, que ela provavelmente não estava sendo sincera — que isso era a sua versão das breves amizades que duram apenas as seis semanas de gravação de um filmezinho. Mas não liguei.

Retribuí-lhe o aperto e disse:

— Somos, sim. Somos amigas.

— Sabe o que eu acho? — perguntou-me.

Maxi levantou um dedinho e instantaneamente havia mais quatro doses de tequila na nossa frente, cada qual paga, sem dúvida, por algum adorador diferente. Ela pegou um copo e me olhou. Fiz o mesmo, e ambas entornamos a tequila, fazendo caretas por causa da ardência. Tínhamos acabado, afinal, no *Hogs and Heifers*. Almoçamos tarde no Virgil's, costeletas, frango na brasa, doce de banana com queijo ralado. Depois, cada uma comprou meia dúzia de pares de sapatos na Steve Madden, com base no pensamento que mesmo se nos sentíssemos gordas, nossos pés não se sentiriam. Em seguida, passamos ao *Beauty Bar*, onde compramos toda sorte de cosméticos (eu me ative às sombras de tonalidade areia e cremes para disfarçar a pele. Maxi fez uma extravagância com tudo que tinha brilho). Acabei gastando muito mais do que a minha intenção de gastar com sapatos e maquiagem durante o próximo ano inteiro, e possivelmente muitos anos mais, mas pensei, ora, quando será a próxima vez que vou sair para fazer compras com uma estrela de cinema?

— Sabe o que eu acho? — repetiu.

— O quê?

— Acho que nós temos muita coisa em comum. Essa coisa do corpo — disse.

Franzi a testa para ela.

— Hein?

— Somos comandadas por nossos corpos — declarou, e tomou um golinho da cerveja que alguém tinha mandado servir. Para mim, aquilo soou muito profundo. Talvez porque eu já estivesse muito bêbada.

— Você está presa a um corpo que acha que os homens não querem...

— É um pouco mais do que teoria a essas alturas — falei, mas Maxi não estava disposta a interromper seu monólogo.

— Eu tenho medo de começar a comer as coisas que quero e deixar de ter o corpo que tenho, de que ninguém mais vá me querer. Pior do que isso — falou, com o rosto iluminado, através da fumaça do cigarro —, de que ninguém vá me pagar. Também estou presa. Mas o que realmente nos prende são percepções. Você acha que precisa perder peso para que alguém a ame. Eu acho que se ganhar peso ninguém vai me amar. O que nós precisamos realmente — disse ela, dando um soco no balcão para maior ênfase —, é parar de pensar em nós mesmas como corpos e começar a pensar em nós mesmas como gente.

Fiquei olhando-a, com um ar de admiração.

— Isso é profundo.

Maxi tomou um gole da cerveja.

— Ouvi no programa da Oprah.

Eu tomei mais um trago.

— A Oprah é profunda. Mas não posso deixar de dizer que, considerando todos os prós e os contras, eu preferiria estar presa a um corpo como o seu do que como o meu. Pelo menos, poderia usar biquínis.

— Mas você não está vendo? Estamos ambas aprisionadas. Em prisões de carne.

Soltei uma risadinha. Maxi ficou ofendida.

— O quê, você não concorda?

— Não — falei, zombando dela. — Só acho que Prisões de Carne parece nome de filme pornô.

— Está bem — falou Maxi, depois que parou de rir. — Mas acho que eu tenho razão.

— Claro que tem — disse. — Eu sei que não deveria sentir o que sinto com relação à minha aparência. Quero viver num mundo onde as pessoas são julgadas pelo que são e não pelo tamanho de roupa que vestem — soltei um suspiro. — Mas quer saber o que eu quero muito mais do que isso? — Maxi me olhou com um ar de expectativa. Hesitei um pouco, e tomei mais uma tequila. — Quero esquecer o Bruce.

— Tenho uma teoria sobre isso aí também — anunciou Maxi, com ar triunfal. — A minha teoria — disse ela — é que o ódio funciona — fez tim-tim com seu copo contra o meu. Tomamos nossos tragos e colocamos os copos de cabeça para baixo, em cima do balcão pegajoso, sob o balouçante varal de sutiãs que um dia sustentaram os seios de gente famosa e que hoje decoravam o bar.

— Não consigo odiá-lo — falei entristecida.

De repente, pareceu-me que meus lábios estavam formando palavras a um palmo ou dois do meu rosto, como se decidissem se separar do resto do corpo e partir em busca de pastagens mais verdejantes. Era um efeito colateral comum quando eu começava a exagerar nas libações. Isso, e mais uma sensação de liquidez nos joelhos, pulsos e cotovelos, como se as minhas juntas estivessem se desarticulando. Quando me embebedava, começava a me lembrar de coisas. E, neste exato momento, por estar tocando o Grateful Dead na *jukebox* ("Cassidy", acho), o que eu estava recordando era de termos ido pegar o George, amigo de Bruce, para irmos ao concerto deles, e, enquanto esperávamos, fugimos para o estúdio e eu lhe dei um boquete rápido, mas extremamente acalorado, embaixo da cabeça de veado empalhada e pendurada no alto da parede. Fisicamente, eu estava sentada no *Hogs and Heifers*, mas, em minha mente, estava de joelhos na frente de Bruce, agarrando a bunda dele com as mãos, enquanto ele me apertava o peito com os joelhos e tremia balbuciando que me amava, achando que eu tinha sido feita para isso, somente para isso.

— Consegue, sim — instou Maxi, arrancando-me daquele porão de paixão e trazendo-me para o presente encharcado de tequila. — Eu queria que você me dissesse a pior coisa a respeito dele.

— Ele era largadão.

Ela retorceu o nariz de uma maneira adorável.

— Não é tão mau assim.

— Ah, você não faz idéia! Era peludo à beça, sabe, entupia o ralo do chuveiro, e nunca limpava depois do banho. Ainda por cima, de vez em quando ele pegava e juntava um montinho daquela nojeira de cabelo misturado com sabão e colocava num canto da banheira. Na primeira vez que eu vi, gritei.

Tomamos mais um trago. O rosto de Maxi estava vermelho, os olhos reluziam.

— E também — continuei — ele tinha as unhas do pé horríveis — soltei um arroto, com a máxima delicadeza de que fui capaz, contra o verso da mão. — Eram amarelentas, grossas, mal cortadas...

— Fungos — falou Maxi, em tom professoral.

— E tinha o minibar dele! — falei, mais animada com esta. — Toda vez que os pais dele tomavam um avião, traziam essas garrafinhas de vodka ou uísque, que ele guardava numa caixa de sapatos. Bastava alguém vir tomar uma bebida que ele dizia: "Tome uma do minibar" — aí eu parei e ponderei. — Na verdade, isso até que era legal.

— Eu já ia dizer — concordou Maxi.

— Mas encheu um pouco depois. Sabe, às vezes, eu chegava cansada, com dor de cabeça, a fim de uma vodka com tônica, e lá ia ele para o minibar. Acho que era pão-duro demais para comprar uma garrafa por conta própria.

— E me diga uma coisa — falou Maxi. — Ele era bom de cama?

Tentei escorar a cabeça na mão, mas o cotovelo não cumpriu sua função e acabei quase quicando a testa no balcão do bar. Maxi riu de mim. O garçom franziu a testa, desconfiado. Eu pedi um copo de água.

— Quer mesmo saber a verdade?

— Não, eu quero que você minta para mim. Eu sou uma estrela de cinema. Todo mundo mente para mim.

— A verdade — falei —, a verdade era que...

Maxi estava rindo, se inclinando mais para perto de mim.

— Ah, Cannie, vá, me conte.

— Bem, ele estava sempre disposto a fazer coisas novas, o que eu gostava...

— Ande. Sem editorar... sem editar... — ela fechou os olhos, e a boca. — Sem cortes. Eu fiz uma pergunta simples. Ele era bom?

— A verdade... — tentei novamente. — A verdade é que ele era muito... pequeno.

Os olhos dela se arregalaram.

— Pequeno, você quer dizer... lá?

— Pequeno — repeti. — Minúsculo. Microscópico. Infinitesimal! — pronto. Se consegui pronunciar essa palavra, era porque não estava tão embriagada quanto pensei. — Peraí! Não quando estava duro. Quando estava duro, era de um tamanho bastante normal. Mas quando mole, era como se recolhesse para dentro exatamente como uma luneta, para dentro do corpo, e ficava igual a uma... — tentei dizer, mas estava me retorcendo de tanto rir.

— O quê? Vá, Cannie. Pare de rir. Sente-se direito e me fale.

— Uma espiguinha de milho cabeluda — consegui dizer finalmente. Maxi se escangalhou de rir. Seus olhos se encheram de lágrimas, e eu fui descambando para o lado até que minha cabeça pousou no colo dela.

— Espiga cabeluda! — repetiu ela.

— Psiu! — fiz para que ela se calasse, enquanto tentava me endireitar.

— Espiga cabeluda!
— Maxi!
— O quê? Você acha que ele vai me ouvir?
— Ele mora em New Jersey — falei, muito seriamente.

Maxi subiu em cima do balcão do bar e juntou as mãos em concha ao redor da boca.

— Atenção, clientes deste bar! — gritou. — O Espiga Cabeluda mora em New Jersey.

— Se você não estiver a fim de nos mostrar os peitos, saia de cima do balcão — gritou um bêbado, com chapéu de caubói. Maxi, com muita elegância, mostrou-lhe o dedo médio e desceu do balcão.

— Pronto! Já virou nome próprio — disse ela. — Espiga Cabeluda. Sr. Espiga Cabeluda.

— Você não pode falar nada para ninguém. Ninguém — falei, com a voz arrastada.

— Não se preocupe. Não vou falar. E eu duvido muito que eu e o Sr. Espiga Cabeluda freqüentemos os mesmos círculos.

— Ele mora em New Jersey — repeti, e Maxi riu até sair tequila pelo nariz.

— Então, basicamente — falou ela, assim que conseguiu parar de espirrar —, você está com saudade de um cara que tem o pinto pequeno e que a maltratou?

— Ele não me maltratou — falei. — Ele era muito meigo... e atencioso... e...

Mas ela não me deu ouvidos.

— Os meigos e atenciosos custam dez centavos a dúzia. E eu sinto informar que os pintos pequenos também. Você merece mais do que isso.

— Eu preciso esquecê-lo.

— Então, esqueça. Eu insisto.

— Qual é o segredo?

— Ódio! — disse Maxi. — Como eu já disse.

Mas eu não conseguia odiá-lo. Queria, mas não conseguia. Contra a minha vontade, recordei de uma coisa tremendamente carinhosa. Uma vez, perto do Natal, pedi que ele fingisse ser o Papai Noel e eu fingiria que estava no shopping para tirar uma fotografia. Aboletei-me no colo dele, com os pés firmemente plantados no chão para não depositar todo o meu peso nele, e sussurrei-lhe ao ouvido: "É verdade que esse negócio do Papai Noel só funciona uma vez por ano?" Pois ele riu à beça, e se engasgou quando eu coloquei a mão contra o peito dele e o empurrei, e ele caiu deitado na cama e eu me aconcheguei toda enquanto ele cantou, de improviso e totalmente desafinado, uma versão maravilhosa de *All I want for christmas is you*.

— Tome — disse Maxi, colocando uma dose de tequila na minha mão. — Remédio.

Eu derrubei. Ela agarrou o meu queixo e me fitou nos olhos. Parecia haver duas dela — olhos azuis, cada um do tamanho de um pires, cabelos cacheados caindo em cascatas, sardas geometricamente distribuídas pelo rosto, o queixo um pouquinho pontudo demais, para que ela não fosse perfeita, mas sim atordoantemente encantadora. Eu pisquei e ela voltou a ser uma pessoa só outra vez. Maxi me analisou com atenção.

— Você ainda o ama — disse.

Baixei a cabeça e sussurrei:

— Ainda.

Ela soltou o meu queixo. Minha cabeça bateu no balcão. Maxi me ergueu de novo pelas presilhas do cabelo. O garçom estava ficando preocupado.

— Parece que ela já bebeu o suficiente — falou.

Maxi o ignorou.

— Talvez seja uma boa telefonar para ele — falou ela.

— Não posso — disse-lhe, dando-me conta subitamente de que estava muitíssimo bêbada. — Vou bancar a boba.

— Existem coisas piores do que bancar a boba — disse ela.

— O quê, por exemplo?

— Perder alguém que você ama por causa de um orgulho que não lhe permite telefonar e abrir o jogo — falou ela. — Isso é pior. Vamos: qual é o número?

— Maxi...

— Eu quero o número.

— Essa idéia não é legal.

— Por quê?

— Porque... — soltei um suspiro, sentindo de repente toda a pressão da tequila no crânio. — Porque, ora, e se ele não me quiser?

— Então é melhor você ficar sabendo disso logo de uma vez por todas. Aí a gente faz exatamente do mesmo modo que um cirurgião: cauteriza a ferida. E eu vou lhe ensinar o poder restaurador de sentir por ele um ódio mortal — ela me esticou a mão no ar com o telefone. — Vamos. O número.

Peguei o telefone. Era uma coisinha minúscula, um brinquedo, menor que o meu polegar. Eu o abri desajeitadamente, e apertei os olhos para enxergar, pressionando os algarismos com o dedo mindinho.

Ele atendeu ao primeiro toque.

— Alô?

— Oi, Bruce. É a Cannie.

— Ooo-ii! — disse ele, devagar, parecendo surpreso.

— Sei que é um tanto estranho, mas estou em Nova York, num bar, e você não vai adivinhar com quem estou...

Parei para tomar fôlego. Ele não disse nada.

— Preciso lhe dizer uma coisa...

— Hum, Cannie...

— Não, eu quero, preciso... você só tem de escutar. Ouça bem — finalmente consegui dizer. As palavras saíram num turbilhão. — Foi um erro terminar com você. Agora eu sei. E, Bruce, estou muito sentida... morro de saudade de você, e isso só vai piorando a cada dia que passa, e eu sei que não mereço, mas se você me desse outra chance, eu seria muito legal com você...

Ouvi as molas rangendo quando ele mudou de posição na cama. E a voz de outra pessoa ao fundo. Voz de mulher.

Estreitei os olhos para enxergar o relógio na parede, atrás dos sutiãs pendurados. Era uma da madrugada.

— Mas, eu estou interrompendo — falei, bobamente.

— Pois é, Cannie, na verdade, a hora não é lá muito boa...

— Achei que você precisava de espaço — falei — por causa da morte do seu pai. Mas não é isso, né? É comigo. Você não me quer.

Ouvi um impacto e depois uma conversa distante, murmurada. Ele provavelmente colocou a mão em cima do bocal do aparelho.

— Quem é ela? — berrei.

— Ei, Cannie, haveria uma boa hora para eu ligar de volta? — perguntou Bruce.

— Você vai escrever sobre ela? — gritei. — Ela vai virar uma inicial na sua maravilhosa, fabulosa coluna? Ela é boa de cama?

— Cannie — falou Bruce —, me deixe ligar de volta para você outra hora?

— Não. Não se preocupe. Não precisa ligar — falei, e comecei a apertar várias teclas do telefone, até achar o botão de desligar.

Entreguei o telefone de volta para Maxi, que me fitava com seriedade.

— Parece que não foi legal — falou ela.

Senti o ambiente todo rodar. Tive a impressão de que iria vomitar, e a sensação de que jamais tornaria a sorrir na vida, que em algum lugar do meu coração seria sempre uma hora da madrugada, e que eu estaria ligando para o homem que eu amava, e que haveria outra mulher na cama dele.

— Cannie, você está me ouvindo? Cannie, o que é que eu devo fazer?

Levantei a cabeça do balcão do bar. Esfreguei os olhos com os punhos. Respirei fundo, estremecendo um pouco.

— Ora, me arranje mais tequila — falei — e me ensine a odiar.

Mais tarde — muito mais tarde — no táxi de volta para o hotel, recostei a cabeça no ombro de Maxi, porque não conseguia mesmo mantê-la erguida. Sabia que estava tudo acabado: eu não tinha mais nada a perder, mais nada mesmo. Ou talvez eu já tivesse perdido a coisa mais importante. E que diferença fazia? pensei. Coloquei a mão na bolsa, tentando encontrar o manuscrito do meu roteiro, agora todo grudento de tequila, que eu havia enfiado ali dentro um milhão de anos atrás, pensando em revisar as cenas finais na viagem de trem de volta para casa.

— Tome — soltei, com a fala arrastada, enfiando-o nas mãos de Maxi.

— Ah, é para mim? — falou Maxi, carinhosamente, dando início ao que me pareceu a sua tirada padrão quando algum desconhecido lhe dava um presente. — Que é isso, Cannie? Não precisava!

— Não — falei, quando breves laivos de nexo despontaram em meio à névoa do álcool. — Provavelmente eu nem deveria, mas faço questão.

Maxi, enquanto isso, já estava folheando ebriamente as páginas.

— Que é isso?

Soltei um soluço e resolvi. Já que tinha ido tão longe, para que mentir?

— É um roteiro que escrevi. Achei que talvez você pudesse gostar, quando ficar entediada no avião de novo — soltei mais um soluço. — Não quero forçar a barra...

As pálpebras de Maxi estavam só entreabertas. Ela enfiou o roteiro na sua mochilinha preta, estragando as primeiras trinta páginas ao fazê-lo.

— Não se preocupe com isso.

— Não precisa ler se não quiser — falei. — E se ler e não gostar, pode me falar. Não se preocupe em não magoar os meus sentimentos — soltei um suspiro. — Ninguém se preocupa.

Maxi se inclinou para perto de mim e me deu um abraço desajeitado. Senti os ossos de seu cotovelo me cutucando, quando ela me apertou.

— Pobre Cannie! Não se preocupe. Eu vou cuidar de você.

Olhei firme para ela, tão desconfiada quanto bêbada.

— Vai?

Ela assentiu com violência, com os cachinhos balançando para cima e para baixo.

— Vou cuidar de você — falou —, se você cuidar de mim. Se você for minha amiga, então vamos tomar conta uma da outra.

NOVE

Acordei numa suíte de hotel, numa cama imensa, com o meu vestido preto fora de moda. Alguém tirara as minhas sandálias e as colocara ajeitadinhas ao pé da cama.

O sol penetrava através das janelas em raios oblíquos, fazendo listras luminosas no carpete cor de marfim e no edredom cor-de-rosa que me dava a sensação de um beijo no corpo inteiro. Ergui a cabeça. Ai! Que erro! Cuidadosamente, baixei a cabeça de volta sobre os travesseiros e tornei a fechar os olhos. Parecia que alguém tinha amarrado uma tira de aço em torno do meu crânio e estava apertando devagarzinho. Dava a impressão de que o meu rosto estava encolhendo. Parecia que tinha alguma coisa grudada à minha testa.

Levantei as mãos e tirei um pedaço de papel, que de fato tinha sido grudado na minha testa, e comecei a ler.

Querida Cannie,
Desculpe tê-la deixado num estado desses, mas o meu avião partia cedo (e April está passada comigo... mas tudo bem. Valeu a pena). Fiquei muito mal com o que aconteceu ontem à noite. Sei que a forcei a ligar para ele e a notícia que você recebeu foi horrível. Imagino como está se sentindo agora! Já senti isso antes (estou falando da tequila e do coração partido).

Por que não me liga amanhã, quando voltar para casa e, espero, estiver se sentindo melhor? O meu número está aí embaixo.

Espero que você me perdoe e que ainda sejamos amigas.

Haverá um carro à sua espera na frente do hotel o dia inteiro, para levá-la para casa — presentinho meu. (A bem da verdade, da April!) Por favor, ligue logo.

Um abraço,
Maxi Ryder

E, ao fim, havia uma série de números telefônicos: Austrália. Escritório. Inglaterra. *Pager*. Celular. Fax. Fax alternativo. E-mail.

Fui até o banheiro, com bastante cuidado, onde vomitei ruidosa e totalmente. Maxi deixara aspirina em cima da pia, juntamente com o que parecia ser um pacote fechado de produtos de toucador Kiehl, que custaria algumas centenas de dólares, e duas garrafas grandes de água Evian, ainda geladas. Engoli três aspirinas, tomei uns golinhos da água, bem devagar, e espiei o meu rosto no espelho. Argh! Horrível. Pele pálida, gosmenta, manchada, cabelo ensebado, olheiras profundas e toda maquiagem que eu experimentara no *Beauty Bar* espalhada para tudo que era lado. Estava considerando a relação custo-benefício de um banho quente demorado, quando soou uma batida de leve na porta.

— Serviço de quarto — falou o garçom, e empurrou gentilmente o carrinho para dentro. Café quente, chá quente, quatro tipos de suco e torradas sequinhas. — Espero que a senhorita esteja se sentindo melhor — disse ele, atenciosamente. — A Srta. Ryder tomou providências para que a diária só vença mais tarde.

— Até que horas? — perguntei. Minha voz soou estridente.

— Até quando a senhora quiser — falou ele. — Não se apresse. Fique à vontade.

Ele abriu as cortinas, revelando uma vista panorâmica da cidade.

— Uau! — exclamei.

A luz do dia feriu-me os olhos feito faca, mas o poder daquela vista era inegável. Avistei o *Central Park* estendido ante os meus olhos, salpicado de gente e de árvores, com as folhas ficando alaranjadas e douradas. Depois, o perfil dos arranha-céus à distância. E o rio. E New Jersey. "*Ele mora em New Jersey*", foi como se me ouvisse dizer.

— É a suíte da cobertura — falou ele, e foi embora.

Eu me servi de chá, coloquei açúcar, belisquei umas torradinhas. A banheira, observei entristecida, era grande o suficiente para dois — a bem da verdade, era provavelmente grande o suficiente para três, se os ocupantes tivessem tal inclinação. Os ricos são diferentes, ponderei, e abri a água o mais quente que pude agüentar, despejei tanta loção espumante com poderes garantidamente restauradores que eu deveria sair da banheira renascida, ou pelo menos com um aspecto muito melhor, e tirei o vestido pela cabeça.

Meu segundo erro da manhã. Havia espelhos em todo canto do banheiro, espelhos oferecendo ângulos de visão que normalmente não se encontra nas lojas. E o terreno não tinha um aspecto nada agradável. Fechei os olhos para barrar a visão das estrias e da celulite. "Eu tenho pernas fortes e bronzeadas", falei para mim mesma. Tínhamos praticado auto-elogio na aula de gordura da semana passada. "Tenho ombros belíssimos." E entrei na banheira.

Então, pensei com amargura, ele tinha outra pessoa. E, o que eu achava que iria acontecer? Ele é judeu, formado, alto e correto, e bem-apanhado, e alguém certamente o apanharia.

Girei dentro da banheira e derramei uma cachoeira de água no chão do banheiro.

Mas ele me amava, pensei. E vivia me dizendo isso. Achava-me perfeita... achava que éramos perfeitos juntos. E dez minutos depois coloca outra na cama? Fazendo as coisas que jurava só querer que eu fizesse?

A voz retornou, implacável. *Mas foi você que quis dar um tempo. O que você esperava?*

— Filadélfia, não é, senhorita?

O motorista era russo, e usava um boné de motorista de verdade. O carro, como não poderia deixar de ser, era uma limusine, com um banco traseiro maior do que minha cama e provavelmente maior do que meu quarto também. Espiei tudo por dentro. Havia o indispensável aparelho de televisão, um vídeo, um aparelho de som sofisticado... e, claro, um bar. Diferentes licores reluzindo em belas garrafas de cristal e uma série de copos enfileirados. Meu estômago girou devagar.

— O senhor me dá uma licencinha? — desculpei-me, e voltei correndo para o saguão. Banheiros de saguão de hotel também são um excelente lugar para se vomitar.

O motorista estava tranqüilo, quando retornei ao carro.

— A senhorita prefere pegar a rodovia?

— O que for mais fácil — falei, ajeitando-me no assento, enquanto ele colocava na mala a minha mochila, caixas de sapato e bolsas de compra da *Beauty Bar*.

Havia um telefone no banco de trás, ao lado dos aparelhos de som e TV, e eu o peguei de repente, suando de aflição para saber se Bruce tentara entrar em contato comigo ontem à noite. Havia um único recado na minha secretária: "Oi, Cannie, é o Bruce, em resposta ao seu telefonema. Vou passar alguns dias em casa, então talvez eu ligue para você mais perto do fim da semana." Nem *Desculpe-me!* Nem *Aquilo foi um pesadelo*. A ligação foi feita às onze horas da manhã, provavelmente depois de ele ter tido tempo para uma rodada matinal e um *waffle* belga com a Senhorita Range Molas, que jamais, graças ao meu treinamento, se referiria a ele como Bidê Humano e provavelmente não pesava mais que ele.

Fechei os olhos. Fiquei muito magoada.

Desliguei o telefone quando entramos na rodovia de New Jersey a mais de cento e trinta quilômetros por hora, passando direto pela saída que me levaria à porta da casa dele. Batuquei brevemente na janela com apenas dois dedos, enquanto tomávamos velocidade. Oi, e adeus.

O dia de domingo passou enevoado por lágrimas e vômito na casa de Samantha, onde Nifkin e eu descambamos, para não ouvir o telefone não tocar. Samantha, pelo visto, estava se esforçando ao máximo para não dizer que tinha-me avisado. Segurou mais do que eu teria segurado — até domingo à noite, quando finalmente esgotou as perguntas que tinha para fazer sobre Maxi e o assunto caiu em Bruce e o desastrado telefonema.

— Você quis dar um tempo por algum motivo — disse ela.

Estávamos sentadas na Pink Rose Pastry Shop. Ela estava beliscando um biscoitinho. E eu dando umas garfadas numa bomba com a forma e o tamanho de uma bola de beisebol, o melhor antídoto legal contra a angústia humana que encontrei, imaginando que não fazia diferença alguma porque eu não comia nada desde a tarde anterior, em Nova York, com Maxi.

— Eu sei — falei —, só não me lembro mais por quê.

— E ponderou tudo muito bem antes de falar com ele, não foi?

Assenti com a cabeça, simplesmente.

— Então, não deveria ao menos considerar a possibilidade de ele encontrar outra pessoa?

A impressão era de que aquilo havia sido há muitíssimo tempo, mas eu tinha considerado, sim. A uma certa altura, tinha até torcido para que isso acontecesse, que ele encontrasse uma garotinha, com a cabeça de vento, pulseira no tornozelo e sovaco cabeludo, que dormisse tarde e ficasse doidona com ele, enquanto eu trabalhava duro, vendia meus roteiros e chegava à lista dos "Trinta com Menos de Trinta", da revista *Time*. Houve uma vez em que fui capaz de contemplar essa possibilidade sem lágrimas, náusea e/ou uma vontade danada de morrer, de matá-lo, ou de matá-lo primeiro e depois morrer.

— Havia razões para as coisas não estarem dando certo — falou Samantha.

— Repita quais eram, por favor.

— Ele não gostava de ir ao cinema — Samantha disse.

— Eu vou ao cinema com você.

— Ele não gostava de ir a lugar nenhum!

— Então eu iria morrer se ficasse em casa? — dei uma garfada com tanta força na bomba que ela virou de cabeça para baixo e o creme escorreu de dentro. — Ele era um cara muito legal. Legal e carinhoso. E eu, uma boba.

— Cannie, ele a comparou com a Monica Lewinsky numa revista de circulação nacional!

— Ora, isso não é a pior coisa do mundo! Não é igual a me trair, por exemplo.

— Já sei o que é! — disse Samantha.

— O quê?

— É uma questão de querer o que você não pode ter. É a lei do universo: ele a amou, você se sentiu entediada e sufocada. Agora, ele seguiu adiante e você está desesperada para tê-lo de volta. Mas pense bem, Cannie... será que alguma coisa mudou mesmo?

Quis dizer-lhe que sim — que eu conseguira uma visão mais minuciosa das outras opções no meu universo de namoro, e que o nome de uma delas era Steve, usava sandálias Teva e não considerava sequer a possibilidade de ficarmos juntos depois de sairmos à noite.

— Você acabaria terminando com ele novamente, e isso não é justo.

— Por que eu tenho de ser justa? — gemi. — Por que não posso ser egoísta, perversa e nojenta, como todo o resto do mundo?

— Porque você é uma pessoa boa — disse ela. — Por pior que isso possa parecer.

— Como é que você sabe? — questionei-a.

— Pois bem. Você está levando Nifkin para passear e percebe que se puxar o carro um pouquinho mais para a frente vai sobrar mais uma vaga, em vez de um espacinho daqueles que parece uma vaga mas não cabe um carro. Você ajeitaria o seu carro?

— Ah, ajeitaria, ué! Você não?

— A questão não passa por aí. Isso apenas prova o que estou dizendo. Você é uma boa pessoa.

— Eu não quero ser uma boa pessoa. Quero pegar o meu carro, ir até New Jersey e tirar aquela piranha da cama dele a pontapés...

— Eu sei... — disse ela. — Mas não pode.

— E por que não? — indaguei.

— Porque você vai acabar na cadeia e eu não vou ficar cuidando do seu cachorrinho esquisito a vida toda.

— Ótimo! — suspirei.

O garçom chegou à nossa mesa, olhando para os nossos pratos.

— Terminaram?

Fiz que sim com a cabeça.

— Terminamos, sim. Não quero mais — falei.

Sam me disse que eu poderia dormir na casa dela, mas resolvi que não iria ficar me escondendo a vida toda, de forma que peguei Nifkin e fui-me embora para casa. Subi as escadas a custo, com as mãos abarrotadas da correspondência do sábado, e lá estava ele, parado à minha porta. Fui vendo-o por partes — seu segundo melhor par de sapatos de passeio, já desgastados pelo andar arrastado... depois, as meias esportivas, desencontradas... depois, as pernas bronzeadas e peludas entraram no meu campo de visão, à medida que fui subindo. Bermudas de moleton, uma camiseta velha da faculdade, o cavanhaque, o rabo-de-cavalo alourado, o rosto. Senhoras e senhores, recém-saído de seu encontro com a Srta. Range Molas: Bruce Guberman.

— Cannie?

Senti-me tão estranha, como se o coração quisesse diminuir e crescer ao mesmo tempo. Ou talvez fosse só mais um surto de náuseas.

— Sabe — disse ele —, eu, hum, peço desculpas por ontem à noite.

— Não tem do que se desculpar — falei, descontraída, desviando-me dele e indo direto destrancar a porta. — O que o traz aqui?

Ele entrou, com os olhos postos nos cadarços dos sapatos e as mãos enfiadas nos bolsos.

— Na verdade, estou indo para Baltimore.

— Bom para você! — falei, dando uma olhadela séria na direção de Nifkin, na esperança de que isso o impedisse de sair pulando no colo de Bruce, pois o rabinho já estava balançando em ritmo acelerado.

— Eu queria falar com você — disse ele.

— Bom para mim — retruquei.

— Eu ia lhe contar. Ia contar antes que você lesse a respeito — falou.

Ah, que maravilha! Eu teria de conviver com isso e também ler sobre o assunto?

— Ler onde? — perguntei.

— Na *Moxie* — disse ele.

— Na verdade, a *Moxie* não é uma das minhas prioridades de leitura — disse-lhe. — Eu já sei chupar direitinho. Conforme você deve se lembrar.

Ele respirou fundo, e eu já sabia o que era, já sabia o que estava vindo, como a gente sente a mudança da pressão atmosférica e sabe que a tempestade está a caminho.

— Eu queria que você soubesse que estou vendo outra pessoa.

— É mesmo? Quer dizer que você não ficou de olhinhos fechados a noite inteira ontem?

Ele não riu.

— Qual é o nome dela?

— Cannie — falou ele, delicadamente.

— Eu me recuso a acreditar que você tenha encontrado outra garota chamada Cannie. Agora, diga. Vamos. Idade? Posto? Número de série? — perguntei brincando, escutando minha voz como que a um milhão de quilômetros de distância.

— Ela tem trinta e um anos... professora do pré-escolar. Também tem um cachorro.

— Ótimo! — falei, com sarcasmo. — Aposto que temos muitas e muitas outras coisas em comum. Vou adivinhar... Aposto que ela tem seios! E cabelo!

— Cannie...

E então, só porque foi a única coisa em que consegui pensar:

— Onde foi que ela estudou?

— Hum... na estadual de Montclair.

Ótimo. Mais velha, mais pobre, mais dependente, menos inteligente. Eu estava morrendo de vontade de perguntar se ela era loura, também, só para completar a série de clichês.

Mas o que saiu foi:

— Você a ama? — com a língua meio enrolada.

— Cannie...

— Esquece. Eu sinto muito. Não tinha o direito de lhe perguntar isso. Desculpe — e sem que eu conseguisse me conter... — Você falou de mim para ela?

Ele fez que sim com a cabeça.

— Claro que sim — disse.

— Bem, e o que contou? — um pensamento horrível me cruzou a mente. — Você contou a ela sobre a minha mãe?

Bruce assentiu novamente, com um ar intrigado.

— Por quê? O que há de tão importante?

Fechei os olhos, assolada pela súbita visão de Bruce em sua cama, larga e quente, abraçado a ela, contando-lhe os segredos da minha família. "A mãe dela é 'homo', sabe?", ele diria; e a moça escutaria aquilo com uma aquiescência profissional, típica das professorinhas de pré-escolar, cheia de compaixão e sabedoria, pensando o tempo todo na aberração que eu não deveria ser!

Ouvi barulho de engasgos vindo do quarto.

— Com licença? — murmurei, e corri até lá, onde encontrei Nifkin regurgitando um saco plástico.

Limpei a sujeirada toda e voltei para a sala. Bruce estava em pé diante do sofá. Não se sentou, nem tocou em nada. Só de olhar, dava para ver que o que ele mais queria era estar de volta ao seu carro, com as janelas abertas e o Springsteen tocando nas alturas... estar longe de mim.

— Você está bem?

Respirei fundo. Gostaria que você estivesse comigo de novo, pensei. Gostaria de não ter de ouvir isso. Gostaria que nunca tivéssemos terminado. Gostaria que nunca tivéssemos nos conhecido.

— Tudo bem — falei. — Fico feliz por você.

Ficamos, então, em silêncio.

— Espero que possamos ser amigos — falou Bruce.

— Acho que não — falei.

— Bem — disse ele, e parou, e eu sabia que ele não tinha mais o que me falar, e que só havia mesmo uma coisa que ele queria ouvir.

Então, dei a ele o que queria:

— Adeus, Bruce! — falei, já abrindo a porta, e parei ali, esperando, até que ele foi embora.

Aí, chegou a segunda-feira, e eu voltei ao trabalho, sentindo-me enjoada e em estado permanente de dormência. Fiquei arrumando as coisas em cima da minha mesa, verificando desanimadamente a correspondência, que trazia as reclamações de sempre dos "velhos e zangados", e mais uma coletânea de missivas de fãs do comediante Howard Stern bastante insatisfeitos com a crítica que eu tinha feito de sua última aparição na tevê. Estava tentando imaginar uma carta padronizada que servisse para todos os dezessete que me chamavam de feia e velha, e me acusavam de ter inveja de Howard Stern, quando Gabby entrou saçaricando.

— Como foi lá com a tal Maxi Não-Sei-Do-Quê? — perguntou.

— Muito bem — respondi, com o melhor sorriso impassível de que sou capaz.

Gabby franziu a testa.

— Porque dizem as más línguas que ela não está dando nenhuma entrevista para a imprensa. Só para a TV.

— Não se preocupe.

Mas Gabby estava preocupada. Extremamente. Provavelmente teria programado Maxi como a atração principal da coluna de amanhã — pelo simples prazer de me passar para trás — e agora teria de encher lingüiça para dar conta do espaço aberto. Encher lingüiça não era uma coisa que Gabby soubesse fazer bem.

— Então... você conversou com ela?

— Mais ou menos uma hora — falei. — Excelente matéria. Muito boa, mesmo. Nós nos demos muito bem. Acho até — falei, arrastando as palavras para prolongar a tortura — que chegamos a ficar amigas.

O queixo de Gabby caiu. Pude perceber que estava tentando resolver se me perguntava se alguém tinha mencionado a entrevista marcada entre Maxi e ela ou se ficava simplesmente torcendo para que eu não tivesse sabido disso.

— Obrigada pelo interesse — falei, com bastante simpatia. — É muito gentil da sua parte ficar cuidando de mim assim. É quase como... caramba!... como se você fosse a minha chefe — empurrei a minha cadeira para trás, me levantei e passei por ela cheia de altivez, com as costas empinadas e a cabeça erguida. Fui, então, até o banheiro e vomitei. Novamente.

De volta à minha mesa, vasculhava as gavetas em busca de uma menta ou um chiclete quando o telefone tocou.

— Redação, Candace Shapiro — falei, distraidamente. Tachinhas, cartões de visita, clipes de papel em três tamanhos e nenhuma pastilha. A história da minha vida, pensei.

— Candace, aqui é o Dr. Krushelevansky da Universidade da Filadélfia — disse uma voz profunda, conhecida.

— Ahn, ah, oi! — disse eu. — Como vai? — desisti da gaveta da escrivaninha e passei a procurar na bolsa, embora já tivesse procurado lá.

— Preciso discutir uma coisa com você — falou ele.

Isso atraiu minha atenção.

— Pois não?

— Bem, sabe aquela última amostra de sangue que tiramos... — eu me lembrava muito bem. — Surgiu uma coisinha que infelizmente a desqualifica para o estudo.

Senti as palmas da mão se enregelarem.

— O quê? O que foi?

— Prefiro discutir isso com você pessoalmente — falou ele.

Repassei rapidamente tudo o que um exame de sangue pode revelar, cada possibilidade mais horrível do que a outra.

— Estou com câncer? — perguntei. — Estou com AIDS?

— Não tem nada que coloque em risco a sua vida — disse ele, com sisudez. — E eu preferiria que você não ficasse tentando adivinhar.

— Então, basta me dizer o que há de errado — implorei. — Colesterol alto? Hipoglicemia? Escorbuto? Gota?

— Cannie...

— Estou com raquitismo? Ai, meu Deus! Por favor, raquitismo não. Não vou agüentar ser gorda e ter as pernas arqueadas.

Ele desatou a rir.

— Não é raquitismo, mas estou começando a achar que talvez você tenha a síndrome de Tourette. Mas como é que você conhece todas essas doenças? Por acaso tem uma enciclopédia de referência médica em cima da mesa?

— Ainda bem que você achou divertido — falei, melancolicamente.

— Ainda bem que você se diverte com isso, telefonar para jovens repórteres no meio do dia para dizer que tem algo errado no sangue delas.

— O seu sangue está ótimo — disse ele, com seriedade. — E eu vou lhe dizer o que encontramos sem problema algum, mas prefiro fazer isso pessoalmente.

***

Ele estava sentado à mesa quando cheguei e se levantou para me cumprimentar. Observei, novamente, a sua altura.

— Sente-se — disse ele. Coloquei a carteira e a mochila numa cadeira e me ajeitei na outra.

Ele abriu o meu fichário em cima da mesa.

— Como eu lhe disse, nós fazemos uma série de exames padrão quando tiramos sangue, procurando condições que possam desqualificar participantes do estudo. A hepatite é uma delas. AIDS, obviamente, é outra.

Assenti, curiosa para saber se ele chegaria afinal ao ponto.

— Também verificamos se há gravidez — disse ele.

Assenti novamente, pensando *tudo bem, já sei, mas o que há de errado comigo?*. E, de repente, me dei conta. *Gravidez.*

— Mas eu não estou... — gaguejei. — Sabe, não posso estar.

Ele girou o fichário para mim e apontou para um item marcado em vermelho.

— Posso marcar outro exame, com prazer — falou ele. — Mas normalmente nós temos bastante precisão.

— Eu... eu não... — e me levantei. Como é que isso foi acontecer? Minha mente estava girando. Afundei de novo na cadeira para pensar. Havia parado de tomar a pílula quando eu e Bruce terminamos, achando que passaria muito tempo até que precisasse tomar anticoncepcionais novamente, e nem me passou pela cabeça que estaria correndo risco por ocasião da *shivah*. Só poderia ter sido ali.

— Ah, meu Deus! — falei, pondo-me imediatamente de pé outra vez. Bruce. Eu precisava encontrar Bruce, precisava lhe contar, ele certamente me aceitaria de volta... *só que*, minha mente sussurrou, *e se não aceitar?* E se ele me dissesse que era uma preocupação minha, um problema meu, que ele estava com outra pessoa e eu estava sozinha.

— Oh! — falei, afundando novamente na cadeira e enterrando o rosto nas mãos. Era horrível demais até para pensar. Não notei que o Dr. K. tinha saído da sala, até que a porta se abriu e ele ficou ali parado. Trazia três copinhos de isopor em uma das mãos e um punhado de envelopinhos de açúcar e creme na outra. Ele colocou os copinhos na mesa: chá, café e água.

— Eu não sabia o que você iria querer — disse ele, em tom de desculpa. Escolhi o chá. Ele abriu a gaveta da mesa e tirou um frasco desses de apertar, em forma de urso, cheio de mel até a metade. — Você quer mais alguma coisa? — perguntou, com gentileza.

Eu fiz que não com a cabeça.

— Quer ficar sozinha um pouco? — perguntou, e eu me lembrei de que estávamos no meio de um dia de trabalho, de que havia um mundo girando à minha volta e que ele provavelmente teria outras coisas para fazer, outras gorduchas para atender.

— Você provavelmente não faz isso com freqüência, faz? — perguntei. — Dizer para as pessoas que elas estão grávidas, é disso que estou falando.

O médico se mostrou surpreso.

— Não — acabou dizendo. — Não, acho que não faço isso a toda hora — franziu o cenho. — Fiz errado?

Soltei uma risadinha fraca.

— Não sei. Ninguém me disse que eu estava grávida antes, de forma que não tenho muitos termos de comparação.

— Sinto muito — disse ele. — Suponho que seja... uma notícia inesperada.

— Acho que dá para dizer que sim — falei. De repente, fui tomada por uma lembrança vívida da Turnê da Tequila de Cannie e Maxi. — Ai, meu Deus! — falei, imaginando que a suposta criança estaria para lá de embriagada a essa altura. — Você sabe alguma coisa sobre síndrome alcoólica fetal?

— Espere um instante — disse ele, e se foi pelo corredor. Voltou com um livro nas mãos, *O que esperar quando você está esperando* [2]. — Uma das enfermeiras teve neném — explicou. Abriu-o no índice. — Página 52 — falou, e me entregou o livro.

Passei os olhos rapidamente pelos parágrafos pertinentes e aprendi que, basicamente, contanto que eu me abstivesse de beber até chegar à incoerência durante a gravidez, estaria tudo bem. Admitindo, claro, que eu quisesse que as coisas ficassem bem. E, naquele momento, eu não tinha a menor idéia do que queria. Exceto, claro, que não queria estar naquela situação.

Coloquei o livro na mesa dele e peguei minha bolsa e mochila.

— Acho que é melhor eu ir embora — falei.

— Quer fazer outro teste? — perguntou ele.

Balancei a cabeça.

— Acho que vou fazer um em casa, e depois vou ver... — e calei a boca. A bem da verdade, não sabia o que iria ver.

Ele empurrou o livro de volta para mim.

— Quer ficar com ele? Você pode precisar de mais alguma informação.

Ele estava sendo tão gentil comigo, pensei. Por que estaria sendo tão gentil? Talvez fosse um desses fanáticos contra o aborto, pensei com perversidade, tentando me induzir a sustentar a gravidez com seus pacotinhos de chá e café, e ainda por cima um guia grátis.

— A enfermeira não vai precisar? — perguntei.

— Ela já teve os bebês dela — falou ele, tranqüilamente. — Tenho certeza de que não vai precisar. Pode ficar com ele — limpou a garganta. — Com relação ao estudo — começou —, se você preferir manter a gravidez, não estará mais qualificada, obviamente.

---

[2] Editado no Brasil pela editora Record.

— Vou ficar sem as pílulas para emagrecer? — brinquei.

— Não foram aprovadas para serem usadas em mulheres grávidas.

— Então eu poderia ser a sua cobaia — ofereci-me, sentindo-me cambalear à beira da histeria. — Talvez eu tenha um bebê magricelinho. Seria ótimo, não seria?

— O que quer que você resolva fazer, não deixe de me contar — disse ele, enfiando um cartão de visita dentro do livro. — Vou providenciar uma restituição completa, caso você decida não continuar.

Eu me lembrava claramente de ter visto, em algum ponto da pilha de formulários que preenchi no primeiro dia, alguma coisa mencionando que restituição alguma seria concedida. Um fanático contra o aborto, não havia dúvida, pensei e me levantei, colocando a mochila nos ombros.

Ele me olhou com ternura.

— Olhe, se você quiser conversar sobre o assunto... ou se tiver qualquer outra pergunta médica, será um prazer tentar ajudar.

— Obrigada — murmurei, com a mão na maçaneta.

— Tome cuidado, Cannie — falou ele. — E não deixe de nos ligar, seja qual for a sua opção.

Assenti novamente, girei a maçaneta e fui embora.

Fiquei barganhando com Deus o caminho inteiro de volta para casa, da mesma forma que havia inventado cartas para o fã de Celine Dion, pobre Sr. Deiffinger, menor das minhas preocupações no momento. Meu Deus, se eu não estiver grávida, vou me oferecer para trabalhar como voluntária no abrigo de animais de estimação e na casa dos aidéticos, e nunca mais vou escrever coisas antipáticas sobre ninguém. Serei uma pessoa melhor. Vou fazer tudo direitinho, passarei a ir à sinagoga com freqüência e não mais só nos grandes feriados, não serei mais tão má e crítica, serei simpática com a Gabby, mas por favor, por favorzinho, não deixe que isso aconteça comigo.

Comprei dois testes na drogaria da South Street, caixinhas de cartolina branca, com exultantes futuras mamães nas tampas, e molhei a mão toda na primeira tentativa, de tanto que tremia. Àquela altura, estava tão convencida do pior que nem precisava mais do sinal positivo na tirinha, para me dizer o que o Dr. K. já me havia dito.

— Estou grávida — falei para o espelho, e forjei um sorriso, igual ao da mulher na caixinha.

— Grávida — informei a Nifkin mais à noitinha, quando ele pulou em cima de mim na casa de Samantha, onde o deixava para ir trabalhar.

Ela possuía dois cachorros e na sua casa havia um quintal cercado com portinhola para animais domésticos, de forma que os cachorros podiam entrar e sair à vontade. Nifkin não era maluco pelos cachorros dela, Daisy e Mandy — acho que preferia a companhia de gente à de outros animais domésticos —, mas era fanzoca da ração caríssima de carneiro e arroz que ela servia; então, por compensação, mostrava-se feliz de ficar na casa de Sam.

— O que foi que você disse? — perguntou Samantha da cozinha.

— Estou grávida — respondi.

— O quê?

— Nada — gritei. Nifkin se sentou no meu colo, olhando-me seriamente dentro dos olhos.

— Você me ouviu, não ouviu? — sussurrei. Nifkin lambeu o meu nariz e se aconchegou no meu colo.

Samantha entrou na sala de estar enxugando as mãos.

— O que você estava dizendo?

— Eu disse que vou passar o dia de Ação de Graças em casa.

— Peru à lesbiana de novo? — Samantha torceu o nariz. — Você não me disse para seguir rigidamente a regra de esbofeteá-la se você sequer mencionasse que iria passar mais um feriado com a Tanya?

— Estou cansada — falei. — Estou cansada e quero ir para casa.

Ela se sentou ao meu lado.

— O que é que está acontecendo?

E eu queria tanto lhe contar, simplesmente abrir o verbo e despejar tudo que estava acontecendo, dizer "me ajude e me diga o que fazer". Mas não podia. Ainda não. Eu precisava de tempo para pensar, para conhecer as minhas próprias idéias antes de começar a ouvir o coro cantar. Já sabia o conselho que ela me daria. Seria a mesma coisa que eu lhe diria se ela estivesse na mesma situação: jovem, solteira, com uma carreira brilhante, grávida de um sujeito que nem atendia os recados. Não tinha nem que pensar, eram quinhentos dólares para passar a tarde no consultório do médico, mais alguns dias de cólicas e chororô, e fim de papo.

Mas antes de optar pelo óbvio, eu queria algum tempo, mesmo que fossem só uns diazinhos. Queria ir para casa, mesmo que minha casa já tivesse deixado de ser um refúgio feliz há muito tempo, para se tornar algo mais próximo de uma comuna de safismo.

Não foi difícil. Telefonei para Betsy, que me disse para dispor do tempo que eu precisasse.

"Você tem três semanas de férias, cinco dias que você nunca tirou desde o ano passado e mais a folga de Nova York", ela me falou num recado deixado na secretária eletrônica de casa. "Divirta-se no dia de Ação de Graças, e nos veremos na semana que vem."

Enviei um e-mail para Maxi. "Aconteceu uma coisa... infelizmente, não é o que eu gostaria que fosse", escrevi. "Bruce está saindo com uma professora do pré-escolar. Estou com o coração partido e vou para casa comer peru desidratado e deixar que minha mãe sinta peninha de mim."

"Boa sorte, então", ela escreveu de volta, imediatamente, embora fossem três da madrugada por lá. "E não ligue para a professorinha. Ela é só o objeto de transição dele. Isso não dura, nunca. Telefone ou escreva quando estiver em casa... Volto para os Estados Unidos na primavera."

Cancelei o cabeleireiro, adiei algumas entrevistas por telefone, providenciei para que os vizinhos pegassem meus jornais e correspondência. Não telefonei para Bruce. Se eu resolvesse interromper a gravidez, não haveria razão alguma para ele ficar sabendo. A essa altura do nosso não-relacionamento, não havia como imaginá-lo sentado ao meu lado numa clínica, segurando carinhosamente a minha mão. Se mantivesse a gravidez... bem, eu atravessaria essa ponte quando chegasse nela, pensei.

Coloquei o *rack* da bicicleta na traseira do meu Honda azul, pendurei nele a minha *mountain bike*, alojei Nifkin em sua casinhola e joguei a bolsa de viagem no porta-malas. Pronta ou não, estava indo para casa.

PARTE TRÊS

Vou Nadar

DEZ

No verão, entre meu penúltimo e último ano em Princeton, arranjei um estágio no *Village Vanguard*, o mais antigo e afetado dos semanários alternativos do país.

Foram três meses desgraçados. Para início de conversa, aquele foi o verão mais quente dos últimos anos. Manhattan estava fervendo. Todo dia eu começava a suar assim que saía do chuveiro, ficava suando no metrô o tempo todo até chegar à cidade e basicamente continuava suando o dia inteiro.

Trabalhei para uma mulher horrível chamada Kiki. Um metro e oitenta, esquelética, henna no cabelo, óculos de gatinha tipo camelô e a testa permanentemente franzida. Seu uniforme de verão era uma minissaia com botas de camurça batendo na altura da coxa, ou então os tamancos mais barulhentos do mundo, acompanhados de uma camiseta apertada, anunciando o restaurante de comida romena de alguém chamado Sammy, ou o jamboree dos escoteiros, ou alguma coisa assim tão disparatada que acabava ficando *fashion*.

A princípio, Kiki me deixou confusa. Os modelitos acabavam sendo *in*, a atitude batia com a linha do *Vanguard*, mas eu não conseguia entender como ela conseguia dar conta do trabalho. Chegava tarde, saía cedo, tirava sempre duas horas de almoço, e a maior parte do tempo que passava no escritório era ao telefone com uma vasta gama de amigos, a cada hora diferentes. A placa em mosaico, que ela colocou na cerca branca que ironicamente mandou erguer em torno de seu cubículo, dizia "editora associada". E embora a parte social fosse intensa, nunca a vi editar nada.

Mas ela era mesmo mestra em delegar tarefas desagradáveis.

— "Estou pensando em mulheres e assassinatos" — anunciava, numa tarde de terça-feira, por exemplo, prazerosamente saboreando seu *ice coffee*, enquanto eu ficava ali plantada na sua frente, suando em bicas. — "Por que você não procura o que já fizemos?"

Isso foi em 1991. Os números antigos do *Vanguard* não estavam armazenados *online*, nem em microfilme, mas em fichários imensos, empoeirados, caindo aos pedaços, que pesavam pelo menos uns dez quilos cada. Estes, por sua vez, ficavam no corredor que ligava os escritórios dos colunistas ao depósito das cadeiras metálicas e mesas queimadas por cigarros, que serviam de local de trabalho aos luminares menos notáveis do *Vanguard*. Eu passava os dias retirando fichários da prateleira, transportando-os primeiro para a minha mesa e depois para a fotocopiadora, enquanto tentava me esquivar do bafo de álcool e da mão boba do mais proeminente defensor do porte de arma do país. O escritório dele ficava exatamente ao lado das prateleiras e seu passatempo favorito, naquele verão, era roçar os braços disfarçadamente em meus seios, quando as minhas mãos estavam ocupados sustentando os fichários.

Um horror! Depois de duas semanas, desisti do metrô e passei a ir de ônibus. Embora a viagem demorasse duas vezes mais, e o calor fosse o mesmo, pelo menos eu evitava o antro fétido e tórrido em que se transformara a estação da 116th Street. Uma tarde no início de agosto, estava sentada no M140, distraída e suando como sempre, quando, logo depois do ônibus passar pela Billy's Topless, ouvi uma vozinha, perfeitamente calma e tranqüila, que pareceu vir da base exata do meu crânio.

"Eu sei para onde você está indo", disse a voz.

Os pêlos dos meus braços e nuca se eriçaram. Tive calafrios pelo corpo todo, fiquei paralisada e absolutamente convencida de que aquilo que ouvi... não era humano. Uma voz do mundo dos espíritos, eu até diria naquele verão, rindo para desabafar com as amigas. Mas, sério, pensei que fosse a voz de Deus.

Claro que não era Deus, era Ellyn Weiss, escritora freelancer do *Village Vanguard,* figurinha pequena e estranha de aspecto andrógino, que acabara de se sentar atrás de mim e resolvera dizer "Eu sei para onde você está indo", em vez de "Oi". Mas, na minha cabeça, achei que se um dia ouvisse a voz de Deus, ela seria exatamente assim: uma vozinha calma e serena.

Depois que você ouve a voz de Deus, as coisas mudam. Naquele dia, quando o proeminente defensor do porte de arma esticou as pontas dos dedos para roçar no meu seio direito, ao passar cambaleando de volta para o seu escritório, deixei cair um fichário, sem querer querendo, no pé dele. "Ai, me desculpe!", falei, com toda a doçura do mundo, quando ele ficou da cor de burro quando foge e foi embora trôpego, para nunca mais encostar um dedo em mim. E quando a Kiki veio me dizer, "Estive pensando em mulheres e homens, e como eles são diferentes", e perguntou se eu poderia começar pegando umas páginas, eu lhe contei uma mentira deslavada. "Meu orientador disse que eu não vou ganhar crédito pelo estágio se vocês só ficarem me mandando tirar fotocópias", disse a ela. "Se não precisam de mim aqui, tenho certeza de que lá na publicação precisam." Naquela mesma tarde me livrei das garras e da raiva daquela magricela, e passei o resto do verão escrevendo manchetes e saindo para tomar uns golinhos com os colegas da edição e publicação.

Agora, sete anos depois, estava eu sentada a uma mesa de piquenique, com o rosto voltado para o sol fraco de novembro e a bicicleta parada ao meu lado, esperando ouvir novamente aquela voz. Esperando que Deus percebesse que eu estava ali sentada no meio do Pennwood State Park, na área suburbana da Pensilvânia, a menos de nove quilômetros da casa onde cresci e proferisse *Tenha o seu bebê* ou *Faça um aborto*.

Estiquei as pernas, ergui os braços acima da cabeça, inspirando pelo nariz e expirando pela boca, como o namorado de Samantha que era instrutor de yoga dizia, para limpar a corrente sangüínea de impurezas e aumentar a clareza dos pensamentos. Se aconteceu conforme eu supunha — que engravidei na última vez em que eu e Bruce estivemos juntos —, então já estava com oito semanas. Que tamanho teria o bebê, pensei? Da pontinha de um dedo, da borracha da minha lapiseira, de um girino?

Já tinha decidido que iria dar mais dez minutos a Deus quando ouvi alguma coisa.

— Cannie?

Argh! Aquilo não foi, em absoluto, a voz do divino. Senti a mesa inclinar quando Tanya apoiou seu peso nela, mas mantive os olhos fechados, torcendo para que, ao menos uma vez, se eu a ignorasse, ela fosse embora.

— Tem alguma coisa errada?

Bobeira minha! Vivia me esquecendo de que Tanya participava de um consórcio de grupos de auto-ajuda: um para família de alcoólatras, outro para vítimas de abuso sexual, um terceiro chamado Co-dependentes Nunca Mais!, com um ponto de exclamação fazendo parte do nome. Ir embora sozinha, sem mais nem menos, não era sequer uma possibilidade. Tanya era a intervenção em pessoa.

— Talvez ajude se você conversar um pouco a respeito do que a está perturbando — falou ela, acendendo um cigarro.

— Hum! — foi tudo que eu disse. Mesmo de olhos fechados, senti que ela me observava.

— Você foi demitida — anunciou ela, de repente.

Meus olhos se abriram, sem que eu me desse conta.

— O quê?

Tanya ficou excessivamente satisfeita consigo mesma.

— Adivinhei, não adivinhei? Sua mãe me deve dez pratas.

Deitei-me de costas, abanando a fumaça do cigarro dela para longe e ficando cada vez mais chateada.

— Não, não fui demitida.

— Foi o Bruce? Alguma outra coisa aconteceu?

— Tanya, não estou a fim de discutir isso agora.

— Bruce, hein? — falou Tanya, pesarosamente. — Merda!

Tornei a me sentar.

— Por que isso a incomoda?

Ela deu de ombros.

— Sua mãe disse que tinha a ver com Bruce, e se ela estiver certa sou eu quem terá de pagar.

Ótimo, pensei. Minha pobre vida reduzida a uma série de apostas de dez dólares. Brotaram lágrimas nos meus olhos. Parecia que ultimamente eu chorava por qualquer coisinha: desde a minha própria situação até os artigos de interesse humano que saíam no caderno Lifestyle do *Examiner* e nos anúncios da sopa Campbell, sem exceção.

— Acho que você viu o último artigo que ele escreveu, hein? — falou Tanya.

Tinha visto. "O Amor, de novo" era o título, no número de dezembro, que chegou às bancas ainda em tempo de estragar o meu dia de Ação de Graças. "Eu sei que deveria estar me concentrando em E. pelo que ela é", ele tinha escrito.

> Sei que é errado comparar. Mas não há como evitar. Depois de A Primeira, parece que a próxima mulher é necessariamente A Segunda. Pelo menos no início, pelo menos durante um certo tempo. E de todas as maneiras, E. é diferente do meu primeiro amor: ela é baixa, enquanto a primeira era alta; pequena e delicada, enquanto a primeira era grande e sólida; meiga, enquanto a primeira era de um humor ferino, mordaz.

"Prêmio de consolação", meus amigos me dizem, fazendo que sim com as cabeças como se fossem macacos velhos e não estudantes em cursos de pós-graduação, ou funcionários em empregos temporários de tempo integral aos vinte e nove anos de idade. "Ela é a sua namorada de consolação." Mas o que há de errado em ser consolado, me pergunto? Se houve uma primeira e não deu certo, então tem de haver uma segunda, uma próxima. Afinal, você tem de seguir adiante.

Se o primeiro amor foi como explorar um novo continente, acho que o segundo é como se mudar para um bairro novo. Você já sabe que haverá ruas e casas. Agora você tem o prazer de saber como são as casas por dentro, como é passar pelas ruas com seus próprios pés. Conhece as regras, o vocabulário básico: telefonemas, chocolates no dia dos namorados, como consolar uma mulher quando ela lhe conta o que deu errado em seu dia, em sua vida. Agora você consegue o ajuste perfeito. Descobre seu apelido, como ela gosta que lhe segurem a mão, aquele cantinho gostoso no pescoço logo abaixo da orelha...

E foi só até aí que cheguei, antes de correr ao banheiro para a minha segunda golfada do dia. A simples idéia de Bruce beijando outra pessoa naquele cantinho gostoso do pescoço, logo abaixo da orelha — até mesmo saber que ele estaria reparando tal coisa — foi suficiente para revoltar de vez o meu estômago já suficientemente enjoado. Ele não me ama mais. Precisei ficar me lembrando disso, e a cada vez que pensava nessas palavras, era como se as estivesse ouvindo pela primeira vez, em letras garrafais, ditas pelo cara que faz a narração dos *trailers* de cinema em alto e bom som: *"Ele não me ama mais."*

— Deve ser difícil — disse Tanya, impressionada.

— É ridículo — retruquei, prontamente. E, na verdade, toda a situação era ridícula. Depois de três anos de resistência aos seus pedidos, às suas ofertas, às suas impertinências desesperadas e às declarações quinzenais de que eu era a única mulher que ele iria querer na vida, estávamos separados, eu estava grávida, ele encontrara outra pessoa. E muito provavelmente eu jamais tornaria a vê-lo dali em diante. *Jamais* era outra palavra que eu ouvia ressoar muito na minha cabeça, em passagens assim: "Você *jamais* vai acordar ao lado dele novamente" ou "Você *jamais* vai tornar a falar com ele ao telefone".

— Então, o que você vai fazer? — perguntou ela.

— Essa é a grande pergunta — falei, e pulei da mesa para a minha bicicleta e parti de volta para casa. Só que não me dava mais a impressão de casa e, graças à invasão de Tanya, eu já não tinha mais certeza se algum dia voltaria a dar.

Quanto menos você souber sobre a vida sexual dos seus pais, melhor. Claro, conclui-se que eles devem ter tido pelo menos uma relação para conseguir você, e talvez mais algumas outras se houver irmãos e irmãs — mas isso é procriação, uma obrigação a cumprir. A idéia de que usem suas aberturas e adendos para se divertir por prazer — em resumo, da maneira como você, filho ou filha, gostaria de estar usando os seus — é de vomitar. Especialmente se estiverem levando uma vida amorosa dita moderna, a sensação do momento nestes últimos anos. Ninguém precisa saber das transações sexuais dos seus pais, principalmente se eles estiverem envolvidos em práticas que estão mais na moda do que as suas.

Infelizmente, graças ao treino de auto-ajuda da Tanya e à inutilidade em que o amor transformou minha mãe, fiquei sabendo da história toda.

Começou quando meu irmão, Josh, chegou da faculdade e foi procurar o cortador de unhas no banheiro da minha mãe, e acabou encontrando uma pilha de cartões de confraternização da Hallmark — daqueles com abstratas aquarelas de pássaros e árvore na capa, e sentimentos descritos em floreada caligrafia dentro. "Pensando em você", dizia o primeiro, e dentro, embaixo de uma par de versos rimados da

Hallmark, alguém tinha escrito: "Annie, depois de três meses, a chama ainda está ardente." Sem assinatura.

— Acho que são dessa mulher — disse Josh.

— Que mulher? — perguntei.

— Essa que está morando aqui — disse ele. — Mamãe diz que é a treinadora de natação dela.

Uma treinadora de natação morando em casa? Nunca ouvi falar nisso.

— Não deve ser nada — disse a Josh.

"Não deve ser nada", Bruce me disse quando falei com ele ainda naquela noite.

E foi assim que comecei a conversar com minha mãe, quando ela ligou para o meu trabalho, dois dias depois:

— Não deve ser nada, mas...

— Mas, o quê? — perguntou minha mãe.

— Hum, tem mais alguém morando aí?

— Minha treinadora de natação — disse ela.

— Puxa, as Olimpíadas foram no ano passado — falei, entrando na dela.

— Tanya é uma amiga do Centro Comunitário Judaico. Entregou o apartamento e, enquanto não arranja outro, vai ficar no quarto de Josh alguns dias.

Isso me pareceu um tanto suspeito. Minha mãe não tinha amigas que morassem em apartamentos, muito menos que precisassem dormir na casa de alguém, enquanto trocavam de um para o outro. Todas as suas amigas moravam nas casas que lhes deixaram os ex-maridos, tal qual ela própria. Mas deixei por isso mesmo até a próxima vez que liguei para casa e uma voz desconhecida atendeu.

— Ahn-lô? — grunhiu a voz desconhecida. A princípio, foi impossível dizer se eu estava falando com uma mulher ou com um homem. Mas fosse quem fosse, parecia ter acabado de sair da cama, muito embora fossem oito horas da noite de uma sexta-feira.

— Desculpe — falei, educadamente. — Acho que liguei para o número errado.

— É a Cannie? — perguntou a voz.

— É, sim. Quem está falando, por favor?

— Tanya — disse ela, cheia de orgulho. — Sou amiga da sua mãe.

— Oh! — exclamei. — Hum, oi.

— Sua mãe me falou muito de você.

— Ora, que... que bom! — falei. Eu estava intrigadíssima. Quem seria essa mulher? Que história é essa de atender o nosso telefone?

— Mas ela não está em casa agora — continuou Tanya. — Está jogando *bridge*, com o grupo dela.

— Está bem.

— Quer que eu peça para ela ligar para você?

— Não — falei. — Não, não precisa.

Era sexta. Não falei com minha mãe até que ela ligou, na segunda-feira, para o meu trabalho.

— Tem alguma coisa que você queira me contar? — perguntei, esperando que ela fosse dizer alguma variação de um "Não". Mas o que ela fez foi respirar profundamente.

— Bem, sabe a Tanya... minha amiga? Pois é! Bem... nós estamos apaixonadas e estamos morando juntas.

O que eu posso dizer? Sutileza e discrição são um mal de família.

— Eu preciso desligar — falei, e desliguei.

Passei o resto da tarde olhando para o vazio, o que não ajudou em nada, podem acreditar, na qualidade do artigo que estava escrevendo sobre a premiação de vídeos musicais da MTV. Quando cheguei em casa, havia três recados na minha secretária eletrônica: um da minha mãe ("Cannie, me ligue, precisamos discutir esse assunto"); outro da Lucy ("Mamãe disse que eu precisava ligar para você e não disse por quê"); e um do Josh ("Eu não disse?").

Ignorei os três e convoquei Samantha para uma sobremesa de emergência, e uma sessão de estratégia. Fomos ao bar da esquina, onde pedi uma dose de tequila e uma fatia de bolo de chocolate com cobertura de amora. Assim fortalecida, contei-lhe o que minha mãe havia me contado.

"Uau!", Samantha murmurou.

— Meu Deus! — disse Bruce, quando lhe contei mais tarde, na mesma noite. Mas não demorou muito para o choque inicial dele se transformar em... bem, vamos chamar de choque divertido. Com uma boa dose de condescendência. Na hora em que chegou à minha porta, já estava operando totalmente no modo liberal. — Você deveria estar feliz por ela ter encontrado alguém a quem amar — repreendeu-me.

— E estou — falei, devagar. — Quero dizer, acho que estou. Só que...

— Feliz — repetiu Bruce. Ele conseguia ficar algo insuportável quando resolvia seguir a linha do P.C. e reproduzir as doutrinas que eram praticamente obrigatórias entre os alunos de pós-graduação da região nordeste na década de 1990. Em geral, eu lhe dava asas. Mas, desta vez, não iria deixá-lo fazer-me passar por retrógrada ou por ter a mente menos aberta do que a dele. Desta vez, era uma questão pessoal.

— Quantos amigos *gay* você tem? — perguntei, já sabendo a resposta.

— Nenhum, mas...

— Nenhum que você saiba... — falei, e parei, deixando aquilo repercutir dentro dele.

— O que você quer dizer com isso? — indagou ele.

— Exatamente o que eu disse. Nenhum que você saiba.

— Você acha que um dos meus amigos é *gay*?

— Bruce, eu nem sabia que a minha própria mãe era *gay*. Como é que você espera que eu tenha algum vislumbre quanto à sexualidade dos seus amigos?

— Ah — disse ele, mais manso.

— Mas o que eu quero dizer é que você não conhece ninguém que seja *gay*. Então, como você pode supor que seja uma coisa maravilhosa para a minha mãe? Que eu deveria ficar feliz com isso?

— Ela está apaixonada. Como isso pode ser ruim?

— E essa outra pessoa? E se for alguém horrível? E se... — comecei a chorar quando as imagens horríveis começaram a encher minha mente. — E se, sei lá, se elas estão passeando e alguém as vê e resolve jogar uma garrafa de cerveja na cabeça delas ou alguma coisa assim...

— Ah, Cannie...

— As pessoas são más. É isso que estou querendo dizer. Não é que haja alguma coisa errada com o fato de ser *gay*, mas as pessoas são más... e críticas... e podres... e você sabe como é essa gente do meu bairro! Não vão mais deixar que os filhos venham à nossa casa fazer as brincadeiras do Halloween...

Mas a verdade é que as pessoas já não deixavam os filhos virem à nossa casa fazer as brincadeiras do Halloween desde 1985, quando meu pai deu início ao seu declínio, abandonando o jardim ao léu e começando a fazer contato com o seu artista interior. Ele trouxe um bisturi do hospital, pegou meia dúzia de abóboras e as transformou em indecorosas, mas precisas, réplicas de membros da família de minha mãe, inclusive uma hedionda versão de tia Linda, que acabou aboletada na varanda lá de casa, com uma peruca platinada que ele surrupiou do departamento de achados e perdidos do hospital. Mas a verdade também é que Avondale não era uma comunidade especialmente integrada. Não havia negros, só uns poucos judeus e nenhum *gay* assumido, que eu me lembre.

— E quem liga para o que as pessoas pensam?

— Eu ligo — solucei. — Quero dizer, é bom ter ideais e torcer para que as coisas mudem, mas temos de viver no mundo do jeito que ele é, e o mundo é... é...

— Por que você está chorando? — perguntou Bruce. — Está preocupada com sua mãe ou com você mesma? — é claro que, àquela altura, eu estava chorando tanto que não pude responder, e também houve uma situação de muco que precisou de atenção imediata. Esfreguei a manga no rosto e assoei o nariz escandalosamente. Quando ergui o rosto e olhei para cima, Bruce ainda estava falando... — Sua mãe fez uma opção, Cannie, e se você quiser ser uma boa filha, o que tem a fazer é apoiá-la.

Ora! Dizer é fácil, para ele. Não seria a mesma coisa se Audrey do Bom Gosto Eterno anunciasse, em meio a um dos pratos de seus sofisticados jantares *kosher*, que resolvera estacionar do outro lado da rua. Eu seria capaz de apostar o salário de uma semana inteira que Audrey do Bom Gosto Eterno jamais viu a vagina de outra mulher. Provavelmente nunca viu a própria.

A imagem da mãe de Bruce em sua banheira de hidromassagem para dois bolinando-se discretamente sob uma toalha de algodão puro e bordado elaborado me fez rir um pouco.

— Está vendo? — disse Bruce. — Você só tem de entrar um pouco na onda, Cannie.

Eu ri ainda mais. Tendo cumprido com suas obrigações de galanteio, Bruce mudou de marcha. Sua voz passou do tenor preocupado e conselheiro para um tom mais íntimo.

— Venha cá, menina — murmurou, com um jeito de Lionel Richie, enquanto me atraía para perto, beijando-me carinhosamente a testa e tirando Nifkin nem tão carinhosamente assim da cama. — Eu quero você — disse, e colocou minha mão no encontro entre as suas pernas para eliminar qualquer possibilidade de dúvida.

E assim foi.

Bruce foi embora à meia-noite. Eu caí num sono agitado e acordei de manhã com o telefone gritando em cima do travesseiro. Consegui abrir um olho: cinco e quinze da manhã!... Atendi o telefone.

— Alô?

— Cannie? É Tanya.

Tanya?

— Amiga da sua mãe.

Meu Deus! Tanya.

— Oi! — falei, sem forças.

Nifkin ficou me olhando como quem diz "do que se trata?". Depois deu uma fungada de desprezo e tornou a se ajeitar no travesseiro. Entrementes, Tanya tinha desandado a falar.

— ...sabia desde a primeira vez que a vi que ela poderia sentir alguma coisa por mim...

Esforcei-me para conseguir me erguer da cama e me sentar, e busquei um dos meus blocos de repórter. Aquilo era bizarro demais para deixar de ser registrado para a posteridade. Quando nossa conversa acabou, eu tinha preenchido nove páginas, já estava atrasada para o trabalho e conhecia todos os detalhes da vida de Tanya. Fiquei sabendo que sofreu abusos do seu professor de piano, que sua mãe morreu quando ela era muito menina ("Aprendi a suportar minha dor com o álcool") e que seu pai tornou a se casar com uma editora que não era legal e se recusava a pagar as mensalidades para Tanya freqüentar o curso de faculdade do Green Mountain Valley Community College ("Eles têm o terceiro melhor programa de arte-terapia da Nova Inglaterra"). Fiquei sabendo o nome do primeiro amor de Tanya (Marjorie), como ela veio parar na Pensilvânia (emprego) e que acabava de desfazer um relacionamento de sete anos com uma mulher chamada Janet.

— Ela é muito co-dependente — confidenciou-me Tanya. — Talvez obsessiva-compulsiva, também — a essa altura, eu já havia me recolhido totalmente ao modo repórter e não dizia nada além de "Ahn-han" ou "Entendi".

— Então eu me mudei de lá — contou-me.

— Ahn-han! — falei.

— E me dediquei à tecelagem.

— Entendi.

Daí, o relato passou a como ela havia conhecido minha mãe (trocas de olhares apaixonados no vestiário da sauna feminina — quase fui forçada a desligar aí), onde foram as duas em seu primeiro encontro (comida tailandesa) e como convencera minha mãe de que suas tendências lesbianas eram mais do que uma aventura passageira.

— Eu a beijei — anunciou Tanya, com orgulho. — E ela tentou ir embora, e eu a segurei pelos ombros e fitei seus olhos e disse: "Ann, isso não passa."

— Ahn-han — falei. — Entendi.

Tanya passou então à parte de análise e reflexão do discurso.

— Eu entendo isso da seguinte forma — começou. — Sua mãe dedicou a vida inteira a vocês, filhos — disse "a vocês, filhos" exatamente com o mesmo tom que eu usaria para dizer "a vocês, bando de baratas".

— E aturou aquele imbecil...

— A quem estamos nos referindo aqui? — perguntei, com delicadeza.

— Seu pai — disse ela, que não estava nem um pouquinho disposta a contemporizar em benefício dos filhos do imbecil em questão. — Como eu estava dizendo, ela dedicou a vida a vocês... e não é que isso seja ruim. Eu sei quanto ela queria ser mãe, ter uma família, e, claro, não havia muitas opções para os sapatões naquela época...

Sapatões? Eu mal podia com "lésbicas". Em que ponto minha mãe foi promovida a "sapatão"?

— ...mas o que eu acho — continuou Tanya — é que agora é hora de sua mãe fazer o que ela quer. De ter uma vida própria.

— Entendi — falei. — Ahn-han.

— Estou realmente ansiosa para conhecer você — disse ela.

— Eu preciso desligar agora — falei, e desliguei o telefone. Não sabia se ria ou se chorava, então acabei fazendo as duas coisas ao mesmo tempo.

"Para lá de horrível", disse a Samantha, telefonando do carro.

"Tão pirada que você não acreditaria", falei para Andy na hora do almoço.

— Não critique — avisou-me Bruce, antes mesmo de eu dizer qualquer coisa.

— Ela está... hum, está numa de compartilhar. Compartilhar tudo.

— Que bom! — disse ele, executando seu cacoete de piscar. — Você deveria compartilhar mais, Cannie.

— Hein? Eu?

— Você é muito fechada em suas emoções. Guarda tudo muito bem guardado dentro de si.

— Sabe que você está certo? — falei. — Vamos arranjar um perfeito desconhecido para eu contar como o meu professor de piano abusou de mim.

— Hum?

— Abusaram dela — falei. — E ela me contou todos os detalhes sanguinolentos.

Até mesmo o Sr. Amai a Todos ficou impressionado com esta informação.

— Minha Nossa!

— Pois é! E a mãe dela teve câncer de mama, e a madrasta convenceu o pai a não pagar as mensalidades da faculdade.

Bruce me lançou um olhar cético.

— Ela lhe contou isso tudo?

— O que você acha? Que eu peguei o carro e fui até lá para ler o diário dela? Claro que me contou — parei para roubar algumas batatas fritas do prato dele. Estávamos no Tick Tock Diner, que servia as maiores porções e oferecia as garçonetes mais antipáticas ao sul de Nova York. Eu nunca peço batata frita nesse lugar, mas uso todo o meu poder de persuasão para convencer Bruce a pedir, para que eu possa partilhar.

— Ela parece seriamente abalada.

— Você provavelmente a estava incomodando.

— Mas eu não falei nada! Ela nem me conhece! E foi ela quem ligou, então como é que eu poderia tê-la incomodado?

Bruce deu de ombros.

— Acho que é o seu jeito.

Olhei duro para Bruce. Ele tentou pegar minha mão.

— Não fique zangada. É só que... você tem essa coisa meio crítica o tempo todo.

— Quem disse?

— Ah, os meus amigos, acho eu.

— O que, só porque eu acho que eles deveriam arranjar cada qual o seu emprego?

— Está vendo? Lá vai você. Isso é crítica.

— Querido, eles são uns folgados. Admita. Essa é a verdade.

— Não são folgados, Cannie. Eles têm empregos e você sabe disso.

— Ah, pare com isso. O que Eric Silverberg faz na vida?

Eric, conforme nós dois sabíamos, tinha um emprego temporário de tempo integral numa empresa que começava a atuar na Internet, onde, concluíamos da melhor forma possível, ele passava os dias trocando fitas piratas do Springsteen, arranjando namoradas num dos três serviços de encontro *on-line* que tinha assinatura e dando um jeito de comprar drogas.

— George tem um emprego de verdade.

— George passa os fins de semana numa brigada de reencenação da Guerra Civil. Ele tem lá o mosquetão dele.

— Você está mudando de assunto — falou Bruce. Pude perceber que ele estava tentando continuar zangado, mas já começava a sorrir.

— Eu sei — falei. — Mas é que um sujeito que tem seu próprio mosquetão dá uma ótima frase de impacto.

Eu me levantei, fui para o outro lado da mesa e me sentei ao seu lado no cubículo, dando-lhe um apertão na coxa e deitando a cabeça em seu ombro.

— Você sabe que eu só sou crítica porque sou ciumenta — falei.

— Gostaria de ter esse tipo de vida. Não ter de pagar o crédito educativo, ter o aluguel resolvido, pais heterossexuais casados e estáveis que me repassassem a mobília pouco usada a cada reforma que fizessem em casa e me dessem um carro novo de presente de Chanucá... — minha voz desapareceu aí. Bruce estava me olhando, com dureza. Eu me dei conta de que, além de descrever a maioria dos seus amigos, acabava de descrevê-lo também.

— Desculpe — falei, com delicadeza. — É que, às vezes, parece que todo mundo consegue as coisas com mais facilidade do que eu, e que toda vez que estou começando a conseguir que as coisas fiquem mais ou menos legais... me acontece uma dessas!

— Você já pensou que talvez essas coisas aconteçam com você porque você é forte o suficiente para agüentá-las? — perguntou Bruce. Esticou o braço lá embaixo para pegar minha mão, trouxe-a para cima e a colocou sobre sua coxa. Bem no alto. — Você é tão forte, Cannie — sussurrou.

— É que... eu queria... — e ele já estava me beijando. Senti o gosto do ketchup e do sal nos lábios dele. E logo sua língua estava dentro da minha boca. Fechei os olhos e me permiti esquecer.

Passei o fim de semana no apartamento de Bruce. Foi uma daquelas ocasiões em que tudo deu certo: sexo bom, um bom jantarzinho fora, tardes de relaxamento trocando cadernos do *Times* de domingo e eu fui para casa antes de começarmos a implicar um com o outro. Falamos um pouco sobre a minha mãe, mas, acima de tudo, deixei-me simplesmente levar junto com ele. E ele me deu sua camisa de flanela preferida para eu voltar para casa. Estava com o cheiro dele, o nosso cheiro: fumo e sexo, a pele dele e o meu xampu. Era apertada demais no meu peito — tudo dele era —, mas as mangas chegavam às pontas dos meus dedos, e eu me sentia envolta, confortável, como se ele estivesse ali me abraçando com força, segurando minhas mãos.

Seja corajosa, pensei, já em casa, na cama. Apertei a camisa de Bruce em torno de mim, inclinei a cabeça para perto de Nifkin, de forma que ele pudesse me dar uma lambida encorajadora e liguei para casa.

Ainda bem que foi minha mãe quem atendeu.

— Cannie! — disse, soando aliviada. — Por onde você andou? Liguei tantas vezes...

— Fui para a casa do Bruce — falei. — Tínhamos uns ingressos para o teatro — menti. Bruce não se dava bem com teatros. Baixa capacidade de concentração.

— Bem, hum, eu queria pedir desculpas por desembuchar as coisas daquele jeito em cima de você. Acho que eu deveria... bem, sei que deveria ter esperado um pouco para lhe dizer pessoalmente...

— Ou, pelo menos, não no escritório — falei.

Ela riu.

— Está certo. Desculpe.

— Tudo bem.

— Então... — foi como se eu estivesse ouvindo-a experimentar na cabeça meia dúzia de comentários introdutórios. — Você quer fazer alguma pergunta? — disse ela, afinal.

Respirei fundo.

— Você está feliz?

— Estou me sentindo como se estivesse na escola — falou minha mãe, em júbilo. — Estou me sentindo... ah, nem sei descrever.

Por favor, não tente, pensei.

— Tanya é maravilhosa. Você vai ver.

— Quantos anos ela tem? — perguntei.

— Trinta e seis — disse minha mãe, do alto dos seus cinqüenta e seis.

— Uma mulher mais nova — observei. Minha mãe soltou uma risadinha. Você não faz idéia de como isso me incomodou. Minha mãe nunca foi do tipo de soltar risadinhas.

— Parece que ela tem um probleminha com... limites — arrisquei.

A voz de minha mãe ficou séria.

— O que você quer dizer?

— Bem, ela me ligou na sexta-feira de manhã... acho que você não estava aí...

Uma rápida tomada de ar.

— O que foi que ela disse?
— Talvez leve menos tempo para contar o que ela não disse.
— Ah, meu Deus! Ah, Cannie...
— Quero dizer que eu sinto muito, sabe, por ela ter sofrido abusos...
— Ai, Cannie, ela contou! — mas, por trás do tom chocado, horrorizado, minha mãe parecia estar... quase orgulhosa. Como se por trás da raiva, estivesse mimando uma filha predileta com uma de suas brincadeiras prediletas.
— Contou — disse eu, com um certo pesar. — Fiquei sabendo de toda a saga, desde o professor de piano que mexeu com as teclinhas dela...
— ...Cannie!
— ...e a madrasta malvada, até a ex-namorada obsessivo-compulsiva co-dependente.
— Ufa! — disse minha mãe. — Nossa!
— Talvez seja interessante ela pensar em fazer uma terapia — disse eu.
— Ela faz. Verdade, faz sim. Há muitos anos.
— E ainda não se deu conta de que não se sai contando sua vida inteira para uma pessoa totalmente desconhecida na primeira conversa?
Minha mãe soltou um suspiro.
— Acho que não — disse.
Esperei. Esperei por um pedido de desculpas, uma explicação, alguma coisa que trouxesse nexo a tudo isso. Mas não veio nada. Depois de alguns instantes de silêncio incômodo, minha mãe mudou de assunto e eu a acompanhei, torcendo para que fosse apenas uma fase, uma farra, um pesadelo, até. Que nada! Tanya tinha chegado para ficar.

O que uma lésbica traz no segundo encontro? diz a piada. O caminhão de mudanças. O que um *gay* traz no segundo encontro? Que segundo encontro?

Uma velha piada, de fato, mas há um quê de verdade nela. Depois que as duas começaram a sair, Tanya se mudou do porão do condomínio de sua ex-namorada obsessivo-compulsiva co-dependente para um apartamento próprio.

Mas, para todos os efeitos, ela se mudara para lá no segundo encontro. Eu me dei conta disso quando fui para casa seis semanas depois daquilo a que meus irmãos e eu estávamos nos referindo como O Apagão da Mamãe e vi o que estava escrito na parede.

Bem, o pôster na parede. Acima da imagem de uma onda se quebrando, estava escrito: "Inspiração é acreditar que todos podemos puxar juntos."

— Mãe? — chamei, deixando cair no chão as minhas malas.

Nifkin, entrementes, estava ganindo e se encolhendo em volta das minhas pernas de um jeito que não lhe era peculiar de forma alguma.

— Aqui dentro, querida — gritou minha mãe.

Querida? Estranhei aquilo e entrei na sala íntima, seguida de um Nifkin todo acovardado. Desta vez, o pôster era de golfinhos saltitando. Dizia: "Trabalho em Equipe." E abaixo do pôster dos golfinhos estavam minha mãe e uma mulher que só podia ser Tanya, as duas de moletom roxo combinando.

— E aí? — disse Tanya.

— E aí? — minha mãe repetiu.

Um imenso gato cor de tangerina saltou do peitoril da janela, ameaçou insolentemente Nifkin e esticou uma pata com as garras abertas. Nifkin soltou um ganido agudo e fugiu.

— Gertrude! Mas que gata malvada! — acudiu Tanya.

A gata a ignorou e se ajeitou num raio de sol que se projetava bem no meio da sala.

— Nifkin! — chamei eu. Do andar de cima, ouvi um gemido fraco de protesto, *de jeito nenhum* na língua do Nifkin.

— Temos empregados a quem precisamos motivar? — perguntei, apontando para os golfinhos do trabalho em equipe.

— Hein? — disse Tanya.

— O quê? — disse minha mãe.

— Os pôsteres — falei. — Eles têm exatamente os mesmos nas instalações da gráfica lá do trabalho. Fica bem ao lado da placa de "27 dias sem acidentes de trabalho". São, assim, tipo arte motivadora.

Tanya deu de ombros. Eu estava esperando uma típica professora de ginástica, com bíceps e panturrilhas definidos, cheios de veias, e um corte de cabelo simples e prático. Evidentemente, minhas expectativas estavam erradas. Tanya era uma mulherzinha roliça qual uma ervilha, de um metro e meio de altura, se tanto, com uma carapinha de cabelos ruivos e a pele bronzeada numa tonalidade e consistência de couro velho. Reta de seio e quadril. Parecia uma menininha, com direito a joelho ralado e Band-Aid no dedo.

— É que eu gosto de golfinhos — disse ela, acanhada.

— Ahn-han — falei —, estou vendo.

E essas foram apenas as mudanças mais óbvias. Havia também um acervo de miniaturas de golfinhos dispostas sobre a lareira, onde costumavam ficar as fotos da família. Estantes de plástico para guardar revistas foram aparafusadas às paredes, dando à nossa sala íntima um aspecto de consultório médico — para melhor dispor os exemplares da revista *Rehabilitation* que Tanya colecionava. E quando fui deixar as malas no quarto, a porta não abriu.

— Mãe! — chamei. — Tem alguma coisa errada aqui.

Ouvi uma troca de perguntas e respostas sussurradas na cozinha: a voz de minha mãe em tom calmo e tranqüilizador, a de Tanya em tom grave e retumbante que se avolumava, chegando quase à histeria. De vez em quando, distinguia algumas palavras. "Terapeuta" e "privacidade" pareciam envolver um tema dominante. Afinal, minha mãe subiu as escadas com ar perturbado.

— Hum, para dizer a verdade, eu ia lhe falar sobre isso.

— Sobre o quê? Sobre a porta emperrada?

— Bem, acontece que a porta está trancada.

Eu só fiquei olhando para ela.

— Tanya está... guardando algumas de suas coisas aí.

— Tanya — destaquei bem — tem um apartamento. Será que não pode guardar suas coisas nele?

Minha mãe deu de ombros.

— Sabe, o apartamento é muito pequeno. Superprático, você nem imagina! E não tinha sentido deixar... bem, quem sabe você não dorme hoje no quarto do Josh?

Àquela altura, eu estava começando a ficar impaciente.

— Mãe, é o meu quarto. Eu gostaria de dormir no meu quarto. Qual é o problema?

— Ora, Cannie, você não... você não mora mais aqui.

— Claro que não, mas isso não significa que eu não queira dormir lá quando vier para casa.

Minha mãe soltou um suspiro.

— Nós fizemos algumas mudanças — murmurou.

— É, eu notei. E daí, qual é o problema?

— É que nós... uh, tiramos a sua cama.

Perdi a fala.

— Vocês tiraram a...

— Tanya precisava de um espaço para o tear.

— Há um tear aí dentro?

De fato, havia. Tanya subiu a escada com passadas pesadas, destrancou a porta e desceu novamente com passadas pesadas, amuada. Entrei no quarto e vi o tear, um computador, um futon surrado, algumas prateleiras horrorosas de madeira prensada recoberta por um laminado de plástico imitando castanheira, abarrotadas de livros, dentre os quais *Mulheres inteligentes, escolhas insensatas* [3], *Coragem para a cura*, e *Não é o que você está comendo, é o que você está remoendo* [4]. Na janela estava pendurado um vitralzinho em forma de arco-íris triangular e, o pior de tudo, em cima da escrivaninha havia um cinzeiro.

— Ela fuma?

---

[3] Editado no Brasil pela Editora Rocco.
[4] Editado no Brasil pela Editora Record.

Minha mãe mordeu o lábio.

— Está tentando parar.

Eu tomei fôlego. Ora essa, Marlboro Lights e incenso! Eca! Por que teve de colocar seus guias de auto-ajuda e seu cheiro de cigarro no meu quarto? E onde estavam as minhas coisas?

Virei-me para a minha mãe.

— Sabe de uma coisa? Você bem que poderia ter-me contado. Eu teria vindo aqui e retirado as minhas coisas.

— Ah, nós não jogamos nada fora, Cannie. Está tudo encaixotado lá no porão.

Girei os olhos dentro das órbitas.

— Ora, isso me faz sentir bem melhor!

— Minha filha — disse ela —, eu sinto muito. Só estou tentando equilibrar as coisas por aqui...

— Essa não! — Equilibrar significa levar outras coisas em conta. E isto — falei, varrendo o ar com a mão para indicar o tear, o cinzeiro e o golfinho de pelúcia escarrapachado em cima do futon — é levar em conta apenas o que uma pessoa quer e esculhambar completamente com a outra. É de um egoísmo total. Isto é ridículo. Isto...

— Cannie — falou Tanya. Conseguiu subir de alguma forma sem que eu ouvisse.

— Queira nos desculpar — falei, e bati a porta na cara dela. Senti um prazer perverso, ouvindo-a mexer na maçaneta depois que tranquei a porta com o trinco que ela mesma colocou ali.

Minha mãe foi sentando onde ficava a minha cama, apercebeu-se no meio do caminho e acabou pegando a cadeira da escrivaninha de Tanya.

— Cannie, por favor, eu sei que isso é um choque...

— Você enlouqueceu de vez? Isso é ridículo! Bastaria ter-me dado a porcaria de um telefonema. Eu poderia ter vindo aqui pegar as minhas coisas...

Minha mãe ficou arrasada.

— Desculpe — disse ela.

Acabei não passando a noite lá. Essa visita ocasionou a minha primeira — e até agora a última — cota de terapia. O plano de saúde do *Examiner* pagou dez consultas com a Dra. Blum, uma mulherzinha com a cara da orfãzinha Annie, que escrevia sem parar, enquanto eu lhe contava toda a minha história de pai maluco, divórcio horroroso e mãe lésbica. Eu ficava preocupada com ela. Parecia que ela estava, constantemente, com medo de mim. E sempre alguns lances atrás do enredo em questão.

"Espere aí, vamos voltar um pouco", dizia ela, quando eu emendava de repente na última atrocidade de Tanya com relação à incapacidade de minha irmã Lucy ficar num emprego. "Sua irmã estava, hum, trabalhando de dançarina de boate fazendo *topless* e seus pais não perceberam?"

"Isso foi em 1986", dizia eu. "Meu pai tinha ido embora. E minha mãe não conseguia enxergar que eu estava dormindo com o assistente do professor de história e tinha engordado vinte e cinco quilos no primeiro ano da faculdade, de forma que é isso aí, ela acreditava que a Lucy estava cuidando de criança até às quatro horas da madrugada."

A Dra. Blum apertava os olhos para enxergar as anotações.

— Certo, e o professor de história era... James?

— Não, não. James era o cara da equipe de remo. Jason era o poeta frentista do posto de gasolina. E Bill foi o cara da faculdade. E Bruce é o cara de agora.

— Bruce! — dizia ela, em tom triunfal ao localizar o nome em suas anotações.

— Mas eu estou mesmo preocupada, sabe, de estar induzindo-o a alguma coisa, ou algo assim desse gênero — falei e soltei um suspiro. — Não sei direito se o amo.

— Vamos voltar à sua irmã um instante — dizia ela, folheando o bloquinho cada vez mais rapidamente, enquanto eu esperava sentada, tentando conter os bocejos.

Além da incapacidade de me acompanhar, a Dra. Blum passava ainda menos confiança por causa das roupas que usava. Vestia-se como se não soubesse que existia uma sessão para as *mignons*. Todas as suas mangas batiam na ponta dos dedos; todas as suas saias arrastavam no chão. Eu me abria o melhor que podia, respondia às suas perguntas sempre que ela as fazia, mas nunca confiei de fato nela. Como poderia confiar numa mulher que era ainda mais desligada da moda do que eu?

Ao fim de nossas dez sessões, ela não chegou a me declarar curada, mas me deixou dois conselhos para seguir.

— Primeiro — disse —, você não tem como mudar as coisas que qualquer pessoa faça neste mundo. Nem seu pai, nem sua mãe, nem Tanya, nem Lisa...

— ...Lucy — corrigi.

— Isso. Bem, você não pode controlar o que eles fazem, mas pode controlar a sua maneira de reagir a essas coisas... se você vai deixar que aquilo a leve à loucura e não lhe saia mais da cabeça, ou se você vai observar o que elas estão fazendo, ponderar a respeito e tomar uma decisão consciente acerca de quanto vai deixar que aquilo lhe afete.

— Está bem. E o número dois?

— Fique com Bruce — disse, seriamente. — Mesmo que não ache que seja o homem certo. Ele está à sua disposição, parece um ótimo apoio e eu acho que você vai precisar disso nos próximos meses.

Demos um aperto de mãos. Ela me desejou boa sorte. Agradeci-lhe pela ajuda e informei-lhe que estava tendo uma grande liquidação na Ma Jolie, de Manayunk, e que eles faziam coisas do tamanho dela. E foi esse o fim da minha grande experiência com terapia.

Eu gostaria de poder dizer que nestes anos, desde que Tanya trouxe seu tear, sua agonia e seus pôsteres para dentro de casa, as coisas ficaram mais fáceis. Mas o fato é que não ficaram. Tanya tem a habilidade popular da vida vegetativa. É como se ela fosse desafinada, só que em vez de não distinguir as notas musicais, ela não percebe nuances, sutilezas, eufemismo, conversa fiada e mentirinhas. Basta perguntar como vai que você recebe um relato completo e minucioso da sua última crise de trabalho ou saúde, inclusive um convite para ver os pontos da cirurgia. Experimente dizer que gostou do que ela cozinhou — e só Deus sabe o tamanho da mentira! —, para ver a infindável lista de receitas com que ela vai brindar você, e cada qual com uma história de fundo ("Minha mãe fez isso para mim, eu me lembro bem, na noite em que voltou do hospital para casa...").

Ao mesmo tempo, é extremamente melindrosa, chegada a uns acessos de choro em público e ataques de mau humor nos quais acaba por se trancar no meu ex-quarto, quando estamos em casa, ou bate em retirada de onde quer que estejamos, quando estamos na rua. E baba pela minha mãe da maneira mais chata que se possa imaginar, seguindo-a por todo canto como um bichinho de estimação apaixonado, esforçando-se para pegar-lhe a mão a todo instante, afagar-lhe os cabelos, acariciar-lhe o pé, cobri-la com um cobertor.

— Doente — declarou Josh.

— Imatura — disse Lucy.

— Não entendo — foi o que falei. — Alguém tratar a gente assim por uma semana, quem sabe, seria legal... mas onde é que está o desafio? Onde está a empolgação? E sobre o quê elas conversam?

— Nada — disse Lucy.

Nós três tínhamos vindo para casa para o Chanucá, e estávamos sentados na sala íntima depois que os convidados se foram e minha mãe e Tanya tinham ido se deitar, cada qual com o presente que Tanya havia tricotado. Eu tinha um cachecol com as cores do arco-íris ("Você pode usar para o Desfile do Orgulho", Tanya sugeriu). Josh tinha luvas de frio, também com o arco-íris do orgulho *gay*, e Lucy um embolado esquisito de fios de lã que Tanya explicou tratar-se de um regalo. — "É para manter as mãos agasalhadas", disse ela, com sua voz retumbante, mas Lucy e eu já havíamos soltado sonoras gargalhadas, enquanto Josh maquinava num fio de voz se aquilo não poderia ser jogado no fundo da piscina para uma prática veranista de pescaria de regalo.

Nifkin, que ganhara um suéter de arco-íris, estava no meu colo dormindo com um olho aberto, pronto para galgar territórios mais elevados caso as malignas gatas Gertrude e Alice aparecessem. Josh estava no sofá, dedilhando no violão o que parecia ser o tema de *Barrados no baile*.

— A bem da verdade — disse Lucy —, elas não se falam.

— Pois é! E do que falariam? — perguntei. — Sabe, mamãe é bem formada... viajada...

— Tanya coloca a mão na boca de mamãe quando começa a passar *Jeopardy* — proferiu Josh, sem um pingo de ânimo, e passou a tocar *Sex and candy*.

— Argh! — exclamei.

— Pois é! — confirmou Lucy. — Ela diz que é chatice da mamãe ficar cantando todas as respostas.

— Provavelmente, porque ela não sabe nenhuma — disse Josh.

— Sabe de uma coisa? — disse Lucy. — Essa coisa de lésbica até que vai. Seria aceitável se fosse...

— ...outro tipo de mulher — concluí eu, e fiquei ali sentada, imaginando o que seria um amor mais apropriado do mesmo sexo. Digamos, uma professora de cinema da Universidade da Pensilvânia, com dedicação exclusiva, toda chique, de cabelo cortado à fadinha e pingentes de âmbar, que nos apresentasse a diretores do cinema independente e levasse minha mãe para Cannes. Mas, em vez disso, minha mãe foi se apaixonar por Tanya, que não era letrada nem chique, cuja cinefilia se voltava mais para a obra de Jerry Bruckheimer, e não possuía sequer um penduricalho de âmbar.

— Então, qual é? — perguntei. — Qual é a atração? Ela não é bonita...

— Disso não há dúvida — disse Lucy, estremecendo dramaticamente.

— Nem inteligente... nem engraçada... nem interessante...

Ficamos todos sentados ali, em silêncio, enquanto nos dávamos conta de qual seria a atração.

— Aposto que ela tem a língua igual à de uma baleia — disse Lucy.

Josh fez que ia vomitar. Eu girei os olhos nas órbitas, de náusea.

— Igual à de um tamanduá! — gritou Lucy.

— Lucy, pare com isso — falei. Nifkin acordou e começou a grunhir. — Além do mais, mesmo que seja só sexo, não tem muito para onde ir.

— E como é que você sabe? — disse Lucy.

— Pode acreditar no que estou dizendo — afirmei. — Mamãe vai se encher disso.

Ficamos os três sentados, remoendo aquilo.

— É como se ela não ligasse mais para nós — soltou Josh.

— Liga, sim — falei. Mas não tinha muita certeza. Antes da Tanya, minha mãe gostava de fazer coisas conosco... quando estávamos todos juntos. Ia me visitar na Filadélfia, e Josh em Nova York. Cozinhava quando vínhamos para casa, telefonava algumas vezes por semana, vivia atarefada com seus clubes de livros e grupos de estudo, um círculo muito grande de amigos.

— Agora ela só liga para a Tanya — falou Lucy, amargurada.

E eu não tive um argumento para dar. Claro, ela ainda telefonava para nós, mas não com a mesma freqüência. Já não me visitava há alguns meses. Seus dias (para não falar das noites) pareciam preenchidos por Tanya — os passeios que faziam de bicicleta, os chás dançantes que freqüentavam, o fim de semana do Ritual de Cura para o qual Tanya a levou como presente-surpresa pelo terceiro mês de namoro, onde elas queimaram artemísia e rezaram para a deusa Lua.

— Não vai durar — falei, com mais convicção do que a que estava sentindo de fato. — É só uma paixão passageira.

— E se não for? — cobrou Lucy. — E se for amor verdadeiro?

— Não é — insisti. Mas, por dentro, achei que talvez fosse. Que era isso mesmo, que estaríamos todos atrelados a esse desastre emocional, essa criatura sem graça e horrível até o fim de nossas vidas. Ou pelo menos até o fim da vida de nossa mãe. E depois...

— Pensem só no enterro — entreti-me. — Meu Deus! Dá até para ouvi-la... — e baixei o meu tom para imitar o rascante da voz de Tanya. — "Sua mãe queria que eu ficasse com isso" — rugi. — "Mas Tanya" — falei, em minha própria voz —, "isso aí é o meu carro!"

Os lábios de Josh esboçaram um sorriso. Lucy riu. Eu repeti o grunhido da Tanya.

"Ela sabia quanto ele significava para mim."

Agora Josh já abrira um sorriso franco.

— Imite o poema — disse ele.

Eu fiz que não com a cabeça.

— Ah, vai, Cannie — implorou minha irmã.

Limpei a garganta e comecei a recitar Philip Larkin.

— Eles te fodem todo, teu pai e tua mãe. Podem até não ter a intenção, mas que fodem, fodem.

— Eles te enchem das falhas que tinham... — continuou Lucy.

— E acrescentam mais algumas, só para ti — disse Josh.

— Mas eles também foram fodidos, por sua vez, por idiotas de chapéu e paletó antigos, que viviam metade do tempo entre o dengo e a rigidez, e passavam a outra metade a se engalfinhar.

E nos juntamos os três para a última estrofe — aquela que eu não conseguia nem tentar me lembrar em meio à provação que me encontrava.

— O homem passa angústia para o homem, e ela se aprofunda qual a plataforma continental. Sai dessa o mais rápido que puder, e trata de não ter filhos.

Então, ante a sugestão de Lucy, pusemo-nos todos de pé — inclusive Nifkin — e jogamos nossos artigos tricotados na lareira.

— Fora, Tanya! — entonou Lucy.

— Que volte a heterossexualidade! — implorou Josh.
— Assim seja — fiz-lhes eco, e fiquei vendo o cachecol queimar.

Cheguei em casa e estacionei a bicicleta na garagem, ao lado do carrinho de Tanya com seu plástico colado ao pára-choque que dizia, "A mulher precisa de um homem tal qual um peixe precisa de uma bicicleta", tirei o gigantesco peru congelado de dentro do freezer e o coloquei na pia para descongelar. Tomei uma ducha rápida e fui para o *quarto que antigamente era meu*, onde fiquei acampada desde que cheguei. Entre pequenos passeios de bicicleta e banhos demorados, tirei cobertores do armário das roupas de cama em quantidade suficiente para transformar o futon de Tanya num oásis bem forrado. Também desencavei um caixote de livros do porão e estava relendo os sucessos da minha infância: *Uma casa na campina* [5], *Tudo depende de como você vê as coisas* [6], *As crônicas de Narnia* [7] e *Os cinco pimentinhas e como eles cresceram*. Estava regredindo, pensei, indefesa. Mas uns parcos diazinhos e voltaria ao estágio embrionário.

Sentei-me à escrivaninha de Tanya e verifiquei meu correio eletrônico. Trabalho, trabalho. Pessoa Idosa, Zangada ("Seu comentário sobre a CBS ser a rede para telespectadores que gostam de comida 'pré-mastigada' foi indelicado!"). E um bilhete de Maxi. "Aqui está fazendo 37 graus todo dia", escrevera. "Morro de calor. Estou cheia disso. Quero saber do dia de Ação de Graças. Qual é o elenco?"

Sentei-me para responder. "O feriado de Ação de Graças é sempre uma produção na minha casa", escrevi. "Começa que estamos, minha mãe, Tanya, Josh, Lucy e eu. Depois vêm as amigas da minha mãe, e seus maridos e filhos, e demais almas perdidas que Tanya venha a recrutar. Minha mãe prepara peru desidratado. Não é que o peru seja desidratado de propósito, mas, sim, porque ela cozinha na grelha a gás e ainda não descobriu o tempo que precisa para ficar no ponto, mas sem deixar passar demais. Purê de batata. Purê de batata-doce. Um verde qualquer. Recheio. Molho. Geléia de amora em lata." Meu estômago

---

[5] Editado no Brasil pela Editora Record.
[6] Editado no Brasil pela Editora Companhia das Letras.
[7] Editado no Brasil pela Editora Martins Fontes.

embrulhou no momento exato em que eu escrevia. Já havia parado de sentir enjôo durante quase a semana passada inteira, mas pensar no peru ressecado, no molho encaroçado da Tanya e no coquetel de amoras enlatadas foi o suficiente para me fazer pegar o sal de frutas que tinha trazido na mala.

"A comida não é o ponto principal", continuei. "É bom ver as pessoas. Algumas, eu já conheço desde que era menina. E minha mãe acende a lareira, a casa fica com o cheiro da fumaça da lenha, todos nos sentamos à mesa e citamos uma coisa pela qual somos gratos."

"E o que é que você vai dizer?", Maxi respondeu prontamente.

Soltei um suspiro, balançando os pés dentro das grossas meias de lã que surrupiara do estoque de L.L. Bean, de Tanya, e apertei em torno de mim o xale afegão que roubara da sala íntima. "Não estou me sentindo grata por nada neste momento", digitei de volta, "mas vou pensar em alguma coisa."

ONZE

O Dia de Ação de Graças amanheceu gélido e com um sol forte. Saí da cama me arrastando, ainda bocejando às dez horas da manhã, e passei algumas horas tirando folhas do quintal com o ancinho, acompanhada por Josh e Lucy, enquanto Nifkin, da varanda, não despregava o olho de nós, nem dos gatos sorrateiros.

Às três horas da tarde, tomei um banho, dei um jeito no cabelo com o secador e passei batom e rímel, vesti a minha calça de veludo preto de pernas folgadas e o suéter de cashmere que havia colocado na mala na esperança de que o efeito cumulativo resultasse em um estilo próprio e um visual emagrecedor. Lucy e eu pusemos a mesa, Josh ferveu e descascou os camarões, e Tanya saracoteou pela cozinha, fazendo mais barulho do que comida e parando a toda hora para fumar.

Às quatro e meia da tarde, os convidados começaram a chegar. Beth, amiga de minha mãe, chegou com o marido e os três filhos altos e louros, o mais novo ostentava um brinco atravessado pelo septo nasal, o que lhe conferia ares de um touro judeu desconcertado. Ela me abraçou e começou a enfiar bandejas de aperitivos no forno, enquanto Ben, o do *piercing* no nariz, pôs-se a jogar castanhas salgadas discretamente nos gatos de Tanya.

— Você está ótima — disse, como sempre diz. Nem de longe era verdade, mas fiquei agradecida pela delicadeza. — Adorei o seu artigo sobre o novo espetáculo de Donny e Marie. Quando você falou que estavam cantando com LeAnn Rimes e parecia que tentavam sugar dela todo o sangue vital... que engraçado!

— Obrigada — falei.

Adoro a Beth. Só ela para se lembrar da passagem sobre os "Vampiros Mórmons", aquela que eu adorei também, mesmo tendo causado uma dúzia de telefonemas irados para a minha editora, um punhado de cartas malcriadas ("Prezada Repórter de Meia Tigela", começava a minha predileta) e mais uma bem-intencionada visita de dois estudantes de dezenove anos da Universidade de Brigham que estavam passeando pela Filadélfia e prometeram rezar por mim!

Tanya prestou sua contribuição de feijão-verde encimado por cenouras cruas, tiradas de uma lata e misturadas com um pacote de pó de creme de cogumelo Campbell, depois se enfurnou na sala íntima e acendeu um fogo bem alto na lareira. A casa se encheu com o doce aroma da lenha queimando e do peru assando. Nifkin, Gertrude e Alice acertaram um cessar-fogo e foram se deleitar enfileirados diante das labaredas. Josh serviu os camarões. Lucy preparou Manhattans — aperfeiçoara a técnica durante uma temporada como balconista de bar, que se seguiu àquela como dançarina de *topless*, mas que ainda foi antes dos seis meses que passou fazendo sexo pelo telefone.

— Você está horrível — disse ela, enquanto me entregava um drinque.

Lucy estava ótima, como sempre. Minha irmã é só quinze meses mais nova do que eu. As pessoas costumam dizer que parecíamos gêmeas quando éramos pequenas. Ninguém nunca mais disse isso. Lucy é magra — sempre foi — e mantém os cabelos ondulados curtos, de forma que as pontas levemente afiladas de suas orelhas aparecem quando ela balança a cabeça. Tem lábios carnudos e bem marcados, uns olhos grandes e castanhos tipo Betty

Boop, e se apresenta ao mundo como a estrela que acha que deve ser. Já faz anos que não a vejo sem a maquiagem completa, lábios delineados e coloridos com perícia, sobrancelhas muito bem tiradas e uma reluzente bolinha de prata incrustada bem no meio da língua. Para a festa de Ação de Graças, trajava uma calça de couro preta colada no corpo, botas pretas de salto alto e um conjunto de blusa e suéter cor-de-rosa com lantejoulas. Parecia recém-chegada de uma sessão de fotos num estúdio ou que estava apenas dando uma passadinha por ali antes de ir comemorar o feriado na casa de gente muito mais sofisticada.

— Estou um pouco estressada — falei, bocejando, devolvendo o drinque e querendo mais tempo para outra soneca.

Minha mãe se esforçava para distribuir pela mesa as mesmas placas indicativas dos lugares que as pessoas deveriam ocupar que usara na Páscoa judaica do ano passado. Eu sabia que havia uma em que estava escrito "Bruce" no meio daquela pilha e fiquei torcendo, para o meu próprio bem, que ela a tivesse jogado fora e não apenas riscado o nome dele e colocado outro para economizar.

A última vez em que ele esteve aqui foi no inverno. Josh, Lucy, Bruce e eu ficamos na varanda tomando as cervejas que Tanya nos recusou o direito de pôr na geladeira. ("Estou me recuperando", vociferava, segurando as garrafas infratoras como se fossem granadas.) Depois fomos dar uma volta no quarteirão. A meio caminho, começou a nevar inesperadamente. Bruce e eu ficamos de mãos dadas, olhos fechados e bocas escancaradas, sentindo os flocos caírem no nosso rosto qual beijinhos molhados, muito tempo depois de todos terem entrado em casa.

Fechei os olhos ante a lembrança.

Lucy olhou para mim.

— Nossa, Cannie! Você está bem?

Pisquei para afugentar as lágrimas.

— Só cansada.

— Hnf! — exclamou ela. — Se é assim, vou amassar uma coisinha especial e colocar junto com a sua batata.

Dei de ombros, e evitei comer a batata na hora do jantar. Seguimos a tradição da minha mãe na Ação de Graças, dizendo, cada qual à sua vez, ao redor da mesa, aquilo por que estávamos gratos naquele ano.

— Agradeço por ter encontrado tanto amor — disse Tanya, com sua voz rouca, enquanto Lucy, Josh e eu piscávamos e minha mãe pegava-lhe a mão.

— Agradeço por ter minha família maravilhosa reunida — disse minha mãe. Os olhos dela rebrilhavam. Tanya deu-lhe um beijo no rosto. Josh grunhiu. Tanya lançou-lhe um olhar malicioso.

— Agradeço... — precisei pensar um pouco. — Agradeço por Nifkin ter sobrevivido ao surto de gastroenterite hemorrágica do verão passado — acabei dizendo. Ao ouvir seu nome, Nifkin colocou a pata no meu colo e soltou um ganido carente. Discretamente, passei-lhe um pedaço de pele de peru.

— Cannie! — gritou minha mãe. — Pare de dar comida a esse cachorro.

— Agradeço por ainda estar com vontade de comer depois de ouvir falar da doença do Nifkin — disse Ben que, além do *piercing* no nariz, implicava com os pais usando uma camiseta em que se lia, "O que faria Jesus?"

— Agradeço por Cannie só ter acabado com Bruce depois do meu aniversário, pois assim ganhei dele aqueles ingressos para o Phish — disse Josh, em seu tom de barítono profundo que caía tão bem com sua envergadura de mais de um metro e oitenta de carne e osso, ademais do cavanhaque que deixara crescer desde a última vez em que o vi. — Obrigado — disse-me, num cochicho audível.

— De nada — falei, no mesmo tom.

— E eu agradeço — concluiu Lucy — por estarem todos aqui para ouvir a minha grande novidade.

Minha mãe e eu trocamos olhares ansiosos. A última grande novidade de Lucy tinha sido um plano — graças a Deus abandonado — de se mudar para o Uzbequistão com um sujeito que ela conhecera no bar. "Ele é advogado lá", dissera ela, com toda a confiança, deixando discretamente de lado o fato de que ele era entregador do Pizza Hut aqui. Antes desse, houve um projeto de abrir uma padaria em Montserrat, onde ela foi visitar uma amiga na faculdade de medicina. "Ninguém faz pão lá!", dissera, em tom triunfal, e chegou até a preencher a papelada pedindo um empréstimo para abrir uma microempresa, antes que o há muito adormecido vulcão de Montserrat entrasse em erupção e eles evacuassem a ilha toda, enterrando assim os sonhos de panificação de Lucy sob a lava quente.

— Qual é a novidade? — perguntou minha mãe, fitando os olhos de Lucy que brilhavam como só!

— Arranjei um agente — gorjeou minha irmã. — E ele conseguiu que eu vá fazer umas fotos!

— De *topless*? — perguntou Josh, secamente. Lucy balançou a cabeça. — Não, não. Já saí dessa. A de agora é legal. Vou posar de modelo de luvas de borracha.

— Para uma revista de fetiches? — perguntei. Não consegui me conter.

Lucy ficou desarmada.

— Por que ninguém acredita em mim? — redargüiu. Conhecendo a minha família, eu diria que era apenas uma questão de tempo até alguém abrir o Catálogo dos Fracassos de Lucy, da escola aos relacionamentos, passando pelos empregos onde ela nunca conseguia parar.

Debrucei-me sobre a mesa e peguei a mão dela. Ela a puxou para trás.

— Não quero contato desnecessário — falou. — O que é que deu em vocês, hein?

— Desculpe — falei. — Nem lhe demos uma chance — e foi aí que ouvi a voz. Não a de Deus, infelizmente, mas a de Bruce. *"Bom!"*, disse ele. *"Essa foi legal."*

Olhei para trás, assustada.

— Cannie? — disse minha mãe.

— Achei que tinha ouvido alguma coisa — falei. — Deixe para lá.

E enquanto Lucy dissertava sobre o seu agente, a sessão de fotos e o que iria vestir, ao mesmo tempo em que evitava as perguntas cada vez mais incisivas de minha mãe sobre pagamento por aquilo tudo, eu fiquei me entupindo de peru com recheio e feijão-verde de forno, e pensando no que ouvira. Pensei que talvez fosse possível, embora eu jamais fosse tornar a vê-lo, manter uma parte dele, ou do que fôramos juntos, se ao menos eu pudesse abrir mais o meu coração e ser mais gentil. Apesar de todos os seus sermões, de suas atitudes professorais e complacentes, eu sabia que ele era no fundo uma pessoa boa, e eu... ora, eu também era, no meu íntimo, mas poderiam argumentar que eu ganhava a vida sendo antipática. Mas talvez eu pudesse mudar. E talvez ele gostasse disso e viesse até a gostar mais de mim... e tornar a me amar. Contanto, é claro, que jamais tornássemos a nos ver.

Por baixo da mesa, Nifkin se retorceu e grunhiu contra alguma coisa que enveredava pelo seu sonho. Meus olhos estavam nítidos e minha cabeça tranqüila e em ordem. Não foi como se todos os meus problemas tivessem desaparecido — como se ao menos um tivesse desaparecido, realmente —, mas, pela primeira vez desde que vira o sinal positivo na tira do teste de gravidez, pareceu-me que eu poderia ser capaz de terminar a salvo. Tinha algo em que me agarrar, agora, independente da minha opção — *posso ser uma pessoa melhor*, pensei. *Melhor irmã, melhor filha, melhor amiga.*

— Cannie? — disse minha mãe. — Você falou alguma coisa?

Não tinha falado. Mas naquele momento achei ter sentido uma leve reviravolta na barriga. Poderia ter sido toda aquela comida, ou toda a minha ansiedade, e eu sabia que era cedo demais para sentir qualquer coisa. Mas foi a impressão que tive. Como se uma coisa me acenasse de repente. Uma mãozinha, cinco dedinhos abertos qual uma estrela-do-mar, acenando dentro da água. Olá e até logo.

No meu último dia de folga para a Ação de Graças, antes de empreender a jornada de volta à cidade para pegar os pedaços da minha vida onde eu os deixara, minha mãe e eu fomos nadar. Era a primeira vez que eu voltava ao Centro Comunitário Judaico, desde que ficara sabendo ter sido o palco da sedução de minha mãe. Depois disso, a sauna nunca mais foi a mesma.

Mas eu sentia saudade de nadar, me dei conta disso ao entrar no vestiário e colocar o maiô. Sentia falta do cheiro forte do cloro entrando pelo nariz e das velhas judias que passeavam pelo vestiário completamente nuas, sem um pingo de vergonha, e ficavam trocando receitas e dicas de beleza enquanto se vestiam. A sensação da água, a sensação de sustentação, e como eu conseguia esquecer de quase tudo que não fosse o ritmo da minha respiração enquanto nadava.

Minha mãe nadava um quilômetro e meio toda manhã, se deslocando lentamente pela água com uma graciosidade maciça. Acompanhei-a até, aproximadamente, a metade do percurso, depois passei para uma das raias vazias e fiquei num nado de lado lânguido durante um tempo, sem pensar em nada. Eu sabia que isto era um luxo a que não poderia me entregar durante muito mais tempo. Se eu quisesse que alguém desse um jeito na situação (e era essa a frase que vinha usando em meus pensamentos), teria de agir sem demora.

Virei de costas e pensei no que sentira durante o jantar de Ação de Graças. Aquela mãozinha, acenando. Ridículo, ora! A coisa provavelmente não tinha mãos, e se tivesse, com certeza não acenaria.

Sempre fui a favor do aborto. Jamais romanceei a gravidez, desejada ou não. Eu não era dessas mulheres que vêem o trigésimo aniversário se aproximando e começam a fazer festinha em qualquer coisa que apareça dentro de um carrinho com o queixo todo babado. Tinha algumas amigas que haviam se casado e formado suas famílias, mas tinha muitas mais, com vinte e tantos ou trinta e poucos, que não. O tempo passava e eu não estava nem aí. Não sentia essa febre de bebê.

Virei de frente e passei para um preguiçoso nado de peito. O negócio era o seguinte: eu não conseguia me livrar da idéia de que a decisão havia sido tomada de alguma forma sem mim. Como se estivesse fora do meu controle agora, e tudo que me cabia fazer era sentar e deixar que acontecesse.

Frustrada, soltei o ar dentro da água e fiquei vendo as bolhas me envolverem. Ainda me sentiria melhor com relação a tudo isso se pudesse ouvir a voz de Deus novamente, se conseguisse ter a certeza de que estava fazendo o que era certo.

— Cannie?

Minha mãe nadou para a raia ao meu lado.

— Mais duas voltas — disse.

Terminamos juntas, respirando ao mesmo tempo, dando braçadas lado a lado. Depois ela foi para o vestiário e eu fui junto.

— Agora me diga — falou ela —, o que está acontecendo com você?

Olhei para ela, surpreendida.

— Comigo?

— Oh, Cannie! Eu sou sua mãe. Já a conheço há vinte e sete anos.

— Vinte e oito — corrigi.

Ela me olhou indagativamente.

— Será que esqueci o seu aniversário?

Dei de ombros.

— Acho que enviou um cartão.

— Então é isso? — perguntou. — Está preocupada com a idade? Deprimida?

Dei de ombros outra vez. Minha mãe parecia mais preocupada.

— Você tem procurado apoio? Tem conversado com alguém?

Soltei uma bufada, pensando na inutilidade que a tal doutorazinha, afogada em suas roupas, seria numa situação como esta. "Vejamos, Bruce é o seu namorado", diria ela, folheando seu inefável bloquinho de notas. "Era", eu corrigiria. "E está pensando em... adotar?" Então, eu diria: "Não, abortar."

— Você está grávida — disse minha mãe.

Endireitei a coluna, e meu queixo caiu.

— O quê?

— Cannie, eu sou sua mãe. Mãe sabe dessas coisas.

Ajeitei a toalha em torno de mim e fiquei imaginando se seria demais esperar que esta fosse uma das poucas coisas nas quais minha mãe e Tanya não teriam feito uma aposta.

— E você está igualzinha a mim — continuou ela. — Cansada o tempo todo. Quando estava grávida de você, eu dormia catorze horas por dia.

Não falei nada. Eu não sabia o que dizer. Sabia que precisaria começar a falar sobre isso com alguém, em algum momento, mas não tinha as palavras prontas ainda.

— Você já pensou num nome? — perguntou.

Soltei uma risada curta, tal qual um latido.

— Não pensei em nada — falei. — Não pensei onde vou morar nem o que vou fazer...

— Mas você vai... — e sua voz se interrompeu delicadamente.

— Parece que sim — falei. Pronto. Em voz alta. De verdade.

— Oh, Cannie! — ela soou, se é que isso é possível, ao mesmo tempo empolgada e sentida. Empolgada, eu acho, porque iria ser vovó (ao contrário de mim, minha mãe era dada a fazer festinha em qualquer coisa que passasse num carrinho). E sentida, porque não era o tipo de situação que se possa querer para a filha.

Mas era a minha situação. Eu vi isso ali, naquela hora, dentro do vestiário. Era o que iria acontecer eu teria aquele bebê, com Bruce ou sem Bruce, quer ela ficasse sentida, quer não. Parecia ser a opção certa.

Mais do que isso, parecia ser o meu destino, a maneira como minha vida deveria se desdobrar. Eu só gostaria que quem tivesse planejado aquilo me desse uma dica ou duas sobre como eu iria fazer para prover a minha subsistência e a de uma criança. Mas se Deus não queria se pronunciar, eu iria descobrir por mim mesma.

Minha mãe se levantou e me abraçou, o que foi nojento, considerando que estávamos molhadas da piscina e a toalha não dava a volta completa na frente do corpo dela. Mas, enfim! Foi bom me sentir abraçada.

— Você não está zangada? — perguntei.

— Não, não. Como poderia ficar zangada?

— Porque... ora! Afinal, não era assim que eu queria que fosse... — falei, deixando meu rosto repousar rapidamente sobre seu ombro.

— Nunca é — disse. — Nunca é do jeito que você acha que vai ser. Você acha que eu queria ter você e Lucy lá em Louisiana, a um milhão de quilômetros de distância da minha família, com aqueles médicos horríveis do exército e um monte de baratas do tamanho do meu polegar...

— Pelo menos você tinha um marido — falei. — E uma casa... e um plano...

Minha mãe deu-me uma batidinha ríspida no ombro.

— Maridos e casas são negociáveis — disse. — E quanto ao plano... a gente resolve isso.

Ela não me fez a pergunta de 64 mil dólares antes de nos secarmos e vestirmos, só depois que já estávamos no carro a caminho de casa.

— Estou presumindo que Bruce seja o pai — falou.

Encostei o rosto no vidro frio do carro.

— Correto.

— E vocês não voltaram?

— Não. Foi... — como é que eu iria explicar para a minha mãe o que tinha acontecido?

— Não se preocupe — disse, dando um fim prático ao meu esforço de pensar num eufemismo para contar o que seria uma trepada por solidariedade.

À caminho de casa, passamos pelo parque industrial e pela barraca de frutas e legumes, depois pela montanha. Tudo parecia muito familiar, pois eu já passara por ali um milhão de vezes, enquanto crescia. Ia sempre nadar com minha mãe nos sábados de manhã, as duas de carro, vendo todo mundo acordar enquanto comprávamos pão fresco e suco de laranja espremido na hora para tomarmos o nosso café da manhã juntos, os cinco.

Agora tudo estava diferente. As árvores mais altas, as casas um tanto mais estragadas. Havia sinais de trânsito novos em alguns dos cruzamentos mais perigosos, casas novas com paredes de madeira crua e gramados revolvidos em ruas que não existiam quando eu freqüentava a escola secundária. Ainda assim, foi bom, e reconfortante, andar de carro com minha mãe novamente. Cheguei quase a fingir que Tanya ficara no apartamento de sua ex-namorada co-dependente obsessiva-compulsiva sem entrar na vida da minha mãe... e que nosso pai não havia nos abandonado tão completamente assim... e que eu não me encontrava naquelas condições.

— Você vai contar ao Bruce? — perguntou ela, afinal.

— Não sei. Não estamos nos falando. E eu acho... bem, tenho certeza de que se contasse ele iria tentar me convencer a tirar, e não quero que venham me convencer a tirar — parei e fiquei repensando aquilo. — E pelo visto... quero dizer, se eu fosse ele, se estivesse na posição dele... é um fardo muito grande para se jogar nas pessoas. Dizer que elas têm um filho aí no mundo...

— Você quer que ele faça parte da sua vida? — perguntou minha mãe.

— Não é bem por aí. Ele já deixou claro que não quer fazer parte da minha vida. Agora, se vai querer fazer parte... — tropecei na tentativa de dizê-lo pela primeira vez — da vida do nosso filho...

— Ora, essa opção não é totalmente dele. Ele vai ter de pagar uma pensão.

"Ai meu Deus!", pensei, imaginando ter de levar Bruce à justiça e explicar o meu comportamento diante de um juiz e de um júri.

Ela continuou falando: sobre fundos de pensão, juros compostos e um programa de televisão que fala de mães que trabalham fora e colocam câmeras de vídeo escondidas e pegam as babás negligenciando os bebês enquanto assistem novela (presumi que fossem as babás, não as crianças), e dando telefonemas interurbanos para Honduras. Lembrei-me da Maxi, tagarelando sobre o meu futuro financeiro.

— Tudo bem — falei para a minha mãe. Eu estava sentindo um agradável peso nos músculos devido à natação e minhas pálpebras começavam a querer cair. — Não vou ter babás hondurenhas, eu prometo.

— Talvez a Lucy possa ajudar um pouco — disse ela, e me olhou quando paramos num sinal vermelho. — Você já foi ao seu ginecologista, não foi?

— Ainda não — falei, e soltei outro bocejo.

— Cannie! — e passou a me dar aulas de nutrição, de ginástica durante a gravidez, e contou que tinha ouvido falar que a vitamina E em cápsulas evitava estrias. Deixei meus olhos se fecharem, ninada pelo som de sua voz e das rodas do carro, e estava quase adormecida quando entramos em casa. Minha mãe precisou me sacudir para me acordar, e falar meu nome baixinho, e dizer que tínhamos chegado.

Foi um espanto ela ter-me deixado voltar para Filadélfia naquela mesma noite. Voltei com a mala cheia de vasilhas de Tupperware com peru, recheio, torta, e só depois de lhe prometer solenemente que marcaria hora com o médico na manhã seguinte, assim que acordasse, e que ela poderia vir me fazer uma visita em breve.

— Use o cinto de segurança — falou ela, enquanto eu colocava um Nifkin contrariadíssimo em sua casinhola de viagem.

— Eu sempre uso o cinto de segurança — falei.

— Não deixe de me ligar assim que souber a data prevista.

— Vou ligar. Prometo.

— Está bem — disse ela. Ergueu a mão e roçou as pontas dos dedos pelo meu rosto. — Estou orgulhosa de você — falou.

Eu quis perguntar por quê. O que eu tinha feito que pudesse deixar alguém orgulhosa? Ir para a cama com um cara que não queria mais nada comigo não era exatamente uma coisa da qual ela pudesse se gabar com as amigas do clube de leitura ou que eu pudesse mandar para o jornalzinho dos ex-alunos de Princeton. Ser mãe solteira pode ser uma coisa de maior aceitação no meio das estrelas de cinema, mas pelo que eu podia ver entre as minhas colegas divorciadas não passava de uma dureza para as mulheres que vivem a vida de verdade, e também não era motivo algum para comemorar, nem para sentir orgulho.

Mas não perguntei. Só dei partida no carro e fui embora, acenando para trás até que ela desapareceu de vista.

Em Filadélfia, tudo se mostrou diferente. Ou talvez fosse eu que estivesse enxergando de maneira diferente. Observei a abundância de latas de Budweiser na cesta de reciclagem em frente ao apartamento do segundo andar quando passei pelas escadas, e escutei pela fresta, debaixo da porta, as gargalhadas enlatadas de um programa humorístico na televisão. Lá fora, na rua, o alarme de alguém disparou e escutei vidro quebrando não muito longe dali. Barulho de fundo, coisa que eu mal me dava conta a maior parte do tempo, mas que teria de começar a observar agora... agora que era responsável por mais alguém.

No terceiro andar, meu apartamento desenvolvera uma fina camada de poeira nos cinco dias que passei fora, e cheirava a bolor. Não era um lugar para se criar uma criança, pensei, abrindo as janelas, acendendo uma vela com essência de baunilha e pegando logo a vassoura.

Dei de comer e de beber a Nifkin. Varri o chão todo. Separei a roupa para lavar no dia seguinte, esvaziei a máquina de lavar louça, coloquei as sobras no congelador, depois enxagüei o meu maiô e o coloquei para secar. Estava na metade de uma lista de compras, cheia de leite desnatado e maçãs frescas e outras coisas boas de comer, quando me dei conta de que não havia verificado o meu correio de voz para saber se alguém... bem, para saber se Bruce havia ligado. Pouco provável, sem dúvida, mas achei que seria melhor dar-lhe o benefício da dúvida.

E quando descobri que ele não havia ligado, fiquei triste, mas nada como aquela tristeza aguda e doentia de ansiedade e nervosismo que sentia antes, nada como a avassaladora certeza de que iria morrer se ele não me amasse mais que sentira naquela noite em Nova York com Maxi.

"Ele me amou", sussurrei para o chão recém-varrido. "Ele me amou, mas não me ama mais, e não é o fim do mundo."

Nifkin levantou a cabeça do sofá, olhou para mim com ar curioso e voltou a dormir. Peguei a lista. "Ovos", escrevi. "Espinafre. Ameixa."

DOZE

— Você o quê?!

Assenti com a cabeça por cima do café descafeinado com leite desnatado e da torrada.

— Estou grávida. Esperando neném. Botei barriga. Fiquei buchuda.

— Está bem, está bem. Já entendi. — Samantha me olhou fixamente, com os lábios carnudos levemente entreabertos e os olhos castanhos arregalados pelo choque, embora fossem apenas sete e trinta da manhã. — Como?

— Como todo mundo — disse eu, com toda a leveza. Estávamos no Xando, o café do bairro que virava bar depois das seis horas da tarde. Executivos liam seus *Examiners*, mamães atarefadas com seus carrinhos tomavam goles de café. Um lugar legal, limpo e arejado. Não era um lugar para se fazer um escândalo.

— Do Bruce?

— Tudo bem, talvez não tenha sido da maneira mais comum. Foi logo depois que o pai dele morreu...

Samantha soltou um suspiro exasperado.

— Ah, meu Deus, Cannie... o que foi que eu lhe disse sobre sexo por carência?

— Eu sei — falei. — Mas aconteceu.

Ela se permitiu soltar um segundo suspiro e, embora ainda estivesse usando *legging* preto e uma camiseta exaltando as virtudes do frango frito, pegou sua agenda e imediatamente tornou-se Dona Eficiência em pessoa.

— Tudo bem — disse ela. — Você ligou para alguma clínica?

— Para falar a verdade, não — falei. — Não vou tirar.

Os olhos dela se arregalaram ainda mais.

— O quê? Como? Por quê?

— Por que não? Estou com vinte e oito anos, tenho dinheiro suficiente...

Samantha estava balançando a cabeça como se não acreditasse no que acabara de ouvir.

— Você vai arruinar a sua vida.

— Eu sei que a minha vida vai mudar...

— Não. Você não me escutou. Você vai arruinar a sua vida.

Repousei a xícara de café na mesa.

— O que você quer dizer com isso?

— Cannie... — ela me olhou com um olhar de súplica. — Mãe solteira... sabe, já é suficientemente difícil achar homens decentes do jeito que as coisas estão... você sabe o que isso vai fazer com a sua vida social?

Para falar a verdade, eu não havia pensado muito nisso. Embora já houvesse aceitado a perda de Bruce como irreversível, ainda não começara a pensar em alguém com quem eu pudesse vir a ficar, ou se iria haver outro alguém.

— Não só a sua vida social — continuou Samantha —, mas a sua vida inteira. Já pensou na mudança que isso vai causar na sua vida toda?

— Claro que pensei — disse eu.

— Não vai ter mais férias — disse ela.

— O que é isso? As pessoas também levam seus bebês nas férias, ora!

— Você vai ter dinheiro para isso? Quero dizer, estou admitindo que você vá trabalhar...

— É isso aí. Meio expediente. Foi o que pensei. Pelo menos no começo.

— Então, a sua renda vai cair e você ainda vai gastar mais dinheiro para tomar conta da criança enquanto trabalha. Isso vai causar um impacto tremendo no seu padrão de vida, Cannie. Um impacto e tanto!

Sem dúvida, era verdade. Não haveria mais fins de semana de três dias em Miami simplesmente porque a USAir colocava um vôo em promoção e eu estava com vontade de tomar um pouco de sol. Não haveria mais casa alugada em Killington para passar uma semana esquiando enquanto Bruce, que não gostava de esquiar, ficava se drogando na banheira de hidromassagem esperando a minha volta. Não haveria mais botas de couro de duzentos dólares só porque "eu não podia deixar de comprar", nem mais jantares de cem dólares, nem mais tardes inteiras para gastar oitenta dólares no spa com massagistas de dezenove anos de idade a me esfregar os pés e fazer as sobrancelhas.

— Bem, as pessoas mudam de vida — falei. — Acontecem coisas que nem sempre são planejadas. As pessoas adoecem... ou perdem o emprego...

— Mas sobre essas coisas elas não têm controle algum — ponderou Samantha. — Enquanto esta situação, ora, você pode controlar.

— Já tomei a minha decisão — falei, tranqüilamente.

Samantha não se deu por vencida.

— Pense em trazer uma criança ao mundo sem um pai — falou.

— Eu sei — disse, levantando a mão antes que ela pudesse falar mais qualquer coisa. — Já pensei nisso. Sei que não é o ideal. Não é o que eu gostaria, se pudesse escolher...

— Mas você pode escolher — falou Samantha. — Pense em todas as coisas que vai ter de resolver por si só. Todas as responsabilidades vão cair sobre os seus ombros. Você está mesmo preparada para isso? E é justo ter um bebê se não estiver?

— Mas pense em todas as outras mulheres que fazem isso!

— Que mulheres? Mães que dependem da ajuda do governo? Meninas adolescentes?

— Isso. Essas aí mesmo. Existem várias mulheres que têm filhos e os pais desses filhos não estão nem aí, e elas dão conta.

— Cannie — falou Samantha —, isso não é vida. Ora, viver na miséria...

— Eu tenho algum dinheiro — falei, em tom sorumbático até para os meus próprios ouvidos.

Samantha tomou um gole de café.

— Isso é por causa do Bruce? Para se agarrar a ele?

Pousei os olhos sobre as mãos cerradas, sobre o guardanapo espremido entre elas.

— Não — falei. — Quero dizer, acho que tem um pouco disso, sim... meio por falta de opção... mas não é que eu tenha resolvido engravidar para me enganchar de novo nele.

Samantha arregalou os olhos.

— Nem inconscientemente?

Eu estremeci.

— Caramba, espero que o meu inconsciente não seja tão pouco iluminado assim!

— Iluminação não tem nada a ver com isso. Talvez lá no fundo alguma parte sua estivesse torcendo... ou esteja torcendo... para que tão logo o Bruce saiba, ele volte direto para você.

— Eu não vou contar a ele — falei.

— Como é que não vai contar a ele? — ela quis saber.

— E por que contaria? — retruquei, prontamente. — Ele foi embora, encontrou outra pessoa, não quer se envolver comigo, nem com a minha vida. Então, por que eu contaria? Não preciso do dinheiro dele, nem das migalhas de atenção que ele se sentiria obrigado a me jogar...

— Mas, e o bebê? Será que o bebê não merece ter um pai?

— Ah, sem essa, Samantha! Nós estamos falando aqui é do Bruce. Aquele grandalhão drogado! O Bruce do rabo-de-cavalo que anda num carro com um plástico a favor da legalização da maconha no pára-choque!

— Ele é um cara legal, Cannie. Provavelmente seria um excelente pai.

Mordi o lábio. Essa parte era dura de admitir, até de pensar, mas, provavelmente, era a verdade. Bruce foi conselheiro em colônia de férias por vários anos. As crianças o adoravam, com ou sem rabo-de-cavalo, com ou sem a maconha, doidão ou não. Toda vez que eu o via com os priminhos ou com os ex-alunos da colônia, eles estavam sempre disputando para sentar ao seu lado na mesa de jantar ou para jogar basquete com ele, ou para que os ajudassem com o dever de casa. Mesmo quando nosso relacionamento estava na pior, jamais duvidei de que ele não pudesse ser um pai maravilhoso.

Samantha estava só balançando a cabeça.

— Não sei, não, Cannie. Não sei, mesmo — ela ficou me olhando, demorada e sombriamente. — Ele vai acabar descobrindo, sabe.

— Como? Nós não conhecemos mais as mesmas pessoas... ele mora tão longe daqui...

— Ah, mas vai descobrir. Já vi novela o suficiente para garantir que ele vai descobrir. Você vai dar de cara com ele em algum lugar... ele vai ouvir falar alguma coisa sobre você... ele vai descobrir. Que vai, vai!

Dei de ombros, tentando parecer corajosa.

— E daí se ele descobrir que eu estou grávida? Não preciso dizer que é dele. Ele que pense que eu andei dormindo com outro por aí! — embora estivesse passada só com a idéia de que ele pudesse ter algum motivo para pensar uma coisa dessas. — Ou que pense que eu fui parar num banco de esperma! O negócio é o seguinte: ele não precisa saber — olhei para Samantha. — E você não tem nada que contar para ele!

— Cannie, você não acha que ele tem o direito de saber? Ele vai ser pai...

— Não, não vai...

— Bem, vai nascer uma criança que é filha dele. E se ele quiser ser pai? E se ele abrir um processo contra você pela custódia da criança?

— Ah, está bem, eu também vi a Sally Jessy...

— Estou falando sério — disse Samantha. — Ele pode fazer isso, sabia?

— Ah, por favor — dei de ombros, tentando mostrar-me menos preocupada do que estava. — O Bruce mal consegue saber onde guarda as sedas de enrolar baseado. Lá iria querer saber de um neném!

Samantha deu de ombros.

— Sei lá. Talvez não queira mesmo. Ou talvez ache que uma criança precise de um... padrão de comportamento masculino.

— Pode deixar que eu levo o bebê para passar uns tempos com a Tanya — brinquei. Samantha não riu. Estava tão irritada que pensei em lhe oferecer um abraço, mas me dei conta de que iria era dar uma de Tanya. — Vai dar tudo certo — falei, mantendo a voz suave e convincente.

Samantha me olhou e disse:

— Espero que sim. Sinceramente.

— Você está o quê? — perguntou Betsy, minha editora. Verdade seja dita, ela se recuperou muito mais rápido do que a Samantha.

— Grávida — repeti. Eu estava ficando um pouco cansada de repetir essa passagem específica da trilha sonora da minha vida. — Esperando neném. Botei barriga. Fiquei buchuda.

— Ah, certo. Tudo bem. Puxa! Hum... — Betsy espiou-me por detrás dos óculos grossos. — Parabéns? — sugeriu, como experiência.

— Obrigada — respondi.

— E você vai... você vai se casar? — perguntou ela.

— Não. Não tenho planos disso, não — falei, sem titubear. — Haveria algum problema?

— Ah, não, não. Claro que não. O jornal não faria nenhuma discriminação, nem nada que o valha...

Senti-me subitamente cansada, muito cansada.

— Eu sei — falei. — E sei que vai ser estranho para as pessoas...

— Quanto menos você explicar, melhor — falou Betsy.

Estávamos na sala de reuniões, com as persianas fechadas, o que significava que eu só podia enxergar os colegas dos joelhos para baixo. Reconheci os sapatos de camurça surrados do editor de texto, Frank, diminuindo a marcha quando passaram a caminho da sala de correio, seguidos de perto pelos de solado alto da assistente de fotografia, Tanisha, num passo ridiculamente lento. Não tive dúvida de que, se pudesse vê-los de corpo inteiro, daria com seus rostos girando na minha direção, tentando adivinhar o que eu e Betsy estaríamos conversando ali dentro, se eu estaria passando por algum tipo de problema e qual seria o problema. Tive também a certeza de que, após as paradas obrigatórias nas caixas de correio, fariam um desvio à direita direto para a mesa de Alice, secretária antiga do departamento e depositária de tudo quanto era mexerico e escândalo. Mas, ora se eu não estaria fazendo o mesmo caso houvesse outra pessoa ali com a Betsy em meu lugar! São as agruras de se trabalhar com quem ganha a vida investigando e fuxicando a vida dos outros. Você acaba sem ter muita privacidade na sua própria vida.

— Se eu fosse você, não diria uma palavra — falou Betsy.

Betsy era uma mulher na faixa dos quarenta, baixinha e espirituosa, com uma cabeleira loura esbranquiçada, que sobrevivera à discriminação sexual, à venda da empresa, aos cortes orçamentários e a meia dúzia de outros chefes de edição, todos homens, cada qual com idéias próprias acerca do que o *Examiner* deveria fazer. Passara por muita coisa e era minha mentora no jornal, e eu confiava sempre nos seus conselhos.

— Bem, vou acabar tendo de dizer alguma coisa...

— Vai acabar tendo de dizer, sim — falou ela. — Mas até lá, eu não diria nada — ela me olhou, com certa ternura — É difícil, você sabe.

— Eu sei — falei.

— Você vai ter algum... apoio?

— Se o que você quer dizer é se Bruce vai chegar montado num cavalo branco para se casar comigo, provavelmente não. Mas minha mãe e Tanya vão ajudar... e talvez a minha irmã, também.

Betsy já viera preparada. Tirou da pasta um exemplar do contrato sindical, depois um bloco e uma calculadora.

— Vamos ver o que podemos fazer por você.

O resultado a que chegou pareceu-me mais do que justo: seis semanas de licença remunerada após o nascimento, e se eu quisesse, mais seis semanas de licença não remunerada logo em seguida. Depois eu teria de trabalhar três dias por semana para manter meus benefícios médicos, mas Betsy disse que aceitaria que eu trabalhasse em casa um dos dias, contanto que eu pudesse ser encontrada. Ela digitou o que viria a ser o meu novo salário na calculadora. Nossa! Pior do que pensei que pudesse ser... mas ainda daria para sobreviver. Pelo menos, assim eu esperava. Quanto custaria uma creche? E roupas de bebê... e móveis... e comida. Vi o meu bem-cuidado pé-de-meia — aquele que construí na esperança de algum dia precisar para as despesas de um casamento, ou talvez de uma casa — esvaindo-se bem diante dos meus olhos.

— Nós vamos resolver isso — disse-me Betsy. — Não se preocupe — ela recolheu a papelada e soltou um suspiro. — Pelo menos, tente não se preocupar mais do que o mínimo necessário. E me avise se eu puder ajudar em alguma coisa.

— Oito semanas — disse a ginecologista em seu entrecortado e melodioso sotaque britânico. — Talvez nove.

— Oito — disse eu, bem fraquinho. É difícil dar muita ênfase a qualquer coisa quando se está deitada de costas com os pés apoiados nos suportes da mesa de exame ginecológico e as pernas escancaradas.

Gita Patel — pelo menos era o nome que constava no crachá preso ao seu jaleco — guardou os instrumentos e deu a volta, sentada em seu banquinho com rodas, para me olhar de frente, enquanto eu fazia um esforço para conseguir me sentar. Tinha mais ou menos a minha idade, eu supus, com os cabelos pretos e brilhantes puxados para trás, formando um pequeno coque preso à nuca. Não era do tipo que eu costumava ver num apertado consultório de plano de saúde, no subsolo de um prédio que dava para a Delancey Street. No entanto tinha a primeira hora vaga e, graças ao incessante refrão de "Você já foi ao médico?" que minha mãe vinha entoando, resolvi não esperar mais. Até agora, pensei, estava tudo dando certo. A Dra. Patel tinha as mãos delicadas e um jeito simpático.

— Você vem se sentindo bem? — perguntou.

— Venho. Só um pouco cansada. Ou melhor, muito cansada, para falar a verdade.

— Tem tido enjôo? — uau! Adorei até o jeito com que ela disse "enjôo".

— Não nos últimos dias.

— Pois bem, então. Vamos discutir os seus planos — ela inclinou a cabeça um nadinha apenas na direção da sala de espera. Fiquei admirada da discrição do gesto no instante exato em que balancei a cabeça.

— Não. Sou só eu.

— Pois bem — disse ela novamente e me entregou uns folhetos lustrosos. O nome do meu plano de saúde estava impresso no topo. "Novos brotinhos" era o título. Eca! "Assistência aos nossos associados desde o início da jornada mais interessante da vida." Eca! Eca!

— Pronto. Agora, vou querer vê-la uma vez por mês durante os próximos cinco meses, depois duas vezes no seu oitavo mês e uma vez por semana até a hora do parto — ela passou algumas folhas do calendário. — Vou lhe dar como data prevista o dia quinze de junho... sem nos esquecermos de que os bebês vêm quando resolvem vir.

Saí dali com a bolsa sacolejando de tanto frasco de vitamina e ácido fólico, a cabeça girando com listas de coisas que eu não poderia comer e coisas que precisaria comprar e consultas que deveria fazer. Formulários para preencher, aulas de parto para me inscrever, e uma página de informações sobre episiotomias que eu nem quis olhar no estado mental em que me encontrava. Era o mês de dezembro e o tempo finalmente esfriara. Uma rajada de vento jogou folhas secas pelo ar enquanto eu passava, com a jaqueta fina bem apertada em volta do corpo. Senti o cheiro da neve no ar. Estava morta de cansaço, com a cabeça girando, mas ainda tinha uma parada antes de chegar em casa.

A aula de gordura estava terminando, quando eu cheguei. Encontrei minhas colegas de turma e o Dr. K. saindo do consultório do Centro de Tratamento de Distúrbios Alimentares, todos batendo um papo animado, enrolados em suéteres e casacões de inverno que pareciam estar sendo usados pela primeira vez naquele ano.

— Cannie! — acenou Dr. K. e se aproximou. Estava de calça cáqui, camisa de brim e gravata. Não estava de jaleco branco, pelo menos desta vez. — Como vão as coisas?

— Ah, tudo bem — falei. — Desculpe eu ter perdido a aula. Queria ter chegado mais cedo...

— Vamos dar um pulinho no meu consultório — disse o Dr. K.

E fomos. Ele se sentou à sua mesa, eu me sentei na cadeira em frente, sem me dar conta até então de que não estava só cansada, mas sim completamente exausta.

— Que bom ver você! — disse ele, olhando-me cheio de expectativa no olhar.

Eu respirei fundo. Enfrente esta, disse a mim mesma. Enfrente só mais esta e você vai conseguir ir para casa dormir.

— Eu vou, hum... ter o neném. Portanto, vou precisar abandonar o programa — contei-lhe.

Ele assentiu com a cabeça, como se fosse o que esperava ouvir.

— Vou tomar as providências para o departamento lhe enviar um cheque — disse. — E estaremos dando início a novos estudos no próximo outono, caso esteja interessada.

— Acho que não vou ter muito tempo livre — falei.

Ele concordou.

— Bem, vamos sentir sua falta em sala. Você traz sempre um certo quê para as aulas.

— Ah, você só está dizendo isso...

— Não, não estou. Aquela imitação de célula gorda fêmea que você fez duas semanas atrás... você deveria pensar seriamente em virar comediante.

Soltei um suspiro.

— Ser comediante é difícil. E eu tenho... muitas coisas em que pensar neste exato momento.

O Dr. K. pegou um bloco e uma caneta.

— Sabe, eu acho que nós talvez venhamos a realizar um curso intensivo de nutrição para gestantes — disse, tirando livros e papéis de cima da mesa para encontrar sua agenda de telefones. — Pois é, como você já pagou, seria interessante receber alguma coisa por isso... Claro, a não ser que você prefira mesmo a restituição, não tem problema...

Ele estava sendo tão gentil. Por que estaria sendo tão gentil comigo?

— Não, tudo bem. Eu só queria dizer que tive de largar o curso, e que sinto muito...

Respirei fundo, enquanto o observava a olhar para mim do lado de lá da mesa, com um olhar tão bondoso. E de repente eu estava chorando de novo. O que será que havia naquela sala, e com aquele pobre homem, que toda vez que me sentava ali em frente da sua mesa eu acabava aos prantos?

Ele me passou o lenço de papel.

— Você está bem?

— Estou. Estou bem. Não tem problema... desculpe...

E o meu choro aumentou tanto que eu não conseguia mais falar.

— Desculpe! — repeti. — Acho que é uma dessas crises do primeiro trimestre em que qualquer coisa faz a gente chorar — bati de leve com a mão espalmada em cima da bolsa. — Tenho uma lista de coisas aqui dentro... coisas que a gente deve tomar, coisas que a gente pode sentir...

Ele esticou o braço por cima de mim e tirou um jaleco branco da prateleira.

— Levante-se — disse ele. Eu me levantei e ele colocou o jaleco sobre os meus ombros. — Quero lhe mostrar uma coisa. Venha comigo.

Conduziu-me até um elevador, saímos por um corredor e entramos por uma porta em que estava escrito "Somente pessoal autorizado" e "Não entre", depois passamos por outra porta em que se lia "Emergências apenas — Sujeito a Alarme". Mas o alarme não disparou quando ele empurrou a porta para abri-la. E de repente estávamos a céu aberto, sobre o telhado, com a cidade a nossos pés.

Dava para ver o prédio da prefeitura. Eu estava praticamente nivelada com a estátua de Billy Penn lá em cima. E o edifício da PECO, incrustado de luzinhas... as torres gêmeas da Liberty Place, cor de prata brilhante... carrinhos minúsculos, andando milímetros em ruas infinitesimais. Fileiras de luzes natalinas e enfeites de neon marchando da Market Street até a orla. O rinque da Blue Cross, com seus patinadores dando voltas lentas. Depois o rio Delaware, e Camden. New Jersey. Bruce. Tudo parecia tão distante.

— O que você acha? — perguntou Dr. K.

Acho que devo ter dado um pulo quando ele falou de repente. Tinha até esquecido dele durante alguns instantes... esquecido de tudo, de tão arrebatada que fiquei pela vista!

— Nunca tinha visto a cidade assim — contei-lhe. — É impressionante.

Ele se recostou na porta e sorriu.

— Só pagando um aluguel exorbitante naqueles arranha-céus da Rittenhouse Square para ter uma vista como esta — disse.

Virei de frente para o rio outra vez, sentindo o vento frio bater no meu rosto. Que delícia sentir o ar! Passei o dia inteiro — ou pelo menos desde que a Dra. Patel me deu o folheto com as Reclamações Mais Comuns do Primeiro Trimestre — percebendo o cheiro de tudo, e quase todo cheiro que senti me deixou enjoada. Escapamento de automóvel... uma lufada de vento que trazia de dentro de uma lata de lixo o cheiro de cocô de cachorro... gasolina... até coisas de que eu gostava, como o aroma do café vindo do Starbucks, na South Street, que me atingiu com dez vezes a intensidade normal. Mas aqui em cima o ar não tinha cheiro algum, como se tivesse sido especialmente filtrado para mim. Bem, para mim e para qualquer ricaço encarapitado na varanda da sua cobertura que tivesse a sorte de poder usufruir dele a qualquer hora.

— Está se sentindo melhor? — perguntou Dr. K..

— Estou.

Ele se sentou, de pernas cruzadas, e fez um sinal para que eu o acompanhasse. Cuidando para não sentar em cima do jaleco dele, eu atendi.

— Você está com vontade de falar disso?

Lancei-lhe um rápido olhar de esguelha.

— Você quer escutar?

Ele ficou encabulado.

— Não estou querendo me meter... sei que não é da minha conta...

— Oh, não, não. Não é isso. Só não quero incomodá-lo — soltei um suspiro. — Parece que é a história mais antiga do mundo. Moça conhece rapaz, moça ama rapaz, moça abandona rapaz por razões que ela ainda não consegue entender, pai do rapaz morre, moça vai tentar consolá-lo, moça acaba grávida e sozinha.

— Ah — fez ele, com cuidado.

Virei os olhos na direção dele.

— O quê, você achou que tinha sido outro?

Ele não disse nada mas, pelo que a luz refletida das ruas lá embaixo me permitiu ver, achei que ficou desconcertado. Procurei me ajeitar no chão até conseguir ficar sentada de frente para ele.

— Ah, não. Espere aí. Você achou que eu teria encontrado outro cara rápido assim? Por favor — falei, soltando uma bufada. — Ora, me dê um pouco menos de crédito.

— Acho que pensei... bem, acho que de fato eu não tinha pensado nisso.

— Ora, essa! Em geral eu levo muito mais do que alguns meses até encontrar alguém que goste de mim, e que queira me ver nua, e até que eu me sinta suficientemente à vontade para permitir — tornei a olhá-lo de lado. E se ele pensasse que eu o estava paquerando? — Só para você ficar sabendo — acrescentei, sentindo-me pouco convincente.

— Vou tirar isso dos autos — disse ele, em tom taciturno. Parecia tão sério que eu tive de rir.

— Diga-me uma coisa... como é que as pessoas sabem quando você está brincando? Porque você sempre fala do mesmo jeito.

— De que jeito? Meio certinho? — ele passou tanto tempo para falar a palavra *certinho* que, obviamente, soou... um tanto certinho.

— Não é bem assim. Mas é sério o tempo todo.

— Acontece que não sou — parecia estar de fato ofendido. — Na verdade, tenho um ótimo senso de humor.

— Que eu estou arranjando um jeito de ignorar em absoluto — falei, para provocar.

— Bem, considerando que nas poucas vezes em que conversamos você estava passando por algum tipo de crise estapafúrdia na sua vida, eu não tive muita chance de bancar o engraçadinho.

Agora pareceu que ele estava ofendido mesmo.

— Já aprendi a lição — falei. — Tenho certeza de que você deve ser muito espirituoso.

Ele me olhou desconfiado, com as grossas sobrancelhas franzidas.

— Como é que você sabe?

— Porque você disse que era. Quem é engraçado sabe que é engraçado. Quem não é, diz: "Meus amigos dizem que eu tenho um ótimo senso de humor." Ou: "Minha mãe diz que eu tenho um excelente senso de humor." É aí que mora o perigo.

— Ah — disse. — Então, se você fosse descrever a si mesma, diria que é engraçada?

— Não — falei, soltando um suspiro e olhando para a noite. — A esta altura, diria que eu estou ferrada.

Ficamos ali sentados em silêncio, vendo os patinadores dando voltas.

— Você já pensou no que vai fazer? — perguntou ele, finalmente. — Não precisa responder se não quiser...

— Não, não. Não me importo. Na verdade, só resolvi algumas coisas. Sei que vou ter o neném, muito embora não seja a coisa mais prática, e sei que vou ter de cortar um pouco das minhas atividades quando ele chegar. Ah, e sei também que vou procurar outro lugar para morar, e ver se a minha irmã vem me ajudar.

Dita daquele jeito, qual mão de carteado perdida em cima da mesa, a situação não pareceu tão ruim assim.

— E o Bruce? — indagou ele.

— Está vendo, essa é a parte que eu não resolvi ainda — falei. — Não nos falamos há várias semanas e ele está saindo com outra.

— A sério?

— Sério o suficiente para ele me contar. E escrever a respeito.

O médico ponderou um pouco sobre aquilo.

— Bem, isso pode não querer dizer nada demais, ele pode estar querendo lhe dar o troco... ou deixá-la enciumada.

— Ah, é? Pois está conseguindo.

— Mas um bebê... bem, isso muda tudo.

— Ah, você também leu aquele folheto? — abracei os joelhos contra o peito. — Depois que terminamos... depois que o pai dele morreu, quando eu estava me sentindo horrível, e o queria de volta, minhas amigas me diziam: "Foi você que acabou com ele e deve ter feito isso por algum motivo." E eu sei que isso é verdade. Acho que eu sabia, lá no fundo, que nós dois não deveríamos ficar juntos para o resto de nossas vidas, sabe? E provavelmente por minha culpa... O negócio é que eu tenho toda uma teoria sobre o meu pai, sobre o meu pai e a minha mãe e as razões para eu não acreditar no amor. De forma que eu acho que, mesmo que ele fosse perfeito... ou talvez não, mas um bom par para mim... que talvez eu não quisesse enxergar isso, ou tivesse tentado me convencer a cair fora. Ou sei lá o quê!

— Ou talvez ele não fosse o cara certo para você. Viviam ensinando isso para a gente na faculdade de medicina: "Se você ouvir um tropel de cavalos...

— ...não espere zebras."

Ele abriu um sorriso para mim.

— Diziam isso na sua faculdade de medicina também?

Balancei a cabeça.

— Não. Meu pai era médico. Vivia falando isso. Mas eu não sei. Talvez isso seja mesmo uma zebra. Quero dizer, eu sei quanta falta senti dele, sei que me senti muito mal quando soube que ele estava com outra, e acho que estraguei tudo... que ele deveria ter sido o amor da minha vida, meu marido — engoli em seco, com a garganta se fechando naquela palavra. — Mas agora...

— Agora, o quê?

— Sinto falta dele o tempo todo — balancei a cabeça, desgostosa da minha própria chateação. — É como se fosse uma assombração. E não posso me dar o luxo de ter uma assombração neste exato momento. Preciso pensar em mim mesma e no neném, e em como vou resolver tudo para estar pronta para a sua chegada.

Olhei-o mais uma vez. Ele tirara os óculos e estava me fitando com atenção.

— Posso fazer uma pergunta? — falei.

Ele consentiu.

— Preciso de uma ótica masculina. Você tem filhos?
— Não que eu... quero dizer, não.
— Está vendo, você ia dizer "Não que eu saiba", não ia?
— Ia, mas me contive — falou ele. — Bem, quase.
— Tudo bem. Então, não tem filhos. Como é que você se sentiria se estivesse com alguém, e depois não estivesse mais, e ela viesse até você e dissesse: "Adivinhe só?! Vou ter um filho seu." Você iria pelo menos querer saber?
— Se fosse eu — disse ele, pensativamente. — Sim. Se fosse comigo, eu gostaria de saber. Gostaria de tomar parte na vida da criança.
— Mesmo que não estivesse mais com a mãe?
— Acho que as crianças merecem ter um pai e uma mãe envolvidos com sua vida e com o que elas vão se tornar, mesmo que os pais morem separados. Já é suficientemente difícil crescer neste mundo. Acho que as crianças precisam de todo o apoio que puderem receber.

Isso, é claro, não foi o que eu queria ouvir. O que eu queria ouvir era: *Você consegue, Cannie. Você dá conta disso sozinha.* Se era para ficar separada de Bruce — e tudo levava a crer que sim —, eu queria toda a certeza de que somente a mãe bastaria.

— Então você acha que eu deveria contar a ele.
— Se fosse comigo — disse ele, pensativamente —, eu gostaria de saber. E independente do que você fizer, ou do que ele quiser, é a você que cabe a decisão em última instância. Qual é a pior coisa que pode acontecer?
— Ele e a mãe me processarem para obter a custódia da criança e tirá-la de mim?
— Isso não saiu no programa da Oprah? — perguntou ele.
— Não, foi no da Sally Jessy — falei. Estava esfriando. Eu me aconcheguei melhor dentro do jaleco.
— Sabe quem você me lembra? — perguntou ele.
— Se você disser "Janeane Garofalo", eu pulo — adverti, logo de cara. Viviam me achando parecida com a atriz.

— Não — disse ele.
— Sua mãe? — perguntei.
— Não, minha mãe não.
— Aquele cara que apareceu no Jerry Springer que era tão gordo que os paramédicos precisaram abrir um buraco na casa para tirá-lo de dentro?

Ele estava rindo e tentando não rir.
— Estou falando sério — ralhou comigo.
— Está bem. Quem?
— Minha irmã.
— Oh! — pensei naquilo um instante. — Ela é... — e fiquei sem saber o que dizer. Ela é gorda? Ela é engraçada? O ex-namorado a engravidou?

— Ela se parecia um pouco com você — falou ele. E esticou a mão, com as pontas dos dedos quase encostando no meu rosto. — Tinha as maçãs do rosto iguais às suas e um sorriso igualzinho ao seu.

Perguntei a primeira coisa que me veio à cabeça.
— Era mais velha ou mais nova?
— Era mais velha — disse ele, mantendo os olhos fixos no nada.
— Morreu quando eu tinha nove anos.
— Oh!
— Muitos dos pacientes, quando me conhecem, querem saber como foi que eu vim para este ramo da medicina. Quero dizer, não existe nenhuma conexão óbvia. Não sou mulher, nunca tive problema de peso...

— Ah, vai, esfrega na cara — falei. — Então, a sua irmã era... pesada?

— Na verdade, não era muito. Mas ficava maluca com isso — só pude ver o perfil de seu rosto quando ele sorriu. — Vivia fazendo dieta... ovo cozido uma semana, melancia na outra.

— Ela tinha, hum, algum distúrbio alimentar?

— Não. Só umas neuroses com comida. Sofreu um acidente de carro... foi assim que morreu. Eu me lembro dos meus pais no hospital e durante um bom tempo ninguém me disse nada do que estava acontecendo. Finalmente minha tia, irmã da minha mãe, veio até o meu quarto e disse que Katie estava no Céu, e que eu não deveria ficar triste porque o Céu era um lugar maravilhoso onde se podia fazer todas as nossas coisas prediletas. Daí que eu pensava que o Céu era um lugar cheio de cachorro quente, sorvete, bacon e *waffle*... todas as coisas que Katie queria comer e nunca se permitia — ele se virou de frente para mim. — Que tolice! Não é mesmo?

— Não. Não é, não. Na verdade, é mais ou menos assim que eu imagino o Céu — senti-me muito mal assim que disse isso. E se ele pensasse que eu estava fazendo troça de sua pobre irmãzinha morta?

— Você é judia, não é?

— Sou.

— Eu também sou. Quero dizer, pela metade. Meu pai era judeu. Mas não fomos criados como judeus nem nada — ele me olhou, curioso. — Os judeus acreditam no Céu?

— Não... tecnicamente não — vasculhei a memória atrás das minhas aulas de hebraico. — O negócio é o seguinte: você morre e... é isso aí. Como se estivesse dormindo, eu acho. Não existe essa idéia de vida após a morte, não. Só o sono. E aí vem o Messias e todo mundo volta a viver.

— Viver nos corpos que tinham quando estavam vivos?

— Não sei. Mas para mim, vou fazer a maior campanha para ficar com o da modelo Heidi Klum.

Ele riu um pouco.

— Você não quer... — ficou de frente para mim. — Você está com frio.

Eu estava tremendo um pouco.

— Não, estou bem.

— Desculpe — falou ele.

— Não, tudo bem. Na verdade, eu gosto de ouvir os outros falarem, hum, das suas vidas — eu quase disse "problemas", mas me apercebi na hora exata. — Foi legal.

Mas ele já estava de pé, e três passos largos à minha frente, quase na porta.

— É melhor você entrar — estava murmurando. Segurou a porta aberta. Eu entrei pelas escadas mas parei ali, de forma que quando fechou a porta ele ficou bem perto de mim.

— Você ia me perguntar uma coisa — falei. — Não quer me dizer o que é?

Agora foi a vez dele ficar desconcertado.

— Eu... ahn... hum, o curso de nutrição para gestantes, eu acho. Eu ia perguntar se você não acharia bom participar dessas aulas.

Percebi que não era aquilo. E ainda suspeitei que talvez fosse uma coisa completamente diferente. Mas não falei nada. Talvez tenha lhe passado muito momentaneamente pela cabeça me perguntar... alguma coisa... porque tinha falado da irmã e ficou fragilizado. Ou talvez tenha sentido pena de mim. Ou talvez eu estivesse totalmente errada. Depois da derrocada com Steve, e agora com Bruce, não estava muito confiante nos meus instintos.

— A que horas vai ser? — perguntei.

— Vou verificar — disse ele, e eu o segui escada abaixo.

TREZE

Depois de muitas deliberações e cerca de dez rascunhos, consegui compor e enviar uma carta para Bruce.

Bruce,
Não há como adoçar um caso destes, portanto vou lhe dizer logo que estou grávida. Aconteceu na última vez em que estivemos juntos e eu resolvi ter o neném. A data prevista é 15 de junho.
Foi esta a decisão que tomei, e a tomei com muito cuidado. Faço questão de lhe contar porque quero que você mesmo decida até que ponto pretende se envolver na vida desta criança.
Não estou lhe dizendo o que fazer nem pedindo nada. Fiz as minhas opções e você terá de fazer as suas. Se você quiser conviver com o neném, vou me esforçar ao máximo para que isso funcione. E se não quiser, eu entenderei.
Sinto que isto tenha acontecido. Sei que não é uma coisa que você precise na sua vida neste exato momento. Mas cheguei à conclusão de que era uma coisa que merecia saber para poder escolher o que venha a lhe parecer correto. A única coisa que lhe peço é que não escreva sobre isso. Não

me importa que escreva sobre mim, mas há outra pessoa envolvida agora.

Um abraço,
Cannie

Escrevi o número do meu telefone, caso ele tivesse esquecido, e enviei a carta.

Senti vontade de escrever tantas coisas mais, como por exemplo que ainda morro de saudade dele. Que ainda sonhava acordada com ele voltando para mim, com uma vida em comum: eu e Bruce, e o neném. Que passava a maior parte do tempo com medo, e o tempo em que não estava com medo eu morria de raiva dele, ou ficava tão cheia de amor, saudade e vontade que temia até pensar no nome dele, de medo do que eu seria capaz, e que por mais que preenchesse os dias com coisas a fazer, planos e listas, com a pintura do segundo quarto num tom que estavam chamando de amarelo-limão e a montagem da estante que comprei na Ikea, era freqüente me encontrar pensando no quanto eu o queria de volta.

Mas não escrevi nenhuma dessas coisas.

Lembrei-me de quando me formei na escola secundária e de como era difícil esperar pelas respostas das faculdades sobre se me aceitavam ou não. Mas vou falar uma coisa: esperar que o pai do seu filho, que ainda não nasceu, venha lhe dizer se vai querer se envolver com você ou com a criança é ainda muito pior. Passei três dias verificando a secretária eletrônica de maneira obsessiva. Passei uma semana pegando o carro para ir até em casa na hora do almoço só para verificar a caixa do correio, me xingando por não ter enviado a carta como correspondência registrada, para ter ao menos a certeza de que ele a receberia.

Não havia nada. Dia após dia, nada. Eu não conseguia acreditar que ele pudesse ser tão frio assim. Que daria as costas para mim — ou para nós — desse jeito. Mas parecia ser esta a verdade dos fatos. Então, desisti... ou tentei fazer com que eu desistisse.

"É isso aí", falei com minha barriga. Era domingo de manhã, dois dias antes do Natal. Eu tinha saído para andar de bicicleta (tinha permissão para andar de bicicleta até o sexto mês, se não houvesse nenhuma complicação), montado um móbile de ossos de cachorro pintados em cores vivas, que eu mesma tinha tirado de um livro chamado *Brinquedos de montar para crianças*, e estava me recompensando com um bom banho de imersão, bem quente.

"Acho que os bebês devem ter um pai e uma mãe. Acredito nisso. O ideal seria que eu tivesse um pai para você. Mas não tenho. Sabe, o seu, hum, pai biológico é um sujeito muito legal, mas não era a pessoa certa para mim, e ele está passando por um período meio difícil agora e também está saindo com outra pessoa..." Talvez isso fosse mais do que o meu filho precisasse saber ainda dentro da barriga, mas, enfim! "Então, me desculpe. Mas é assim que são as coisas. E vou tentar criar você da melhor maneira que puder. E nós vamos fazer disso o melhor que pudermos, e tomara que você não acabe me rejeitando e se enchendo de tatuagens e *piercings* e um monte de coisas para externalizar a sua dor, ou seja lá o que a garotada estiver fazendo daqui a quinze anos, porque eu sinto muito, mas vou fazer com que isto dê certo."

Passei as festas aos trancos e barrancos. Preparei calda de chocolate e biscoitos para as minhas amigas em vez de comprar-lhes presentes e escondi dinheiro vivo (menos do que dispensara no ano anterior) dentro de cartões que enviei para os meus irmãos. Fui passar o feriado na casa da minha mãe, pois ela sempre abre a casa e recebe todo mundo, e lá dúzias de suas amigas, além de toda a equipe do Switch Hitters e quase todas as integrantes do A League of Their Own, vieram me paparicar e dar seus votos e conselhos, e nomes de bons médicos e creches, inclusive um exemplar usado de *Heather tem duas mães* (ofertado por uma desorientada, chamada Dot, quem Tanya imediatamente levou a um canto para explicar que eu não era lésbica, só uma reprodutora abandonada). Passei o maior tempo que pude na cozinha, ralando batatas, preparando panquecas e escutando Lucy contar uma história em que ela e uma amiga convenceram um sujeito, que conheceram num bar, a levá-las para sua casa e depois abriram todos os presentes que estavam na árvore de Natal, assim que ele apagou.

— Isso não foi legal — bronqueei.

— Ele não era legal — disse Lucy. — Afinal, qual foi a dele de nos levar para casa enquanto a mulher estava viajando?

Concordei com o argumento.

— São um bando de cachorros — continuou Lucy, cheia de altivez. — Claro, nem preciso dizer isso para você — tomou um gole do líquido transparente que havia em seu copo. Seus olhos estavam brilhando. — Preciso dar a minha guinada das férias — anunciou.

— Pois vá dar a sua guinada lá fora — ordenei, e coloquei mais uma porção de batata amassada na frigideira. Achei que, lá com seus botões, Lucy ficou deleitada que tivesse sido eu, e não ela, quem estava naquela enrascada. Com Lucy, uma gravidez não planejada teria sido quase esperada. Comigo, foi chocante.

Minha mãe esticou a cabeça para dentro da cozinha.

— Cannie? Você vai ficar hoje aqui, não vai?

Concordei. Desde o feriado de Ação de Graças, eu caíra no padrão de passar ao menos uma noite do fim de semana na casa de minha mãe. Ela preparava o jantar, eu ignorava Tanya, e no dia seguinte de manhã íamos nadar na piscina, devagar, lado a lado, e depois, antes de voltar para a cidade, eu comprava mantimentos e juntava todos os utensílios de neném recém-nascido que suas amigas haviam doado.

Minha mãe veio até o fogão e espetou as minhas *latkes* com uma espátula.

— Acho que o óleo está quente demais — sugeriu. Eu a espantei dali, mas ela só se afastou até a pia.

— Nenhuma notícia do Bruce ainda? — perguntou. Eu fiz que não com a cabeça. — Não acredito — disse ela. — Não era de se esperar isso dele...

— Enfim! — disse eu, resumidamente. Na verdade, achei que ela tinha razão. Não era uma coisa típica do Bruce que conheci, e eu estava tão magoada e desorientada quanto qualquer outra pessoa. — Parece que consegui trazer à tona o que há de pior nele.

Minha mãe me sorriu carinhosamente. Depois passou por mim e baixou o fogo.

— Cuidado para não queimar — falou, e voltou para a festa, deixando-me com uma frigideira de panquecas de batata malcozidas e todas as minhas perguntas. *Será que ele não se importa?*, pensei. *Será que não está nem aí?*

Tentei me manter ocupada durante o inverno inteiro. Fiz o circuito das festas das minhas amigas, tomando golinhos de cidra em vez de batidas ou champanhe. Saí para jantar com Andy, para passear com Samantha e freqüentei as aulas de preparação para o parto com Lucy, que concordara em me ajudar na hora H, "contanto que eu não tenha de olhar para a sua perereca!". Do jeito que foram as coisas, quase fomos expulsas no primeiro dia. Lucy começou a gritar "Empurre, vamos, empurre", quando tudo que a professora queria era falar sobre a escolha do hospital. Desde então, os casaizinhos de papai-e-mamãe passaram a manter distância.

O Dr. K. passou a ser meu novo amigo de *e-mail*. Escrevia para mim no escritório uma ou duas vezes por semana, perguntando como eu estava e me dando notícias das amigas das aulas de gordura. Fiquei sabendo que Esther comprou uma esteira e perdeu vinte quilos, e que Bonnie arranjou um namorado. "Eu quero saber como você tem passado," ele escrevia sempre, mas eu nunca senti muita vontade de contar direito, acima de tudo porque não conseguia resolver em que categoria enquadrá-lo. Seria um médico? Um amigo? Eu não tinha certeza, de forma que mantinha as coisas num nível superficial, contando-lhe as últimas fofocas da sessão de notícias lá do jornal, os trabalhos que estava fazendo e como estava me sentindo.

Devagar, fui avisando às pessoas mais próximas o que estava acontecendo, começando aos pouquinhos e passando gradativamente para círculos mais amplos — amigos mais íntimos, amigos nem tão íntimos assim, um punhado de colegas, meia dúzia de parentes. Avisei pessoalmente, sempre que possível, e por *e-mail* no caso de Maxi.

"Acontece", comecei, "que estou grávida". Dei-lhe a versão condensada dos eventos. "Lembra que eu lhe contei sobre a última vez em que vi Bruce na *shiva* do pai dele?" escrevi. "Tivemos um encontro, enquanto eu estava na casa dele. Foi assim que aconteceu."

A resposta dela foi instantânea, com duas frases, e tudo em letras garrafais. "*O que você via fazer?*", escreveu. "*Precisa de ajuda?*"

Contei-lhe meus planos, no pé em que estavam: ter o neném, trabalhar meio expediente. "Não é o que eu teria planejado", escrevi, "mas estou tentando resolver a situação da melhor maneira possível."

"Você está feliz?", Maxi retrucou. "Está com medo? O que é que eu posso fazer?"

"Estou feliz, de uma certa forma. E empolgada", escrevi. "Sei que minha vida vai mudar e estou procurando não sentir medo do quanto vai mudar." Pensei na última pergunta e disse-lhe que precisava apenas que ela continuasse sendo minha amiga, que mantivesse contato. "Pense coisas boas para mim", disse-lhe. "Espero que tudo isso dê certo, de alguma forma."

Havia dias, entretanto, que tudo aquilo parecia improvável. Como no dia em que fui à farmácia fazer um estoque de suprimentos para a gravidez que incluíam Metamucil e Preparado H e deparei com a última coluna "Bom de cama" de Bruce, um tratado sobre demonstrações públicas de afeto intitulado "Olhe o Beijo do Ano-Novo".

"Por mim, eu seguraria sempre a mão de E. Ela tem as mãos mais maravilhosas que já vi! Pequeninas, esbeltas, macias! Tão diferentes das minhas!".

Ou das minhas, pensei entristecida, fitando-as, os dedos gordos de unhas meio roídas e cutículas repuxadas.

Se pudesse, eu a beijaria a cada esquina, a abraçaria diante de toda uma platéia. Não preciso das desculpas comemorativas, nem de galhinhos de plantas como incentivo. Ela é totalmente adorável e eu não me acanho de dizer.
Isso faz de mim um sujeito incomum, eu sei. Muitos homens preferem carregar as sacolas de compras, a mochila, talvez até a sua bolsa a segurar-lhe a mão em público. Não se importam de beijar mães e irmãs — anos de condicionamento desgastaram a resistência —, mas não se sentem tão à vontade para beijar você quando os amigos podem ver. Como conseguir que o seu homem supere isso? Não pare de tentar. Roce as pontas dos dedos nos dedos dele quando for pegar a pipoca no cinema e lhe segure a mão quando estiver saindo. Dê-lhe uns beijinhos na esperança de que ele acabe retribuindo mais apaixonadamente. Experimente colocar uma florzinha no decote como chamariz para o beijo do Ano-Novo, ou melhor ainda, aquela liga rendada que ainda não tinha usado...

Liga rendada. Ah, essa magoou. Lembrei-me de que Bruce sempre me trazia, de aniversário ou dia dos namorados, uma caixa de lingerie de tamanho GG. Eu me recusava a usar aquilo. Dizia-lhe que era tímida. A bem da verdade, aquilo me fazia sentir uma idiota. As mulheres de tamanho normal se envergonham de suas bundas e barrigas. Como é que eu iria me enfiar dentro de todas aquelas calcinhas, ligas e sutiãs que ele sempre dava um jeito de comprar? Parecia uma piada de mau gosto, um truque perverso, como os da *Candid Camera*, onde bastava eu me deixar engabelar a ponto de vestir aquelas coisas todas que Allen Funt e sua equipe saltariam de dentro do armário, com luzes e lentes de grande abertura angular, gritando, "Sorria, você está na *Candid Camera*".

Por mais que ele tentasse me incentivar ("Eu não compraria nenhuma dessas peças para você, se não quisesse vê-la vestida com elas!"), eu não conseguia sequer experimentar.

Fechei a revista. Paguei pelas compras, enfiei-as nos bolsos e parti de volta para casa. Embora soubesse que ele havia escrito o artigo de dezembro meses antes de ter recebido a minha carta — se é que a recebera —, aquilo foi para mim como receber um tapa na cara.

Por não ter nenhuma festa em vista (para não falar de não ter ninguém para beijar), ofereci-me voluntariamente para trabalhar na véspera do Ano-Novo. Saí às onze e meia da oite, voltei para casa, agasalhei Nifkin no sueterzinho de lã crua que ele tanto desprezava — no fundo do coração, eu tinha certeza de que ele achava que o suéter o deixava com cara de bobo... e devo admitir que estava certo — e me agasalhei com o meu casacão de inverno. Enfiei no bolso uma garrafa de suco de uva sem álcool e fomos juntos para Penns Landing — sentamo-nos no *pier* para ver os fogos, enquanto adolescentes bêbados e moradores do sul da Filadélfia gritavam, se agarravam e se beijavam à nossa volta. Era 1999.

Depois voltei para casa e fiz uma coisa que deveria ter feito muito antes. Peguei uma caixa de papelão grandona e comecei a embalar todas as coisas que Bruce me havia dado, ou coisas que me faziam lembrar dele.

Entrou ali a metade que sobrou da vela esférica que havíamos acendido juntos em Vermont e, envoltos em sua luz bruxuleante e aroma adocicado, fizemos amor. Entraram todas as cartas que ele havia escrito para mim, cada qual bem dobradinha dentro de seu respectivo envelope. Entraram todas as peças de lingerie que ele me comprara e eu jamais usei, e o vibrador e os óleos para massagem comestíveis e as algemas forradas de pele cor-de-rosa, que eram provavelmente coisas que eu não deveria mesmo ter pela casa, muito menos com um neném a caminho. Entraram o colar de contas de vidro pintadas à mão que a mãe dele me dera no último aniversário e a bolsa de couro do aniversário anterior. Depois de algumas deliberações, resolvi ficar com o telefone sem fio, que conseguira se dissociar de Bruce... afinal, ele não telefonava mais. E fiquei com os CDs da Ani DiFranco e Mary Chapin Carpenter, da Liz Phair e Susan Werner. Aquilo era música minha, não dele.

Embrulhei tudo, fechei a caixa com fita adesiva e levei para a área de depósito no porão, achando que talvez pudesse vender algumas das coisas mais legais, se chegasse a tanto, mas por ora já estariam fora do meu campo de visão e isso bastava. Ou seria, pelo menos, um começo. Depois subi novamente e abri meu novo diário, um livro lindo com capa de papel marmorizado e grossas folhas de papel pautado. "1999", escrevi, enquanto Nifkin pulava para cima do braço do sofá e vinha se aconchegar ao meu lado, fitando as minhas palavras com o que torci para ser aprovação. "Para o meu neném, a quem já amo demais."

***

Choveu a maior parte do mês de janeiro e nevou quase constantemente durante o mês de fevereiro, o que deixava tudo branco por aproximadamente dez minutos, até que os escandalosos ônibus da cidade e as pessoas escarrando nas ruas tornassem tudo cinza novamente. Tentei não olhar para os corações de papel metalizado vermelho nas vitrines das drogarias. Tentei evitar o exemplar em tons de vermelho e rosa da *Moxie* do dia dos namorados para o qual Bruce, segundo me informava a capa, havia contribuído com um artigo intitulado "Ele Vai Querer Gritar: 10 Novos Truques Sexuais Muito Excitantes para a Aventureira Erótica." Um malfadado dia, folheei a revista e acabei caindo na página dele, enquanto esperava na fila de uma loja de conveniência, deparando com uma foto de página inteira de Bruce, vestido com um calção de seda de boxeador vermelho-cereja e uma expressão de arrebatamento absoluto, deitado numa cama nos braços de uma mulher que eu sinceramente torci para ser uma modelo da revista e não a misteriosa E. Joguei a revista imediatamente de volta na prateleira como se tivesse me queimado e resolvi, depois de algumas consultas ao vivo com Samantha ("Deixe isso para lá, Cannie"), outras por *e-mail* com Maxi ("Eu posso mandar matá-lo, se você quiser"), que a melhor coisa a fazer seria ignorar o incidente e dar graças por fevereiro ser um mês curto.

    O tempo passou. Surgiram em mim novas e interessantes estrias, e eu comecei a ter ganas de comer o queijo Stilton importado que vendia no Chef's Market, na South Street, por dezesseis dólares uma fatia de meio quilo. Algumas vezes, cheguei bem perto de enfiar uma no bolso do casaco e sair ligeirinho da loja, mas nunca executei a façanha. Raciocinei que seria embaraçoso demais ter de explicar o meu vício em queijos para quem quer que fosse me tirar da cadeia sob fiança.

    Na verdade, me senti muito bem, que era como a maioria dos livros sobre gravidez, inabalavelmente otimistas, que li descrevia o segundo trimestre. "Você vai se sentir radiante, cheia de vida e energia!", dizia um deles, abaixo da foto de uma grávida radiante e cheia de vida, caminhando por um campo florido de mãos dadas com seu dedicado esposo. Não foi tão maravilhoso assim, isto para falar apenas da sonolência incontrolável que batia de vez em quando, da dor tamanha que dava nos seios, a ponto de me fazer imaginar que eles iriam cair e sair rolando, e da noite em que comi um pote inteiro de *mango chutney* enquanto assistia a uma reprise de *Total request live*, na MTV. Às vezes — bem, talvez mais do que às vezes —, sentia tanta pena de mim mesma que acabava chorando. Todos os meus livros tinham fotos de mulheres grávidas com os maridos (ou, para as mais avançadas, parceiros) — alguém para passar manteiga de cacau na sua barriga e ir buscar sorvete com *pickles*, para animá-la, para torcer por você e ajudá-la a escolher um nome. Eu não tinha ninguém, preferia ficar amuada, ignorando convenientemente Samantha, Lucy, os dois telefonemas de minha mãe todas as noites e ainda a vez que dormia em sua casa toda semana. Ninguém para enviar à loja de conveniência no meio da noite, ninguém com quem ficar acordada até tarde discutindo os méritos de Alice e Abigail, ninguém para me encorajar a não ter medo da dor, nem do futuro, e me dizer que tudo ficaria bem.

E parecia que as coisas estavam ficando cada vez mais complicadas. Para início de conversa, as pessoas do trabalho começaram a perceber. Ninguém tinha chegado para mim e perguntado ainda, mas já começavam a me olhar fortuitamente, ou eu já percebia aqui e ali um silêncio forçado quando entrava no banheiro das mulheres ou na cantina.

Uma certa tarde, Gabby me encurralou perto da minha mesa. Ela me tinha na mira desde o outono, quando meu artigo sobre Maxi saiu com duas colunas na capa do caderno de entretenimento, para deleite dos meus editores. Ficaram maravilhados por sermos o único jornal da Costa Leste a conseguir uma entrevista com Maxi e mais ainda por termos o único artigo no qual ela falava sinceramente sobre sua vida, suas metas e seus fracassos amorosos. Recebi um bônus muito bom e ainda um vistoso bilhete do editor-chefe que deixei em lugar de destaque na parede do meu cubículo.

Tudo isso foi bom para mim, mas significava que Gabby estava cada vez mais mal-humorada — especialmente depois que eu ganhei a aprovação para escrever sobre os *Grammys*, enquanto ela se resignava a escrever de antemão o obituário de Andy Rooney para o caso da saúde dele piorar de repente.

— Você está ganhando peso? — quis saber.

Tentei reverter a pergunta, do jeito que recomendavam as "Dez maneiras de lidar com gente difícil", da última edição do *Livro vermelho*, ciente de que as pessoas andavam de ouvidos apurados.

— Mas que pergunta descabida! — falei, sem muita ênfase. — Por que você quer saber?

Gabby só ficou olhando para mim, recusando-se a morder a isca.

— Você está tão diferente! — disse.

— Pelo visto, o que você está me dizendo — comecei, conforme as instruções do *Livro vermelho* — é que você acha importante que eu tenha sempre o mesmo aspecto?

Ela me lançou um olhar demorado de raiva, e foi-se embora indignada. Eu achei ótimo. Não havia decidido ainda o que dizer às pessoas, nem quando lhes contaria alguma coisa, e por ora estava usando blusas folgadonas e *leggings* de número maior que o meu, na esperança de que as pessoas classificassem aqueles quilinhos a mais (três no primeiro trimestre, mais dois desde o dia da Ação de Graças) como excesso de gulodice durante os feriados.

E, verdade seja dita, eu estava comendo direitinho. Tomava um caprichado café da manhã bem tarde, com minha mãe nos finais de semana e jantava fora uma ou duas vezes por semana com meus amigos, que pareciam estar funcionando dentro de uma programação de sigilo máximo. Toda noite alguém me ligava e se oferecia para vir tomar um café comigo ou para comer um pãozinho de manhã. No trabalho, todo dia Andy me perguntava se eu queria compartilhar um pouco das sobras de algum lugar maravilhoso onde ele jantara na noite anterior, ou Betsy me levava para a mínima, porém excelente, lanchonete vietnamita que ficava a menos de dois quarteirões do jornal. Era como se tivessem medo de me deixar sozinha. E eu nem ligava se era por uma questão de solidariedade ou de vontade de cada um. Absorvia tudo, tentando me distrair da saudade de Bruce e das obsessões com as coisas que eu não tinha (segurança, estabilidade, um pai para o meu filho que ia nascer, roupas para a maternidade que não me fizessem parecer uma rampa de esqui). Eu ia ao trabalho e às consultas com a Dra. Patel, e fazia os preparativos para todos os cursos que uma futura mamãe poderia querer: Fundamentos da amamentação, Ressuscitação cardiopulmonar para crianças, Pais de primeira viagem.

Minha mãe deu o aviso e todas as suas amigas esvaziaram os sótãos, delas próprias e os de suas filhas. Em fevereiro, eu já tinha uma banheira com mesa para trocar fralda, um berço, um bebêconforto para levar no banco do carro e um carrinho que parecia mais luxuoso (e mais complicado) do que o meu automóvel compacto. Tinha caixas cheias de pijamas com pezinho e gorros de tricô, exemplares babados de *Pat, o coelhinho* e *Boa noite, Lua* [8], e chocalhos prateados cheios de marcas de dentes. Tinha mamadeiras, chupetas e um esterilizador de bicos. Josh me deu um vale compra de cinqüenta dólares para gastar na EBaby. Lucy me deu um maço de cupons em que escrevera à mão concordando em ficar de babá uma vez por semana quando o neném nascesse ("contanto que eu não tenha de trocar fraldas com número dois!").

Gradativamente, fui transformando o meu segundo quarto, que antes era um escritório, em um quarto de bebê. Aproveitei o tempo que costumava dedicar a escrever roteiros, contos e cartas inquisitivas para a *GQ* e a *The New Yorker* — basicamente, para me aprimorar — e dei início a uma série de projetos de melhoria doméstica executados por mim mesma. E, infelizmente, comecei a gastar dinheiro. Comprei um tapete verde-mar, que combinou muito bem com as paredes amarelo-limão, e um calendário da Beatrix Potter. Escolhi a dedo uma cadeira de balanço que alguém jogou fora, mandei refazer a palha e pintei a armação com tinta *spray* branca. Comecei a encher a estante com todo tipo de livro infantil que conseguia amealhar na sessão de livros do jornal, mais alguns que fui trazendo de casa e outros que comprei de segunda mão. Toda noite eu lia para a minha barriga... só para me habituar, e também porque li em algum lugar que os bebês são sensíveis ao som da voz de suas mães.

E toda noite eu dançava. Baixava as persianas eternamente empoeiradas, acendia algumas velas, tirava os sapatos, botava a música e começava. Não era sempre uma dança alegre. Às vezes, eu tocava coisas do início da Ani DiFranco e pensava em Bruce, apesar dos pesares, enquanto Ani esbravejava, "Você nunca foi muito legal e vivia me decepcionando..." Mas tentava dançar feliz, se não por mim, ao menos pelo neném.

---

[8] Editado no Brasil pela Editora Martins Fontes.

Estava solitária? Como nunca! Viver sem Bruce e sem a possibilidade de um retorno eventual, de sequer tornar a vê-lo, e ainda sabendo que ele havia rejeitado totalmente a mim e ao nosso neném, era como tentar viver sem oxigênio. Havia dias em que eu me zangava e ficava furiosa por ele ter me deixado ficar junto dele tanto tempo... ou por não ter voltado quando eu quis que ele voltasse. Mas tentava colocar a raiva numa caixa, qual colocara seus presentes, e seguia em frente.

Às vezes, não conseguia deixar de pensar se não seria orgulho somente o que nos mantinha afastados, e se não seria mais esperto eu ligar para ele, ou melhor ainda, ir vê-lo, e implorar até que ele me aceitasse de volta. Queria saber se, apesar de tudo que ele disse, ainda me amava. Ou se algum dia me amou. Tentava me forçar a parar de pensar nessas coisas, mas minha mente não parava de remoer e remoer, até o ponto em que precisava me levantar e fazer alguma coisa. Poli a prataria, cuidei dos gaveteiros, para que ficassem à prova de criança, e limpei os armários. Pela primeira vez na vida, meu apartamento ficou arrumadinho, bonito até. Pena que a minha cabeça estivesse uma tremenda bagunça!

QUATORZE

— O que toda mulher solteira deve lembrar — disse Samantha, enquanto caminhávamos pela Kelly Drive à brisa de uma límpida manhã de abril — é que se ele quiser falar com você, ele vai ligar. Basta ficar repetindo isso: "Se quiser falar comigo, ele vai ligar."

— Eu sei — falei, em tom choroso, apoiando as mãos na protuberância da minha barriga, o que já podia fazer pois começara a mostrá-la oficialmente desde a semana anterior.

Estar grávida era estranho, mas tinha lá seus benefícios. Em vez de as pessoas — tudo bem, os homens — olharem para mim com indiferença e/ou desdém por ser uma Mulher Avantajada, olhavam com carinho, agora que estava visivelmente grávida. Essa mudança foi boa. Até me fez sentir um pouco melhor com relação à minha aparência — pelo menos durante alguns minutos aqui e ali.

— Na verdade, estou até um pouco melhor — falei. — Estou tentando ser dinâmica. Sempre que penso nele, me forço a pensar em alguma coisa sobre o neném. Algo que eu tenha de fazer, ou comprar, ou me inscrever.

— Que legal! E o trabalho, como vai?

— Vai indo — falei.

A bem da verdade, o trabalho estava um pouco esquisito. Era estranho fazer coisas que normalmente me deixariam empolgada... ou nervosa... ou chateada... ou feliz, menos de um ano atrás, e sentir agora que elas quase não tinham importância. Uma audiência pessoal com Craig Kilborn durante um almoço em Nova York, para discutir a nova direção do seu espetáculo? Pois é. Uma disputa chata com Gabby para ver qual das duas iria escrever a crítica sobre *A Babá* que acabara de passar? Tanto faz. Até os olhares cada vez maiores, e não mais sorrateiros, da minha barriga (imensa) ao meu dedo anelar (sem anel), não importavam. Ninguém tinha tido a coragem de me perguntar nada ainda, mas eu estava preparada para as perguntas que viessem. É, estou grávida, sim, diria. Não, diria, não estou mais com o pai. Isso, a meu ver, bastaria para sossegá-los... contanto que eu conseguisse reverter o assunto para as suas próprias histórias de gravidez, de partos, ou de criar filhos.

— E então, qual é a programação de hoje? — perguntou Samantha.

— Mais compras.

Samantha resmungou.

— Sinto muito, mas é que eu ainda preciso de algumas coisinhas para a maternidade...

Sei que Samantha estava tentando ir às compras comigo com a melhor boa vontade. Mas dava para ver que não era fácil. Em primeiro lugar, ela era diferente de todas as mulheres que eu já conheci, pois detestava fazer compras. Em segundo lugar, tenho certeza de que já estava enjoada de todo mundo presumir que éramos um casal de lésbicas.

Enquanto Samantha exaltava as virtudes das compras de catálogo e pela Internet, passou por nós um sujeito correndo. Alto, esbelto, de short e um moletom surrado com o nome de uma faculdade qualquer estampado no peito. O típico atleta correndo pela Kelly Drive num sábado. Só que este parou.

— Oi, Cannie!

Eu parei e forcei a vista, com as mãos pousando protetoramente sobre a barriga. Samantha também parou, boquiaberta. O corredor misterioso tirou o boné. Era o Dr. K.

— Oi! — falei, com um sorriso no rosto. Uau! Fora daquele prédio horrível de luzes fluorescentes, longe do seu jaleco e sem os óculos, até que ele era bonitinho... para um cara mais velho.

— Não vai me apresentar ao seu amigo? — indagou Samantha, ronronando.

— Esse é o Dr. Krushelevansky — pronunciei o nome lenta e corretamente, suponho, pois ele sorriu para mim. — Do programa que eu estava fazendo junto à Universidade da Filadélfia.

— Pode me chamar de Peter, por favor — disse ele.

Cumprimentamo-nos e quase fomos atropelados por dois patinadores.

— É melhor a gente continuar andando — falei.

— Vou caminhar com vocês — disse ele —, se não se importarem. Preciso descansar...

— Ah, claro. À vontade — disse Samantha. Ela me deu um olhar curto, mas significativo, que eu supus querer dizer: "Ele é solteiro? É judeu? E se for, qual a desculpa por não tê-lo mencionado antes?"

Dei de ombros e franzi-lhe a testa discretamente, na certeza absoluta de que ela entenderia como: "Não faço a menor idéia se é solteiro, e você não está com alguém?" Samantha aparentemente tinha interrompido a onda de má sorte que lhe acometia nos terceiros encontros e ainda estava saindo com o instrutor de yoga. Muitas de nossas discussões que não eram sobre Bruce, tratavam da questão do professor ser zen demais, ou não, para ela considerar a possibilidade de se casarem.

Entrementes, totalmente alheio às nossas mensagens criptografadas em sobrancelhas e ombros, o Dr. K. se apresentava a Nifkin, que fora objeto de inúmeras discussões durante as aulas de gordura.

— Então, você é o famoso camaradinha — disse ele, enquanto Nifkin demonstrava seu salto vertical, quicando cada vez mais alto.

— Ele deveria ir para o circo — disse-me o Dr. K., afagando Nifkin vigorosamente por trás das orelhas, enquanto o cãozinho se regozijava.

— Ah, certo! Mais alguns quilinhos e eu também vou. Eles ainda contratam mulheres gordas, não contratam?

Samantha me olhou espantada.

— Você está bastante saudável — declarou o Dr. K. — Como vai o trabalho?

— Para falar a verdade, vai bem.

— Li o seu artigo na *The View* — disse ele. — Acho que você tem toda a razão... me lembrou mesmo o filme *Além da cúpula do trovão*.

— Entram cinco garotas, só uma sai — entonei. Ele riu. Samantha olhou para ele, olhou para mim, fez de cabeça algumas rápidas equações e agarrou a coleira de Nifkin.

— Bem — disse, toda alegre. — Obrigada por caminhar comigo, Cannie, mas eu preciso ir — Nifkin ganiu quando ela começou a arrastá-lo na direção de onde ela havia estacionado. — Mais tarde a gente se vê. Boas compras!

— Você vai fazer compras? — disse o Dr. K.

— Vou. Estou precisando de... — eu precisava de calcinhas novas, pois as minhas já não estavam mais cobrindo a linha d'água, mas isso eu não iria dizer para ele de jeito algum. — ...Mantimentos — falei, fraquinho. — Estava indo para o mercadinho Fresh Fields...

— Você se importa se eu for junto? — perguntou-me. — Também preciso comprar umas coisinhas. Posso lhe dar uma carona...

Forcei os olhos para vê-lo melhor sob o sol forte.

— Quer saber de uma coisa? Se você puder me encontrar daqui a uma hora, nós tomaremos o café da manhã juntos. Depois vamos fazer compras — falei.

Ele me contou que morava na Filadélfia havia sete anos, mas nunca tinha ido à Lanchonete Morning Glory, meu lugar predileto para o café da manhã. Se existe uma coisa que eu adoro é apresentar às pessoas as comidas que descubro. Voltei à pé para casa, tomei um banho rápido, coloquei uma variação das minhas roupas padrão (*legging* preto de veludo, uma túnica gigantesca, tênis All Star de cadarço com cano curto, num tom de azul, que comprara por dez dólares), e fui encontrá-lo no café-restaurante, onde ainda bem que não havia fila — por mera casualidade num fim de semana. Estava bastante satisfeita com o andar da carruagem quando nos ajeitamos num dos compartimentos com mesa. Ele também estava com um aspecto muito bom — tomara um banho, pensei, e vestira suas calças cáqui e uma camisa quadriculada de abotoar.

— Aposto que é esquisito para você sair para comer com as pessoas — falei. — Elas provavelmente se sentem envergonhadas de pedir o que realmente querem comer.

— É verdade — falou ele. — Já percebi um pouco isso.

— Pois, você vai adorar isso aqui — disse-lhe, enquanto sinalizava para uma garçonete com cabelo rastafári e um bustiê curtinho, que lhe deixava à mostra uma serpente tatuada na barriga. — Vou querer a fritada da casa com queijo provolone e pimentão na brasa, uma porção de torresmo de peru, um pãozinho, e seria possível servir as batatas e a canjica em vez de só um ou o outro?

— Mas é claro — disse ela, e balançou a caneta na direção do médico.

— Eu vou querer a mesma coisa que ela — falou ele.

— Esse é dos bons — disse ela, e partiu serelepe em direção à cozinha.

— É um *brunch* — falei, à guisa de explicação.

Ele deu de ombros, delicadamente.

— Você está comendo por dois — falou. — Como é que... vão... as coisas?

— Se essas "coisas" se referem à minha situação, vai tudo muito bem. Na verdade, estou me sentindo bem melhor agora. Ainda um pouco cansada, mas só isso. Não sinto mais tonteiras, nem falta de ar, nem fico tão exausta a ponto de cair no sono no banheiro do escritório...

Ele estava rindo.

— Isso aconteceu mesmo?

— Só uma vez — falei. — Mas já melhorou. Mesmo me dando conta de que a minha vida se transformou numa das músicas mais fraquinhas do catálogo da Madonna, eu vou levando — passei a mão dramaticamente pela testa. — So-zinha!

Ele franziu a testa.

— Isso aí era para ter sido a Greta Garbo?

— Ei, não mexa com uma senhora grávida.

— Foi a pior imitação da Greta Garbo que eu já vi.

— É verdade. Faço bem melhor quando estou bebendo — soltei um suspiro. — Deus sabe quanto sinto falta de uma tequila!

— Nem me diga! — disse a nossa garçonete, enquanto depositava estrepitosamente todos os pratos sobre a mesa. E nós atacamos a comida.

— Isso é uma delícia — disse ele, entre uma garfada e outra.

— Não é? — falei. — Eles fazem os melhores pãezinhos da região. O segredo é a gordura.

Ele me olhou.

— Homer Simpson.

— Muito bom.

— Você faz o Simpson muito melhor do que faz a Garbo.

— Pois é. O que será que isso revela a meu respeito? — mudei de assunto antes que ele pudesse responder. — Você pensa em queijo?

— O tempo todo — disse ele. — É uma coisa que me atormenta, de verdade. Chego a ficar acordado de noite, só pensando... em queijo.

— Não, fala sério — disse eu, e espetei o garfo na fritada. — Assim como, quem inventou o queijo? Quem disse: "Hum, aposto que esse leite vai ficar muito mais gostoso se eu deixar ele parado aí até crescer uma camada de mofo em volta dele todo?" O queijo só pode ter sido um erro.

— Nunca pensei nisso — falou ele. — Mas já pensei em Cheez Whiz.

— A comida típica da Filadélfia!

— Você já deu uma olhadinha na lista de ingredientes de Cheez Whiz? — perguntou ele. — É de dar medo.

— Quer falar de uma coisa que dá medo? Vou lhe mostrar o relatório sobre episiotomias que a minha médica me deu — falei. Ele engoliu em seco. — Tudo bem, não enquanto você estiver comendo — emendei. — Mas, falando sério: o que deu nos médicos, hein? Vocês estão tentando fazer com que a raça humana opte pelo celibato?

— Você está com medo do trabalho de parto? — perguntou ele.

— Caramba, se estou! Para falar a verdade, estou é querendo encontrar um hospital que me dê uma anestesia geral — olhei para ele, com ar esperançoso. — Você pode dar receita, não pode? Talvez possa me arranjar alguma coisa para eu tomar antes de começar a brincadeira.

Ele estava rindo de mim. Tinha, de fato, um sorriso muito bonito. Os lábios carnudos ficavam emoldurados pelos traços marcantes do seu riso. Imaginei, sem muita curiosidade, quantos anos de fato ele teria. Mais novo do que eu pensara a princípio, mas ainda assim uns quinze anos mais velho do que eu. Não usava aliança, mas isso não significava nada. Eram muitos os que não usavam.

— Você vai se sair muito bem — disse ele.

Deu-me o que sobrou do seu pãozinho e nem pestanejou quando pedi chocolate quente, e ainda insistiu em pagar a conta dizendo que, a bem da verdade, ficava me devendo por ter-lhe mostrado o lugar.

— Para onde agora? — disse ele.

— Ah, pode me deixar no Fresh Fields...

— Não, não. Eu estou à sua disposição.

Olhei para ele de esguelha.

— Vamos ao shopping Cherry Hill? — propus, quase sem esperanças. O shopping Cherry Hill ficava do outro lado do rio, em New Jersey. Tinha uma Macy's, duas lojas de produtos para maternidade e um balcão da MAC. E eu tinha emprestado o meu carro a Lucy durante o fim de semana inteiro, pois ela começara a trabalhar entregando flores que iam acompanhadas de uma canção ao vivo, só por ter garantido de pés juntos que tinha transporte próprio, isso enquanto esperava que sua carreira de garota propaganda decolasse.

— Vamos.

O carro dele era um tipo sedan, sólido, prateado, de linhas aerodinâmicas. As portas se fechavam com um barulho seguro e o motor parecia muito mais possante do que o meu modesto Hondinha jamais poderia sonhar. O interior era imaculado, e o banco do carona parecia... não ter sido usado. Como se o estofamento não tivesse tido contato com uma bunda humana.

Pegamos a auto-estrada 676 e passamos pela ponte Benjamin Franklin, que cruza o rio Delaware, que reluzia ao sol. As árvores estavam recobertas de uma parca camada de verde e o sol se refletia na água. Minhas pernas estavam num cansaço gostoso da caminhada e eu estava com uma sensação gostosa de ter comido o bastante e, quando repousei as mãos sobre a barriga, senti uma coisa que precisei de um minuto para identificar. Felicidade, acabei descobrindo. Eu estava feliz.

Eu o avisei no estacionamento.

— Quando entrarmos nas lojas, eles podem pensar que você é o, hum...

— Pai?

— Hum, é.

Ele sorriu para mim.

— E como é que você quer que eu aja?

— Hum! — na verdade, eu ainda não havia chegado a nenhuma conclusão com relação a essa parte, de tão arrebatada que estava, passeando naquele carrão confortável, estável e possante, vendo a chegada da primavera pela minha janela e me sentindo feliz. — Ah, vamos ver o que acontece.

E não foi mal, de fato. Na loja de departamentos, onde comprei um kit para grávidas (vestido longo, vestido curto, saia, calça, túnica, tudo feito de um tecido preto que estica, é indestrutível e ainda tem a garantia de que não mancha), os corredores estavam lotados e passamos quase despercebidos. A mesma coisa se deu na Toys "R" Us, onde comprei uns blocos e na Target, onde tinha cupons do tipo "compre 1, leve 2" para os lenços umedecidos e as fraldas Pampers. Percebi que a menina da Baby Gap ficou olhando para ele e para mim o tempo todo enquanto registrava as compras, mas não falou nada. Não foi como a mulher da Pea in the Pod na semana passada que falou para mim e Samantha que nos achava muito corajosas, ou a mulher da Ma Jolie na semana anterior que me assegurou que "o papai vai adorar!" o *legging* que eu estava experimentando.

O Dr. K. mostrou-se uma companhia muito agradável para fazer compras. Calado, mas disposto a dar uma opinião quando solicitada, e também a carregar todas as minhas sacolas e ainda a minha mochila. Pagou-me um almoço na praça de alimentação (parece meio cafona, mas a praça de alimentação do Cherry Hill é muito boa), e não se mostrou perturbado com as minhas quatro paradas para ir ao banheiro. Durante a última, até entrou correndo numa loja para animais de estimação e comprou um osso de couro comestível do tamanho do Nifkin ou maior.

— Para ele não ficar se achando rejeitado — explicou.

— Ele vai é se apaixonar por você — falei. — Essa vai ser a primeira. Nifkin funciona como a minha primeira barreira eliminatória para... — namorados, foi o que pensei. Mas aquilo não era um encontro! — Novos amigos — acabei dizendo.

— Ele gostava do Bruce?

Eu sorri, lembrando-me de que os dois viveram uma frágil *détente* que parecia querer irromper em guerra declarada, bastando para tanto que eu desse as costas o tempo suficiente. Bruce resmungou, mas concordou em deixar que Nifkin dormisse na minha cama, conforme estava acostumado, e Nifkin resmungou, mas concordou em deixar que Bruce tão somente existisse, mas houve, entrementes, uma série de vozes alteradas, insultos, e sapatos, cintos e carteiras mastigados.

— Acho que Bruce estava sempre a ponto de mandar Nifkin para um lugar bem distante com um pontapé bem aplicado. Não dá para dizer que ele "gostasse de cachorros". E o Nifkin não é fácil — falei, e me recostei no banco do carro cheirando a novo, sentindo o sol de final de tarde entrando pelo teto-solar para me aquecer um pouco.

Ele sorriu para mim.

— Cansada?

— Um pouco — falei, e soltei um bocejo. — Vou tirar uma soneca quando chegar em casa.

Ensinei-lhe a chegar à minha rua e ele fez um gesto de aprovação com a cabeça quando entrou nela.

— Bonita! — disse. Eu olhei para ela tentando ver o que ele vira: árvores botando brotos e fazendo sombra nas calçadas, vasos com plantas em frente das casas assobradadas de tijolinho aparente.

— Pois é! Eu tive sorte.

Quando ele se ofereceu para me ajudar a levar as coisas lá para cima, eu não estava disposta a recusar, embora pensasse, enquanto carregava as fraldas até o terceiro andar, na impressão que a minha casa causaria nele. Ele provavelmente morava no subúrbio, num daqueles casarões antigos em alguma rua principal, certamente com uns dezesseis quartos e um riacho passando pelo quintal da frente, sem falar nas cozinhas que não ostentavam aparelhos domésticos Harvest Gold de fins da década de 1970. Pelo menos a minha casa estava relativamente bem-arrumada, pensei. Abri a porta e Nifkin saltou para o hall como que arremessado aos ares por uma catapulta. Dr. K. riu.

— Olá, Nif! — disse ele, enquanto Nifkin farejava o osso de couro através de três sacos plásticos e tinha um ataque de alegria. Joguei minhas sacolas no sofá e corri para o banheiro, enquanto Nifkin tentava cavar um buraco nos sacos.

— Fique à vontade — gritei.

Quando saí, ele estava no segundo quarto, onde eu estava tentando montar o berço que ganhara de uma das amigas de minha mãe. O berço me chegara desmontado e sem instruções, possivelmente faltando algumas peças importantes.

— Parece que tem algo errado aí — disse ele. — Você se importa se eu fizer uma tentativa?

— Claro que não! — falei, agradavelmente surpresa. — Se você conseguir montar, vou ficar lhe devendo essa.

Ele sorriu para mim e disse:

— Você não me deve nada. Eu me diverti muito hoje.

Antes que eu pudesse me dar conta do que achara daquilo, o telefone tocou. Pedi licença, peguei o sem fio e me joguei desajeitadamente na cama.

— Cannie! — gritou uma voz, com um sotaque britânico conhecido. — Onde é que você estava?

— Fazendo compras — falei. Ora, isso também foi uma surpresa.

Maxi e eu vínhamos nos correspondendo por *e-mail* e um telefonema ou outro no escritório. Ela falava de seus trabalhos no *set* de filmagem de *Conectada*, um *thriller* de ficção científica que estava estrelando com um coadjuvante novo badaladíssimo, que precisava não de um nem dois, mas de três "fiscais da sobriedade" para mantê-lo na linha, e vivia me enviando dicas de investimentos e artigos sobre como fazer uma poupança para o neném. Eu escrevia de volta, falava do meu trabalho, quase sempre, dos amigos... e dos meus planos, em que pé estavam. Ela não fazia muitas perguntas sobre a chegada iminente — por educação, talvez, eu achava.

— Tenho novidades — disse ela. — Grandes. Imensas. As maiores que você possa imaginar. O seu roteiro — começou a falar, sem fôlego.

Eu engoli em seco. De todas as coisas que havíamos conversado durante aqueles meses, desde que nos conhecêramos em Nova York, o meu roteiro não foi falado nem uma vez sequer. Admiti que Maxi tinha se esquecido dele, que não o teria lido, ou teria mas achou tão ruim que talvez fosse melhor não falar mais sobre o assunto, para o bem da nossa amizade.

— Adorei — disse ela. — A personagem Josie é a heroína perfeita. É inteligente, determinada, engraçada e triste, e será uma honra eu ficar com esse papel.

— Claro — falei, ainda sem compreender o que estava acontecendo. — Melhor você começar a comer...

— Adorei o papel dela — continuou Maxi, me ignorando, com as palavras se atropelando, falando cada vez mais rápido. — E fique você sabendo que já fiz um acerto com um estúdio, Intermission... Mostrei o roteiro para a minha agente. Ela o mostrou para eles. Eles também adoraram... especialmente a idéia de eu fazer o papel da Josie. Então, com a sua permissão... o estúdio Intermission gostaria de comprar o roteiro, para eu fazer o papel principal. É claro que você vai estar envolvida no processo inteiro... Acho que nós duas devemos ter direito a aceitar ou rejeitar quaisquer mudanças no roteiro e, claro, nas principais decisões de elenco, para não falar na escolha do diretor...

Mas aí eu já não estava mais escutando. Fiquei ali deitada na cama, com o coração forte e estranho, incrivelmente excitado. Fazer o meu filme, pensei com meus botões, e um sorriso largo se abriu no meu rosto. Meu Deus do Céu! Está acontecendo, finalmente. Alguém vai fazer o meu filme. Sou uma escritora, consegui, e talvez fique até rica!

E foi aí que eu senti. Como uma onda se formando dentro de mim. Como se eu estivesse dentro do mar, sendo virada com delicadeza, e revirada, por uma onda. Larguei o telefone e coloquei as duas mãos sobre a barriga, e logo vieram várias batidinhas curiosas. Movimento. Meu neném estava se mexendo.

"Você está aqui", sussurrei. "Você está aqui mesmo?"

— Cannie? — falou Maxi. — Você está bem?

— Estou — falei, e comecei a rir. — Estou ótima!

PARTE QUATRO

Suzie Lightning

QUINZE

Eu nunca tive sorte em Hollywood. Para mim, a indústria do cinema era como um cara por quem você sente tesão sentada no outro lado da lanchonete da escola — tão lindo, tão perfeito que você simplesmente sabe que ele jamais vai sequer percebê-la, e que, se você resolvesse pedir-lhe para assinar o seu livro de formatura, iria ficar olhando com ar vazio, tentando descobrir como é mesmo o seu nome.

Era um caso de amor não correspondido, mas eu nunca parei de tentar. De tantos em tantos meses, importunava algum agente com cartas, sondando se estariam interessados no meu roteiro. Acabava sem nenhuma compensação por meus esforços, além de um punhado de cartas padronizadas de devolução ("Prezado/a Candidato/a a Escritor/a", era como costumavam começar), ou eventualmente uma carta em estilo impessoal informando-me que eles não estavam mais aceitando material não-requisitado, escritores desconhecidos, escritores novatos, escritores inéditos, ou seja qual for o que estivessem usando como termo depreciativo do momento.

Certa vez, um ano antes de eu conhecer Bruce, um agente me recebeu. O que mais me recordo de nossa reunião é que durante todos os mais ou menos dez minutos que me concedeu, ele não disse o meu nome uma vez sequer, nem tirou os óculos escuros.

— Li o seu roteiro — disse ele, empurrando-o por cima da mesa em minha direção com as pontas dos dedos, como se fosse nojento demais para arriscar o contato da palma da mão inteira. — Achei legal.

— Legal não é bom? — perguntei. A conclusão óbvia podia-se tirar a partir da expressão no rosto dele.

— Legal é bom, para livro infantil, ou programas humorísticos de sexta-feira na ABC. Para o cinema, bem... nós preferiríamos que a sua heroína explodisse alguma coisa — ele tamborilou com a caneta na página do título. *Rumo às estrelas*, dizia. Só que ele havia rabiscado umas presas nas pontas dos "s" e agora eles pareciam cobrinhas. — E também devo adverti-la de que só há uma atriz gorda em Hollywood...

— Isso não é verdade — explodi, abandonando minha estratégia de manter um sorriso educado e a calma, sem saber ao certo o que mais me ofendera: ele ter feito uso da expressão "atriz gorda" ou saber que só havia uma.

— Que traga retorno — emendou ele. — E na verdade, a razão é que ninguém quer ver filmes sobre gente gorda. O cinema tem essa coisa de fugir da realidade, ora!

Ora.

— Então... o que eu faço agora? — perguntei.

Ele balançou a cabeça, já se afastando da mesa, pegando o telefone celular e o canhoto do estacionamento para entregar ao manobrista.

— Não há como me envolver com esse projeto — disse-me. — Sinto muito — mais uma das mentiras de Los Angeles.

"Somos antropólogos", murmurei para Nifkin e para o neném, enquanto sobrevoávamos o que talvez fosse o estado de Nebraska. Não trouxera comigo nenhum dos meus livros infantis, mas resolvi que, se não podia ler, pelo menos eu poderia explicar. "Então vamos considerar isso aqui como uma aventura. E antes de você se dar conta, vamos estar voltando para casa. De volta à Filadélfia, onde nos querem bem."

Nós — eu, Nifkin e minha barriga, que agora eu praticamente considerava como uma coisa separada — estávamos na primeira classe. A bem da verdade, pelo que pude ver, éramos a primeira classe. Maxi enviara uma limusine para nos pegar em casa, que cobriu num piscar de olhos os quinze quilômetros até o aeroporto, onde fora reservado quatro assentos em meu nome e ninguém sequer titubeou ante a presença de um minúsculo e aterrorizado *rat terrier* dentro de uma casinhola de plástico verde para transporte. Estávamos voando a uma velocidade de cruzeiro, a uma altitude de nove mil metros, e eu descansava os pés sobre um travesseiro, com um cobertor em cima das pernas, segurando um copo de Evian com gelo e limão, e olhando para uma variedade de revistas novinhas em folha dispostas no assento ao meu lado, sob o qual repousava Nifkin. *Cosmo, Glamour, Mademoiselle, Mirabella, Moxie*. O recém-lançado exemplar de abril da *Moxie*.

Peguei-o, ouvindo meu coração começar a bater, com uma sensação de enjôo na boca do estômago e o conhecido suor frio na nuca.

Devolvi-o. Por que deveria me aborrecer? Estava feliz, bem-sucedida, viajando para Hollywood de primeira classe para pegar um cheque maior do que ele jamais conseguiria na vida, isso sem falar no convívio com os astros e as estrelas.

Peguei-o. Devolvi-o. Tornei a pegá-lo.

"Droga!", murmurei, sem me dirigir a ninguém especificamente, e abri na seção "Bom de cama".

"As coisas que ela deixou para trás", li.

"Não a amo mais", começava o artigo.

Quando acordo de manhã, ela não é o primeiro pensamento que me vem — não quero saber se está aqui, quando vou vê-la ou tornar a abraçá-la. Acordo e penso no meu trabalho, na minha nova namorada, ou, o que é mais provável, na minha família, na minha mãe e na vida que vai levar agora que o meu pai morreu.

Já posso escutar nossa música no rádio sem apertar imediatamente um botão para mudar de estação. Posso ver seu nome como autora de uma matéria qualquer, sem achar que alguém avantajada e zangada está pisoteando meu coração. Posso passar no Tick Tock Diner, onde íamos comer omelete com batata frita de madrugada, onde nos sentávamos lado a lado num dos compartimentos com mesa e trocávamos sorrisos inebriados. Posso me sentar no mesmo compartimento sem ficar me lembrando que ela começava se sentando em frente a mim e, depois de um tempo, se levantava e vinha se sentar ao meu lado. "Só estou sendo simpática", dizia toda vez. "Estou apenas lhe fazendo uma visita. Olá, vizinho!", dizia e me dava um beijo, e ficava me beijando até que a garçonete loura de penteado bufante e um bule de café em cada uma das mãos parava e balançava a cabeça.

Recuperei o Tick Tock. Ele já foi o nosso lugarzinho, mas agora voltou a ser meu. Fica bem no caminho do trabalho para casa, e eu adoro a omelete de espinafre com queijo feta de lá, e até consigo pedir uma sem me lembrar de como ela me mostrava os dentes no estacionamento, perguntando se tinha espinafre preso.

São as coisinhas miúdas que me pegam o tempo todo.

Ontem à noite eu estava varrendo — minha nova namorada estava vindo e eu queria tudo bem-arrumado — e encontrei um naco de ração para cachorro entalado entre duas lajotas.

Devolvi as coisas óbvias, claro, roupas e jóias, e joguei fora o resto. As cartas estão numa caixa guardada no armário, a foto foi deportada para o porão. Mas como a gente se resguarda de um pedacinho de ração que deu um jeito de passar sem ser detectado e surgir, de repente, na pá de lixo meses depois, só para deixar a gente estatelado? Como é que se agüenta uma coisa dessas?

Todo mundo tem um passado, diz minha namorada, tentando me consolar. Todos têm uma bagagem, todos carregam consigo partes de seu passado. Ela é professora primária, estuda sociologia, é a solidariedade em pessoa; sabe o que dizer na hora certa. Mas eu fico furioso de encontrar o batom de cereja da C. no porta-luvas, ou uma única mão do par de luvas de frio dela no bolso do meu casaco de inverno. Fico furioso também de não encontrar certas coisas: a tampa da minha caixa de tintas de batique e a camiseta do Cheesasaurus Rex que ganhei da Kraft por ter enviado três tampas de caixas do Espaguete com Queijo, que sei que estão com ela e nunca mais vou ver de volta.
Acho que quando os relacionamentos terminam deveria haver um "Dia da Anistia das Coisas". Só que não deveria ser logo depois, quando os dois ainda estão sensíveis e machucados e provavelmente inclinados a relações sexuais nada aconselháveis, e sim um pouco mais adiante, quando ainda se pode ser sociável, mas antes que a gente conclua o processo de transformar a ex-amada em nada mais que uma lembrança.

Transformar a ex-amada em nada mais que uma lembrança, pensei entristecida. Então é isso que ele está fazendo. Acontece que... transformar a ex-amada em nada mais que uma lembrança é uma coisa, mas transformar uma criança numa mera distração, numa coisa com a qual você nem se deixa incomodar... bem, aí já é outra completamente diferente. É de enfurecer. Relações sexuais nada aconselháveis, ora essa! E as conseqüências desse deslizezinho?

Mas por ora, contratei uma equipe para fazer a faxina do meu apartamento. O assoalho, eu lhes disse, mostrando o naco que encontrara, fazendo as mais desastrosas previsões de hordas de insetos e camundongos e outras pragas. Mas, na verdade, sou assolado por lembranças.

Não a amo mais. Mas não é por isso que vou deixar de ficar magoado.

Ufa! Recostei-me no confortável assento reclinável duplo, estofado em couro, e fechei os olhos, sentindo uma mistura de tristeza e fúria — e repentina esperança avassaladora — tão poderosa e horripilante que por um instante tive vontade de vomitar. Ele havia escrito isso três meses antes. É o tempo que as revistas levam para imprimir as coisas. Teria visto minha carta? Sabia que eu estava grávida? E o que estaria sentindo agora?

"Ele ainda sente saudade de mim", murmurei, com a mão na barriga. Acaso isso significaria que ainda havia esperança? Passou-me pela cabeça enviar-lhe a camiseta do Cheesasaurus Rex pelo correio, como sinal... como oferenda de paz. Mas logo me lembrei de que a última coisa que lhe enviei pelo correio foi a notícia de que iria ter um filho seu e ele nem sequer se deu o trabalho de pegar o telefone para saber como eu estava.

"Ele não me ama mais", relembrei-me. E fiquei curiosa para saber como a E. se sentiu ao ler aquilo... E., a professorinha primária que vinha com papo de bagagem e tinha as mãozinhas delicadas. Não teria curiosidade de saber por que ele escrevia sobre mim depois de todo esse tempo? Saber por que ele ainda se importava? *Será* que ele se importava, ou seria apenas uma questão de pensamento volitivo meu? E se eu telefonasse, o que ele diria?

Revirei-me agitada no assento, ajeitando o travesseiro e logo em seguida encostando-o na janela e me recostando nele. Fechei os olhos e, quando tornei a abri-los, o comandante estava anunciando nossa descida para a belíssima Los Angeles, onde fazia sol e os ventos sopravam do sudoeste, e a temperatura estava perfeita: 26°C.

***

Desembarquei do avião com os bolsos cheios de lembrancinhas que as aeromoças me haviam dado, balas de menta e tabletes de chocolate embrulhados em papel-alumínio, máscaras de dormir, toalhas de rosto e ainda meias de cortesia. Trazia a casinhola de Nifkin numa das mãos e a bolsa na outra. Na bolsa havia calcinhas para uma semana, o meu kit de grávida, menos a saia comprida e a túnica, que eu estava usando, e alguns utensílios de higiene variados que joguei lá dentro no último minuto. Camisola, tênis, agenda de telefones, meu diário e um exemplar de O neném saudável cheio de páginas marcadas.

— Quanto tempo você vai ficar? — minha mãe perguntou, na noite anterior à partida. As caixas e sacolas do que eu havia comprado no shopping ainda estavam espalhadas pelo corredor e cozinha, qual corpos desfalecidos. Mas o berço, eu percebi, estava muito bem montadinho. O Dr. K. deve tê-lo montado enquanto eu estava ao telefone com Maxi.

— Só um fim de semana. Talvez uns diazinhos a mais — falei.

— Você contou a essa tal de Maxi sobre o neném, não contou? — ela quis esclarecer.

— Contei sim, mamãe.

— E você vai telefonar, não vai?

Girei os olhos, disse-lhe que sim e fui levar Nifkin para passear até a casa da Samantha, a fim de dar-lhe as boas-novas.

— Detalhes — exigiu, entregando-me uma xícara de chá, enquanto se sentava no sofá.

Contei-lhe tudo que sabia: que estaria vendendo meu roteiro para o estúdio, que precisaria providenciar um agente e que iria conhecer alguns dos produtores. Não mencionei que Maxi me pediu para arranjar um lugar para passar um tempo, caso eu quisesse estar na Califórnia para as inevitáveis revisões e ajustes de texto.

— Absolutamente incrível! — falou Samantha, e me abraçou. — Cannie, que legal!

E era mesmo incrível, pensei, deleitada, enquanto caminhava pela pista, com a casinhola de Nifkin esbarrando na minha perna. "Aeroporto", murmurei para o neném. E no portão, lá estava April. Reconheci-a imediatamente de Nova York. As mesmas botas de couro preto até os joelhos, só que agora seu cabelo estava todo puxado do alto da cabeça para trás, formando um rabo-de-cavalo e havia algo estranho acontecendo entre o nariz e o queixo. Levei um minuto para reconhecer que ela estava sorrindo.

— Cannie! — falou, acenou, e depois pegou minha mão. — É um prazer imenso conhecê-la afinal! — varreu-me com os olhos de maneira igual à que eu me lembrava, demorando-se apenas um compasso ou dois a mais na minha barriga, mas o sorriso estava firme no lugar quando seus olhos finalmente encontraram os meus. — Um talento que surge! — pronunciou. — Adorei o roteiro. Adorei, adorei. Quando Maxi me mostrou, eu lhe disse duas coisas. Falei: Maxi, você é Josie Weiss; e mal posso esperar para conhecer o gênio que a criou.

Pensei brevemente em lhe contar que nós, de fato, já havíamos nos conhecido, e que aquela foi a pior experiência jornalística do mês, possivelmente do ano. Imaginei se ela conseguiria ouvir-me sussurrar "hipócrita" para o neném. Mas resolvi que não iria causar marola. Talvez ela não tivesse me reconhecido mesmo. Eu não estava grávida da última vez em que ela me viu, tampouco ela estava sorrindo.

April se inclinou para espiar dentro da casinhola.

— E você deve ser o Nifty! — falou, aos paparicos. Nifkin começou a rosnar. April não demonstrou ter percebido. — Que cachorrinho lindo! — soltei uma risada às avessas e Nifkin continuou rosnando tão forte que a casinhola vibrou. Nifkin tem várias qualidades, mas beleza não é uma delas.

— Como foi o vôo? — perguntou-me April, piscando rapidamente e ainda sorrindo. Pensei que talvez fosse essa a sua maneira de tratar seus clientes famosos. Imaginei se eu já não seria uma cliente famosa, se Maxi não teria se adiantado e assinado um pacto de sangue, ou o que fosse necessário para se contratar os serviços de uma pessoa como April.

— Bom. Foi tudo direitinho. Eu nunca tinha viajado de primeira classe.

April passou o braço pelo meu como se fôssemos amiguinhas de escola. Seu antebraço se encaixou bem embaixo do meu seio direito. Tentei ignorar o fato.

— Vá se acostumando — aconselhou-me. — Sua vida está prestes a mudar. Portanto, relaxe e aproveite.

April me hospedou numa suíte do Beverly Wilshire, explicando que o estúdio estava me hospedando ali aquela noite. Mesmo que fosse só por uma noite, senti-me como Julia Roberts em *Uma linda mulher*, se eles tivessem optado pelo final alternativo em que a prostituta acaba grávida e só, tendo a consolá-la apenas seu cachorrinho.

A suíte bem poderia ser mesmo aquela onde filmaram *Uma linda mulher*. Era grande, clara, luxuosa até não poder mais. As paredes eram forradas de papel listrado de dourado e creme, o assoalho de carpete ultra fofo, e o banheiro era um salão todo em mármore com veios dourados. Pois é, um banheiro do tamanho da sala da minha casa, com uma banheira grande o suficiente para jogar um movimentado pólo aquático, se eu quisesse!

"Chiquérrimo!", comentei com o neném e abri um par de portas francesas, deparando-me com uma cama enorme qual uma quadra de tênis, toda feita com lençóis brancos esticadinhos e coberta por uma colcha macia cor-de-rosa e dourada. Tudo estava limpo, com cheiro de novo, e tão maravilhoso que fiquei quase com medo de encostar. Havia também um buquê de flores caprichado me esperando ao lado da cama. "Seja bem-vinda", dizia o cartão de Maxi.

"Buquê", informei ao neném. "Muito caro, provavelmente." Nifkin saltara de dentro de sua casinhola e se ocupava em farejar tudo dentro da suíte. Olhou-me de relance e se ergueu sobre as patas traseiras para enfiar o focinho no vaso sanitário. Depois de passada a inspeção desse item, ele se escafedeu para o quarto.

Deixei-o muito bem instalado em cima de um travesseiro na cama e fui tomar um banho, com direito a robe felpudo e tudo mais. Chamei o serviço de quarto e pedi chá quente com morangos e abacaxi, tirei do frigobar uma Evian e uma caixa de Choco Leibniz, rei de todos os biscoitos, sem sequer empalidecer diante do preço de oito dólares, pelo menos o triplo do que os mesmos teriam custado na Filadélfia. Depois me recostei em dois dos seis travesseiros que estavam na cama e bati palmas, rindo. "Cheguei!", bradei, tendo em seguida os latidos de Nifkin a me fazer companhia. "Consegui!"

Depois liguei para todo mundo em quem consegui pensar.

"Se você comer nos restaurantes de Wolfgang Puck, peça a pizza de pato", aconselhou Andy, totalmente no modo *connoisseur*.

"Não assine nada antes de me enviar uma cópia por fax", instou Samantha, desembuchando em seguida cinco minutos de "advoguês", antes de eu conseguir acalmá-la.

"Anote tudo", disse Betsy.

"Tire fotos!", disse minha mãe.

"Você levou minhas fotos, não levou?", indagou Lucy.

Eu tinha prometido à Lucy que faria o seu *lobby*, à Betsy que tomaria notas para colunas no futuro, à mamãe que tiraria fotos, à Samantha que lhe enviaria por fax tudo de aspecto legal e ao Andy que comeria pizza de pato. Aí, percebi o cartão de visita encaixado num dos travesseiros, onde estavam gravadas as palavras *Maxi Ryder*. Abaixo de seu nome estava uma única palavra, *Garth*, um número de telefone e um endereço no Ventura Boulevard. "Chegue às sete. E depois: bebidas e diversão", dizia.

"Bebidas e diversão", murmurei, espreguiçando-me na cama. Senti o cheiro das flores e escutei o leve zumbido dos carros trinta e dois andares abaixo. Fechei então os olhos e só acordei às seis e meia da tarde. Joguei água no rosto, enfiei os pé dentro dos sapatos e saí.

Acontece que Garth era o Garth, cabeleireiro das estrelas, embora a princípio eu tivesse achado que o táxi me deixara numa galeria de arte. Erro fácil de cometer! O salão de Garth não tinha os apetrechos de praxe: fileira de pias, pilhas de revistas folheadas, balcão da recepcionista. Para falar a verdade, não parecia haver ninguém dentro do salão, de pé direito elevado, decorado com uma única cadeira, uma única pia e um único espelho antigo que ia do chão ao teto, além de... Garth.

Fiquei sentada ali na cadeira, enquanto o homem que colocou os nacos amanteigados nos cachos de Britney Spears, que fez luzes em Hillary e passou henna em Jennifer Lopez levantava e substituía mechas do meu cabelo, tocando-o e analisando-o com o desprendimento tranqüilo de um cientista, e tentei me explicar.

— Sabe, não se deve pintar o cabelo quando se está grávida — comecei. — E eu não esperava engravidar, de forma que eu havia feito recentemente as minhas luzes, e elas foram saindo porque foi há seis meses, e eu sei que isso está horrível...

— Quem fez isso com você? — perguntou Garth, com suavidade.

— Hum, a gravidez ou as luzes?

Ele sorriu para mim pelo espelho e pegou mais uma mecha do meu cabelo.

— Elas não foram feitas... aqui? — perguntou delicadamente.

— Ah, não. Na Filadélfia — olhar vago de Garth. — Na Pensilvânia — a verdade é que eu mandei fazer as luzes no instituto de beleza da Bainbridge Street e achei o trabalho bem-feito, mas a julgar pela expressão em seu rosto, pude perceber que Garth não concordaria comigo.

— Ai, querida! — falou ele, baixinho. Pegou um pente e um borrifadorzinho de água. — Você tem alguma coisa contra... hum...

— percebi que ele estava buscando a palavra mais gentil, para descrever o que estava acontecendo em cima da minha cabeça.

— Eu tenho muita coisa contra várias coisas, mas não tenho nada contra mexer no meu cabelo — disse-lhe. — Portanto, faça o que você quiser.

Ele levou quase duas horas: primeiro cortando, depois penteando, aparando as pontas e colocando em minha cabeça uma solução vermelho-granada que jurou ser totalmente natural, sem nenhum produto químico, derivada de vegetais orgânicos os mais puros, com a garantia absoluta de não fazer mal algum ao neném durante a gravidez.

— Você é roteirista? — perguntou Garth, após um certo tempo. Segurou-me o queixo, inclinando-me a cabeça para um lado e para o outro.

— Inédita, ainda.

— Você vai acontecer. Você tem essa aura.

— Ah, talvez seja só o sabonete do hotel.

Ele se inclinou para perto do meu rosto e começou a tirar-me a sobrancelha.

— Não faça pouco de si mesma — disse-me. Cheirava a alguma colônia maravilhosa e, mesmo a alguns centímetros do meu rosto, sua pele era imaculada.

Quando ficou satisfeito com a forma das sobrancelhas, enxaguou-me o cabelo, secou-o com o secador e passou meia hora aplicando diferentes cremes e pós no meu rosto.

— Eu não costumo usar muita maquiagem — protestei. — Um batonzinho e rímel. Só isso.

— Não se preocupe. Esta vai ser sutil.

Tive lá minhas dúvidas. Ele já espalhara três tons diferentes de sombra em torno dos olhos, inclusive um que parecia praticamente roxo. Mas quando tirou a capa e me girou de frente para o espelho, me arrependi até de ter pensado em duvidar dele. Minha pele reluzia. As maçãs do rosto estavam da cor de um damasco maduro. Os lábios estavam destacados, com um tom suave de vinho, discretamente repuxados de felicidade, embora eu não me desse conta de estar sorrindo. E nem percebi a sombra, só os olhos, que pareciam muito maiores, muito mais arrojados. Estava parecida comigo mesma, só que mais... mais parecida com uma versão felicíssima de mim mesma.

E o cabelo...

— Foi o melhor corte que já fiz — disse-lhe. Passei os dedos devagar pelos cabelos. Passara de um estilo joãozinho de meadas desencontradas e uma coloração acastanhada, com algumas luzes esporádicas, para uma rica e reluzente cor de casco de tartaruga salpicado de mechas em tons de ouro, bronze e cobre. Ele fez um corte curto resguardando a ondulação natural em madeixas que mal tocavam as maçãs do rosto e passou-as por trás da orelha num dos lados, dando-me um ar sapeca. Claro, uma sapeca grávida, mas quem era eu para reclamar? — Talvez seja o melhor corte que alguém possa ter na vida.

O som de aplausos veio da porta. E lá estava Maxi, usando um vestido preto de alças finas colado ao corpo e sandálias pretas. Trazia brincos de diamantes nas orelhas e um diamante único pendurado numa corrente fina de prata ao pescoço. As alças do vestido se uniam na nuca, deixando-lhe as costas nuas quase até o bumbum. Destacavam-se as suaves protuberâncias de suas espáduas, as mínimas saliências de cada vértebra e as sardas salpicadas em perfeita simetria pelos ombros.

— Cannie! Meu Deus! — disse ela, analisando primeiro os cabelos e depois a barriga. — Você está... uau!

— Você achou que eu estava brincando? — falei, e ri de sua expressão de espanto.

Ela se ajoelhou na minha frente.

— Posso...

— Claro — falei. Ela encostou a mão na minha barriga e, depois de um momento, o neném atenciosamente chutou.

— Ooh! — exclamou Maxi, tirando a mão rápido como se tivesse se queimado.

— Não se preocupe. Você não vai machucá-la. Nem a mim.

— Então é uma menina? — perguntou Garth.

— Oficialmente, ainda não. Só estou com um pressentimento — falei.

Entrementes, Maxi me circundava como se eu fosse um objeto que ela estivesse cogitando comprar.

— O que Bruce tem a dizer disso? — indagou.

Balancei a cabeça.

— Que eu saiba, nada. Não tenho tido notícias dele.

Maxi parou de me circundar e me fitou, de olhos arregalados.

— Nada? Ainda?

— Sem brincadeira! — falei.

— Eu posso mandar matá-lo — ofereceu Maxi. — Ou dar-lhe uma surra. Poderia enviar, digamos, meia dúzia de jogadores de futebol americano bem zangados e armados com tacos de beisebol para quebrar as pernas dele...

— Ou o narguilé dele — sugeri. — Talvez isso o deixasse mais magoado.

Maxi abriu um sorriso.

— Você está se sentindo bem? Está com fome? Com sono? Está com vontade de sair, porque se não estiver, não tem problema algum...

Eu lhe abri um sorriso e joguei para trás os cabelos.

— Claro que eu quero sair! Isso aqui não é Hollywood? Já estou maquiada. Vamos embora.

Ofereci um cartão de crédito a Garth, mas ele me mandou parar com aquilo, que eu não me preocupasse pois já estava tudo acertado, e se eu prometesse voltar dali a seis semanas para aparar as pontas, ele já se consideraria suficientemente pago. Eu o agradeci e fiquei agradecendo até que Maxi me arrastou pela porta afora. Seu carrinho prateado estava encostado ao meio-fio. Entrei com cuidado, ciente do meu centro de gravidade instável... e ciente de que, ao lado de Maxi, mesmo com o fabuloso corte de cabelo novo e a maravilhosa compleição aprimorada por Garth, mesmo no elegante conjunto preto de túnica e saia, e sandálias de salto também pretas que não deixavam nada a desejar, eu ainda me sentia como um dirigível desmazelado. Um dirigível sapeca, pelo menos, pensei, enquanto Maxi zarpava pelas ruas apinhadas de carros e buzinas, e acelerava para pegar um sinal ainda amarelo.

— Pedi aos porteiros do hotel que cuidassem de Nifkin, assim você não vai se preocupar se ficarmos na rua até tarde — gritou-me, com o vento cálido da noite soprando em nossos rostos. — Também aluguei uma cabana para ele.

— Uau! Que sorte a dele!

Só depois de passarmos mais dois sinais de trânsito foi que pensei em perguntar para onde íamos. Maxi se animou imediatamente.

— Para o Star Bar. É um dos meus lugares favoritos.

— É uma festa?

— Ah, lá é sempre uma festa. E também tem um sushi excelente!

Soltei um suspiro. Eu não podia comer peixe cru nem ingerir bebidas alcoólicas. E ainda que estivesse animada para comemorar e conhecer todos os astros e estrelas de Hollywood, sabia que não demoraria muito até que a coisa que eu mais iria querer seria a cama daquela enorme e maravilhosa suíte do hotel. Nunca fui muito chegada a noitadas e festas barulhentas antes de engravidar, e desde então me vi gostando ainda menos desse tipo de coisa. Eu ficaria um tempinho por lá, falei comigo mesma, e depois alegaria a exaustão típica das grávidas e tomaria o caminho de casa.

Maxi me deu a ficha corrida de quem poderia estar lá, além dos pertinentes panos de fundo que uma novata como eu deveria conhecer. Os famosos ator e atriz, casados há sete anos, fiquei sabendo, fingiam.

— Ele é *gay* — sussurrou-me Maxi — e vem transando com o *personal trainer* dela há anos.

— Ai, que lugar-comum! — retruquei o sussurro.

Maxi riu e se inclinou mais para perto de mim. A estrela ingênua do segundo maior filme de ação do verão passado poderia oferecer-me Ecstasy no banheiro das mulheres ("...pelo menos, ofereceu para mim!", Maxi me falou). A princesa do hip-hop que diziam não fazer nada sem a presença da mãe batista, que andava sempre com a Bíblia debaixo do braço, era "tresloucada", segundo Maxi. "Dorme com homens e mulheres, tudo ao mesmo tempo, enquanto a mamãe está fazendo pregações de catequese na Virgínia." O diretor cinquentão acabou de sair da Betty Ford Clinic; o protagonista quarentão fora diagnosticado como viciado em sexo durante sua última estada em Hazelden; e a badaladíssima diretora artística não era de fato uma lésbica, embora se satisfizesse plenamente em alimentar a fofocagem.

— Careta de fazer dó! — falou Maxi, em tom de decepção. — Acho até que ela tem um marido escondido lá em Michigan.

— Um horror! — falei. Maxi deu uma risadinha, pegando-me o braço.

As portas de correr do elevador deslizaram cada qual para o seu lado e dois caras maravilhosos de short e camisa brancos nos abriram as portas de vidro de três metros de altura, descortinando um bar que parecia suspenso no ar contra um fundo de noite. Um janelão de vidro cobria toda a extensão da parede. Havia dúzias de mesas forradas de pano branco para duas e para quatro pessoas, todas encimadas por tremeluzentes velas votivas. As paredes eram forradas por cortinas de renda cor de marfim, que esvoaçavam ao sabor da leve brisa noturna. O bar era iluminado ao fundo por néon azul e a pessoa encarregada era uma mulher de um metro e oitenta, vestida com roupa de gatinha azul-petróleo, preparando martinis com o rosto belíssimo e impassível das esculturas em máscara africanas. Maxi deu-me um último aperto no braço, sussurrou, "Volto já, já!", e saiu dando beijinhos, que não chegavam a encostar nos rostos, de gente que eu só vira em filmes. Recostei-me numa das pilastras e tentei não fitar ninguém.

Lá estava a tal princesa do hip-hop, com trancinhas mínimas caindo-lhe do topo da cabeça em cascata até quase a cintura. Lá estavam os superastros casados de longas datas, mostrando-se para o mundo como um casal dedicado, e a diretora de arte não lésbica numa camisa de fraque engomada e gravata borboleta vermelha. Dúzias de garçons e garçonetes varavam todo o ambiente. Todos de branco — calças brancas, shorts brancos, corpetes brancos e tênis impecavelmente brancos. Isso dava ao lugar o aspecto do mais chique hospital do mundo, só que o pessoal levava martinis de tamanho descomunal em vez de comadres, e todos eram lindos. Minhas mãos começaram a coçar por uma caneta e um bloco. Eu não tinha o que fazer num lugar assim, cercada daquela gente toda, a menos que estivesse tomando notas para fazer depois uma matéria jornalística, na qual provavelmente seria sarcástica. Por mim mesma, aquele ali não era o meu lugar.

Fui até o janelão, que dava para uma piscina iluminada onde não havia ninguém nadando. Havia um barzinho rústico com o típico telhado de palha e tochas, abarrotado de gente — todos jovens, todos maravilhosos, quase todos com *piercings* e tatuagens, com jeito de estarem prestes a sair para rodar um videoclipe. Mais ao fundo, uma nuvem de poluição e cartazes da marca Calvin Klein, além das cintilantes luzes da cidade.

E bem ali, de costas voltadas para o salão, com um copo na mão, fitando a noite, estava... oh, meu Deus, será mesmo? Sim. Adrian Stadt. Consegui reconhecê-lo pelo contorno dos ombros, pelo formato da cintura. Só Deus sabe quanto tempo passei babando em cima de fotos dele! O cabelo estava cortado bem curto e a nuca reluzia na meia-luz do salão.

Adrian não era bonito como o clássico protagonista de aspecto durão, também não era dessa última safra de meninos bonitos e andróginos. Era mais como um vizinho — altura mediana, traços normais, discretos cabelos e olhos castanhos do tipo padrão. O que o tornava especial em termos de aparência era o seu sorriso — aquele sorriso doce, meio de viés, que expunha um dente da frente levemente lascado (ele sempre dizia aos entrevistadores que o conseguira caindo da sua casa de brinquedo na árvore, aos nove anos). E aqueles olhos castanhos tão comuns eram capazes de passar mil variações de frustração, perplexidade e desvario, ou seja, todo o necessário para o papel principal numa comédia romântica. Por si só, as partes não tinham nada de especial, mas juntas davam um fidedigno galã de Hollywood. Pelo menos, foi assim que a *Moxie* o chamou no número "Homens que todas queremos".

Ainda bem que passei imune pelos desejos adolescentes, nunca enchi de fotos a porta do meu armário, nem nada disso, mas pelo Adrian Stadt eu sentia alguma coisa. Mesmo quando o via no *Saturday Night!* desfiando, com a voz em falsete, seus lamentos e reclamações sobre a criança que foi escolhida por último para jogar bola, ou cantando uma ópera-bufa sobre a mãe do ano da Associação de Pais e Mestres, eu achava que se nos conhecêssemos poderíamos ser bons amigos... ou mais. Claro, a julgar pela sua popularidade, milhões de outras mulheres achavam exatamente a mesma coisa. Mas quantas delas estavam ali no Star Bar numa cálida noite de Los Angeles com o objeto de seu afeto bem diante de si?

Retrocedi até encostar na pilastra, tentando me esconder para poder fitar as costas de Adrian Stadt sem ser interrompida, enquanto resolvia se ligaria primeiro para Lucy ou Samantha para contar a novidade. Estava tudo indo muito bem até que uma patota de magricelas de salto alto adentrou o salão e se plantou na minha frente, nos lados, em toda a minha volta. Fiquei me sentindo como um elefante que vai parar acidentalmente no meio de uma manada de maravilhosas gazelas esbeltas e ágeis, e não consegui encontrar uma maneira de cair acidentalmente fora dali.

— Segure isso um instantinho — pediu-me a mais alta, mais loura e mais magra de todas, entregando-me seu xale de *pashmina*. Peguei-o e depois olhei para ela, sentindo meu queixo cair. Era Bettina

Vance, vocalista principal da super banda *punk* Screaming Ophelia, líder das paradas, uma das minha favoritas para dançar em fim de noite quando estava amargurada.

— Adoro a sua música — soprei no ar, enquanto Bettina agarrava um martini.

Ela me lançou um olhar de olhos turvos e soltou um suspiro.

— Se eu ganhasse um centavo de cada gordinha que me diz isso...

Fiquei tão chocada como se ela tivesse jogado água gelada no meu rosto. Com toda essa maquiagem, meu cabelo maravilhoso, roupa nova, todo o meu sucesso, e tudo que as Bettina Vance do mundo conseguiam enxergar era mais uma gordinha dessas que ficam solitárias, sentadas em seu quarto, escutando astros do *rock* cantarem vidas que elas sequer poderiam sonhar para si, vidas que jamais conheceriam!

Senti o neném chutar naquele momento, como um punhozinho se erguendo com severidade dentro de mim, qual um lembrete. De repente, pensei, ela que se dane! Pensei, eu sou alguém, também.

— E por que você iria precisar de doações? Já não está rica? — indaguei. Algumas das gazelas mal conseguiram conter as risadinhas. Bettina girou os olhos para mim. Enfiei a mão na bolsa e, ainda bem, senti os dedos se fecharem em torno do que eu queria. — Tome o seu centavo — falei, com toda doçura. — Talvez você possa começar a economizar para a sua próxima plástica de nariz.

As risadinhas se transformaram em sonoras gargalhadas. Bettina Vance estava me olhando fixamente.

— Quem é você? — soltou entre os dentes.

Algumas respostas me ocorreram: Ex-fã? Gordinha zangada? Seu pior pesadelo?

Em vez disso, optei pela resposta mais simples, resumida e, o que vinha bem a calhar, verdadeira.

— Uma escritora — falei baixinho, forçando-me a não desviar o olhar, nem me retrair.

Bettina ficou me fitando pelo que pareceu um tempo inacreditavelmente demorado. Então, tomou o xale das minhas mãos e saiu atribulada, levando consigo a patota de tamanho pp. Recostei-me na pilastra, trêmula, e passei a mão pela barriga. "Piranha!", sussurrei para o neném. Um dos homens que se encontrava à margem da multidão sorriu para mim e se afastou, antes que eu pudesse registrar-lhe o rosto. No instante em que decifrei quem era, Maxi apareceu de volta ao meu lado.

— O que foi que aconteceu? — perguntou.

— Adrian Stadt — falei, finalmente.

— Eu não lhe disse que ele estava aqui? — perguntou Maxi, impacientemente. — Caramba! Qual é a da Bettina?

— Esqueça a Bettina — balbuciei. — Adrian Stadt acabou de me dar um sorriso! Você o conhece?

— Um pouco — disse ela. — E você?

Girei os olhos nas órbitas.

— Ah, se conheço! — falei. — Ele faz parte da minha liga de boliche lá na Filadélfia.

Maxi ficou intrigada.

— Mas ele não é de Nova York?

— Bricadeirinha! — falei. — Claro que não o conheço! Mas sou fã de carteirinha.

Parei ali, cogitando se contava a Maxi que Adrian Stadt fora a inspiração básica do meu roteiro. Assim como Josie Weiss era eu, Avery Trace era Adrian, só que com um nome diferente e sem a tendência incômoda de namorar supermodelos. Antes que eu resolvesse o que iria dizer, ela juntou os pontinhos.

— Sabe de uma coisa? Daria um perfeito Avery — murmurou. — Vamos falar com ele.

Ela partiu em direção à janela. Eu congelei. Ela se virou para mim.

— O que foi?

— Não posso ir até ele assim e começar a falar.

— Por que não?

— Porque estou... — tentei pensar numa boa maneira de dizer "numa liga completamente diferente daquela que é freqüentada pelos lindos e famosos astros do cinema". Cheguei a ... — grávida.

— Eu acho — retrucou Maxi — que as grávidas ainda podem conversar com quem não está grávido.

Deixei cair a cabeça.

— Sou tímida.

— Ah, tímida você não é. É, sim, uma repórter, pelo amor de Deus!

Argumento convincente. Em verdade, no meu trabalho era comum eu chegar a pessoas muito mais poderosas ou influentes ou mais bonitas do que eu. Mas não Adrian Stadt! Não o cara por quem me permiti um sonho de cem páginas. E se ele não gostasse de mim? E se, em pessoa, eu não gostasse dele? Não seria melhor simplesmente ficar com a fantasia?

Maxi passou de um pé para o outro.

— Cannie...

— Sou melhor ao telefone — consegui cochichar, finalmente. Maxi soltou um suspiro, com todo o charme, como em tudo mais que fazia.

— Espere aqui — disse, e partiu à toda para o balcão do bar. Quando voltou, havia um telefone celular em sua mão.

— Ah, não! — falei, ao avistá-lo. — Já tive azar com esse telefone.

— Esse é outro — falou Maxi, forçando a vista para enxergar os números que desenhara na mão com o que parecia ser um delineador de lábios. — Menor. Mais leve. Mais caro — o telefone começou a tocar. Ela o entregou a mim. Do outro lado do salão, diante do janelão que tomava a parede inteira, Adrian Stadt abriu a aba do próprio celular. Vi quando seus lábios se mexeram, pelo reflexo no vidro.

— Alô?

— Não pule — falei. Foi a primeira coisa em que pensei. Enquanto falava, me desloquei de forma a ficar atrás de uma pilastra forrada de seda branca, fora do campo de visão dele, mas num canto onde ainda pudesse ver sua imagem refletida no vidro. — Não pule — repeti. — Não existe nada tão ruim assim.

Ele soltou uma risada curta e piedosa.

— Você não sabe — falou.

— Sei sim — disse, apertando o telefone com força mortífera na mão subitamente banhada de suor. Não conseguia acreditar que aquilo estivesse acontecendo. Eu estava conversando, flertando, até!, com Adrian Stadt. — Você é jovem, bonito, talentoso...

— Bajuladora! — disse ele. Tinha uma voz maravilhosa, baixa e simpática. Fiquei curiosa para saber por que ele sempre falava com aquela vozinha melosa e aguda nos filmes se sua voz verdadeira era essa.

— Mas é verdade. Você é mesmo. E está nesse lugar maravilhoso, numa noite tão linda! Está vendo as estrelas.

Mais uma gargalhada amarga.

— Estrelas! — zombeteou. — Como se eu quisesse!

— Não essas — falei. — Olhe pela janela — disse-lhe. Fiquei observando os olhos dele, enquanto fazia o que eu lhe dissera. — Olhe para o alto — ele inclinou a cabeça. — Está vendo aquela estrela brilhante, logo à sua direita?

Adrian forçou a vista.

— Não dá para ver nada. Poluição — explicou. Virou-se de costas para a janela, vasculhando a multidão. — Onde você está?

Escondi-me ainda mais, atrás da pilastra. Quando engoli, ouvi até o estalido da garganta.

— Pelo menos, me diga quem você é.

— Uma amiga.

— Você está neste salão?

— Talvez.

Sua voz adquiriu uma pitada de provocação.

— Posso ver você?
— Não. Ainda não.
— Por que não?
— Porque sou tímida — falei. — E você não gostaria de me conhecer melhor assim?

Ele sorriu. Consegui perceber os lábios dele se recurvando na janela.

— Como vou saber se você é de verdade? — perguntou.
— Não vai — falei. — Posso ser fruto da sua imaginação.

Ele se virou depressa e, durante um segundo, senti os olhos dele passarem por mim. Larguei o telefone, peguei-o novamente, desliguei e entreguei-o à Maxi, tudo num movimento só, que eu quis crer que foi suave, mas provavelmente não foi.

O telefone começou a tocar instantaneamente. Maxi o abriu.
— Alô?

Pude ouvir a voz de Adrian.
— Fruto da minha imaginação? Oi, fruto, é você?
— Espere um instante, por favor — falou Maxi, objetivamente e me entregou novamente o telefone. Eu me escondi novamente atrás da pilastra.

— Identificadores de chamadas são a ruína da existência humana na década de 1990 — comecei. — O que foi que aconteceu com o anonimato?

— Anonimato — repetiu ele devagar, como se fosse a primeira vez na vida que pronunciava a palavra.

— Pense só nas gerações de garotos púberes que não vão poder telefonar para as garotas por quem sentem tesão e logo depois desligar. Pense em como isso vai atrapalhar o desenvolvimento deles.

— Você é engraçada — disse ele.
— É um mecanismo de defesa — retruquei.
— Então, posso vê-la?

Apertei o telefone com toda a força que tinha e não respondi.

— Vou continuar telefonando até que você me deixe vê-la.
— Por quê? — perguntei.
— Porque você parece legal. Posso lhe oferecer uma bebida?
— Não bebo — falei.
— Não sente sede? — perguntou ele, e eu ri a contragosto. — Quero vê-la.

Soltei um suspiro, ajeitei a túnica, varri os arredores com um rápido olhar para me certificar de que Bettina Vance estava noutro lugar, fui até ele pelas costas e dei-lhe um tapinha no ombro.

— Ei! — falei, torcendo para que ele pegasse o impacto total do meu cabelo e maquiagem antes de chegar à minha barriga. — Oi!

Ele se virou devagar. Pessoalmente, era adorável. Mais alto do que eu imaginara, e lindíssimo, um doce. E bêbado. Muitíssimo bêbado.

Sorriu para mim. Peguei o telefone. Ele agarrou-me o pulso.

— Não! — falou. — Face a face.

Desliguei o telefone.

Ele era tão lindo de perto. Na tela, parecia bonito, mas não era maravilhoso. Agora, em carne e osso, era impressionante, com belíssimos olhos castanhos, e...

— Você está grávida — deixou escapar.

Tudo bem, não era exatamente um furo de reportagem, mas era alguma coisa.

— Estou — falei. — Estou grávida, sim. Meu nome é Cannie.

— Cannie — repetiu ele. — E onde está o, hum... — e balançou a mão no ar num gesto vago que interpretei como "o pai do seu filho".

— Estou aqui sozinha — falei, resolvida a deixar por isso mesmo. — Na verdade, vim para cá com a Maxi Ryder.

— Eu estou aqui sozinho — disse ele, como se não tivesse me ouvido. — Estou sempre sozinho.

— Ah, eu sei que isso não é verdade — falei. — Acontece que sei que você está saindo com uma estudante de medicina alemã chamada Inga.

— Greta — murmurou ele. — Nós terminamos. Você tem uma memória e tanto!

Dei de ombros e assumi ares de modéstia.

— Sou sua fã — falei. Estava tentando decidir se seria cafona demais pedir um autógrafo quando Adrian agarrou minha mão.

— Tenho uma idéia — disse. — Você gostaria de ir lá para fora?

— Lá fora? — será que eu queria ir lá para fora com Adrian Stadt? Será que macaco gosta de banana? Fiz que sim com a cabeça, com tanta força que fiquei preocupada em ficar com torcicolo, e parti pelo meio da massa de mulheres de minissaia e frente única atrás de Maxi. Encontrei-a finalmente no aperto de gente em volta do balcão do bar.

— Ei — falei —, vou dar um pulinho lá fora com o Adrian Stadt.

— Ah, vai, não é? — disse ela, cheia de malícia.

— Não é nada disso.

— Ah, não?

— É que ele está meio... solitário.

— Hum! Olhe aqui, não se esqueça de que ele é ator — ela pensou bem e disse... — Bem, na verdade, um comediante que faz filmes.

— Só vamos dar um passeio — falei, ansiosa para não contrariá-la ou ofendê-la, mas ainda mais louca para voltar para o Adrian.

— Tudo bem — disse ela, descompromissadamente. Escreveu num guardanapo o seu número e esticou a mão para pegar o celular. — Não deixe de me telefonar de onde quer que você esteja.

Entreguei-lhe o aparelho, enfiei o número na bolsa e girei os olhos.

— Ah, claro. Vou lá fora para seduzi-lo. Vai ser tudo muito romântico. Vamos nos agarrar no sofá, eu vou beijá-lo, ele vai dizer que me adora e de dentro da minha barriga o meu filho vai acertá-lo com um pontapé nas costelas.

Maxi perdeu o ar de preocupação.

— E aí eu vou filmar tudinho, vender os direitos para a Fox e eles vão transformá-lo num especial. *O ménage à trois mais pervertido do mundo.*

Maxi riu.

— Tudo bem. Mas tome cuidado.

Dei-lhe um beijinho no rosto e, incrédula, descobri que Adrian Stadt ainda estava esperando. Sorri para ele e pegamos o elevador, descemos e saímos, e deparamos com o que parecia uma estrada. Não havia bancos, nem gramado, sequer um precário abrigo de ponto de ônibus, nem mesmo uma calçada para passearmos.

— Uh! — exclamei.

Entrementes, Adrian estava ficando gradativamente mais ébrio que no bar. O ar fresco não propiciou a recuperação que eu estava esperando. Ele foi pegar minha mão, mas acabou agarrando o meu pulso, e me puxou para perto... bem, o mais perto que a minha barriga permitiu.

— Me beije — disse ele, e eu dei uma boa risada do absurdo. *Me beije!* Como se fosse a fala de um filme! Olhei por cima do ombro dele para ver se enxergava as inevitáveis luzes e um monte de figurantes e o diretor pronto para dizer "Corta", quando Adrian trouxe o polegar até o meu rosto e começou a acariciá-lo, passando a acariciar os meus lábios em seguida. Foi um número que eu tive certeza de já tê-lo visto encenar no cinema, mas me dei conta de que isso não teve muita importância ali para mim. — Cannie — sussurrou ele — só de ouvi-lo dizer meu nome comecei a sentir comichões em lugares que só pensei que fosse sentir depois que o neném nascesse. — Me beije — ele trouxe os lábios até os meus, e eu inclinei a cabeça para cima, e afastei o corpo, enquanto a mão dele escorregava para a minha nuca e segurava a minha cabeça como se ela fosse uma preciosidade. Ah, que beijo gostoso, pensei, e de novo seus lábios tocaram os meus, com mais força, e sua mão com mais insistência, enquanto o trânsito corria ao nosso lado e eu me derretia, esquecendo-me da minha determinação, do meu passado, do meu nome.

— Venha comigo — pediu ele, encharcando de beijos o meu rosto, lábios e pálpebras.

— Eu estou num hotel... — murmurei quase sem forças, dando-me conta, assim que as palavras saíram, de que aquilo soou como o convite mais barato do mundo. E, alto lá! Mas o que é que está acontecendo aqui? Será que ele estava tão sozinho assim? Será que tinha uma queda por grávidas? Ou seria o que ele chamaria de uma boa piada? — Será que você não preferiria, talvez... — tentei pensar rápido. Se estivesse na Filadélfia, se estivesse numa rua sendo agarrada pelo objeto máximo dos meus desejos no auge de uma tremenda bebedeira, o que eu iria sugerir? Mas, claro, não consegui pensar em nada. Nada na minha vida tinha chegado perto. — Vamos para um bar? — pedi, finalmente. — Para comer alguma coisa, talvez?

Adrian enfiou a mão no bolso e tirou o que concluí ser o bilhete do estacionamento.

— Que tal uma carona? — disse.

— Será que poderíamos... — pensei, rapidamente. — Será que poderíamos ir até a praia? A noite está tão bonita... — o que não era exatamente a verdade. Estava bastante enevoada, mas pelo menos quente, e soprava uma brisa.

Adrian balançou-se para a frente e para trás sobre os pés, e me deu um sorriso doce e levemente inebriado.

— Boa idéia! — falou.

Primeiro, entretanto, eu precisava que Adrian me entregasse as chaves do carro.

— Oh, um conversível! — arrulhei, quando um carrinho vermelho encostou no meio-fio. — Nunca dirigi um conversível antes — lancei-lhe o meu olhar mais matreiro e charmoso. — Posso dirigir? — ele me entregou a chave sem dizer uma palavra e depois se sentou tranqüilamente ao meu lado, sem dizer quase nada além das ruas onde eu deveria entrar.

Quando olhei de relance, ele estava pressionando a testa com a mão.

— Dor de cabeça? — perguntei. Ele confirmou, de olhos fechados. — Cerveja antes de um destilado?

Ele contraiu o rosto.

— Ecstasy antes de vodka, para falar a verdade — disse.

Ufa! Percebi que se fosse ficar em Hollywood, teria de me acostumar a ouvir confissões espontâneas das pessoas terem usado droga para se divertir.

— Você não parece estar em êxtase — arrisquei.

Ele bocejou.

— Quem sabe eu peça um reembolso — falou e me olhou de esguelha. — Então, você está... hum... é para quando?

— Para o dia 15 de junho — falei.

— Então, o seu marido, hum, está...

Resolvi acabar com a brincadeira de preencher as lacunas.

— Eu sou da Filadélfia e não tenho marido. Nem namorado.

— Oh! — falou Adrian, soando como quem se sente em território mais firme. — Então, a sua parceira está lá?

Eu ri. Não pude evitar.

— Também não tenho parceira. Sou apenas uma mãe solteira, no sentido clássico da expressão. — Narrei-lhe o arcabouço mais resumido da minha história: Bruce e eu, nosso rompimento e a reconciliação de vinte minutos de duração, a gravidez, o roteiro e a minha viagem para a Califórnia menos de doze horas atrás.

Adrian assentiu a tudo mas não fez muitas perguntas, e eu não consegui olhar para ele para tentar ler alguma coisa no seu rosto. Continuei dirigindo apenas. Finalmente, depois de uma série de curvas e esquinas que eu sabia não ser capaz de me lembrar, muito menos repetir sozinha, havíamos estacionado num penhasco que dava para o mar. E apesar da nuvem de poluição, estava maravilhoso: o cheiro da maresia, o barulho ritmado das ondas quebrando na praia, a sensação daquela imensidão de água, todo aquele poderio e movimento, tão perto de nós...

Virei-me de frente para Adrian.

— Isso não é lindo? — perguntei. Ele não respondeu. — Adrian?

Nenhum movimento. Fui me inclinando para perto dele, devagar, qual um caçador de feras se aproximando de um leão. Ele nem se mexeu. Aproximei-me ainda mais.

— Adrian? — sussurrei. Nenhum murmúrio ou mostra de carinho, nenhuma pergunta quanto ao assunto do meu roteiro, quanto ao tipo de vida que eu levava na Filadélfia. O que ouvi foi um ronco. Adrian Stadt tinha caído no sono.

Não pude deixar de rir de mim mesma. Um momento clássico da Candace Shapiro: na beira da praia com um astro do cinema maravilhoso, o vento açoitando as ondas e o luar brilhando sobre as águas, um céu estrelado, e ele desmaiado.

Eu estava encalhada. Começando a sentir frio, também, com o vento que batia do mar. Procurei um cobertor ou um agasalho perdido no carro, em vão. Não havia o que fazer. Eram quatro horas da manhã, segundo os ponteiros fosforescentes do meu relógio. Resolvi dar-lhe meia hora, mas se ele não acordasse nem começasse a se mexer, eu... bem, eu decidiria o que fazer.

Liguei o motor para poder me aquecer e escutar o CD do Chris Isaak que ele tinha no carro. Depois me recostei no banco, achando que poderia ter trazido um agasalho, mantendo um olho em Adrian, que estava roncando alto, e outro no relógio. Era... bem, era patético, mas também um pouco engraçado. Minha grande viagem a Hollywood, pensei ressabiada. Meu romance. Talvez eu fosse o tipo de garota que merecia ser ridicularizada em revistas, pensei... então balancei a cabeça. Eu sabia como cuidar de mim mesma. Sabia escrever. E consegui uma das coisas que mais queria no mundo — vender o meu roteiro. Teria dinheiro, conforto, alguma dose de fama. E estava em Hollywood! Com um astro do cinema!

Olhei rapidamente para o lado direito. O dito astro do cinema ainda não estava se mexendo. Aproximei-me. Ele respirava pesado e a testa estava coberta de suor.

— Adrian? — sussurrei. Nada. — Adrian? — falei, com a voz normal. Não vi sequer a contração de uma pálpebra. Inclinei-me de frente para ele e sacudi-lhe os ombros de leve. Nada aconteceu. Quando o soltei, ele caiu como um emplastro no espaldar do banco. Aí eu comecei a me preocupar.

Enfiei a mão no bolso dele, tentando não pensar nas manchetes que poderiam sair nos tablóides ("Astro de *Saturday Night!* É assediado por candidata a roteirista!") e encontrei o celular. Depois de mexer um pouco, consegui achar a tecla que disca o número do mostrador. Ótimo! E agora?

Então, me ocorreu. Procurei na carteira dentro da minha bolsa o cartão do Dr. K. Ele tinha dito numa sessão da aula de gordura que não dormia muito e costumava estar no consultório antes das sete horas da manhã, e já era mais tarde do que isso na costa leste.

Contive o fôlego e disquei seu número.

— Alô? — disse sua voz profunda.

— Olá, Dr. K.! É a Cannie Shapiro.

— Cannie! — disse ele, feliz em me ouvir e nem um pouco alarmado pelo fato de eu estar ligando interurbano no que era, para mim, alta madrugada. — Como foi a viagem?

— Ótima — falei. — Bem, até agora tudo bem. Só que neste exato momento estou com um problema.

— Pois, diga — falou ele.

— É que, hum... — parei para pensar. — Fiz um novo amigo.

— Que bom! — disse ele, encorajadoramente.

— E estamos na praia, no carro dele, e ele está como que desmaiado, e eu não consigo acordá-lo.

— Isso é ruim — falou ele.

— Pois é — concordei. — E não é nem o pior encontro da minha vida. Normalmente, sabe, eu o deixaria dormir, só que ele me falou antes que bebeu e também tomou Ecstasy...

Parei, e não ouvi nada.

— Não é o que você está pensando — falei com a voz fraca, embora não fizesse idéia do que ele pudesse estar pensando; no mínimo, talvez, alguma combinação do meu nome com palavras do tipo "estranha".

— Então, ele está desmaiado? — perguntou o Dr. K.

— É. Pois é. Basicamente — soltei um suspiro. — E eu estava me considerando razoavelmente divertida.

— Mas ele está respirando?

— Respirando, mas suando — aprofundei. — E não acorda, de jeito algum.

— Toque no rosto dele e me diga como está a pele.

Fiz o que ele mandou.

— Quente — relatei. — Suarenta.

— Melhor do que fria e pegajosa. Se ficar assim é que temos um problema — disse-me. — Vamos experimentar uma coisa. Cerre o punho...

— Pronto — falei.

— Agora pressione os nós dos dedos contra o esterno dele. O osso do peito. Pressione com bastante força... é bom ver se ele reage.

Inclinei-me para perto dele e fiz o que o Dr. K. me falou, com bastante pressão. Adrian se retraiu e falou uma palavra que talvez fosse "mãe". Voltei a me ajeitar no banco e contei ao Dr. K. o que acontecera.

— Muito bem — disse ele. — Acho que o seu companheiro aí vai ficar bem. Mas acho que você deve fazer duas coisas.

— Diga lá — falei, encaixando o telefone embaixo do queixo e me voltando para o Adrian.

— Primeiro, vire-o de lado, pois, se vomitar, ele não correrá o risco de aspirar nada.

Fui empurrando-o até que ele ficasse meio de lado.

— Pronto — falei.

— A outra coisa é ficar do lado dele — falou. — Veja como ele está a cada meia hora, mais ou menos. Se baixar a temperatura ou ele começar a tremer, ou se o pulso ficar irregular, seria bom ligar para a emergência. Se tudo der certo, acho que ele vai estar bem pela manhã. Talvez sinta náuseas, ou dores — preveniu-me o Dr. K. —, mas não haverá danos permanentes.

— Ótimo — falei, retorcendo-me por dentro ao imaginar como seria a manhã, quando Adrian acordasse com a maior ressaca e se encontrasse ao meu lado.

— Seria bom também você pegar um pedaço de pano, molhar em água fresca, torcer o excesso e colocá-lo na testa dele — disse o médico. — Isto é, se você ainda estiver com pena dele.

Comecei a rir. Não tive como evitar.

— Obrigada — falei. — De verdade. Muito obrigada.

— Espero que as coisas melhorem por aí — falou ele, animadamente. — Mas parece que você já está com a situação sob controle. Não deixe de me ligar depois para dizer como terminou, está bem?

— Claro. Mais uma vez, obrigada — falei.

— Fique direitinho, Cannie — falou ele. — Se precisar de qualquer coisa, ligue.

Desligamos, e eu ponderei. Um pedaço de pano? Procurei no porta-luvas e só encontrei o contrato de aluguel do carro, algumas caixas de CD e duas canetas. Procurei na minha bolsa: o batom que Garth tinha-me dado, a carteira, chaves, agenda de endereços, um forro para calcinha que, *O que esperar quando você está esperando* me mandou levar.

Olhei para Adrian. Olhei para o forro de calcinha. O que os olhos não vêem, o coração não sente, pensei, e saí do carro, desci até a beira da água com cuidado, molhei o forro de calcinha, voltei e coloquei-o carinhosamente na testa de Adrian, tentando conter o riso enquanto o fazia.

Adrian abriu os olhos.

— Você é muito legal — falou, com a voz trôpega.

— Ei, Belo Adormecido! — falei. — Você está acordado! Eu estava ficando preocupada...

Parece que ele não me ouviu.

— Aposto que você vai ser uma mãe maravilhosa — disse, e tornou a fechar os olhos.

Eu sorri, ajeitando-me novamente no banco. Uma mãe maravilhosa. Foi a primeira vez que pensei nisso de fato — o ato verdadeiro de ser mãe. Já tinha pensado no parto, claro, na logística de cuidar de um recém-nascido, também. Mas nunca tinha considerado exatamente o tipo de mãe que eu, Cannie Shapiro, com quase vinte e nove anos, seria.

Coloquei as mãos delicadamente em cima da barriga, enquanto Adrian roncava baixinho ao meu lado. Uma boa mãe, pensei, entretida. Mas de que tipo? Seria uma dessas mães legais que todas as crianças da vizinhança gostam, daquelas que servem suco de frutas adoçado e biscoitos, em vez de leite desnatado com frutas, que usam calças jeans e sapatos da moda e conseguem realmente conversar com a criançada, em vez de dar só lição de moral? Seria engraçada? Seria do tipo que eles iriam querer para mãe da turma, ou para vir falar sobre carreiras profissionais? Ou seria daquelas preocupadas, sempre aparecendo na porta, esperando o filho chegar em casa, sempre correndo atrás dele, pegando um casaco, uma capa de chuva, uma caixinha de lenços de papel?

Você vai ser você, disse uma voz na minha cabeça. A voz da minha própria mãe. Reconheci-a instantaneamente. Eu seria eu mesma. Não tinha outra opção. E essa não seria tão ruim assim. Vinha fazendo um bom trabalho com Nifkin, raciocinei. Já era alguma coisa.

Apoiei a cabeça no ombro de Adrian, achando que ele não se importaria. E foi aí que pensei noutra coisa.

Tirei o telefone dele de dentro da bolsa, depois peguei o guardanapo com o número de Maxi e contive o fôlego até ouvir o seu animado "Alô", com sotaque britânico.

— Ei, Maxi — sussurrei.

— Cannie! — gritou ela. — Onde você está?

— Na praia — falei. — Não sei dizer exatamente onde, mas...

— Você está com Adrian? — perguntou ela.

— Estou — sussurrei. — E ele está como que desmaiado.

Maxi começou a rir... e, meio a contragosto, eu também.

— Então, eu queria a sua ajuda. Qual é a etiqueta daqui? Fico? Vou embora? Será que deixo um bilhete para ele?

— Onde você está, exatamente? — perguntou Maxi.

Procurei alguma placa nos arredores, uma luz, alguma coisa.

— Lembro que a última rua pela qual passamos era Del Rio Way — falei. — E estamos bem em cima de um penhasco, talvez uns vinte metros acima da água...

— Sei onde fica — falou Maxi. — Pelo menos, acho que sei. Foi onde ele fez a cena de amor para *Os olhos de Estella*.

— Ótimo — falei, tentando me lembrar se alguém tinha desmaiado durante aquela cena especificamente. — E aí, o que é que eu faço?

— Vou lhe dizer como você faz para chegar à minha casa — disse-me. — Vou ficar esperando.

As instruções que Maxi me deu foram perfeitas e em vinte minutos estávamos estacionando no acesso para carros de uma casinha cinza, de paredes ripadas, à beira da praia. Era o tipo de lugar que eu teria escolhido, se tivesse a chance, e provavelmente alguns milhões de dólares.

Maxi em pessoa estava esperando na cozinha. Tinha trocado o vestido e a arrumação toda por um *legging* preto, uma camiseta e um penteado maria-chiquinha, que teria ficado ridículo em novena e nove por cento da população feminina, mas ficou adorável nela.

— Ele ainda está desmaiado?

— Venha ver — sussurrei. Fomos até o carro em que Adrian estava com a boca escancarada, os olhos bem fechados e o meu forro de calcinha estampado na testa.

Maxi soltou uma gargalhada.

— O que é isso?

— Foi o melhor que pude fazer — falei, defensivamente.

Ainda aos risos, Maxi tirou do que considerei ser o seu compartimento de reciclagem um exemplar da *Variety*, enrolou-o e cutucou Adrian no braço. Nada. Baixou a revista e o cutucou na barriga. Não houve resposta.

— Uh! — exclamou Maxi. — Bem, acho que não vai morrer, mas mesmo assim seria bom levá-lo para dentro de casa.

Devagar e cuidadosamente, chiando e rindo muito, conseguimos levar Adrian do carro até o sofá da sala de estar da casa de Maxi, uma fantástica peça em couro branco que torci sinceramente para Adrian não macular.

— Seria bom deixá-lo de lado, caso ele vomite... — sugeri, e olhei para Adrian. — Você acha mesmo que ele está bem? — perguntei. — Ele estava tomando Ecstasy...

— Ele vai sair dessa — falou ela, sem maiores preocupações. — Mas talvez seja bom ficarmos junto dele — ela olhou para mim. — Você deve estar exausta.

— Você também — falei. — Sinto muito por isso...

— Cannie, não se preocupe. Você está fazendo uma boa ação.

Ela olhou para Adrian, depois para mim.

— Ficamos todos para dormir? — perguntou.

— Boa idéia! — falei.

Quando Maxi se foi, presumivelmente para pegar roupa de cama, tirei os sapatos de Adrian, depois as meias. Tirei-lhe o cinto da calça, desabotoei-lhe a camisa, peguei o forro de calcinha de sua testa e o substituí por um pano de pratos que encontrei na cozinha.

Depois, enquanto Maxi ajeitava almofadas e cobertores no chão, tirei a maquiagem do rosto, me enfiei numa camiseta que ela havia me arranjado e pensei no que poderia fazer para ajudar.

Havia uma lareira no meio da sala — uma lareira lindíssima, intacta, com um monte de lenha na grelha. E eu sabia acender um fogo legal. Que bom!

Não encontrei jornal, então arranquei algumas páginas da *Variety*, retorci-as em forma de rosquinhas, coloquei-as embaixo da lenha, verifiquei se o fumeiro estava aberto e se a lenha era mesmo de verdade e não alguma imitação em cera feita pelo decorador, e acendi um fósforo do maço que peguei no Star Bar, na esperança de provar a Samantha, Andy e Lucy que eu de fato havia estado lá. O papel pegou fogo, logo as toras de madeira começaram a pegar também e eu balancei para a frente e para trás nos meus calcanhares, de satisfação.

— Uau! — exclamou Maxi, aconchegando-se em sua pilha de cobertores, virando o rosto na direção do fogo. — Como foi que você aprendeu a fazer isso?

— Minha mãe me ensinou — falei.

Ela ficou me olhando como quem espera ouvir mais e eu contei a história... para Maxi, e, pensei, para o meu neném também, de nossas viagens para pescar em Cape Cod e das fogueiras que minha mãe acendia para nos aquecer... contei que ficávamos sentados em círculo — meu pai, minha irmã, meu irmão e eu — assando *marshmallows* na brasa e vendo minha mãe na beira da água, jogando o filamento prateado de linha nas águas acinzentadas, com o short arregaçado e as pernas fortes bronzeadas e sólidas à mostra.

— Bons tempos — comentou Maxi, virando de lado e caindo no sono. Fiquei acordada ainda um tempo, com os olhos arregalados na escuridão, escutando sua respiração profunda e tranqüila e os roncos de Adrian.

Pois é, você está aqui, falei comigo mesma. O fogo estava murchando, virando brasa. Senti o cheiro da fumaça nas mãos e no cabelo, e escutei as ondas quebrando na praia, e vi o céu clareando, do preto para o cinza. Você está aqui, pensei. Você está aqui. Coloquei as mãos em torno da barriga. O neném se virou, nadando enquanto dormia, executando o que pareceu ser um mortal de costas. Ela, pensei, seria uma menina, na certa.

Enviei uma prece de boa-noite para Nifkin, que considerei estar bem por uma noite sozinho num hotel de luxo. Então, fechei os olhos e me lembrei do rosto de minha mãe diante das fogueiras de Cape Cod, feliz e em paz, eu também sentindo-me feliz e em paz. Finalmente adormeci.

DEZESSEIS

Quando acordei, eram dez e meia da manhã. A lareira estava apagada. E também Adrian e Maxi.

O mais silenciosamente que pude, subi para o segundo andar. O assoalho em madeira de lei encerada, prateleiras e cômodas modernas em bordo, quase tudo vazio. Imaginei como Maxi se sentia, habitando e abandonando várias casas, qual uma lagarta desfazendo-se do casulo. Fiquei curiosa para saber se aquilo não a incomodava. Sei que a mim incomodaria.

O banheiro exibia todo tipo de toalhas felpudas, sabonetes sofisticados e xampus em frascos de amostra grátis. Tomei um banho quente demorado, escovei os dentes com uma das várias escovas de dentes fechadas ainda na embalagem que encontrei dentro do armário de remédios, depois me vesti com a camiseta e uma calça de pijama que encontrei na gaveta de uma das cômodas. Não havia dúvida de que eu precisaria de um secador de cabelos e possivelmente um assistente para tentar qualquer coisa perto do que Garth tinha feito com o meu cabelo na noite anterior, mas não encontrei, nem um nem outro. Então, separei mechas do cabelo com alguns grampos e fixei todas elas com bocadinhos de uma loção francesa cheirosíssima que havia por ali. Pelo menos, espero que tenha sido mesmo uma loção fixadora. Eu estudei latim na escola secundária, porque o meu pai insistiu muito. Aquilo foi bastante útil para gabaritar todas as provas, mas de nada me serviria para traduzir, inesperadamente depois de uma noitada, os rótulos dos apetrechos de banheiro das estrelas do cinema.

Quando voltei para o andar de baixo, Maxi ainda dormia, enrolada qual uma gatinha em cima de sua pilha de cobertores. Mas onde Adrian passara a noite, só havia um pedaço de papel com um recado escrito.

Fui lá e peguei. "Querida Cassie", começava o bilhete, e soltei uma bufada de riso. Bem, pensei, pelo menos chegou perto. E eu já tinha sido chamada de coisa pior. "Muito obrigado por ter cuidado de mim a noite passada. Sei que não nos conhecemos muito bem..."

E neste ponto soltei outro riso bufante. Não nos conhecemos muito bem! Mal chegamos a trocar cinco frases antes de ele apagar!

"...Mas sei que você é uma boa pessoa. Sei que será uma mãe maravilhosa. Peço desculpas por ter saído com tanta pressa e por não voltar a vê-la dentro em breve. Vou para uma locação em Toronto ainda hoje de manhã. Então, espero que você aproveite isso enquanto estiver aqui na Califórnia."

Isso? O que era isso? Desdobrei o bilhete até o fim e uma chave prateada caiu no meu colo. Uma chave de carro. "O contrato vence no mês que vem", Adrian tinha escrito no verso do papel, junto com o nome e endereço de uma locadora de automóveis em Santa Monica. "Entregue quando estiver prestes a voltar para casa. E divirta-se!"

Pus-me de pé, devagarzinho, caminhei até a janela e contive o fôlego, enquanto abria a persiana. Sem dúvida, lá estava o carrinho vermelho. Olhei para a chave na minha mão e para o carro estacionado, e me belisquei, esperando acordar e ver que tudo aquilo era um sonho... que eu ainda estava dormindo na minha cama lá na Filadélfia, com uma pilha de livros de planejamento da gravidez na minha mesa-de-cabeceira e Nifkin enrodilhado no travesseiro ao lado do meu.

Maxi bocejou, levantou-se graciosamente do chão e veio para a janela ao meu lado.

— O que está acontecendo? — perguntou.
Mostrei-lhe o carro, a chave e o bilhete.
— Parece que eu estou sonhando — falei.
— Era o mínimo que ele poderia fazer — falou Maxi. — Sorte a dele você não esvaziar seus bolsos nem tirar um monte de fotos dele pelado!
Olhei para ela com um ar inocente e os olhos arregalados.
— Eu não deveria ter feito o que fiz?
Maxi me abriu um sorriso.
— Fique tranqüila — disse. — Vou mandar buscar o seu cachorro e vamos planejar a sua conquista de Hollywood.

***

Eu esperava encontrar os armários de cozinha de Maxi vazios, exceto pelas comidas que achava serem a subsistência mínima das estrelas de cinema — pastilhas de menta, água mineral gasosa, talvez algum espelta ou levedura ou seja lá o que os gurus das dietas estivessem decretando que elas deveriam ingerir.

Mas as prateleiras de Maxi estavam recheadas de todo o básico, desde caldo de galinha, passando pela farinha, até o açúcar e os temperos, e na geladeira havia maçãs e laranjas frescas, leite e suco, manteiga e queijo cremoso.

Quiche, resolvi, e salada de frutas. Estava fatiando kiwis e morangos quando Maxi voltou. Mudara de roupa, usando agora um par de tênis para pedalar e uma camiseta sem manga cor de cereja, enormes óculos escuros pretos e um arco de cabelo com o que eu supus serem imitações de rubis, e Nifkin ostentava uma coleira vermelha em couro legítimo, incrustada com as mesmas jóias e uma guia combinando. Estavam grandiosos os dois. Servi Maxi primeiro e em seguida, na falta da ração, dei a Nifkin uma porção de quiche.

— Que lindo, isso aqui! — falei, admirando o sol reluzir na água e a brisa fresca agitando o ar.

— Você deveria passar um tempo aqui — sugeriu Maxi.

Balancei a cabeça.

— Preciso acertar as coisas e voltar para casa... — comecei a falar, mas logo parei. Por que deveria voltar correndo, ora? O trabalho poderia esperar. Eu ainda tinha férias para tirar. Faltar algumas aulas do pré-natal não seria o fim do mundo. Um quarto com vista para o mar era algo tentador, especialmente diante da primavera incerta e com neve derretendo por toda parte lá na Filadélfia. E Maxi estava lendo meus pensamentos.

— Vai ser ótimo! Você pode escrever, eu vou trabalhar, vamos dar uns jantares e acender a lareira. Nifkin pode ficar por aí à vontade... Vou montar uma carteira de ações para você...

Eu quis sair pulando de alegria, mas não sabia ao certo se o neném iria aprovar. Seria uma maravilha ficar ali. Eu poderia passear na beira da praia arrastando os pés na água. Nifkin poderia perseguir as gaivotas. Maxi e eu poderíamos cozinhar juntas. Alguma coisa deveria estar errada, mas eu não conseguia decifrar o que, nem onde. E naquela manhã, com todo aquele sol e as ondas quebrando na beira da praia, parecia mais fácil deixar aquela maravilhosa aventura acontecer do que gastar muito mais tempo tentando descobrir.

***

Tudo aconteceu muito rapidamente depois daquilo.

Maxi me levou a um arranha-céu todo de vidro azul-metálico com um restaurante da moda no térreo.

— Eu a estou levando para conhecer a minha agente — explicou-me, apertando o botão do sétimo andar.

Vasculhei o cérebro para encontrar as perguntas adequadas.

— Ela é... ela trabalha com escritores? — perguntei. — É boa?

— Trabalha sim e é muito boa — falou Maxi, conduzindo-me pelo corredor. Bateu com os dedos decididamente numa porta aberta e enfiou a cabeça lá dentro.

— Isso é uma babaquice — falou uma voz de mulher que se propagou até o corredor. — Terence, isso é uma asneira, e das grandes! É o projeto que você está procurando e ele vai estar com tudo pronto até a semana que vem...

Espiei por cima do ombro de Maxi, achando que a voz seria de uma mulher dessas que fumam um cigarro atrás do outro, com cabelo platinado e possivelmente ombreiras no vestido, segurando um sem filtro numa das mãos e uma xícara de café na outra... uma versão feminina do sujeito asqueroso de óculos escuros que me dissera não haver atrizes gordas em Hollywood. Pelo contrário, quem estava sentada, bem alojada, atrás de uma mesa de tampo gigantesco era uma louríssima fadinha de pele cremosa e sardas. Usava um macacão verde-claro e uma camiseta lilás com babados de renda, e nos pezinhos de criança um par de Keds. Os cabelos formavam um coque armado em desalinho, preso por uma xuxinha azul-claro. Parecia mais uma menina de doze anos.

— Essa é a Violet — falou Maxi, orgulhosamente.

— *Babaquice*! — repetiu Violet.

Combati a vontade de colocar as mãos sobre a barriga no ponto onde imaginei que estariam os ouvidos do neném.

— O que você acha? — sussurrou Maxi.

— Ela é... hum... — falei. — Ela parece a Pippi Meialonga! Já tem idade para usar esse tipo de linguagem?

Maxi caiu na gargalhada.

— Não se preocupe — falou. — Pode ter cara de bandeirante, sim, mas é durona que só ela!

Soltando mais um categórico "babaquice" de encerramento, Violet desligou o telefone, colocou-se de pé e estendeu a mão.

— Cannie. É um prazer — disse, soando como uma pessoa normal, não como um dragão cospe-fogo que estava encurralando Andrew Dice Clay momentos antes. — Adorei o seu roteiro. Quer saber do que gostei mais?

— Dos palavrões? — arrisquei.

Violet riu.

— Não, não — disse. — Adorei ver que a sua personagem principal confiava em si mesma. Parece que na maioria das comédias românticas a protagonista precisa ser socorrida de alguma forma... por amor, por dinheiro, ou por uma fada-madrinha. Adorei ver que Josie vai em seu próprio socorro, acreditando em si mesma o tempo todo.

Uau, eu nunca tinha pensado nisso desse jeito! Para mim, a história de Josie era a de satisfazer um desejo, pura e simplesmente — a história do que poderia acontecer se uma das estrelas que eu entrevistava em Nova York me olhasse e enxergasse em mim mais do que a possibilidade de um bom artigo na forma de uma mulher de tamanho avantajado.

— A mulherada vai gostar pra cacete desse filme! — previu Violet.

— Que bom que você acha isso! — falei.

Violet assentiu, arrancou a xuxinha do cabelo, penteou-o com os dedos e ajeitou os cachos numa versão algo aproximada do coque original.

— Depois a gente conversa mais — disse, pegando um bloco de papel ofício, um punhado de canetas, uma cópia do meu roteiro e o que pareceu ser a cópia de um contrato.

— Por ora, vamos fazer você ganhar algum dinheiro.

A pequena Violet acabou se revelando uma negociadora de primeira. Talvez tenha sido o simples fato de que o som daquela voz estridente e um fluxo incessante de obscenidades saindo daquela pessoinha adorável fosse tão dissonante, que o trio de jovens em seus alinhados ternos acabou olhando mais do que contestando sua declaração de que o meu roteiro tinha valor. No fim das contas, a quantia que eles me deram — uma bolada a ser entregue cinco dias depois da assinatura, outra a ser entregue no dia em que começassem as filmagens e uma terceira pelo direito de exclusividade no que eu escrevesse no futuro — foi inacreditável. Maxi me abraçou, e Violet nos abraçou.

— Agora, vá em frente e me faça ficar orgulhosa de você — disse ela, antes de sair saracoteando de volta para o seu escritório, com todo o jeito de uma menina que volta para a sala depois do recreio.

Por volta de cinco horas da tarde, eu estava sentada na varanda de Maxi com uma tigela de uvas geladinhas no colo e um *flute* de refresco espumante não-alcoólico de uva na mão, sentido o mais incrível e doce alívio. Agora eu poderia comprar qualquer casa que quisesse, ou contratar uma babá, ou até tirar um ano inteiro de licença do trabalho quando o neném chegasse. E qualquer coisa que precisasse rescrever não seria nada igual a ter de encarar Gabby e seu fluxo incessante de críticas, tanto as do tipo direto-na-cara quanto as do tipo pelas-costas. Não seria tão ruim quanto o estirão de fazer o sétimo rascunho da carta para Bruce. Essas coisas foram trabalho. Isto seria só diversão.

Conversei horas a fio naquela tarde, relatando entusiasmada as notícias maravilhosas a minha mãe, a Lucy e Josh, a Andy e Samantha, aos diversos parentes e colegas, a qualquer um que eu achasse capaz de compartilhar da minha alegria. Depois telefonei para o Dr. K. em seu consultório.

— É a Cannie — falei. — Eu só queria lhe dizer que está tudo bem.

— O seu amigo está se sentindo melhor?

— Muito melhor — falei, e expliquei tudo: como Adrian se recuperou, como decidi ficar na casa de Maxi, como a pequenina Violet me conseguira um dinheirão.

— Vai dar um ótimo filme — disse o Dr. K.

— Não posso nem acreditar — falei, talvez pela trigésima vez naquela tarde. — Parece um sonho.

— Ora, essa! Aproveite — disse ele. — Parece que você está tendo um começo e tanto!

Maxi se divertiu vendo a coisa toda e ficou jogando uma bola de tênis para Nifkin até ele cair exausto, ofegante, ao lado de um monte de algas marinhas.

— Quem é esse aí? — perguntou ela, e eu expliquei.

— É... bem, foi meu médico, quando eu estava tentando perder peso, antes de ficar grávida. Agora é um amigo, acho. Liguei para ele ontem à noite por causa do Adrian.

— Parece que você gosta dele — disse ela, mexendo com as sobrancelhas bem ao estilo Groucho Marx. — Ele dá consultas em domicílio?

— Não faço a mínima idéia — falei. — Ele é muito legal. Muito alto.

— Alto é bom — disse Maxi. — E agora?

— Jantar? — sugeri.

— Ah, isso mesmo! — exclamou Maxi. — Esqueci que você é multitalentosa. Escreve e também cozinha!

— Não se encha de esperanças — falei. — Vou ver o que ainda tem na geladeira.

Maxi sorriu.

— Tenho uma idéia melhor para a gente fazer antes — disse.

***

O guarda na porta da joalheria cumprimentou a mim e a Maxi, e abriu a pesada porta de vidro para entrarmos.

— O que estamos fazendo aqui? — sussurrei.

— Comprando um presentinho para você — disse Maxi. — E não precisa ficar sussurrando.

— E por acaso você me adotou? — falei, com desdém.

— Oh, não — falou Maxi, bem séria. — Você vai comprar para você mesma.

Meu queixo caiu.

— O quê? Como? Você não deveria estar me incentivando a economizar? O meu neném está chegando aí...

— É claro que você vai economizar — disse Maxi, soando eminentemente sensata.

— Mas minha mãe sempre me ensinou que toda mulher deve possuir ao menos uma coisa linda e perfeita que ela mesma tenha comprado para si... e você, minha querida, está agora em condições de fazer exatamente isso.

Respirei fundo, como se fosse dar um mergulho profundo em vez de um passeio por uma joalheria. A loja era cheia de vitrines, na altura do que antigamente era a minha cintura, e cada uma delas estava cheia de um tesouro em ornamentos, todos artisticamente dispostos em cima de almofadinhas de veludo preto e cinza. Havia anéis de esmeralda, anéis de safira, finas alianças de platina incrustadas de diamantes. Havia brincos de pingente em âmbar e broches de topázio, pulseiras em mescla de prata tão finas que eu mal podia distinguir os elos, e algemas de ouro martelado. Havia reluzentes berloques da sorte para pulseira com sapatilhas de bailarina e miniatura de chaves de carro... brincos em prata de lei na forma de corações volumétricos... tiras trançadas de ouro cor-de-rosa e amarelo... alfinetes brilhantes em forma de joaninha e cavalos-marinhos... braceletes de tênis com diamantes do tipo que a mãe de Bruce usava... Parei de andar e me apoiei num balcão, sentindo-me mais do que impressionada.

Uma vendedora num belo conjunto de marinheiro apareceu atrás do balcão tão rápido como se tivesse sido teletransportada.

— Gostaria de ver alguma coisa? — perguntou, em tom acolhedor. Experimentei apontar para o menor par de brincos de diamante que vi.

— Aqueles ali, por favor — pedi.

Maxi espiou por cima do meu ombro.

— Esses não — descartou. — São mínimos, Cannie!

— Será que alguma coisa no meu corpo não deveria ser mínima? — perguntei.

Maxi me olhou intrigada.

— Por quê?

— Porque... — falei. E me calei.

Maxi agarrou minha mão.

— Quer saber de uma coisa? — falou. — Acho o seu visual ótimo. Acho maravilhoso. Você está feliz... e saudável... e, e grávida...

— Não se esqueça disso — falei, rindo.

Entrementes, a vendedora desdobrava um pedaço de veludo preto e tirava os brincos e os colocava em cima da caixa — o parzinho minúsculo que tinha pedido primeiro, depois outro par mais ou menos duas vezes maior. Os diamantes tinham o tamanho de uma passa SunMaid, pensei, e os tomei na mão em concha para ver seu brilho alternando entre o azul e o roxo.

— São maravilhosos — falei baixinho, e os levei às orelhas.

— Eles lhe caem muito bem — disse a vendedora.

— Vamos levá-los — falou Maxi, com muita certeza na voz. — E não precisa embrulhar. Ela vai para casa com eles.

Mais tarde, no carro, com meus novos brincos salpicando arco-íris no teto sempre que a luz do sol batia neles, tentei agradecê-la — por me receber, por comprar meu roteiro, por me fazer acreditar num futuro em que eu merecia essas coisas. Mas Maxi simplesmente dispensou a conversa.

— Você merece coisas boas — falou ela, gentilmente. — E não deve se surpreender quando acontecem, Cannie.

Respirei fundo. *Amiga*, sussurrei para o neném. Para Maxi, falei:

— Vou lhe preparar o melhor jantar da sua vida.

— Não entendo isso — disse minha mãe, que estava fazendo sua fiscalização cotidiana por um telefonema/interrogatório vespertino. — E tenho cinco minutos para decifrar.

— Cinco minutos? — cheguei o telefone mais para perto do peito para espiar os dedos dos pés, tentando resolver se seria possível sobreviver em Hollywood com o esmalte das unhas dos pés todo descascado, ou se eu seria multada pelas pedicures de plantão. — Por que você está com tanta pressa?

— *Softball* antes do início da temporada — disse ela, sem rodeios. — Vamos jogar um amistoso com o Lavender Menace.

— E elas são boas?

— Eram no ano passado. Mas você está mudando de assunto. Então, está morando com a Maxi... — começou, calando logo a voz, esperançosa. Ou, pelo menos, achei ter sido isso o que detectei.

— Nós só somos amigas, mãe — falei. — Do tipo platônico.

Ela soltou um suspiro.

— Nunca é tarde, sabe?

Girei os olhos nas órbitas.

— Desculpe-me por decepcioná-la.

— E aí, o que você está fazendo?

— Estou me divertindo — falei. — Curtindo à beça! Mal sabia por onde começar. Já estava na Califórnia há quase três semanas e todo dia, Maxi e eu arranjávamos alguma aventura, um passeio no conversível vermelho de Adrian, que cada vez mais me dava a impressão de uma carruagem encantada ou um tapete mágico. Ontem à noite, depois do jantar, caminhamos até o *pier* de Santa Monica e compramos batatas fritas na manteiga acre-doce e gelado de limão cor-de-rosa, que comemos balançando os pés na água. No dia anterior, fomos a um mercado, no centro da cidade, que vendia produtos direto de uma fazenda, onde enchemos uma mochila de framboesas, cenourinhas e pêssegos, que Maxi distribuiu entre os colegas de elenco, menos para o coadjuvante, pois ele os veria como um convite para preparar Bellinis, "e eu não quero ser responsável por ele cair do vagão dessa vez".

Havia coisas na Califórnia às quais ainda não me acostumara: primeiro, a beleza uniforme das mulheres; depois, o fato de todo mundo nos cafés ou lojas de *delicatessen* parecer vagamente familiar, como se tivessem feito a namorada ou amiguinha de um personagem secundário numa comédia televisiva de 1996 que saiu logo do ar. E a cultura do automóvel vigente naquele lugar me impressionava. Todos iam de carro para todo canto, de forma que não havia calçadas nem ciclovias, somente engarrafamentos intermináveis, uma poluição espessa feito creme, estacionamento com manobristas para tudo quanto era lado — até mesmo, incrivelmente, numa das praias que visitamos.

— Oficialmente, eu já vi tudo — falei para Maxi.

— Não, ainda não — retrucou ela. — No passeio da Third Street tem um *dachshund* vestido numa malha com lantejoulas que faz um número de malabarismo. Só depois de ter visto isso é que você pode considerar que já viu tudo.

— E você está trabalhando? — perguntou minha mãe, que não se mostrava impressionada com histórias de *dachshunds* fazendo malabarismos e pêssegos.

— Todo dia — disse a ela, o que era verdade.

Entre uma aventura e outra, e uma saída e outra, passava pelo menos três horas por dia com meu *laptop*. Violet me mandou um *script* tão cheio de anotações que mal dava para ler. "*Não Se Apavore*," escreveu com tinta cor de lavanda na página título. "As observações em roxo são minhas, as em vermelho são de um leitor contratado pelo estúdio, as em preto são de um cara que pode acabar dirigindo ou não o filme — e a maioria do que ele diz é babaquice, a meu ver. Veja tudo com um pé atrás, pois tratam-se de *Sugestões Apenas!*" Eu estava gradativamente resolvendo o emaranhado de notas, rabiscos, setas e *Post-It* anexados.

— Então, quando é que você volta para casa? — perguntou minha mãe.

Eu mordi o lábio. Ainda não sabia; precisava me decidir — e logo. Minha trigésima semana se aproximava rapidamente. Depois disso, precisaria arranjar um médico em Los Angeles e ter o neném aqui ou encontrar uma maneira de voltar para casa sem pegar avião.

— Está bem, então, por favor, me informe dos seus planos — falou minha mãe.

— Será um prazer imenso dar-lhe uma carona do aeroporto até a sua casa e talvez até ver meu neto ou minha neta antes do aniversário de um ano...

— Mãe...

— É só um lembretezinho maternal! — falou ela, e desligou.

Levantei-me e caminhei até a areia, com Nifkin saltitando atrás dos meus calcanhares, torcendo para que ele fosse pegar a bola de tênis lá dentro das ondas.

Eu sabia que acabaria tendo de resolver essa questão, mas as coisas estavam indo tão bem que era difícil pensar em qualquer coisa além do próximo dia de sol perfeito, maravilhoso, da próxima refeição deliciosa, da próxima saída para fazer compras ou um piquenique ou uma caminhada pela beira da praia sob o céu estrelado. À parte de algumas lembranças eventuais de Bruce e nossos tempos mais felizes juntos, e da incerteza de não saber o que iria acontecer em seguida na minha vida, esse tempo na casa de praia foi de uma satisfação total e absoluta.

"Você deveria ficar aqui", dizia Maxi. Eu nunca disse que sim nem que não. Tentava resolver a questão da maneira como investigara as minhas noivas, revirando a pergunta diversas vezes na cabeça: Será que esse tipo de vida me cabe? Será que eu conseguiria mesmo viver desse jeito?

Pensava nisso à tardinha, quando o meu trabalho estava terminado e a comida cozinhando, e Nifkin e eu passeávamos pela beira da água. "Ficar ou ir?", perguntava, esperando uma resposta — do cachorro, do neném, de Deus, que não viera me instruir em novembro. Mas não vinha resposta alguma — só as ondas e, afinal, a noite estrelada.

Na minha terceira manhã de sábado na Califórnia, Maxi entrou no quarto de hóspedes, abrindo as cortinas e estalando os dedos para Nifkin, que correra para junto dela com as orelhas empinadas, qual o menor cão de guarda do mundo.

— Vamos lá! — disse ela, girando nas pontas dos pés. — Vamos para a academia.

Lutei para conseguir me sentar na cama.

— Academia? — perguntei.

Ela estava preparada para ir, logo vi. Seus cachos castanhos estavam puxados para trás num rabo-de-cavalo alto e ela estava vestida numa malha inteiriça preta, com alvíssimas meias e impecáveis tênis brancos nos pés.

— Não se preocupe — disse-me. — Nada extenuante — sentou-se na beirada da cama e mostrou-me a programação de um lugar chamado Centro Educacional da Luz Interior.

— Está vendo... aqui?

"Realização pessoal, meditação e visualização", era a descrição do curso.

— E isso vai ser seguido de masturbação? — perguntei.

Maxi me olhou, zangada.

— Não brinque — falou. — Esse negócio funciona mesmo.

Fui até o armário e comecei a procurar uma roupa apropriada para realização pessoal. Resolvi entrar na dança e usar a sessão de meditação para ver se não arranjava um pedacinho de diálogo plausível entre Josie, a heroína do meu roteiro, e seu futuro ex-namorado. Ou cogitaria acerca do meu futuro e do que iria fazer. Realização pessoal e visualização, para mim, pareciam besteiradas *New Age*, mas pelo menos não iria desperdiçar o meu tempo.

O Centro Educacional da Luz Interior era uma modesta construção de madeira branca situada no alto de uma colina. Havia grandes janelas envidraçadas e uma varanda cercada de vegetação de restinga e vasos de balsâminas. Não havia, ainda bem, nenhum estacionamento com manobrista.

— Você vai adorar isso aqui — falou Maxi, quando chegamos à porta.

Eu havia me enfiado dentro da avantajada camiseta de Maxi, que estava ficando menos avantajada a cada dia, e colocara um *legging*, um par de tênis e mais o boné de beisebol e os óculos obrigatórios — parte do visual dela que eu havia adaptado para mim.

— Sabe, na Filadélfia este lugar seria um quiosque de sanduíche de bife com queijo — resmunguei.

Entramos numa sala grande e arejada com espelhos nas paredes, um piano num canto e um leve e adocicado cheiro de incenso de sândalo. Encontramos lugares mais para o fundo e, enquanto Maxi buscava colchonetes para nos sentarmos, eu fiquei olhando o povo. Havia um bando de gente estonteante, com jeito de supermodelos, bem na frente, mas também algumas mulheres mais velhas — uma até com cabelos grisalhos assumidos — e um cara com uma barba branca comprida e uma camiseta com dizeres quase obscenos. Nem de longe se comparava ao Star Bar, pensei alegremente enquanto a instrutora entrava.

— Vamos ficar todos de pé — disse ela, abaixando-se para colocar um CD no aparelho.

Fitei-a e pisquei várias vezes, pois ali na minha frente estava uma autêntica Mulher Avantajada... de malha azul eletrizante e meia-calça preta por baixo, nada menos do que isso. Ela talvez fosse dez anos mais velha que eu, com um bronzeado curtido e cabelos castanhos, que batiam no meio das costas, mantidos à distância do rosto largo e sem rugas por uma bandana que combinava com a malha. Seu corpo me fez lembrar daquelas bonequinhas da fertilidade que os arqueólogos escavam das ruínas — seios caídos, quadris largos, curvas indesculpáveis. Usava batom cor-de-rosa e um minúsculo diamante incrustado no nariz, e parecia estar... muito à vontade. Confiante. Feliz consigo mesma. Fiquei olhando para ela, incapaz de me conter, querendo saber se alguma vez na minha vida me mostrei tão feliz assim quanto ela, e se conseguiria aprender, e como eu ficaria com um *piercing* no nariz.

— Meu nome é Abigail — apresentou-se. Abigail! pensei. Primeiro da minha lista de nomes para o neném. Só podia ser um sinal.

De que, eu não sabia ao certo, mas sem dúvida de algo de bom. — E estamos aqui para realização pessoal, meditação e visualização. Caso você esteja no lugar errado, queira se retirar agora — ninguém saiu. Abigail sorriu para nós e apertou um botão do aparelho de CD. O som de flautas acompanhado de um toque suave de tambores tomou conta do ambiente. — Vamos começar com um pouco de alongamento e de respiração profunda, e depois vamos fazer o que se chama de meditação conduzida. Sentem-se na posição que lhes for mais confortável e fechem os olhos que eu vou guiá-los, imaginando situações e possibilidades diferentes. Vamos começar?

Maxi sorriu para mim. Eu correspondi.

— Tudo bem? — sussurrou ela, eu assenti, e, quando me dei conta, estava sentada de pernas cruzadas sobre um colchonete no chão, de olhos fechados, com as flautas e os tambores repercutindo suavemente em meus ouvidos.

— Imaginem um lugar seguro — começou Abigail, com a voz baixa e calma. — Procurem não escolher. Basta fechar os olhos e ver o que vem.

Achei, na certa, que iria ver a varanda de Maxi, ou talvez a cozinha. Mas o que vi quando Abigail repetiu "lugar seguro" foi minha cama... minha cama em casa. O edredom azul, os travesseiros de cores vivas, Nifkin escarrapachado em cima qual o pompom de um capuz felpudo, piscando para mim. Percebi, pela inclinação da luz atravessando a persiana, que era fim de tarde, quando eu voltava do trabalho para casa. Hora de levar o cachorro para passear, de telefonar para Samantha e ver se já estaria disposta a ir para a academia, hora de verificar a correspondência e pendurar as roupas e me preparar para a noite... E, de repente, fui arrebatada por tamanha onda de saudade de casa, da minha cidade, do meu apartamento, minha cama, que me senti enfraquecer.

Fiz um esforço para me levantar. Minha cabeça estava cheia de imagens da cidade — o café da esquina, onde Samantha e eu compartilhávamos *cappucinos* gelados, confidências e histórias horripilantes sobre homens... o Terminal Reading de manhã, com o cheiro de flores frescas e pãezinhos de canela... o Independence Mall entre minha casa e o trabalho, os amplos gramados verdes repletos de turistas se esticando para dar uma olhadela no Liberty Bell, os pés de corniso cheios de brotos cor-de-rosa... o Penn's Landing num sábado, com Nifkin esticando a coleira para pegar as gaivotas que dão rasantes e mergulham na água. Minha rua, meu apartamento, meus amigos, meu emprego... "Minha casa", sussurrei, para o neném — para mim mesma. E sussurrei:

— Banheiro! — para Maxi, saindo logo em seguida.

Fiquei parada lá fora, ao sol, respirando profundamente. Um minuto depois, senti uma batidinha no ombro. Abigail estava ali com um copo de água na mão.

— Você está bem?

Eu assenti.

— Só comecei a sentir um pouco de... bem, saudade de casa, acho — expliquei.

Abigail balançou a cabeça afirmativa e pensativamente.

— De casa! — disse ela, e eu confirmei. — Ora, isso é bom. Se a sua casa é o seu lugar seguro, isso é maravilhoso.

— Como é que você... — não consegui encontrar as palavras para perguntar-lhe o que queria saber. Como se encontra felicidade num corpo como o seu... como o meu? Como encontra coragem para dar prosseguimento a qualquer coisa em qualquer lugar se você acha que não se encaixa no mundo?

Abigail sorriu para mim.

— Eu cresci — disse, em resposta à pergunta que eu não tinha feito. — Aprendi coisas. Você vai aprender, também.

— Cannie?

Maxi estava me olhando com os olhos apertados sob a luz do sol, com ar preocupado. Acenei para ela. Abigail fez um gesto com a cabeça para nós duas.

— Boa sorte — disse, e voltou para dentro da casa, com os quadris bamboleando, os seios balançando, orgulhosa e destemida. Fiquei olhando para ela, querendo poder sussurrar *exemplo* para o neném.

— O que foi que aconteceu? — perguntou Maxi. — Você está bem? Você não voltou e eu achei que estava dando à luz na cocheira ou algo que o valha...

— Não — falei. — Ainda não é o neném. Eu estou bem.

Na volta para casa, Maxi foi contando empolgada que se visualizara ganhando um Oscar e, com muito gosto, graça e ênfase, denunciando cada um dos seus degenerados ex-namorados ali no pódio.

— Quase caí na gargalhada quando visualizei a cara do Kevin! — exultou, e me deu uma olhadela de relance quando o sinal fechou. — O que foi que você viu, Cannie?

Eu não quis responder... não quis magoá-la dizendo que minha felicidade estava a cinco mil quilômetros da casa de praia e do litoral da Califórnia, e da própria Maxi.

— Casa — murmurei, baixinho.

— Pois bem! Já, já estaremos em casa — disse Maxi.

— Can-nie — choramingou Samantha, ao telefone no dia seguinte pela manhã, numa postura absolutamente diferente da advogada que eu conhecia. — Isso é ridículo! Você tem de voltar para casa. As coisas estão acontecendo. Eu terminei com o instrutor de yoga e você não estava nem aqui para me ouvir...

— Pois me conte agora, então — insisti, para afastar uma pontada de culpa.

— Ah, esqueça — disse ela, sem dar maior importância ao fato. — Tenho certeza de que qualquer coisa que eu estiver passando não será tão interessante quanto essas amizades com estrelas do cinema e seus fins de namoro...

— Espere aí, Sam — falei. — Você sabe que isso não é verdade. Você é absolutamente a minha melhor amiga, e eu quero ficar sabendo de tudo sobre esse safado do yoga...

— Pode esquecer isso — falou Sam. — Prefiro falar sobre você. O que está acontecendo? Você está, digamos assim, de férias permanentes? Vai ficar aí para sempre?

— Para sempre, não — falei. — Eu só... não tenho certeza do que estou fazendo, para falar a verdade — e estava ansiosa, naquele exato momento, para mudar de assunto.

— Estou com saudade de você — falou Sam, carente. — Estou com saudade até desse seu cachorrinho esquisito!

— Eu não vou ficar longe daí para sempre — falei. Era a única coisa que sabia ser verdade.

— Tudo bem, vamos mudar de assunto — falou Samantha. — Adivinhe quem ligou para mim? Aquele médico safado que nós encontramos na Kelly Drive.

— Dr. K! — falei, sentindo um rasgo súbito de felicidade ao ouvir o nome dele, juntamente com uma pontada de culpa por não ter ligado para ele desde que assinei o contrato com a Violet. — Como foi que ele conseguiu o seu número?

A voz de Samantha ficou fria.

— Evidentemente — disse —, e apesar de minha solicitação explícita, você me colocou mais uma vez como seu contato de emergência quando preencheu algum formulário para ele.

Esse era um ponto de atrito. Eu sempre colocava Samantha como meu contato de emergência quando saía para passear de bicicleta. Samantha não gostou nem um pouquinho de saber disso.

— Honestamente, Cannie, por que você não coloca a sua mãe? — perguntou agora, reiterando a reclamação que fizera muitas vezes antes.

— Porque se a Tanya atender ao telefone, vai mandar jogar o meu corpo no mar — falei.

— Enfim, ele ligou porque queria saber como iam as coisas e também se eu tinha o seu endereço. Acho que quer lhe enviar alguma coisa.

— Ótimo! — falei, imaginando o que seria.

— Então, quando é que você volta para casa? — perguntou Sam, outra vez.

— Em breve — disse-lhe, relutante.

— Promete? — cobrou.

Coloquei as mãos sobre a barriga.

— Prometo — falei, para ambas.

Na tarde seguinte, apareceu na caixa de correio um pacote da Mailboxes & More, com endereço na Walnut Street, Filadélfia.

Levei-o para a varanda e abri. A primeira coisa que vi foi um cartão-postal em que estava pintado um cachorrinho nifkiniano de olhos arregalados e ansiosos. Olhei no verso. "Querida Cannie", dizia. "Samantha me disse que você vai passar um tempo em Los Angeles e eu achei que talvez se interessasse em ler alguma coisa. (É costume ler por aí, não é?) Estou lhe enviando livros e mais algumas coisas para você se lembrar da sua terra. Fique à vontade para me ligar se quiser dar um alô." Estava assinado "Peter Krushelevansky" (da Universidade da Filadélfia)." Abaixo da assinatura havia um PS: "Samantha também me disse que Nifkin foi para a Costa Oeste, então resolvi enviar uma coisinha para ele."

Dentro da caixa encontrei um cartão-postal do Liberty Bell e um do Independence Hall. Havia uma latinha de *pretzels* com cobertura de chocolate escuro do Terminal Reading e um só Tastykake um tanto amassado. No fundo da caixa meus dedos encontraram algo redondo e pesado, embrulhado em diversas camadas do *Philadelphia Examiner* ("Papeando com a Gabby", percebi, dedicava-se ao último filme para TV de Angela Lansbury). Lá dentro encontrei uma tigela rasa de dar comida para cachorro feita de cerâmica. No fundo havia uma letra *N* pintada em vermelho com o contorno em amarelo. E na borda havia diversas imagens de Nifkin, exibindo detalhes que iam desde seu olhar zombeteiro até as manchas do pêlo. Nifkin correndo, Nifkin sentado, Nifkin no chão devorando um osso de couro comestível. Fiquei deleitada e soltei uma boa risada.

— Nifkin! — falei, e ele latiu e veio correndo.

Coloquei a tigela no chão para ele cheirar. Depois telefonei para o Dr. K.

— Suzie Lightning! — disse ele, como saudação.

— Quem? — falei. — Ahn?

— É de uma música do Warren Zevon — disse ele.

— Ah! — falei. A única música do Warren Zevon que eu conhecia era a que falava de advogados, armas e dinheiro.

— Fala de uma garota que... viaja muito — disse ele.

— Parece interessante — falei, fazendo uma ressalva em minha cabeça para procurar a letra depois. — Estou telefonando para agradecer os presentes que você me enviou. São maravilhosos.

— Foi um prazer — disse ele. — Ainda bem que você gostou!

— Você pintou o Nifkin de memória? Impressionante! Deveria ter sido artista.

— Eu dou minhas pinceladas — falou agradecido, soando tanto como o Dr. Evil, do filme Austin Powers, que eu caí na gargalhada. — Na verdade, sua amiga Samantha me emprestou algumas das fotos — explicou. — Mas não as usei muito. Seu cachorro tem um olhar bastante peculiar.

— É muita gentileza sua — falei, com sinceridade.

— Abriram um estúdio de pintura em cerâmica na esquina do campus — explicou ele. — Eu o pintei lá. Era o aniversário de cinco anos de um menino, então havia oito crianças de cinco anos pintando canecas, e eu.

Sorri, imaginando a cena: o Dr. K., altão e com aquela voz profunda, sentado numa cadeirinha, pintando Nifkin diante do olhar pasmo da criançada.

— E aí, como vão as coisas?

Passei-lhe a versão condensada dos fatos, falei das compras com Maxi — das coisas gostosas que vinha cozinhando, do mercado da fazenda que encontrei. Descrevi a casinha na praia. Contei que Califórnia era maravilhosa ao mesmo tempo que parecia irreal. Mencionei que estava caminhando e trabalhando todo dia e que Nifkin tinha aprendido a ir pegar a bola de tênis dentro da água do mar.

O Dr. K. mostrou-se interessado, fez perguntas pertinentes e partiu direto para a mais importante:

— Então, quando é que você volta para casa?

— Não sei direito — falei. — Estou de licença e ainda afinando alguns detalhes do roteiro.

— Então... vai dar à luz aí?

— Não sei — falei, devagarinho. — Acho que não.

— Ótimo — foi tudo que ele disse. — Vamos tomar café juntos novamente quando você voltar.

— Claro — falei, sentindo uma pontada de saudade da Morning Glory. Não existe um lugar assim por aqui. — Vai ser ótimo — ouvi o carro de Maxi na garagem. — Ei, acho que vou ter de desligar...

— Não tem problema — falou ele. — Pode telefonar a qualquer hora.

Desliguei com um sorriso no rosto. Imaginei que idade ele teria, na verdade. Quis saber se gostava de mim como algo mais do que uma paciente, como mais do que uma das várias garotas grandes que perambulavam por seu consultório, cada qual com suas histórias de sofrimento. E decidi que iria sair com ele novamente.

Na manhã seguinte, Maxi propôs outra saída.

— Ainda não consigo acreditar que você tenha um cirurgião plástico — resmunguei, apoiando-me para entrar no carro baixinho e pensando que somente nesta cidade, neste momento específico, uma atriz de feições perfeitas, aos vinte e sete anos de idade, teria um cirurgião plástico de plantão.

— Mal necessário — falou Maxi sem rodeios, ultrapassando diversos veículos menos potentes e ingressando à toda na faixa de velocidade.

O consultório do cirurgião era um estúdio em cinza e malva, com assoalho de mármore e pintura reluzente, e recepcionistas ainda mais reluzentes. Maxi tirou os enormes óculos escuros e conversou baixinho com a moça do balcão, enquanto eu passeava, examinando os pôsteres dos médicos dispostos nas paredes, curiosa por saber qual deles seria responsável por arredondar os lábios de Maxi e apagar as rugas invisíveis em torno de seus olhos. O Dr. Fisher era um louro com jeito do boneco Ken. O Dr. Rhodes era um moreno de sobrancelhas arqueadas, aparentando mais ou menos a minha idade, mas provavelmente não. O Dr. Tasker era o jovial Papai Noel do grupo — menos, naturalmente, as bochechas roliças e o queixo duplo. E o Dr. Shapiro...

Parei ali, congelada, fitando a fotografia maior que o tamanho natural do meu pai. Estava mais magro, sem barba, mas era inquestionavelmente ele mesmo.

Maxi veio se aproximando, com os saltos batendo no chão. Quando percebeu a expressão do meu rosto, pegou-me pelo cotovelo e me levou até uma cadeira.

— Cannie, o que foi? É o neném?

Eu capenguei de volta até a parede, com as pernas qual madeira petrificada, e apontei.

— Esse é o meu pai.

Maxi olhou para a fotografia, depois para mim.

— Você não sabia que ele estava aqui? — perguntou. Eu fiz que não com a cabeça.

— E o que devemos fazer?

Apontei a porta com a cabeça e comecei a andar o mais rápido que pude.

— Ir embora.

— Então foi isso que aconteceu com ele — falei. Maxi, Nifkin e eu estávamos na varanda, tomando chá gelado de framboesa. — Lipoaspiração em L.A. — enchi a boca para dizer, experimentando a magnitude do conceito. — Parece o começo de uma piada de mau gosto, não?

Maxi olhou para o outro lado. Fiquei sentida por ela. Nunca tinha me visto tão perturbada assim, e não fazia a menor idéia de como poderia me ajudar. E eu não sabia o que lhe dizer.

— Fique sentadinha aí — falei, levantando-me. — Vou dar um passeio.

Fui caminhar na beira da praia, passei pelas meninas patinando de biquíni, pelos jogos de vôlei, pela gritaria, pela criançada chupando picolé. Passei pelos vendedores em pernas de pau, pelas bancas de *piercing*, pelos camelôs vendendo quatro pares de meia por dez dólares, pelos adolescentes com cabelo rastafári sentados em bancos de praça tocando violão, e pelos desabrigados com várias camadas de roupas, espalhados qual cadáveres sob as palmeiras.

Enquanto caminhava, tentei visualizar as coisas na minha frente, organizá-las, como se fossem os quadros de uma exposição, emoldurados e pendurados na parede de uma galeria.

Imaginei minha família tal e qual ela já fora um dia — os cinco no gramado num Rosh Hashaná, o Ano-Novo judaico, posando com nossas melhores roupas: meu pai, com sua barba bem aparada e as mãos no meu ombro; eu, com meu cabelo em mechas puxadas para trás numa trança e os bicos de seio despontando por baixo do suéter, ambos sorrindo.

Imaginei-nos todos, cinco anos depois: meu pai, sumido; eu, gorda, abatida e amedrontada; minha mãe, frenética; meu irmão, infeliz; e Lucy com seu penteado moicano, *piercings* e telefonemas tarde da noite.

Mais imagens: minha formatura na faculdade. Minha mãe e Tanya, com o braço no ombro uma da outra, no jogo decisivo de sua liga de *softball*. Josh, com um metro e oitenta e três, magro e taciturno, cortando um peru no dia de Ação de Graças. Feriados de vários anos, nós quatro sentados à mesa de jantar, minha mãe na cabeceira e meu irmão na outra ponta, vários namorados e namoradas entrando e saindo de cena, todos nós tentando dar a impressão de que não faltava nada.

Prossegui. Lá estava eu, orgulhosa diante do meu primeiro apartamento, segurando uma cópia do meu primeiro artigo de jornal, apontando para a manchete "Adiado debate do orçamento". Eu e meu primeiro namorado. Eu e meu amor na faculdade. Eu e Bruce no mar, rindo para a câmera, de olhos contraídos sob o sol. Bruce num concerto do Grateful Dead, num bate-bola em rodinha, com um pé esticado no meio do chute, uma cerveja na mão e o cabelo solto esvoaçando pelos ombros. Aí eu me forcei a dar um passo atrás, e seguir adiante.

Fiquei parada e deixei o mar refrescar meus pés e senti... nada. Ou talvez fosse o fim do amor que eu estivesse sentindo, o lugar vazio e tranqüilo que sobra dentro de você onde costumava haver todo aquele calor e angústia e paixão, a faixa de areia molhada depois que a onda finalmente se recolhe.

Pois bem, pensei. Eis-me aqui. *Você está aqui*. E você foi em frente porque é assim que funciona; é o único lugar para onde se pode ir. Continua-se em frente até que acabe a mágoa, ou encontra-se novas coisas que magoam mais, eu acho. Tal é a condição humana, todos prosseguindo adiante em nossas tristezas pessoais, porque assim são as coisas. Porque, eu acho, Deus não nos deu chance alguma. Você cresce, lembrei-me de Abigail me dizendo. Você aprende.

Maxi estava sentada na varanda, onde a deixei, esperando.

— Precisamos fazer umas compras — falei.

DEZESSETE

A recepcionista do consultório do meu pai não pareceu nem um pouco perturbada com a pausa prolongada antes de eu lhe dizer por que havia telefonado.

Eu tinha uma cicatriz e queria que o Dr. Shapiro desse uma olhada. Dei o telefone celular de Maxi como sendo o meu e disse que o meu nome era Lois Lane, e a recepcionista não ficou nem um pouquinho curiosa. Marcou simplesmente uma hora para mim, às dez horas da manhã de sexta-feira, e me advertiu de que o trânsito poderia estar brutal.

Então, na manhã de sexta, comecei o dia cedo. Meu cabelo foi aparado (Garth fez a gentileza, embora só houvessem passado quatro semanas e não seis). E na mão esquerda eu estava usando não apenas a aliança lisa de ouro que imaginara, mas também um diamante de uma enormidade tão impressionante, de um tamanho tão descomunal, que eu mal conseguia manter os olhos na estrada.

Maxi o trouxera do *set*, prometendo que ninguém daria falta e que talvez fosse a coisa exata para anunciar ao meu pai e ao mundo que eu havia chegado.

— Mas deixe-me perguntar-lhe uma coisa — começou ela a dizer naquela manhã, enquanto comíamos *waffles* amanteigados com pêssegos e chá de gengibre. — Por que você quer que o seu pai ache que você está casada?

Levantei-me e abri as cortinas, olhando para a água.

— Para falar a verdade, não sei direito. Não sei nem se vou usar o anel quando for vê-lo.

— Você deve ter pensado nisso — disse Maxi. — Você pensa em tudo.

Olhei para os anéis nos meus dedos.

— Acho que é porque ele disse que ninguém nunca iria me amar, que ninguém jamais iria me querer. E acho que, se eu o vir, grávida sem estar casada... será como se ele estivesse certo.

Maxi me olhou como se isso fosse a coisa mais triste que ela já tivesse ouvido.

— Mas você sabe que isso não é verdade, certo? — perguntou. — Você sabe quanta gente a ama.

Respirei fundo, toda trêmula.

— Ah, claro — falei. — Só que... com isso... é difícil ser razoável — olhei para ela. — É coisa de família, sabe? Quem consegue ser razoável, quando se trata de família? Eu só... eu quero saber por que ele fez o que fez. Quero pelo menos ser capaz de fazer a pergunta.

— Talvez ele não tenha respostas — falou Maxi. — Ou, se tiver, podem não ser as que você gostaria de ouvir.

— Eu só quero ouvir alguma coisa — falei, entrecortadamente. — Eu só acho que... ah, sabe, a gente só tem um pai e uma mãe, e a minha mãe... — acenei vagamente com a mão para indicar lesbianismo e uma parceira inadequada. Meu dedo reluziu à luz do sol. — Só acho que tenho de tentar.

A enfermeira que me conduziu ao cubículo tinha os seios tão simétricos e redondos quanto duas metades de melões cantalupo. Ela me entregou um requintado roupão felpudo e uma prancheta cheia de formulários para preencher.

— O doutor já vai atendê-la — disse, acendendo uma potente luminária e apontando-a para o meu rosto, onde eu inventara uma cicatriz. — Ahn, — falou, examinando-a —, nem parece que tem alguma coisa aí!

— Mas é profunda — falei. — Dá para ver nas fotos. Aparece bem.

A enfermeira concordou, como se aquilo tivesse algum cabimento para ela, e saiu.

Eu estava sentada numa poltrona bege, inventando mentiras para colocar nos formulários e desejando ter mesmo uma cicatriz, algum sinal físico para mostrar ao mundo — para mostrar a ele — tudo por que passei, e que consegui sobreviver. Vinte minutos depois, ouvi uma batida breve na porta e meu pai entrou.

— Então, o que a traz aqui, Sra. Lane? — perguntou, com os olhos na minha ficha. Fiquei sentada em silêncio, sem dizer nada. Depois de algum tempo, ele ergueu os olhos. Havia uma expressão de irritação em seu rosto, um ar de pare-de-desperdiçar-o-meu-tempo que reconheci dos tempos de infância. Ele me fitou por um minuto sem que nada se registrasse em seu rosto a não ser mais irritação. Então, ele viu.

— Cannie?

— Olá! — confirmei.

— Meu Deus, o que... — meu pai, homem de um insulto para cada ocasião, ficou desta vez, ainda bem, sem fala. — O que você está fazendo aqui?

— Marquei hora — falei.

Ele se retraiu todo, tirou os óculos, e apertou o topo do nariz entre os dedos — outra pose da qual eu me lembrava muito bem. Em geral, era o prenúncio de um acesso de raiva, mau humor ou algo parecido.

— Você simplesmente desapareceu — falei. Ele começou a balançar a cabeça e a abrir a boca, mas eu não estava disposta a deixar que começasse sem lhe dizer umas poucas e boas antes. — Nenhum de nós sabia onde você estava. Como foi capaz de fazer isso? Como foi que você pôde sair da nossa vida desse jeito? — ele não disse nada... ficou apenas olhando para mim, através de mim, como se eu fosse uma paciente histérica, gritando que as coxas ainda tinham calombos e que o mamilo esquerdo ficou mais alto que o direito. — Você não liga para nós? Não tem coração? Ou seria uma idiotice perguntar isso a alguém que ganha a vida sugando celulite das coxas dos outros?

Meu pai me olhou com ferocidade.

— Não precisa menosprezar, também!

— Não. Eu precisava era de um pai — falei. Não me havia dado conta da raiva, da fúria que estava sentindo dele até que o vi, ali parado, vestido em seu impecável jaleco branco, com as unhas feitas, o bronzeado e o pesado relógio de ouro.

Ele soltou um suspiro, como se a conversa o aborrecesse, como se eu o aborrecesse também.

— Por que você veio aqui?

— Não vim aqui à sua procura, se é isso que você quer saber. Uma amiga tinha uma consulta marcada e eu vim acompanhá-la. E vi sua foto — continuei. — Faltou esperteza aí, sabe? Principalmente para quem quer ficar escondido...

— Não estou tentando me esconder — falou ele, irascível. — Mas que besteira! Foi sua mãe que lhe disse isso?

— Então como é que nenhum de nós sabe onde você está?

— Vocês nem ligariam se soubessem — resmungou ele, pegando a prancheta com a qual entrara.

Fiquei tão estupefata que ele já estava com a mão na maçaneta antes de eu conseguir pensar no que dizer.

— Você está maluco? É claro que ligaríamos. Você é nosso pai...

Ele colocou de volta os óculos. Vi seus olhos por trás das lentes, de um castanho esmaecido, molhado.

— E já estão crescidos agora. Todos vocês!

— Você acha que por estarmos mais velhos o que fez conosco não importa mais? Você acha que precisar dos pais durante a vida é uma coisa que se aprende a superar depois que se cresce, como brincar de dirigir na cadeirinha de comer?

Ele se inflou na totalidade de seu um metro e setenta e quatro, e se vestiu da autoridade de sua categoria de doutor, tão palpável como se tivesse vestido um casacão de inverno.

— Eu acho — falou, lenta e precisamente — que muita gente se decepciona com a vida que acaba levando.

— E é isso que você quer ser para nós? Uma decepção?

Ele soltou um suspiro.

— Não tenho como ajudá-la, Cannie. Não sei o que você quer, mas posso lhe dizer o seguinte: não tenho nada para lhe dar. Nem a você nem a nenhum de vocês.

— Não queremos o seu dinheiro...

Ele me olhou de um jeito quase amável.

— Não estou falando de dinheiro.

— Por quê? — perguntei. Minha voz estava quase falhando. — Para que ter filhos e depois abandoná-los? É essa parte que eu não entendo. O que foi que nós fizemos... — engoli em seco. — O que foi que algum de nós fez de tão horrível que o levou a não nos querer ver novamente? — percebi, no momento exato em que proferia aquelas palavras, que aquilo era ridículo. Pois nenhuma criança poderia ser tão ruim nem tão feia, ou estar tão errada, nenhuma criança poderia ser qualquer coisa que fizesse um pai ir embora. Vi que não era falha nossa. A culpa não era nossa, pensei comigo mesma. Enfim, pude abrir mão daquilo; pude largar o fardo, ficar livre.

À exceção de que, naturalmente, saber uma coisa na cabeça é diferente de senti-la no coração. E percebi naquele instante que Maxi estava certa. O que quer que meu pai dissesse, qualquer resposta que ele desse, qualquer desculpa que arranjasse, não estaria correta. E jamais bastaria.

Olhei fixamente para ele. Esperei que me perguntasse alguma coisa, que perguntasse em que eu me transformara: onde morava, o que fazia e com quem resolvera compartilhar minha vida? Mas só olhou para mim novamente, balançou a cabeça uma vez e se virou na direção da porta.

— Ei! — falei.

Ele se virou de frente para mim e minha garganta se fechou. O que eu queria lhe dizer? Nada. Queria que ele *me* perguntasse coisas: como vai você, quem é você, o que aconteceu com você, quem você se tornou. Olhei fixamente para ele e ele não disse nada — apenas foi embora.

Não consegui me conter. Fui atrás dele, de algum sinal, de alguma coisa, enquanto ele atravessava a porta. Senti meus dedos roçarem nas costas daquele impecável jaleco branco. Ele não parou de andar e nem sequer diminuiu o passo.

Quando voltei, coloquei os anéis na caixinha de veludo. Tirei a maquiagem do rosto e o gel do cabelo. Depois telefonei para Samantha.

— Você não vai acreditar — comecei.

— Provavelmente não — disse ela. — Então, me conte.

E eu contei.

— Ele não me fez uma única pergunta — falei, ao terminar. — Não quis saber o que eu estava fazendo aqui, nem o que estava fazendo da vida. Acho que nem percebeu que eu estava grávida. Simplesmente não deu bola.

Samantha soltou um suspiro.

— Que horror! Não consigo nem imaginar como você deve estar se sentindo.

— Eu... — falei. Olhei para a água lá fora, depois para o céu. — Acho que estou pronta para ir para casa.

Maxi concordou, entristecida, quando lhe contei, mas não me pediu para ficar.

— Você terminou o roteiro? — perguntou.

— Já faz alguns dias que terminei — falei. Ela examinou a cama onde eu arrumara minhas coisas: roupas e livros, o ursinho de pelúcia que comprei para o neném uma tarde em Santa Monica.

— Eu gostaria que tivéssemos feito mais — disse ela, soltando um suspiro.

— Nós fizemos muita coisa — falei, e abracei-a. — E vamos nos falar... e trocar *e-mails*... e você vai lá me visitar depois que o neném chegar...

Os olhos de Maxi se iluminaram.

— Tia Maxi — proclamou. — Você vai fazer com que o neném me chame de Tia Maxi. E eu vou mimá-lo demais!

Sorri comigo mesma, imaginando Maxi tratando o pequeno Max ou a pequena Abby qual um Nifkin bípede, vestindo o neném com roupas que escolheria de forma a combinar com as suas.

— Você vai ser uma tia fabulosa — falei.

Ela fez questão de me levar ao aeroporto, ajudar a despachar minha bagagem, esperar comigo no portão de embarque embora todos, a começar pelos comissários de bordo, a olhassem como se ela fosse o animal mais raro do zoológico.

— Isso vai acabar saindo no jornal — adverti-a, rindo e chorando um pouco quando nos abraçamos pela décima oitava vez. Maxi me deu um beijo no rosto e depois se curvou um pouco e fez um pequeno aceno para a minha barriga.

— Está com a passagem aí? — perguntou-me.

Confirmei.

— E dinheiro para as despesas?

— Ah, claro — disse eu, sorrindo do grau de veracidade daquilo.

— Então, está pronta para ir — disse ela.

Concordei, funguei e abracei-a com força.

— Você é uma amiga maravilhosa — disse-lhe. — Excepcional!

— Cuide-se bem — retrucou ela. — Faça uma boa viagem. Ligue-me assim que chegar.

Concordei com um gesto de cabeça e não disse nada, pois já não tinha certeza se conseguiria falar, e me virei para ir embora, pelo corredor, para o avião, para casa.

A primeira classe estava mais cheia desta vez do que na vinda. Um sujeito mais ou menos da minha idade e exatamente da minha altura, de cabelos louros encaracolados e olhos bem azuis, pegou o assento ao lado, enquanto no meu (muito mais estreito desta vez), eu me esforçava para afivelar o cinto de segurança. Depois ele tirou um maço de documentos em tamanho ofício que pareciam importantes com o carimbo de "Confidencial" em cima e eu tirei a minha *Entertainment Weekly*. Ele espiou de relance o meu material de leitura e soltou um suspiro.

— Ficou com inveja? — perguntei. Ele sorriu, confirmou e tirou uma caixinha de balas do bolso.

— Aceita um Mento? — perguntou.

— O singular é esse mesmo? — retruquei, pegando um. Ele espiou a embalagem de Mentos, depois olhou para mim e deu de ombros.

— Não sei. Está aí uma boa pergunta.

Eu reclinei o assento. Diverti-me com a idéia de que ele era meio bonitinho, e na certa teria um bom emprego, ou pelo menos a papelada para dar essa impressão. Era o que eu precisava — um sujeito normal com um bom emprego, um sujeito que morasse na Filadélfia, gostasse de ler e me adorasse. Dei mais uma espiadela no Sr. Mento ali ao lado e considerei a possibilidade de dar-lhe o meu cartão... e logo me endireitei, ouvindo a voz da minha mãe e da Samantha, convergindo na minha cabeça num grito desperado: *Você está maluca?*

Talvez noutra vida, resolvi, puxando o cobertor até o queixo. Talvez, na minha vida atual, meu pai não tornasse a ser meu pai novamente, talvez minha mãe continuasse para sempre atrelada a Tanya, a Lésbica

Terrível. Talvez minha irmã fosse permanecer sempre instável e meu irmão jamais fosse aprender a sorrir. Mas eu ainda encontraria o bem no mundo. Ainda conseguiria encontrar a beleza. E algum dia, falei para mim mesma, antes de cair no sono, talvez ainda encontrasse alguém para amar. "Amor", sussurrei para o neném. E fechei os olhos.

Quando se deseja uma coisa com ardor suficiente, assim nos ensinam os contos de fadas, acaba-se conseguindo. Mas dificilmente é do jeito que se pensa que será, e os finais nem sempre são felizes. Passei meses desejando Bruce, sonhando com Bruce, refazendo seu rosto na memória diante de mim antes de adormecer, mesmo quando tentava evitar. Enfim, era quase como se eu o materializasse por desejo, pois sonhara com tanto afinco e freqüência que ele não tinha outra saída senão aparecer na minha frente.

Aconteceu exatamente como Samantha disse que iria acontecer. "Você vai tornar a vê-lo", dissera naquela manhã, meses antes, quando lhe contei que estava grávida. "Já vi novela o suficiente para garantir isso."

Saltei do avião, bocejando para diminuir a pressão nos ouvidos, e ali, na área de espera, bem à minha frente, embaixo de uma placa que dizia "Tampa/St. Pete's", estava Bruce. Fiquei toda animada, achando que ele tinha vindo para me ver, que de alguma forma viera por minha causa, até que percebi que estava acompanhado de uma menina que eu nunca tinha visto antes. Baixa, clara, com cabelo à joãozinho. Camisa amarela da Oxford por dentro da calça jeans azul-clara. Trivial, roupas corriqueiras, traços comuns e estatura mediana. Nada de notável nela a não ser as sobrancelhas espessas e emaranhadas. Minha substituta, deduzi.

Congelei, paralisada pela terrível coincidência, pelo ultrajante infortúnio. Mas se tinha de acontecer, o lugar era esse — o gigantesco Aeroporto Internacional de Newark, onde convergiam passageiros de Nova York, New Jersey e Filadélfia, para vôos transatlânticos ou tarifas domésticas baratas.

Durante cinco segundos, fiquei parada torcendo para que eles não me vissem. Tentei me desviar para o canto do saguão, para contornar o perímetro todo, achando que deveria haver uma maneira de tomar a escada rolante às escondidas, pegar minha bagagem e escapar dessa. Mas aí os olhos de Bruce se cruzaram com os meus, e vi que era tarde demais.

Ele se curvou, sussurrando alguma coisa para a menina, que virou o rosto antes que eu pudesse dar uma boa olhada. Então, cruzou a turba e veio direto a mim. Estava com uma camiseta vermelha contra a qual eu me aconchegara uma centena de vezes, e um shortinho azul que eu o vira botar e tirar outro tanto. Fiz uma rápida oração de graças pelo corte do Garth, pelo meu bronzeado, pelos meus brincos de diamantes e sobrevivi a um frêmito de tristeza por não estar mais com aquele imenso e descabido anel de diamante. Absolutamente superficial, eu sei, mas torci para estar com uma boa aparência. Tão boa quanto possa estar a aparência de uma grávida de sete meses e meio depois de um vôo de seis horas, pelo menos.

E Bruce chegou bem diante de mim, com um ar empalidecido e solene.

— Oi, Cannie! — falou. Os olhos dele baixaram para a minha cintura como que magnetizados. — Quer dizer que você...

— Correto — falei, tranqüilamente. — Estou grávida — mantive-me ereta e apertei ainda mais a alça da casinhola de Nifkin. Nifkin, naturalmente, tinha sentido o cheiro dele e estava justamente tentando saltar para cumprimentá-lo. Ouvi as batidas de sua cauda ali dentro enquanto ele gania.

Bruce ergueu os olhos para o quadro de avisos computadorizado sob o qual eu acabara de passar.

— Está chegando de L.A.? — perguntou, mostrando que sua capacidade de leitura não havia diminuído desde que nos afastamos.

Confirmei sucintamente mais uma vez, torcendo para que ele não percebesse a tremedeira dos meus joelhos.

— O que você está fazendo por aqui? — perguntei.

— Estou a passeio — disse ele. — Nós vamos passar o fim de semana na Flórida.

Nós, pensei com amargura, de olhos pregados nele. Estava igualzinho. Um pouco mais magro, talvez, com mais alguns fios brancos no rabo-de-cavalo, mas ainda era o mesmo Bruce, inclusive o cheiro, o sorriso e os velhos tenis de basquete, sempre desamarrados.

— Que bom para vocês! — falei.

Bruce não pegou a isca.

— Então, você foi a L.A. a trabalho?

— Tive algumas reuniões por lá — falei. Sempre quis dizer isso a alguém.

— O *Examiner* a mandou para a Califórnia? — perguntou ele.

— Não. Tive umas reuniões a ver com o meu roteiro — falei.

— Ah, você vendeu o roteiro? — ele aparentou estar genuinamente feliz por mim.

— Cannie, que legal!

Não falei nada, fiquei só olhando para ele. Por tudo que eu precisava dele — amor, apoio, dinheiro, o simples reconhecimento de que eu existia, de que o nosso neném existia e de que ele se importava ao menos um pouco —, o parabéns foi reles demais.

— Eu... eu sinto muito — ele finalmente conseguiu dizer.

E com essa, eu fiquei furiosa. Mas que infâmia a dele, pensei, dar as caras num aeroporto levando a Senhorita Cabelo à Joãozinho para passear, apresentar suas patéticas desculpas como se isso fosse capaz de desfazer seus meses de silêncio, as preocupações por que passei, a falta que ele me faz e ainda ter de resolver como cuidar sozinha de um neném. E fiquei furiosa com o seu desligamento, também. Ele não estava nem aí — nem para mim, nem para o neném. Nunca telefonou, nunca perguntou, nunca *ligou*. Simplesmente, me deixou — *nos* deixou. Quem que isso me lembrou?

Percebi naquele instante que a minha raiva não era realmente dele. Era do meu pai, naturalmente, autor do abandono original, e de todas as minhas inseguranças e temores. Mas meu pai estava a cinco mil quilômetros de distância, eternamente de costas para mim. Se eu ao menos conseguisse me distanciar para olhar aquilo com clareza, veria que Bruce era apenas mais um sujeito igual a milhares de outros, com toda a maconha, o rabo-de-cavalo e a vida meio ao léu, inclusive a tese que nunca acabava, a estante que nunca montava e a banheira que nunca limpava. Sujeitos iguais a ele eram tão comuns como meias brancas de algodão vendidas em pacotes de seis no Wal-Mart, ainda que não tão limpos, e tudo que eu precisava fazer para arranjar outro era aparecer num concerto do Phish e sorrir.

Mas Bruce estava bem ali, coisa que o meu pai não... e estava longe de ser inocente. Afinal, ele também não me deixou?

Depositei a casinhola de Nifkin no chão e encarei Bruce, sentindo toda a minha fúria — de anos a fio — enchendo o meu peito e me subindo à garganta.

— Você *sente muito*? — vociferei.

Ele deu um passo para trás.

— Eu sinto muito — disse ele, com a voz tão triste que parecia estar sendo rasgado de dentro para fora. — Sei que deveria ter telefonado para você, mas... é que eu...

Eu estreitei os olhos. Ele deixou cair as mãos.

— Foi demais para mim — deixou sair num sussurro de voz. — O meu pai e tudo mais.

Girei os olhos nas órbitas para lhe mostrar o que achei daquela desculpa, e para deixar bem claro que ele e eu não iríamos ficar curtindo a saudade de Bernard Guberman, nem quaisquer outras, agora não.

— Sei que você é forte — disse ele. — Sabia que iria ficar bem.

— Ora, essa! Eu tenho de ser; não tenho, Bruce? Você não me deixou muitas opções.

— Sinto muito — falou Bruce, novamente, ainda mais destroçado. — Eu... espero que você seja feliz.

— Dá para sentir seus votos irradiando bem de dentro de você — redargüi. — Ah, espere aí. Erro meu. É só a fumaça da maconha — tive a impressão de que uma parte de mim havia se separado do meu corpo e flutuado até o teto, e observava a cena se desdobrando aterrorizada... e profundamente entristecida. *Cannie, oh, Cannie*, lamentou uma vozinha lá no fundo, *não é dele que você está com raiva.*

— E você quer saber de uma coisa? — perguntei. — Eu sinto muito pelo seu pai. Ele era um homem. Você, você não passa de um menino com os pés grandes e pêlo no rosto. E nunca irá além disso. Não passa de um escritor de terceira numa revista de segunda, e que Deus o ajude quando se esgotarem as suas lembranças do que nós tivemos juntos.

A namoradinha veio flanando até o lado dele e os dois entrelaçaram os dedos. Eu continuei falando.

— Você nunca vai ser tão bom quanto eu e vai saber sempre que eu fui a melhor que você já teve.

A namoradinha tentou dizer alguma coisa, mas eu não me deixei interromper.

— Vai ser sempre um apatetado com um monte de fitas em caixas de sapato. O cara da sedinha. O cara que tem um pirata do Grateful Dead. O velho Bruce. Só que essa chinfra toda cansa depois que você não é mais calouro. Envelhece, como você está envelhecendo. Não se aprimora, igual ao que você escreve. E quer saber de mais uma coisa? — dei um passo para cima dele, de forma que os nossos pés quase se encostaram. — Você *nunca* vai terminar aquela tese. E vai morar para *sempre* em New Jersey.

Bruce ficou ali parado, estarrecido, com o queixo literalmente caído. O visual não era nada bom, com toda a ênfase que dava ao seu queixo normalmente raquítico e ao emaranhado de rugas em torno dos olhos.

A namoradinha olhou firme para mim.

— Deixe-nos em paz — falou numa vozinha estridente.

Minhas novas sandálias Manolo Blahnik me davam mais uns oito centímetros e eu me senti uma amazona, poderosa, destemida diante daquele pingo de gente que mal chegava aos meus ombros. Olhei-a com ares de cale-a-boca-e-deixe-falar-quem-sabe-mais, que vinha aperfeiçoando com meus irmãos no decorrer dos anos. Imaginei se ela nunca teria ouvido falar em pinça. Claro, ela provavelmente estava olhando para mim e imaginando se eu nunca teria ouvido falar em regime... ou em anticoncepcionais, por falar no assunto. Mas me dei conta de que eu não estava nem aí!

— Pelo que me consta, eu não estava lhe dirigindo a palavra — falei, e desencavei uma fala do Comício *Take back the night*, dos idos de 1989. — Não estou aqui para culpar a vítima.

Essa tirada trouxe Bruce de volta à realidade. Ele apertou a mão dela com mais vigor.

— Deixe-a em paz — falou.

— Ai, meu Deus! — exclamei. — Como se *eu* estivesse fazendo alguma coisa contra um de vocês. Pois fique você sabendo — falei para a namoradinha — que eu só escrevi uma carta para ele assim que soube que estava grávida. Uma carta. E não vou escrever mais. Tenho dinheiro suficiente e um emprego melhor que o dele, caso ele tenha esquecido de mencionar quando lhe passou o nosso histórico, e vou me dar muito bem. Espero que vocês dois sejam muito felizes juntos — peguei Nifkin, balancei meus cabelos lindos no ar e passei zunindo ao lado do segurança.

— Se eu fosse vocês, inspecionaria a bagagem dele — falei, alto o suficiente para Bruce ouvir. — Provavelmente, é um portador.

E, por estar ainda grávida, entrei no banheiro para fazer xixi.

Parecia que os meus joelhos tinham virado água, meu rosto estava fervendo. Hah, pensei. Hah.

Levantei-me, dei descarga e abri a porta do cubículo. E lá estava a nova namorada dele, de braços cruzados em cima dos parcos seios.

— Pois não? — indaguei, educadamente. — Quer fazer algum comentário?

Os lábios dela se crisparam. Percebi que ela era um pouco dentuça.

— Você se acha tão inteligente — disse. — Ele nunca amou você de verdade. Ele me disse que não — a voz dela foi se elevando. Cada vez mais estridente. Parecia um bichinho de pelúcia, daqueles que assobiam quando a gente aperta.

— Já você — falei — é obviamente o verdadeiro amor da vida dele — no fundo do coração, no fundo do meu bom coração, eu sabia que qualquer discussão que tivesse, não era com ela. Mas foi como se eu não pudesse me conter.

O lábio dela se arreganhou, literalmente, qual o de Nifkin quando ele brincava com seus brinquedos de pelúcia.

— Por que você não nos deixa em paz? — rangeu ela.

— Deixar vocês em paz? — retruquei. — Quer que eu deixe vocês em paz? Ei, você parece que só sabe voltar ao mesmo tema; eu não consigo entender. Não estou fazendo nada contra vocês. Eu moro na Filadélfia, caramba...

E foi aí que percebi. Algo no rosto dela, e logo vi o que era.

— Ele ainda fala em mim, não é? — perguntei.

Ela abriu a boca para dizer alguma coisa. Resolvi que não iria ficar ali para escutar. Senti-me repentinamente cansada. Precisava dormir, chegar em casa, na minha cama.

— Não fala, não — começou ela.

— Eu não tenho tempo para isso — falei, atalhando-a. — Tenho minha vida para cuidar — tentei sair mas ela estava parada na frente da pia, sem me deixar espaço para passar.

— Saia daí — falei, secamente.

— Não saio — disse — Não, você vai me escutar — ela colocou as mãos nos meus ombros, tentando impedir que eu me mexesse, empurrando-me um pouco. Num instante eu estava de pé, tentando passar por ela; no outro meu pé escorregou numa poça de água. Meu tornozelo cedeu e virou por baixo de mim. Eu caí de lado, batendo com a barriga na borda rígida da pia.

Uma dor pungente tomou conta de mim e eu caí de bruços no chão, com o tornozelo torcido num ângulo que eu sabia não ser nada bom, e ela ali de pé, arquejando feito um bicho, com o rosto tomado de um rubor febril.

Sentei-me, empurrando o chão com as palmas das mãos, e me agarrei na pia, quando subitamente senti uma cãibra lacerante. Foi quando olhei para baixo e vi que estava sangrando. Não muito, mas... bem, sangue não é uma coisa que se queira ver em lugar algum abaixo da cintura quando se está na metade do sétimo mês.

Dei um jeito de me pôr de pé. O tornozelo me doía tanto que fiquei enjoada e senti o sangue pingando pela perna.

Olhei fixamente para ela. Ela também, e depois acompanhou o meu olhar para onde grossas gotas de sangue caíam no chão. Ela bateu com a mão na boca, virou-se e saiu correndo.

Tudo começou a perder a nitidez, ondas de dor cruzavam a minha barriga. Eu já tinha lido sobre isso. Sabia o que significava, e sabia que era cedo demais, que eu estava enrascada.

— Socorro! — tentei, mas não havia ninguém ali para me ouvir. — Socorro... — disse novamente, e logo o mundo ficou cinza, e depois preto.

PARTE CINCO

Joy

DEZOITO

Quando abri os olhos, estava imersa em água. Numa piscina? No lago da colônia de férias? No mar? Não tive certeza. Pude ver a luz acima de mim, filtrada pela água, e pude sentir a sucção do que estava por baixo de mim, cujas profundezas obscuras não consegui decifrar.

Passei quase a vida toda nadando com minha mãe, mas foi meu pai quem me ensinou, quando eu era pequena. Ele jogava uma moeda de um dólar na água e eu a acompanhava, aprendendo a segurar o fôlego, a ir mais fundo do que me achava capaz, a me impulsionar de volta à superfície. "É nadar ou afundar", meu pai me dizia quando eu subia de mãos vazias, cuspindo água e reclamando que não conseguia, que a água estava gelada demais ou que era muito fundo. *É nadar ou afundar*. E eu voltava para o fundo. Queria a moeda prateada, mas, acima de tudo, queria agradar ao meu pai.

Meu pai. Estaria aqui? Girei-me, frenética, dando braçadas, tentando me virar para cima, para a direção de onde me parecia vir a luz. Mas estava tonta. Girando. E estava difícil continuar dando braçadas, difícil continuar boiando, e senti o fundo do mar me puxando, e achei que seria bom parar, ficar imóvel, me deixar levar para o fundo, afundar na areia fofa do pó de milhares de conchas moídas, deixar-me adormecer....

É nadar ou afundar. Viver ou morrer.
Ouvi uma voz vindo da superfície.
Como é o seu nome?
Ora, me deixe em paz, pensei. *Estou cansada. Cansada demais.* Senti as trevas me puxando, e tive vontade de ir.
Qual é o seu nome?
Abri os olhos, comprimindo-os diante da intensa luz branca.
Cannie, resmunguei. *Meu nome é Cannie, agora me deixe em paz.*
Não se entregue, Cannie, disse a voz. Eu balancei a cabeça. Não queria estar aqui, onde quer que fosse esse aqui. Queria estar novamente na água, onde era invisível, onde estava livre. Queria nadar outra vez. Fechei os olhos. A moeda prateada brilhou e reluziu ao sol, descrevendo um arco no ar, e afundou na água, e a acompanhei até o fundo.

Fechei de novo os olhos e vi minha cama. Não a minha cama na Filadélfia, com o meu confortável edredom azul e meus belos travesseiros de cores vivas, mas a cama de quando eu era uma menininha — estreita, bem feita, com sua colcha escocesa vermelho e marrom presa em toda a volta e um monte de livros de capa dura espalhados embaixo. Pisquei e vi a menina na cama, uma menina forte, de ar sóbrio e olhos verdes, cabelos castanhos presos num rabo-de-cavalo que se derramava sobre os ombros. Estava deitada de lado, com um livro aberto diante dela. Eu? Fiquei curiosa. Minha filha? Não pude ter certeza.

Lembrei-me daquela cama, que tinha sido meu refúgio de menina, o local onde me sentia segura quando adolescente, lugar ao qual meu pai jamais vinha. Lembrei-me de ter passado nela horas a fio durante os finais de semana, sentada de pernas cruzadas com alguma amiga na outra ponta, com o telefone e uma tigela de sorvete derretendo no meio, conversando sobre meninos, sobre a escola, sobre o futuro e como seriam nossas vidas; e quis voltar para lá, quis demais, voltar para o tempo antes das coisas desandarem, antes da partida de meu pai e da traição de Bruce, antes de saber como tudo acabou sendo.

Olhei para baixo e a menina na cama parou de ler o livro e olhou para cima, para mim, e os olhos dela estavam arregalados e lúcidos.

Olhei para a menina e ela sorriu para mim. *Mãe*, ela disse.

***

Cannie?

Gemi como se acordasse do sonho mais delicioso e entreabri novamente os olhos.

Aperte minha mão se você estiver me ouvindo, Cannie.

Dei um aperto muito fraco. Pude ouvir um burburinho de vozes ao meu redor, escutei alguma coisa sobre tipo sangüíneo, mais alguma coisa sobre monitor fetal. Talvez fosse um sonho, e a menina na cama seria real? Ou a água? Talvez eu tivesse ido nadar mesmo, talvez tivesse nadado demais e ficado cansada, talvez estivesse me afogando neste exato momento e a imagem da minha cama fosse alguma coisa que o meu cérebro tivesse arranjado como entretenimento de último minuto.

Cannie?, tornou a dizer a voz, em tom quase frenético. *Não se entregue*!

Mas eu não queria estar ali. Queria estar de volta na minha cama.

Na terceira vez que fechei os olhos, vi meu pai. Estava novamente em seu consultório na Califórnia, sentada ereta em sua alva mesa de exame. Senti o peso de diamantes no meu dedo, nas minhas orelhas. Senti o peso do seu olhar sobre mim — carinhoso e cheio de amor, qual me recordava dele vinte anos atrás. Ele estava sentado do outro lado da mesa, em seu jaleco branco, sorrindo para mim. *Conte-me como você tem passado,* ele diz. *Conte-me como foram as coisas para você.*

Eu vou ter um neném, contei-lhe, e ele acolheu o que lhe disse com um aceno de cabeça e disse: *Cannie, que maravilha!*

Sou repórter de jornal. Escrevi um filme, contei-lhe. *Tenho amigos. Um cachorro. Moro na cidade.*

Meu pai sorriu. *Tenho orgulho de você.*

Estiquei-lhe a mão, ele a pegou e ficou com ela. *Por que não disse isso antes?*, perguntei. *Teria mudado tudo, se ao menos eu soubesse que você ligava...*

Ele sorriu para mim, com ar intrigado, como se eu tivesse parado de lhe falar em inglês, ou como se ele tivesse parado de entender. E quando recolheu a mão, eu abri a minha e encontrei uma moeda prateada na palma aberta. *É sua,* ele disse. *Você a encontrou. Sempre a encontrava. Sempre conseguia.*

Mas ainda enquanto falava, ele foi se virando.

Quero lhe perguntar uma coisa, falei. Ele estava na porta, conforme eu me lembrava, com a mão na maçaneta, mas desta vez se virou e olhou para mim.

Fiquei olhando para ele, sentindo a garganta secar, sem dizer nada. *Como você foi capaz?*, foi o que pensei. *Como foi capaz de deixar seus próprios filhos?*, Lucy tinha quinze anos, e Josh só nove. Como foi fazer uma coisa dessas. Como pôde ir embora?

Lágrimas escorreram pelo meu rosto. Meu pai voltou para perto de mim. Tirou um lenço muito bem dobrado do bolso da camisa, onde sempre os guardava. Estava com o cheiro da colônia que ele sempre usava, de limão, e da goma que a tinturaria chinesa sempre usava. Com todo o cuidado, meu pai se reclinou e limpou minhas lágrimas.

Então, fez-se novamente a escuridão abaixo de mim e a luz acima.

É nadar ou afundar, pensei, sentida. E se eu quisesse afundar? O que haveria de me manter flutuando?

Pensei na mão do meu pai sobre o meu rosto, e pensei nos olhos verdes da garota que me fitava deitada na cama. Pensei na sensação de um banho frio depois de um longo passeio de bicicleta, de um mergulho no mar num dia quente de verão. Pensei no gosto dos morangos minúsculos que Maxi e eu encontramos no mercado da fazenda. Pensei nos meus amigos, e em Nifkin. Pensei na minha própria cama, forrada com lençóis de flanela amaciados depois de tantas passagens pela secadora, com um livro no travesseiro e Nifkin encarapitado ao meu lado. E pensei um instante em Bruce... não em Bruce, especificamente, mas na sensação de amar e ser amada, de valer algo para alguém. *Ser querida*, ouvi Maxi dizer.

Então tudo bem, pensei. Está legal. Vou nadar. Por mim e pela minha filha. Por todas as coisas que eu adoro e por todos aqueles que me amam.

Quando tornei a acordar, ouvi vozes.

— Acho que não está certo — disse uma delas. — Tem certeza de que está pendurado direito?

Minha mãe, pensei. Quem mais?

— Que é esse negócio amarelo? — indagou outra voz jovem, de mulher, melosa. Lucy. — Parece pudim!

— Não é pudim — ouvi um rosnado áspero. Tanya.

Então:

— Lucy! Tire o dedo do almoço de sua irmã.

— Ela não vai comer — disse ela, amuada.

— Não sei porque trouxeram comida! — grunhiu Tanya.

— Arranjem um refrigerante — falou minha mãe. — Com gelo. Disseram que ela vai poder chupar gelo quando acordar.

Minha mãe se inclinou para perto de mim. Senti seu cheiro — uma combinação de Chloe e filtro solar com xampu Pert.

— Cannie? — murmurou.

Abri os olhos, de verdade, desta vez, e vi que não estava embaixo da água nem no meu quarto antigo, tampouco no consultório do meu pai. Estava num leito de hospital. Havia uma agulhade soro presa com fita ao dorso da minha mão, uma pulseira de plástico com meu nome em torno do meu pulso, e máquinas dispostas em semicírculo apitando e buzinando à minha volta. Levantei a cabeça e enxerguei os dedos dos pés — não havia uma barriga no caminho entre o rosto e os pés.

— Neném — falei. Minha voz saiu estranha e esganiçada. Alguém saiu do meio da escuridão. Bruce.

— Oi, Cannie — falou ele, em tom constrangido, com ar desolado e terrivelmente envergonhado.

Fiz, com a mão que não tinha nenhuma agulha enfiada, um gesto para que ele saísse dali.

— Você não — falei. — Meu neném.

— Vou chamar o médico — falou minha mãe.

— Não, deixe que eu vou — disse Tanya. As duas se entreolharam, em seguida saíram porta afora como se tivessem entrado num acordo. Lucy me lançou um olhar rápido, indecifrável, e partiu atrás delas. O que nos deixou, Bruce e a mim, no quarto.

— O que aconteceu? — perguntei.

Bruce engoliu em seco.

— Acho que é melhor o médico lhe dizer.

Agora eu estava começando a me lembrar — o aeroporto, o banheiro, a nova namorada dele. A queda. Depois o sangue.

Tentei me sentar. Mãos me fizeram ficar deitada.

— O que aconteceu? — indaguei, com a voz se escalonando em direção à histeria. — Onde estou? Onde está o meu neném? O que aconteceu?

Um rosto se inclinou para dentro do meu campo de visão — um médico, sem dúvida, de jaleco, com o estetoscópio e o crachá de praxe.

— Que bom vê-la acordada! — disse, animado. Eu franzi o cenho para ele. — Qual é o seu nome? — perguntou.

Respirei fundo, percebendo subitamente que sentia dores. Do umbigo para baixo, parecia que fora rasgada e depois desajeitadamente costurada. O tornozelo pulsava no ritmo das minhas batidas cardíacas.

— Meu nome é Candace Shapiro — comecei — e eu estava grávida... — minha voz estancou na garganta. — O que aconteceu? — implorei. — O meu neném está bem?

O médico pigarreou.

— Você teve uma coisa conhecida pelo nome de *ablação da placenta* — começou. — Isso quer dizer que a sua placenta se separou do útero de uma vez só. Foi o que causou o sangramento... e o trabalho de parto prematuro.

— Então, o meu neném... — sussurrei.

O médico assumiu um ar sombrio.

— O seu neném estava em sofrimento quando a trouxeram para cá. Fizemos uma cesariana, mas por não termos o monitor fetal, não podíamos saber se ela estava sem oxigênio, e se fosse o caso, por quanto tempo.

Ele continuou falando. Peso baixo. Prematuro. Desenvolvimento incompleto dos pulmões. Ventilador. UTI neonatal. Ele me disse que meu útero foi rompido durante o parto e eu estava sangrando tanto que eles precisaram tomar providências radicais. Radical do tipo: agora eu não tinha mais útero.

— Não gostamos de fazer isso com mulheres jovens — disse ele, com seriedade —, mas as circunstâncias não nos deixaram nenhuma outra opção.

E continuou tagarelando sobre aconselhamento, terapia, adoção, inseminação artificial e barriga de aluguel até que me deu vontade de gritar, de agarrar-lhe a garganta e forçá-lo a me dar uma resposta para a única pergunta que eu queria saber. Olhei para a minha mãe, que mordeu o lábio e virou o rosto quando eu tentei me sentar. O médico ficou alarmado e tentou me fazer deitar novamente, mas eu não quis.

— Meu neném — falei. — É menino ou menina?

— Menina — disse ele, relutantemente, me pareceu.

— Menina — repeti, e comecei a chorar. Minha filha, minha pobre filhinha a quem não consegui manter em segurança, nem mesmo em sua trajetória até este mundo. Olhei para a minha mãe, que voltara a me olhar e estava encostada na parede, assoando o nariz. Bruce colocou desajeitadamente a mão no meu braço.

— Cannie — falou —, eu sinto muito.

— Afaste-se de mim — falei, chorando. — Vá embora — limpei os olhos, joguei os cabelos empapados para trás das orelhas e olhei para o médico. — Quero ver o meu neném.

Eles me pegaram, toda dolorida e cheia de pontos, me colocaram numa cadeira de rodas e me levaram para a Unidade de Tratamento Intensivo para recém-nascidos. Eu não poderia entrar, me explicaram, mas poderia vê-la através da janela. Uma enfermeira apontou para ela.

— É aquela ali — disse, gesticulando.

Inclinei-me tanto para vê-la que a minha testa encostou no vidro. Era tão pequenina! Uma toronja cor-de-rosa e enrugada. Seus membros eram tão pequenos quanto o meu dedo mindinho, as mãos do tamanho das unhas dos meus polegares, a cabeça do tamanho de uma nectarina. Minúsculos olhinhos apertados, um ar de indignação no rosto. Uma poeirinha de cabelos pretos na cabeça, com um simplório gorrinho bege em cima.

— Pesa menos de um quilo e meio — disse a enfermeira que estava me empurrando.

Neném, sussurrei, tamborilando com os dedos na janela, tirando um ritmo tranqüilo. Ela não tinha se movido até então, mas quando bati, girou no ar os bracinhos. Acenando para mim, imaginei. *Oi, neném,* falei.

A enfermeira me observava com atenção.

— Você está bem?

— Ela precisa de um gorro melhor — falei. Minha garganta travou, entupida de desgosto, e havia lágrimas escorrendo pelo meu rosto, mas eu não estava chorando. Era como se fosse um vazamento. Como se eu estivesse tão cheia de tristeza e de uma estranha esperança predestinada que não tinham para onde ir senão para fora. — Em casa, no quarto dela, o quarto amarelo com o berço, na cômoda, na gaveta de cima, tenho vários gorrinhos de neném. Minha mãe tem a chave...

A enfermeira se inclinou para perto de mim.

— Preciso levá-la de volta — disse.

— Por favor, faça com que dêem a ela um gorro mais bonito — repeti. Burra, teimosa. Ela não precisava de gorro da moda, precisava de um milagre, e até eu era capaz de enxergar isso.

A enfermeira se aproximou um pouco mais.

— Diga-me o nome dela — falou. E como não podia deixar de ser, havia um pedaço de papel pregado numa das extremidades da caixa. "Menina *Shapiro*", dizia.

Abri a boca, sem saber direito o que iria acontecer, mas quando a palavra saiu eu percebi instantaneamente no coração que estava certa.

— Joy — falei. — O nome dela é Joy.[9]

Quando voltei para o quarto, Maxi estava lá. Havia um quarteto de voluntárias aglomeradas à porta, com seus rostos juvenis; pareciam balões de gás amarrados todos juntos. Maxi puxou uma cortina branca em torno da minha cama, separando-nos delas. Estava com as roupas mais sóbrias que eu já a tinha visto usar — uma calça jeans preta, tênis pretos, um moletom de capuz – e carregava rosas, uma braçada ridícula de rosas, o tipo de guirlanda que se coloca em torno do pescoço de um cavalo que ganha um prêmio. Ou que se coloca em torno de um caixão, pensei funestamente.

— Vim assim que soube — disse, com o rosto contraído. — Sua mãe e sua irmã estão lá fora. Só pode entrar uma pessoa de cada vez.

Sentou-se ao meu lado e pegou minha mão, a que tinha o tubo enfiado, e não se alarmou por eu não olhar para ela nem por não lhe retribuir o aperto na mão.

— Pobre Cannie! — disse. — Você viu o neném?

Fiz que sim com a cabeça, limpando as lágrimas do rosto.

— É tão pequenininha — consegui dizer, e comecei a soluçar.

Maxi se retraiu, desolada, e espantada por estar desolada.

— Bruce veio — falei, chorando.

— Espero que você o tenha mandado para o inferno — disse Maxi.

---

[9] "Joy", em inglês, significa "alegria", "felicidade". (N. do T.)

— Mais ou menos isso — falei. Esfreguei a mão sem agulha no rosto e desejei uma caixa de lenços de papel. — Que horror! — soltei algo entre um soluço e uma tossida. — Que coisa mais patética e horrível!

Maxi se inclinou para perto de mim, aconchegando minha cabeça em seu braço.

— Oh, Cannie! — disse, entristecida. Eu fechei os olhos. Não havia mais o que perguntar, não havia mais o que dizer.

Depois que Maxi saiu, eu dormi um pouco, enrolada de lado. Se tive algum sonho, não me lembro. E quando acordei, Bruce estava parado na porta.

Pisquei e fiquei olhando fixamente para ele.

— Posso fazer alguma coisa? — perguntou. Eu só continuei olhando, sem dizer nada. — Cannie? — perguntou, inseguro.

— Venha cá — pedi. — Eu não mordo. Nem empurro — acrescentei, maliciosamente.

Bruce veio para o lado da minha cama. Estava pálido, nervoso, sentindo-se mal consigo mesmo, ou talvez simplesmente chateado de me ver novamente. Enxerguei alguns cravos no nariz dele, querendo saltar de tão grandes, e percebi por sua postura, pelo modo como as mãos estavam enfiadas nos bolsos e pelos olhos dele que não despregavam do assoalho, que aquilo o estava matando, que ele queria estar em qualquer outro lugar menos ali. *Que bom*, pensei, sentindo a raiva borbulhar no peito. Isso é bom. Pois, que sofra!

Ele se sentou na cadeira ao lado da cama, dando-me olhadelas ligeiras — os tubos de dreno saindo por baixo do lençol, a bolsa de soro pendurada ao meu lado. Torci para que ficasse enjoado com aquilo. Torci para que ficasse apavorado.

— Sei dizer exatamente quantos dias faz que nos falamos da última vez — disse a ele.

Bruce fechou os olhos.

— Sei dizer exatamente como é o seu quarto, exatamente o que você falou da última vez em que estivemos juntos.

Ele tentou pegar em mim, às cegas.

— Cannie, por favor — disse. — Por favor. Eu sinto muito — palavras que um dia achei ser capaz de dar tudo no mundo para ouvir. Ele começou a chorar. — Eu não queria... eu não quis que isso acontecesse...

Olhei para ele. Não senti amor, nem ódio. Não senti nada a não ser um cansaço que doía até nos ossos. Como se de repente eu tivesse cem anos de idade e tivesse sabido naquele instante que iria viver outros cem, carregando o meu pesar por aí qual uma mochila cheia de pedras.

Fechei os olhos, sabendo que era tarde demais para nós. Já haviam acontecido coisas demais, e nada do que aconteceu era bom. Um corpo em movimento permanece em movimento. Fui eu quem deu início àquilo quando lhe pedi para darmos um tempo. Ou talvez ele tivesse começado, ao me convidar para sair primeiro. Mas que diferença isso faria agora?

Virei o rosto para a parede. Depois de um tempo, Bruce parou de chorar. E um tempo depois, ouvi quando ele foi embora.

Acordei no dia seguinte de manhã com a luz do sol se derramando sobre o meu rosto. Instantaneamente minha mãe passou correndo pela porta e puxou uma cadeira para perto da cama. Parecia pouco à vontade — ela sabia contar piadas muito bem, fazer troça das coisas, manter a compostura como ninguém e seguir estoicamente em frente, mas não sabia lidar com as lágrimas.

— Como é que você está? — perguntou.

— Me sentindo uma merda! — berrei, e minha mãe tomou um susto tão grande que sua cadeira giratória correu meio quarto para trás. Eu nem esperei que ela se recompusesse para dar continuidade ao meu arroubo. — Como é que você acha que eu estou? Dei à luz uma coisa que parece fruto de um experimento no laboratório da escola, estou toda cortada e cheia... de dor...

Coloquei o rosto nas mãos e solucei durante um minuto inteiro.

— Tem alguma coisa errada comigo — falei, aos prantos. — Eu tenho um defeito. Você deveria ter-me deixado morrer...

— Oh, Cannie — disse minha mãe —, não fale assim, desse jeito.

— Ninguém me ama — gritei. — Papai não me amou, Bruce não me amou...

Minha mãe fez carinho no meu cabelo.

— Não fale desse jeito — repetiu. — Você tem uma filhinha maravilhosa. Um pouco pequena, por enquanto, mas maravilhosa — ela pigarreou, se levantou e começou a andar de um lado para o outro, típico dela quando tinha de enfrentar alguma coisa dolorosa.

— Sente-se — falei, cansada, e ela se sentou, mas eu ainda percebi um pezinho balançando de ansiedade.

— Conversei com Bruce — falou ela.

Eu soltei o ar com força. Não queria nem ouvir o nome dele. Minha mãe percebeu pelo meu rosto, mas continuou falando.

— Com Bruce — continuou — e com a nova namorada dele.

— A que gosta de empurrar? — perguntei, com a voz alta, aguda e histérica. — Você esteve com ela?

— Cannie, ela também está se sentindo muito mal. Os dois estão.

— Pois deveriam — falei, zangada. — Bruce sequer me telefonou uma vez durante toda a gravidez, e vem essa namorada dele dar o seu empurrãozinho...

Minha mãe ficou abalada com o meu tom.

— Os médicos não têm muita certeza de que foi isso que fez você...

— Não interessa! — falei, beligerantemente. — Eu acho que foi e espero que aquela vagabunda burra também ache.

Minha mãe ficou chocada.

— Cannie!

— Cannie o quê? Você acha que eu vou perdoá-los? Nunca. Minha neném quase morreu, eu quase morri, nunca mais vou ter outro filho e agora só porque eles estão sentidos fica tudo bem? Pois não vou perdoá-los. Nunca!

Minha mãe soltou um suspiro.

— Cannie — disse, carinhosamente.

— Não acredito que você esteja do lado deles! — berrei.

— Eu não estou do lado deles, Cannie, claro que não — falou ela. — Estou do seu lado. Só não acho que seja saudável você ficar tão zangada.

— Joy quase morreu — falei.

— Mas não morreu — disse minha mãe. — Ela não morreu. E vai ficar bem...

— Isso você não sabe — falei, furiosa.

— Cannie — falou ela. — Está um pouco abaixo do peso, e falta desenvolver os pulmões um pouco mais...

— Ela ficou sem oxigênio! Você não ouviu? Sem oxigênio! Pode acontecer um monte de coisas por causa disso.

— Ela é igualzinha a você quando neném — falou minha mãe, impacientemente. — Vai ficar bem. Eu sei.

— Você nem sabia que era *gay* até chegar aos cinqüenta e seis anos! — gritei. — Como é que eu vou acreditar no que você diz?

Apontei para a porta.

— Vá embora — falei, e comecei a chorar.

Minha mãe balançou a cabeça.

— Não vou — disse. — Fale comigo.

— E o que é que você quer que eu fale? — disse, tentando secar o rosto, tentando soar normal. — A idiota da namorada nova do babaca do meu ex-namorado me dá um empurrão e a minha neném quase morre...

Mas o que estava de fato errado — a parte que não achei que eu fosse capaz de dizer — era que eu tinha falhado com a Joy. Não consegui ser boa o suficiente para ela, não consegui ser bonita, magra, amável o suficiente para manter meu pai na minha vida. Ou para manter Bruce. E agora, não consegui manter minha neném em segurança.

Minha mãe arrastou a cadeira novamente para perto e me abraçou.

— Eu não a mereço — choraminguei. — Não consegui segurá-la, deixei que ela se machucasse...

— De onde foi que você tirou essa idéia? — sussurrou ela no meu cabelo. — Cannie, foi um acidente. Não foi culpa sua. Você vai ser uma mãe maravilhosa.

— Se sou tão boa assim, por que ele não me amou? — falei, aos prantos, sem saber ao certo de quem estava falando. Bruce? Meu pai? — O que há de errado comigo?

Minha mãe se levantou. Acompanhei o olhar dela se dirigindo para o relógio na parede. Ela me viu olhando para ela, e mordeu o lábio.

— Você vai me desculpar — disse baixinho —, mas vou ter de dar uma saidinha rápida.

Esfreguei os olhos, para ganhar tempo, tentando processar o que ela acabava de me dizer.

— Você precisa...

— Preciso pegar a Tanya no curso de extensão que ela está fazendo.

— Ué, ela não sabe mais dirigir?

— O carro dela está na oficina.

— E qual é o curso de hoje? Que faceta da personalidade ela está trabalhando agora? — indaguei. — Netas co-dependentes de avós emocionalmente distantes?

— Cannie, dê um descanso — rebateu minha mãe, e eu fiquei tão estupefata que não consegui nem pensar em começar a chorar de novo. — Sei que você não gosta dela e já estou cansada de ouvir isso.

— Ah, e agora resolveu que é hora de tocar no assunto? Não daria para esperar talvez até que a sua neta consiga sair da UTI?

Minha mãe contraiu os lábios.

— Vou conversar com você mais tarde — falou, e saiu. Com a mão na maçaneta, virou-se para mim mais uma vez. — Eu sei que você não acredita, mas vai ficar bem. Você tem tudo de que precisa. Basta ter certeza disso no seu coração.

Eu franzi o rosto inteiro. *Ter certeza disso no meu coração.* Parecia besteirada *New Age*, como uma dessas coisas que ela vivia pirateando dos livros de exercícios da Tanya do tipo *Cure Sua Própria Dor*.

— Sem dúvida — gritei, quando ela saiu. — Pode ir. Sei me comportar muito bem, quando me largam. Já estou acostumada.

Ela não se virou. Eu soltei um suspiro, com o olhar vidrado no nada, torcendo para que as enfermeiras não tivessem me ouvido proferir aos berros aquelas tiradas de novela de terceira categoria. Senti-me absolutamente mal. Oca, como se as minhas entranhas tivessem sido arrancadas e só restasse o vazio retumbante, o próprio buraco negro. Como poderia descobrir o que fazer para ser uma mãe decente diante das opções dos meus próprios pais?

Você tem tudo de que precisa, ela me disse. Mas não consegui ver o que quis dizer. Considerei minha vida e só vi o que faltava: faltava um pai, faltava um namorado, faltava uma promessa de saúde ou conforto para a minha filha. Tudo de que eu precisava, pensei abatida, e fechei os olhos, torcendo para sonhar novamente com a minha cama, ou com a água.

Quando a porta se abriu novamente uma hora mais tarde, sequer levantei o rosto para ver.

— Vá contar para a Tanya — falei, de olhos ainda fechados. — Não quero nem saber.

— Bem, eu até contaria — falou uma voz profunda que me era familiar —, mas acho que ela não teria muito o que fazer com o meu tipo... além disso, ainda não fomos apresentados.

Aí eu olhei. O Dr. K. estava ali parado, com uma caixa branca de padaria numa das mãos e uma mochila preta na outra. E a mochila parecia estar se mexendo.

— Vim assim que fiquei sabendo — começou ele, sentando-se na mesma cadeira que minha mãe ocupara pouco antes, colocando a caixa em cima da mesa-de-cabeceira e a mochila no colo. — Como está se sentindo?

— Tudo bem — falei. Ele me olhou atentamente. — Bem, na verdade, muito mal.

— Posso acreditar, depois do que você passou! Como vai...

— Joy — falei. Usar o nome dela foi estranho para mim... algo prepotente, como se eu estivesse testando o destino, ao dizê-lo em voz alta. — Ela é pequena, os pulmões ainda não estão totalmente desenvolvidos e está respirando com o auxílio de um ventilador... — fiz uma pausa e passei a mão pelos olhos. — Quanto a mim, sofri uma histerectomia e não consigo parar de chorar.

Ele pigarreou.

— Foi informação demais? — perguntei, em meio às lágrimas.

Ele balançou a cabeça.

— De forma alguma — disse-me. — Pode falar o que quiser comigo.

A mochila por um triz não saltou do colo dele. Foi tão engraçado que eu quase sorri, mas a sensação foi a de que o meu rosto havia esquecido como se faz isso.

— O que há aí nessa mochila é uma máquina de moto-contínuo ou é você que está feliz em me ver?

O Dr. K. olhou rapidamente por cima do ombro para a porta fechada. Depois se inclinou para perto de mim.

— Isso aqui foi um tanto arriscado — sussurrou —, mas achei...

Ele ergueu a mochila até a beirada da cama e abriu o fecho éclair. Surgiu o focinho de Nifkin, depois as pontas de suas orelhas enormes e, por fim, de uma só vez, seu corpo inteiro.

— Nifkin! — falei, enquanto Nifkin se aninhava em cima do meu peito e me dava um banho de lambidas no rosto. O Dr. K. o segurou, levantando-o para não esbarrar nos vários tubos e apetrechos aos quais eu estava conectada, enquanto Nifkin não parava de me lamber. — Como foi que você... onde ele estava?

— Com a sua amiga Samantha — explicou. — Ela está lá fora.

— Obrigada — falei, sabendo que as palavras nem davam para começar a expressar a alegria que ele me trouxe. — Muitíssimo obrigada.

— Não tem de quê — disse o médico. — Olhe só. Nós andamos praticando — ele tirou Nifkin de cima de mim e o colocou no chão. — Dá para ver?

Eu me apoiei num cotovelo e confirmei.

— Nifkin... *Sentado* — disse o Dr. K., com a voz tão grave e categórica quanto a de James Earl Jones anunciando para o mundo que esta... é a CNN. O traseiro de Nifkin foi de encontro ao chão tão rápido quanto um raio, com a cauda balançando três vezes mais rápido. — Nifkin... *Deitado* — e Nifkin se deitou, de barriga no chão, olhando para cima, para o Dr. K., com os olhos brilhando e a língua cor-de-rosa se retorcendo, enquanto ele arquejava. — E agora, nosso último número... *Finja-se de morto* — e Nifkin caiu de lado no chão como se tivesse sido alvejado.

— Inacreditável! — falei. De fato, aquilo foi inacreditável.

— Ele aprende rápido — disse o Dr. K., colocando o cachorrinho, que agora esperneava à beça, novamente dentro da mochila. Inclinou-se então para perto de mim. — Isso é para você se sentir melhor, Cannie — disse, e colocou a mão sobre a minha.

Ele saiu e Samantha entrou, vindo direto para perto da cama. Estava totalmente vestida de advogada: um alinhado terno preto, botas de salto alto, uma pasta de couro cor de caramelo numa das mãos e os óculos e a chave do carro na outra.

— Cannie — foi dizendo —, eu vim...

— ...assim que ficou sabendo — completei por ela.

— Como está se sentindo? — perguntou Sam. — Como está o neném?

— Eu estou bem e a neném... bem, ela está na unidade de tratamento intensivo para nenéns. Eles precisam esperar para ver.

Samantha soltou um suspiro. Eu fechei os olhos. De repente, me senti completamente exausta. E faminta.

Ergui-me um pouco da cama e coloquei mais um travesseiro sob as costas.

— Ei, que horas são? Quando é que vem o jantar? Você não teria aí, por acaso, uma banana na bolsa, teria?

Samantha se levantou, grata, a meu ver, por ter algo que fazer.

— Vou ver... ei, o que é isso?

Ela apontou para a caixa de padaria que o Dr. K. tinha deixado.

— Sei lá — falei. — O Dr. K. foi quem trouxe. Dê uma olhadinha.

Samantha arrebentou o barbante e abriu a caixa, e lá dentro havia um *éclair* da confeitaria Pink Rose, uma fatia de pudim de pão de chocolate do Silk City, um *brownie* ainda no papel de embrulho do Le Bus e um potinho de framboesas frescas.

— Inacreditável! — murmurei.

— Humm! — exclamou Samantha. — Como é que ele sabe do que você gosta?

— Eu contei a ele — falei, emocionada por ele ter se lembrado. — Para a aula de gordura, nós tivemos de escrever uma lista das nossas comidas favoritas. — Sam cortou uma fatia do *éclair* para mim, mas senti na boca um gosto de poeira com pedras. Engoli por educação, tomei um golinho de água e falei para ela que estava cansada e queria dormir.

Passei mais uma semana no hospital, me curando, enquanto Joy aumentava de tamanho e se fortalecia.

Maxi passou a semana vindo me visitar toda manhã, sentava-se ao meu lado e lia para mim as revistas *People*, *In Style* e *Entertainment Weekly*, enfeitando cada artigo com seu estoque pessoal de anedotas. Minha mãe e minha irmã ficavam comigo durante o dia, puxavam conversa, tentando não demorar muito nas pausas onde eu normalmente viria com uma tirada sarcástica. Samantha veio me ver todas as noites depois do trabalho, e me colocava a par das fofocas da Filadélfia, falava das ex-estrelas *démodé* que Gabby estava entrevistando e do hábito que Nifkin desenvolvera de parar no meio do passeio, bem na frente do prédio onde eu morava e ficar ali parado, sem se mexer um milímetro. Andy veio com a esposa e trouxe uma caixa dos famosos biscoitos de chocolate com flocos, da Fourth Street, e um cartão assinado por todos da redação do jornal. "Queremos que você melhore logo", dizia. Não achei que aquilo fosse acontecer, mas não lhe disse nada.

— Estão preocupados com você — sussurrou Lucy, quando minha mãe estava no corredor falando qualquer coisa com as enfermeiras.

Olhei para ela e dei de ombros.

— Querem que você converse com um psicanalista.

Fiquei calada. Lucy estava com um ar muito sério.

— É a Dra. Melburne — disse. — Eu fiz umas consultas com ela. É horrível. É melhor você se alegrar e começar a falar um pouco mais, senão ela vai lhe fazer um monte de perguntas sobre a sua infância.

— Cannie, não precisa falar se não quiser — disse minha mãe, servindo um copo de refrigerante que ninguém quis beber. Endireitou minhas flores, ajeitou meus travesseiros pela décima quarta vez, sentou-se, tornou a se levantar, procurando mais o que fazer. — Pode ficar simplesmente descansando.

Três dias depois, Joy respirou sozinha pela primeira vez sem o ventilador.

Ainda não estava totalmente a salvo, os médicos me advertiram. É preciso esperar para ver. Ela pode ficar bem, ou pode alguma coisa ainda dar errado, mas provavelmente vai ficar bem.

E finalmente deixaram-me pegá-la, erguendo no ar seus dois quilinhos e aconchegando-a contra o peito, passando as pontas dos dedos pelas mãozinhas dela, por cada uma de suas unhas pequeníssimas e perfeitas. Ela agarrou meu dedo com toda a força dos seus dedos minúsculos. Pude sentir os ossos, o pulsar de seu sangue correndo por baixo da pele. *Agüente*, pensei para ela. *Segure firme, minha pequenina. O mundo é duro a maior parte do tempo, mas também há coisas boas por aqui. E eu amo você. Sua mãe a ama, Joy querida.*

Fiquei sentada com ela durante algumas horas até que me fizeram voltar para a cama, e antes de sair preenchi sua certidão de nascimento, e minha caligrafia estava clara e firme. Joy Lia Shapiro. Lia era em homenagem ao pai de Bruce, cujo segundo nome era Leonard. Lia, a segunda irmã, aquela com a qual Jacó não quis se casar. Lia, engodo de noiva, aquela cujo pai enviou disfarçada pelo corredor.

Aposto que Lia teve uma vida mais interessante, enfim, sussurrei para o meu neném, segurando-lhe a mão, sentada na minha cadeira de rodas e ela em sua caixa de vidro que eu me forçava a não enxergar como um caixão. Aposto que Lia fazia caminhadas com as amigas e jantava pipoca com margaritas, se estivesse com vontade. Aposto que nadava nua e dormia sob o céu estrelado. Raquel comprava CDs da Celine Dion e aquelas coleções de pratos do Franklin Mint. Era provavelmente uma chata, até para si mesma. Nunca viveu nenhuma aventura, nunca se arriscou em nada. Mas eu e você, meu neném, nós vamos nos aventurar por aí. Vou ensiná-la a nadar, a velejar e a fazer uma fogueira... tudo que minha mãe me ensinou e tudo mais que eu aprendi. Basta você conseguir sair daqui, pensei, com toda a força do meu pensamento. Venha para casa, Joy, e nós duas vamos aproveitar.

Dois dias depois, parte do meu desejo foi realizado. Deram-me alta, mas preferiram que Joy ficasse.

— Só por mais algumas semanas — disse o médico, num tom que certamente ele imaginou reconfortante. — Queremos ter certeza de que os pulmões dela estão perfeitamente desenvolvidos... e que ela está ganhando peso.

Soltei uma risada amargurada, quando ele disse isso.

— Se ela puxar à mãe — anunciei —, isso aí não vai ser problema. Vai ganhar peso feito uma campeã.

O médico me deu um tapinha no ombro a título do que, tenho certeza, achou ser um consolo.

— Não se preocupe — falou. — Vai dar tudo certo.

Saí do hospital mancando, piscando ao sol quente de maio, e entrei no carro da minha mãe, ficando calada até a minha casa. Olhei as folhas, a grama verde nova, as alunas do St. Peter com seus aventais de pregas bem engomados. Olhei, mas não vi. Para mim, o mundo inteiro estava cinzento. Era como se não houvesse espaço dentro de mim para qualquer coisa além de fúria e medo.

Minha mãe e Lucy descarregaram a bagagem e me acompanharam até o prédio. Lucy levou minhas malas. Minha mãe foi andando devagar ao meu lado e Tanya amuada atrás. Os músculos de minhas pernas estavam bambos, sem uso. Os pontos doíam, o tornozelo coçava dentro do gesso. Acontece que eu só torci o tornozelo quando caí, mas ninguém pensou em examinar as minhas pernas até alguns dias depois, de forma que o pé ficou torto e os tendões distendidos, o que me deixou de gesso por seis semanas: café pequeno em relação a tudo mais que eu estava passando.

Vasculhei minha bolsa. A carteira, o pacote de chicletes pela metade, a manteiga de cacau e o maço de fósforos do Star Bar pareciam relíquias de uma outra vida. Eu estava atrás do meu chaveiro, quando Lucy enfiou a chave na porta do primeiro andar.

— Eu não moro aqui — falei.

— Agora mora — disse ela. Lucy estava me olhando exultante. Minha mãe e Tanya também.

Atravessei o vão da porta mancando, pisando pesadamente com o gesso no assoalho de madeira de lei, e entrei, piscando.

O apartamento — gêmeo do meu no terceiro andar, todo em madeira escura e com equipamentos da década de 1970 — fora transformado.

O sol entrava pelas janelas que não estavam lá antes, reluzindo no impecável assoalho de bordo bem encerado, que não era impecável nem de bordo antes, tampouco estava bem encerado na última vez em que estive ali.

Entrei na cozinha devagar, movimentando-me como se estivesse dentro da água. Armários novos pintados na cor do mel de trevo. Na sala, havia um sofá grande novo e outro de dois lugares, macio e confortável, ambos estofados em brim amarelo-manteiga — bonitos, mas sólidos, lembro-me de ter dito a Maxi ao destacar coisas que cobicei no último número de *Martha Stewart Living* numa tarde ao léu. Um belíssimo tapete urdido em granada, azul-escuro e dourado cobria o assoalho. Havia um televisor de tela plana e um equipamento de som estéreo novinho em folha num canto, e ainda pilhas de livros de neném recém-comprados nas prateleiras.

Lucy estava praticamente dançando, fora de si de tanta alegria.

— Dá para acreditar numa coisa dessas, Cannie? Não é impressionante?

— Não sei o que dizer — falei, andando pelo corredor.

O banheiro estava irreconhecível. O papel de parede da era da administração Carter, a horrível penteadeira de madeira escura, as ferragens baratas de aço inoxidável e o vaso rachado — tudo foi embora. Agora eram azulejos brancos até o teto, com apliques em dourado e azul-marinho. A banheira era de hidromassagem, com duas duchas, para o caso de eu querer tomar banho com um parceiro, supus. Os armários eram novos e tinham a frente em vidro, com lírios frescos num vaso, uma profusão das toalhas mais grossas que já toquei empilhadas em cima de uma novíssima prateleira. Uma banheirinha branca para dar banho no neném em cima de um balcão, juntamente com uma variedade de brinquedos de banho, esponjas no formato de bichinhos e uma família de patos de borracha.

— Espere só até você ver o quarto da neném — disse Lucy, ainda mais exultante.

As paredes estavam pintadas de amarelo-limão, igual ao que eu tinha mandado pintar lá em cima, e reconheci o berço que o Dr. K. havia montado. Mas o resto da mobília era nova. Vi uma mesa de trocar fraldas toda ornamentada, uma penteadeira, uma cadeira de balanço de madeira branca.

— Antigüidades — falou Tanya num suspiro, passando uma grossa ponta de dedo pelas curvas da madeira pintada de branco com uma pitada de cor-de-rosa.

Havia quadros emoldurados nas paredes — uma sereia nadando no mar, um barco à vela, elefantes marchando em fila dupla. E no canto havia o que mais parecia a menor filial do mundo da Toys "R" Us. Ali estava todo brinquedo que já vi na vida, e mais alguns que eu ainda não tinha visto. Um conjunto de blocos de montar. Chocalhos. Bolas. Brinquedos que falavam, ou latiam, ou choravam se a gente os apertasse ou puxasse suas cordinhas. Exatamente o mesmo cavalo de pau que eu admirara numa loja em Santa Monica dois meses atrás. Tudo.

Deixei-me afundar lentamente no sofá duplo estofado em brim amarelo, bem embaixo do delicado móbile de estrelas, nuvens e luas crescentes, ao lado de um ursinho de pelúcia com um metro de altura.

— E tem mais — falou Lucy.

— Você não vai nem acreditar — disse minha mãe.

Dirigi-me novamente ao quarto com passadas vagarosas. Minha cama, com seu despojado estrado metálico, havia sido substituída por outra, com uma magnífica cabeceira em ferro batido. Meus lençóis cor-de-rosa foram substituídos por algo estupendo — grossas listras brancas e douradas, com minúsculas flores cor-de-rosa.

— Tudo isso é de puro algodão — vangloriou-se Lucy, indicando os méritos de minhas novas roupas de cama, destacando as fronhas dos travesseiros e os babados da colcha, o tapete tecido à mão (amarelo, com as bordas decoradas por rosas cor-de-rosa) no chão, e abrindo o *closet* para exibir ainda mais detalhes da mobília antiga pintada de branco, com uma pitada de cor-de-rosa.

Um gaveteiro com nove gavetas, uma mesa-de-cabeceira encimada por um esplêndido buquê de narcisos dentro de um jarro azul berrante.

— Abra as cortinas — disse Lucy.

Fui lá e abri. A janela do quarto agora dava para uma varanda nova. Havia um enorme vaso de barro cru com gerânios e petúnias, bancos, uma mesinha de piquenique, e uma churrasqueira a gás do tamanho de um Fusca no canto.

Eu me sentei — caí sentada, na verdade — na cama. Havia um cartãozinho minúsculo no travesseiro, do tipo que se recebe junto com um buquê de flores. Abri-o com a ponta do polegar.

— Seja bem-vinda à sua casa — dizia, num dos lados. — Dos seus amigos — dizia, do outro.

Minha mãe, Lucy e Tanya estavam em fila, olhando para mim, esperando ouvir minha aprovação.

— Quem... — comecei. — Como...

— Seus amigos — disse Lucy, impacientemente.

— Maxi?

As três trocaram um olhar furtivo entre si.

— Ora, vocês! Como se eu tivesse outros amigos que pudessem arcar com tudo isso!

— Não tivemos como impedi-la — falou Lucy.

— É verdade, Cannie, sério — disse minha mãe. — Ela não aceitava não como resposta. Conhece um monte de firmas de construção... contratou uma decoradora para encontrar tudo isso para você... tinha gente trabalhando aqui tipo vinte e quatro horas por dia...

— Meus vizinhos devem ter adorado — falei.

— Você gostou? — perguntou Lucy.

— É... — ergui os braços e os deixei cair sobre o colo. Meu coração estava batendo rápido demais, bombeando dor para todas as partes machucadas do meu corpo. Encontrei a palavra que precisava. — É impressionante — falei afinal.

— Então, o que é que você pretende fazer? — perguntou Lucy. — Poderíamos ir jantar no Dmitri...

— Está passando um documentário sobre lésbicas avantajadas no Ritz — rugiu Tanya.

— Quer fazer compras? — perguntou minha mãe. — Talvez seja bom você se abastecer, enquanto estamos aqui para ajudá-la a carregar.

Fui me levantando e dizendo:

— Acho que prefiro dar um passeio.

Minha mãe, Lucy e Tanya me olharam, curiosas.

— Um passeio? — repetiu minha mãe.

— Cannie — minha irmã chamou a atenção —, o seu pé ainda está engessado.

— É um gesso de caminhar, não é? — retruquei. — E eu estou com vontade de andar um pouco.

Enfim, me levantei. Queria me rejubilar com isso. Queria me sentir feliz. Estava cercada das pessoas que me amavam, tinha um lugar maravilhoso para morar. Mas tinha a impressão de estar olhando para o meu novo apartamento por um espelho sujo, como se estivesse sentindo os lençóis de algodão macio e os carpetes fofos através de luvas de borracha. Era a Joy — a falta dela. Nada disso faria sentido até que a minha neném viesse para casa, pensei, e de repente me senti tão zangada que meus meus braços e pernas ficaram fracos de tanta vontade de socar e chutar. Bruce, pensei, Bruce e aquela vagabunda que me empurrou! Este deveria ser o meu momento de triunfo, droga, mas como é que eu poderia ser feliz se a minha filha ainda estava no hospital, enquanto Bruce e sua nova namorada foram os que a puseram lá?

— Muito bem — disse minha mãe, com certo desconforto. — Então, vamos passear.

— Não — falei. — Vou sozinha. Quero ficar sozinha agora.

Todas ficaram intrigadas, até preocupadas, enquanto passavam pela porta uma atrás da outra.

— Telefone para mim — falou minha mãe. — Diga quando estiver pronta para receber Nifkin de volta em casa.

— Vou telefonar — menti.

Quis que elas saíssem logo, saíssem da minha casa, do meu pé, da minha vida. Tive a sensação de estar queimando, como se precisasse me mexer e explodir. Fiquei olhando pela janela até que todas entrassem no carro e se fossem. Então, coloquei um sutiã de correr, uma camiseta velha, um short, um único pé de tênis e saí de casa, pegando logo a calçada quente, determinada a não pensar no meu pai, no Bruce, na minha neném, em nada. Só queria caminhar. E assim talvez eu conseguisse dormir novamente.

O mês de maio virou junho, e todos os meus dias se passaram em torno de Joy. Ia vê-la de manhãzinha, percorrendo os trinta quarteirões até o Hospital Pediátrico da Filadélfia assim que o sol nascia. Vestia um avental, colocava as luvas e a máscara, e me sentava ao seu lado numa cadeira de balanço esterilizada dentro da UTI neonatal, segurando-lhe a mãozinha minúscula, roçando as pontas dos dedos nos lábios dela, cantando-lhe as canções que havíamos dançado meses antes. Eram esses os únicos momentos em que não me sentia consumir pela ira; os únicos em que podia respirar.

E quando sentia a raiva voltando, quando sentia o peito apertar e as mãos querendo bater, saía de perto dela. Voltava para casa e ficava andando de um lado a outro, bombeava os seios, e depois lavava e esfregava os assoalhos que eu havia lavado e esfregado no dia anterior. E dava caminhadas prolongadas e enfurecidas pela cidade, com o tornozelo no gesso cada vez mais imundo, varando sinais amarelos e lançando olhares malévolos a qualquer carro que ousasse ultrapassar um centímetro além da faixa.

Acostumei-me à vozinha dentro da minha cabeça, aquela do aeroporto, a que flutuara até o teto e me observara soltando os cachorros em cima do Bruce enquanto silenciosamente eu remoía que não era com ele. Acostumei-me à vozinha perguntando *Por quê?* todas as manhãs quando amarrava o tênis e enfiava uma sucessão de camisetas ordinárias pelo pescoço... e perguntando *Por quê?* novamente à noite quando ouvia os recados — dez, quinze da minha mãe, da minha irmã, de Maxi, e de Peter Krushelevansky, de todos os meus amigos — e depois apagava um por um sem dar retorno algum, até o dia em que comecei a apagá-los sem sequer ouvi-los. *Você está triste demais*, a voz murmurava enquanto eu mancava ao longo da Walnut Street. *Fique tranqüila*, dizia a voz, enquanto eu tomava vários cafezinhos escaldantes, uma xícara depois da outra, como desjejum. *Fale com alguém,* dizia a voz. *Aceite ajuda.* Eu a ignorava. Quem poderia me ajudar agora? O que restava para mim além das ruas e do hospital, do meu apartamento silencioso e da minha cama vazia?

Deixei a secretária eletrônica continuar atendendo os meus telefonemas. Deixei o correio encarregado de segurar minha correspondência por um tempo indeterminado em que estaria fora da cidade. Deixei o computador se encher de poeira. Parei de verificar o meu *e-mail*. E num dos passeios, deixei o meu *pager* cair dentro do rio Delaware sem sequer perder o passo. O gesso caiu e eu comecei a dar passeios ainda maiores — quatro horas, seis horas, ziguezagueando pelos piores bairros da cidade, passando por traficantes de *crack*, zonas de prostituição masculina e feminina, pombos mortos na sarjeta, carcaças de carros incendiados, sem ver nada disso e sem ficar com medo. Como é que alguma dessas coisas poderia me ferir, depois do que eu já perdera? Quando encontrei com Samantha na rua, disse-lhe que estava ocupada demais para jogar conversa fora, passando de um pé para outro e com o olhar cravado no horizonte para não ter de ver seu rosto preocupado. Arrumando as coisas, me preparando para voltar à carga. O neném volta para casa em breve.

— Posso vê-la? — perguntou Sam.

Instantaneamente, balancei a cabeça.

— Eu não estou preparada ainda... quero dizer, ela não está preparada.

— O que você quer dizer, Cannie? — perguntou Sam.

— Está frágil, em termos médicos — falei, experimentando um termo que ouvira diversas vezes na ala de tratamento neonatal intensivo.

— Então, eu fico do lado de fora olhando pelo vidro — falou Sam, com ar de perplexidade. — Depois nós saímos para tomar café juntas. Você se lembra, café da manhã? Era uma das refeições que mais gostávamos de fazer juntas.

— Eu preciso ir — falei, bruscamente, tentando me esgueirar pelo lado dela. Samantha não se afastou um centímetro sequer.

— Cannie, o que é que está acontecendo com você, de verdade?

— Nada — falei, galgando o espaço além dela, já movimentando os pés com os olhos fixos em um ponto muito adiante. — Nada, nada, está tudo bem.

DEZENOVE

Andei e andei, e era como se Deus tivesse me equipado com óculos especiais através dos quais eu só pudesse ver as coisas ruins, as coisas tristes, a dor e a angústia da vida na cidade, o lixo jogado nos cantos em lugar das flores plantadas nas jardineiras das janelas. Via maridos e mulheres brigando, mas não se beijando ou de mãos dadas. Via criancinhas fugindo em disparada com bicicletas roubadas, xingando e insultando umas às outras em altos brados, e adultos que pareciam se refestelar com seu próprio muco, paquerando as mulheres com ares de cobiça desavergonhada. Sentia o fedor da cidade no verão: mijo de cavalo e asfalto quente e uma enjoada fumaça cinzenta que os ônibus soltavam. As tampas de bueiro fumegavam, as calçadas expeliam o calor do metrô, percorrendo seus caminhos subterrâneos.

Para onde quer que eu olhasse, só enxergava o vazio, a solidão, prédios de janelas quebradas, viciados trôpegos com as mãos estendidas e olhos de zumbi, desgosto, sujeira e podridão.

Achei que o tempo me curaria e os quilômetros aliviariam minha dor. Almejava uma manhã na qual acordasse sem imaginar de imediato Bruce e a namoradinha que gosta de empurrar sofrendo horríveis mortes nojentas... ou, pior ainda, a perda da minha neném, a perda de Joy.

Caminhava até o hospital no raiar da manhã e às vezes antes, e ainda dava algumas voltas no estacionamento até me sentir calma o suficiente para entrar. Sentava-me na cantina virando um copo de água atrás do outro, tentando sorrir e parecer normal, mas por dentro minha cabeça girava furiosamente, pensando em facas? Armas? Acidentes de carro? Sorria e dizia bom dia, mas para falar a verdade na minha cabeça eu só planejava vingança.

Imaginei que poderia telefonar para a universidade onde Bruce dava aulas de inglês para calouros e dizer-lhes que ele só passou no teste de drogas porque ingeriu litros e litros de água morna, temperada com selo de ouro, comprado por telefonema gratuito a um anunciante das últimas páginas da *High Times*. Sorte da Urina, era como chamavam o negócio. Poderia contar que ele estava indo trabalhar doidão — ele costumava fazer isso, e provavelmente ainda fazia, e se o observassem o tempo suficiente, iriam ver. Poderia telefonar para a mãe dele, chamar a polícia local, mandar detê-lo, levá-lo preso.

Imaginei que poderia escrever para a *Moxie*, anexando uma foto de Joy na UTI neonatal, crescendo e se fortalecendo, mas ainda a visão patética de um neném todo entubado, respirando quase sempre mediante o auxílio de um ventilador, com quem sabe os horrores que o futuro lhe reserva — paralisia cerebral, disfunções do aprendizado, cegueira, surdez, retardamento mental, um leque de desastres que os médicos não mencionaram. Entrei na Internet e visitei *sites* sobre crianças prematuras, e li histórias, contadas na primeira pessoa, de pais cujos filhos haviam sobrevivido, com seqüelas terríveis; que tinham vindo para casa com balões de oxigênio ou monitores para apnéia no sono ou com buracos abertos na garganta para poderem respirar. Li sobre crianças que cresceram com perturbações, tendo ataques os mais variados, e que jamais se recuperaram, que nunca conseguiram se endireitar. E li histórias sobre nenéns que morreram: no parto, na UTI neonatal, em casa. "Nosso anjinho precioso", era um dos títulos. "Nossa filha querida", outro.

Tive vontade de copiar essas histórias e enviá-las, juntamente com uma fotografia de Joy, para quem me empurrou. Quis enviar-lhe a fotografia de minha filha — não uma carta, nem palavra alguma, apenas a foto de Joy, enviada para a sua casa, sua escola, seu patrão, seus pais se os conseguisse encontrar, para mostrar-lhes tudo que ela fez, que foi responsabilidade dela. Dei para planejar passeios que me levassem a passar em frente de lojas de armas. E me deparei olhando nas vitrines dessas lojas. Ainda não tinha entrado, mas sabia que era o próximo passo. E depois, o quê?

Não me deixei responder a pergunta. Não me permiti pensar além da imagem, o quadro que estava acalentando: o rosto de Bruce quando abrisse a porta e me visse ali parada com a arma na mão; o rosto de Bruce quando eu dissesse: "Vou-lhe mostrar o que é sentir muito."

Então, uma certa manhã, estava passando à toda por uma banca de jornal quando vi o último número da *Moxie*, edição de agosto, muito embora ainda estivéssemos em julho e fizesse um calor tão forte que o ar tremulava de quente e o asfalto amolecia sob o sol. Arranquei um exemplar da prateleira.

— Moça, vai pagar pela revista?

— Não — grunhi —, vou roubar de você — joguei dois dólares e algumas moedas em cima do balcão e comecei a folhear furiosamente a revista, imaginando qual seria a manchete. "Minha filha, o vegetal?" "Como acabar de vez com a vida da sua ex?"

Mas o que vi foi apenas uma palavra, em letras grandes pretas, uma incongruência sombria na descomprometida linha em tom pastel seguida pela revista. Era: "Complicações."

"Grávida", diz a carta, e eu não consegui mais ler. É como se a palavra, por si só, tivesse me acertado em cheio, deixando-me paralisado, exceto pelo friozinho que me deu na nuca, indício de pavor.

"Não conheço um jeito fácil de dizer isso", ela escreveu, "portanto vou dizer logo. Estou grávida."

Lembro-me de estar no *bimah* na minha sinagoga em Short Hills, dezesseis anos atrás, olhando para a multidão de amigos e parentes enquanto dizia aquelas palavras consagradas pelo tempo: "Hoje eu sou um homem." Agora, sentindo esse frio gélido no estômago, sentindo as palmas das mãos começando a suar, eu sei a verdade: Hoje, eu sou um homem. De verdade, desta vez.

— Nem tanto! — falei, tão alto que os mendigos que vagavam pela calçada pararam para me olhar. Não chegava a tanto. Um homem! Um homem me teria telefonado. Pelo menos, enviado um cartão! Tornei a prestar atenção ao que estava escrito.

Mas não sou um homem. Acontece que o que eu sou é um covarde. Enfiei a carta dentro de um caderno, guardei o caderno dentro de uma gaveta e, sem querer ou de propósito, perdi a chave.

Dizem — quem diz são os grandes filósofos, ou possivelmente o elenco de *Seinfeld* — que romper um relacionamento é como derrubar uma máquina de Coca-Cola. Não dá para acabar assim do nada, é preciso dar o movimento inicial, começar a balançar a coisa de um lado para o outro algumas vezes. Para mim e C., não foi assim. Foi um rompimento despojado, rápido — um raio. Intenso e horrível, encerrado em questão de segundos.

Mentiroso, pensei. Mas que mentiroso! Não foi um raio, nem um rompimento, eu só lhe disse que queria dar um tempo.

Então, menos de três meses depois, meu pai morreu.

Fiquei andando de um lado para o outro com o telefone na mão, com o número dela em primeiro lugar na minha lista de discagem rápida. Telefonar para ela? Não telefonar para ela? Ela era minha ex ou minha amiga?

Afinal, optei por sua amizade. E depois, quando um punhado de gente estava recolhendo as bandejas de salgadinhos no velório, optei por mais.

E agora, três meses depois, ainda estou de luto pelo meu pai, mas tenho a impressão de que já tirei C. da minha vida, completamente. Agora sei o que é a verdadeira tristeza. Posso explorá-la todas as noites, como uma criança que perde o dente e não consegue parar de passar a língua pelo buraco que ficou na gengiva amolecida de onde saiu o dente.

Só que agora ela está grávida.

E eu não sei se ela resolveu me pregar uma peça ou me amarrar, se sou mesmo o pai, ou se ela está mesmo grávida.

— Isso é inacreditável! — anunciei para toda a Broad Street, sem restrições. — Droga! Isso é inacreditável!

E o negócio é o seguinte: estou acovardado demais para perguntar. A escolha é sua, imagino estar lhe dizendo com o meu silêncio. É a sua vez, o jogo é seu, a cartada é sua. Eu consigo silenciar essa parte de mim que fica imaginando coisas, que quer saber como ela fez a escolha: se foi à clínica da Locust Street e passou batida pelos manifestantes com imagens de sanguinolentos nenéns mortos; se foi ao consultório de um médico, se foi com uma amiga, ou novo namorado, ou só. Ou se está andando pela casa dela, com a barriga do tamanho de uma bola de vôlei e um monte de livros cheios de nomes de neném.

Não pergunto, nem telefono. Não envio um cheque, uma carta, nem sequer um cartão. Para mim, terminou; já sequei a fonte, chorei tudo que tinha para chorar. Não resta nada para ela ou para o neném, se houver um.

Quando me permito pensar nisso, fico furioso comigo mesmo (como é que eu pude ser tão burro?) e furioso com ela (como é que ela foi me deixar?). Mas tento não pensar muito nisso. Eu acordo, faço ginástica, vou para o escritório e enfrento a rotina, tentando manter a pontinha da língua longe daquele buraco no meu sorriso. Mas no fundo eu sei que só conseguirei adiar isso até um certo ponto, que nem mesmo a minha covardia poderá evitar o inevitável. Em algum lugar da minha escrivaninha, fechada dentro de um caderno trancado numa gaveta, está uma carta com o meu nome.

— Chegou tarde! — bronqueou a enfermeira chefe, mas logo abriu um sorriso para mostrar que não foi a sério.

Eu tinha enrolado a *Moxie* feito um canudo como se estivessee pronta para bater num cachorro.

— Tome — falei, entregando-a.

Ela nem se deu ao trabalho de olhar para a revista.

— Eu não leio esse tipo de coisa — disse. — Não vale nada.

— Concordo — falei, já me dirigindo para o berçário.

— Tem uma pessoa aqui que quer vê-la — falou ela.

Fui até o berçário e, de fato, lá estava uma mulher olhando pelo janelão, exatamente no ponto diante da incubadora de Joy. Avistei logo os cabelos grisalhos curtos e impecavelmente penteados, um elegante *tailleur* cinza, uma pulseira larga de platina com diamante num dos pulsos. Pairava no ar um leve aroma de Allure, suas unhas recém-pintadas reluziam sob as luzes fluorescentes do corredor. Audrey do Bom Gosto Eterno tinha se arrumado sob medida para ir visitar a primogênita prematura ilegítima de seu filho.

— O que você está fazendo aqui? — indaguei.

Audrey engoliu em seco e deu dois imensos passos para trás. Seu rosto ficou dois tons mais pálido do que sua base Estée Lauder.

— Cannie! — disse ela, e colocou a mão com força sobre o peito. — Nossa... que susto!

Fiquei olhando para ela, sem dizer nada, enquanto seus olhos me examinavam por inteiro, incrédulos.

— Você está tão magra — falou finalmente.

Olhei para baixo e observei sem muito interesse que isso era verdade. Todas aquelas caminhadas, todas as tramas na cabeça, tendo por único alimento um pãozinho ou uma banana e inúmeras xícaras de café puro e amargo, pois o gosto combinava com a maneira como eu estava me sentindo por dentro. Na minha geladeira só havia garrafas de leite tirado do peito, mais nada. Eu não me lembrava da última vez que me sentei para fazer uma refeição. Dava para ver o esqueleto do meu rosto e as pontas dos ossos da bacia. De perfil, estava a própria Jessica Rabbit: sem bunda nem barriga, e seios desproporcionais, graças ao leite. Se você não chegasse perto demais para perceber que os meus cabelos andavam grudentos de sujeira, que eu estava com olheiras imensas e, muito provavelmente, cheirando mal, tirando tudo isso acho que eu estava uma gata.

Contudo, não perdera a ironia: Depois de uma vida inteira de obsessão, de contagem de calorias, Vigilantes do Peso e aulas de *step*, finalmente descobri uma maneira de acabar com aqueles quilos indesejáveis para sempre! Uma maneira de me livrar da flacidez e da celulite! Para conseguir o corpo que eu sempre quis! Deveria comercializá-la, pensei histericamente. A Dieta da ablação da placenta com histerectomia de emergência e neném com possível comprometimento cerebral. Iria ganhar uma fortuna.

Audrey pôs-se a mexer nervosamente na pulseira.

— Acho que você deve estar pensando... — começou.

Eu não falei nada, sabendo exatamente quão duro aquilo estava sendo para ela. Sabendo, e não dando a mínima. Uma parte de mim queria vê-la assim se retorcendo ao vento, lutando para encontrar as palavras. Uma parte de mim queria que ela sofresse.

— Bruce anda dizendo que você não quer falar com ele.

— Bruce teve uma chance de falar comigo — disse. — Escrevi contando que estava grávida. Ele nem sequer me telefonou.

Os lábios dela estremeceram.

— Ele nunca me falou — disse, num sussurro de voz, meio para si mesma. — Cannie, ele está tão arrasado com o que aconteceu!

Soltei uma bufada, tão alta que cheguei a me preocupar se não teria incomodado os nenéns.

— Bruce não está com nada.

Ela mordeu o lábio, retorcendo a pulseira.

— Ele quer fazer o que é certo.

— Que seria o quê? — perguntei. — Pedir à namoradinha que não cometa mais nenhum atentado contra a vida da minha neném?

— Ele disse que foi um acidente — sussurrou ela mais uma vez.

Girei os olhos nas órbitas.

— Ele quer acertar — repetiu ela. — Quer ajudar...

— Não preciso de dinheiro — falei, deliberadamente brusca, destacando bem as palavras. — Nem seu nem dele. Vendi o meu roteiro.

Seu rosto se iluminou, feliz da vida por chegarmos a um assunto mais ameno.

— Querida, que maravilha!

Não falei nada, torcendo para que ela desmoronasse ante o meu silêncio. Mas Audrey era mais corajosa do que eu poderia supor.

— Posso ver a neném? — perguntou.

Dei de ombros e plantei um dedo no vidro da janela. Joy estava no centro do berçário. Já não parecia tanto uma toronja zangada; parecia mais um melão, talvez, mas ainda pequenina, ainda frágil, ainda com o ventilador de ficção científica ligado ao seu rostinho quase o tempo todo. A ficha no berço de vidro dizia "Joy Lia Shapiro". Ela estava só de fralda e um par de meias listradas de branco e cor-de-rosa, e um gorrinho cor-de-rosa com um pompom em cima. Trouxe o meu estoque para as enfermeiras, que toda manhã não deixavam de lhe colocar um gorro novo. Era, sem dúvida alguma, o neném com os melhores gorrinhos de toda a UTI neonatal.

— Joy Lia — sussurrou Audrey. — Ela... você escolheu o nome em homenagem ao meu marido?

Fiz um breve gesto de confirmação com a cabeça, engolindo em seco o nó na garganta. Posso lhe dar esse tanto, pensei. Afinal, não foi ela que me ignorou, que não me telefonou, que me fez cair em cima da pia e quase perder o meu neném.

— Ela vai ficar bem?

— Não sei — falei. — Provavelmente. Eles dizem provavelmente. Ainda está pequena e precisa aumentar de tamanho, os pulmões precisam crescer até que ela possa respirar por conta própria. Só aí é que vai para casa.

Audrey limpou os olhos com lenços de papel que tirou da bolsa.

— E você vai ficar aqui? Vai criá-la na Filadélfia?

— Não sei — disse-lhe. Sincera até não poder mais. — Não sei se quero voltar para o jornal ou para a Califórnia. Fiz amigos lá — nem bem disse aquilo, pensei se era verdade. Depois de mandar um recadinho formal de agradecimento que mal expressava um fiapo da gratidão que deveria estar sentindo por tudo que ela fez por mim, eu estava dando na Maxi o mesmo gelo que estava dando em todos os meus amigos. Quem sabe o que ela estaria pensando, ou se ainda se consideraria minha amiga?

Audrey endireitou os ombros.

— Eu gostaria de ser uma avó para ela — disse, cuidadosamente. — Independente do que aconteceu entre você e Bruce...

— Do que aconteceu — repeti. — Bruce não lhe contou que eu sofri uma histerectomia? Que nunca mais vou ter outro neném? Será que ele mencionou isso?

— Sinto muito, Cannie — ela tornou a dizer, num tom debilitado, desolado e até um pouco amedrontado. Eu fechei os olhos, recostando-me na parede de vidro.

— Vá embora — disse-lhe. — Por favor. Podemos falar disso outra hora, mas não agora. Estou cansada demais.

Ela colocou a mão no meu ombro.

— Eu quero ajudá-la — falou. — Você quer que eu pegue alguma coisa? Um pouco de água?

Balancei a cabeça, soltei a mão dela e virei o rosto.

— Por favor — falei. — Vá embora — e fiquei ali parada, com o rosto virado e os olhos bem fechados, até ouvir os saltos dela batendo no assoalho pelo corredor afora. Foi ali que a enfermeira me encontrou, encostada na parede, chorando, com os punhos cerrados.

— Você está bem? — perguntou, e tocou no meu ombro. Eu confirmei e me virei para a porta.

— Volto mais tarde — disse-lhe. — Vou dar uma volta.

Naquela tarde, caminhei durante horas a fio, até que as ruas, as calçadas, os prédios se tornaram um borrão acinzentado. Lembro-me de ter comprado uma limonada para tomar e, depois de algumas horas, parado para fazer xixi num terminal de ônibus, e lembro-me de que, em algum momento, o tornozelo que estivera engessado começou a latejar. Ignorei o fato. Continuei caminhando. Caminhei para o sul, depois para o leste, atravessando bairros estranhos, passando por trilhos de bonde, bocas de fumo incendiadas, fábricas abandonadas, pelas curvas lentas e salobras do Schuylkill. Achei que, de alguma forma, iria percorrer o caminho todo até New Jersey. *Veja só*, eu diria, parada no saguão do prédio de Bruce qual um fantasma, qual um sentimento de culpa, qual um machucado que já teria formado a casquinha, mas de repente volta a sangrar. *Veja só o que restou de mim.*

Caminhei tanto, até que senti algo estranho, uma sensação que não me era familiar. Uma dor no pé. Olhei para baixo, levantando o pé esquerdo, e vi, aparvalhada, que a sola do meu tênis velho estava se soltando e acabou caindo no chão da rua.

Um cara que estava sentado no alpendre, do outro lado da rua, soltou uma risada escandalosa.

— Ei! — gritou ele, enquanto eu olhava ora para o sapato, ora para a sola e tentava encontrar o nexo daquilo. — Oh, neném! Está precisando de um novo par de sapatos.

A minha neném está precisando de um novo par de pulmões, pensei, mancando e olhando ao redor. Onde estou? Não achei o bairro conhecido. Nenhum dos nomes de rua me dizia nada. E estava escuro. Olhei para o relógio. Marcava oito e trinta e, por um breve instante, eu não soube dizer se era da manhã ou da noite. Estava suada, melada e exausta... e perdida.

Vasculhei os bolsos, atrás de respostas, ou pelo menos de dinheiro para o táxi. Encontrei uma nota de cinco dólares, um punhado de moedas e outro tanto de fiapos.

Procurei um marco de referência, um telefone público, qualquer coisa.

— Ei! — chamei pelo cara do alpendre. — Ei, onde é que eu estou?

Ele soltou uma gargalhada, balançando-se para trás.

— Powelton Village! Aí, neném, você está em Powelton Village.

Pois, tudo bem. Já era um começo.

— Para onde fica a University City? — perguntei.

Ele balançou a cabeça.

— Menina, você está perdida. Virada pelo avesso! — a voz dele era grave e vibrante, e o sotaque do sul. Levantou-se do alpendre e veio falar comigo: um negro de meia-idade, de camiseta branca e calça cáqui. Examinou meu rosto bem de pertinho. — Está doente? — perguntou, afinal.

Balancei a cabeça.

— Só perdida — falei.

— Vai para a faculdade? — continuou, e eu balancei a cabeça novamente, e ele se aproximou ainda mais, com a expressão cada vez mais preocupada.

— Está bêbada? — perguntou, e eu tive de sorrir.

— Não, não — falei. — Só fui dar uma caminhada e me perdi.

— Então, é melhor se achar — disse ele.

Durante um instante terrível, tive certeza absoluta de que ele iria começar a falar sobre Jesus. Mas não. Pelo contrário, fez uma avaliação prolongada e minuciosa de mim — olhou para o meu tênis, caindo aos pedaços; para as minhas canelas machucadas e cheias de manchas roxas; para o short, que eu tinha dobrado na cintura para que não caísse, para a camiseta, que já vinha usando há cinco dias seguidos, e para o meu cabelo, que tinha crescido além dos ombros pela primeira vez em mais de uma década e já estava improvisando um penteado rastafári por falta de água e escova.

— Está precisando de ajuda — ele acabou dizendo.

Baixei a cabeça e confirmei. Ajuda. Isso era verdade. Eu precisava de ajuda.

— Você tem gente sua?

— Tenho — disse-lhe. — Tenho uma neném — comecei, e minha garganta se fechou.

Ele levantou o braço e apontou.

— A University City é para lá — disse ele. — Vá para a esquina da 45th Street, o ônibus vai direto até lá — ele enfiou a mão no bolso, encontrou um bilhete de transferência um pouco amassado e o colocou na minha mão. Depois se inclinou para baixo e olhou para o meu sapato. — Fique aqui — disse. Eu fiquei, imóvel, sem mexer um músculo sequer. Medo de que, exatamente, eu não sabia.

O homem saiu de casa com um rolo de fita adesiva prateada na mão. Eu levantei o pé e ele passou várias voltas de fita ao redor do meu sapato para segurar a sola.

— Vá com cuidado — disse ele, com o sotaque sulista ainda mais forte. — Você é uma mamãe agora e precisa tomar cuidado.

— Vou tomar — falei. Comecei a mancar em direção à esquina que ele havia apontado.

Nojenta do jeito que eu estava, com os sapatos remendados com fita prateada e lágrimas riscando lentamente o rosto melado, não mereci mais do que uma breve olhadela de um ou outro dentro do ônibus. Todos estavam demasiadamente envolvidos em seus pensamentos habituais a caminho de casa depois do trabalho — jantar, filhos, o que iria passar na TV, os pormenores das vidas normais. O ônibus cruzou a cidade aos trancos e barrancos. As coisas começaram a me parecer mais conhecidas novamente. Avistei o estádio, os arranha-céus, a reluzente torre do *Examiner* à distância. E depois avistei o consultório do Centro de Tratamento de Distúrbios Alimentares, da Universidade da Filadélfia, onde havia ido um milhão de anos atrás. Quando a única coisa com a qual eu me preocupava era o fato de não ser magra.

É melhor eu me achar, pensei, e puxei a cordinha do ônibus com tanta força que achei que iria arrancá-la. Peguei um elevador até o sétimo andar, achando que iria encontrar todas as luzes apagadas e as portas trancadas, pensando por que estava me dando a esse trabalho.

Mas a luz dele estava acesa, e a porta aberta.

— Cannie! — disse o Dr. K., exultante. Exultante até que se levantou, contornou sua mesa, chegou perto de mim e sentiu o meu cheiro. E deu uma boa olhada.

— Eu sou uma história de sucesso — falei, e tentei sorrir. — Veja só. Vinte quilos de flacidez horrenda perdidos em questão de meses — esfreguei uma das mãos pelos olhos. — Estou magra — falei, e comecei a chorar. — Viva eu!

— Sente-se — disse ele, e fechou a porta. Colocou o braço em torno dos meus ombros e me acompanhou delicadamente até o sofá, onde me sentei, fungando, patética.

— Cannie, meu Deus, o que aconteceu com você?

— Saí para dar um passeio — comecei a falar, e a sentir a língua dura, seca, e os lábios rachados. — E me perdi — falei. Minha voz tinha ficado estranha e crocitante. — Fui dar um passeio e virei pelo avesso. Aí me perdi, mas agora estou tentando me achar.

Ele colocou a mão na minha cabeça, afagando carinhosamente.

— Vou levá-la para casa.

Deixei que ele me conduzisse até o elevador, me levasse para fora do prédio e até o seu carro. Na saída, ele foi até a máquina de refrigerante e comprou uma lata de Coca-Cola gelada para mim. Peguei-a sem dizer nada e tomei tudo de um gole só. Ele não disse nada, nem quando eu soltei um sonoro arroto. Entrou numa loja de conveniência e saiu com uma garrafa de água e um picolé de laranja.

— Obrigada — falei, com aspereza —, é muita gentileza sua — bebi a água, chupei o picolé.

— Venho tentando falar com você — disse ele. — Em casa e no trabalho.

— Ando muito ocupada — declamei.

— Joy já foi para casa?

Balancei a cabeça, negativamente.

Ele olhou para mim.

— Você está bem?

— Ocupada — crocitei, novamente. Meus seios estavam doloridos. Olhei para baixo e não me surpreendi ao ver duas manchas redondas abaixo do V de suor da gola da camiseta.

— Ocupada com quê? — perguntou ele.

Calei a boca. Não tinha planejado nenhum diálogo além de "ocupada".

Num sinal, ele olhou para mim e ficou fitando meu rosto.

— Você está bem?

Dei de ombros. O carro de trás buzinou, mas ele não andou.

— Cannie — falou, com delicadeza. Uma única lágrima escorreu pelo meu rosto. Ele esticou o braço para limpá-la. Eu puxei o rosto para trás como se tivesse sido queimada.

— Não! — gritei. — Não toque em mim.

— Cannie, meu Deus, o que há com você?

Balancei a cabeça, olhei para o meu colo, onde os restos do picolé se dissolviam. Circulamos em silêncio durante algum tempo, somente ao som reconfortante do carro e do ar fresco que saía do ar-condicionado em cima dos meus joelhos e ombros.

Noutro sinal, ele começou a falar novamente.

— Como vai Nifkin? Ele se lembra de alguma coisa que eu ensinei? — e me deu uma olhada rápida. — Você se lembra de quando nós a visitamos, não se lembra?

Confirmei.

— Não estou maluca — falei. Mas no exato instante em que falei, não tive tanta certeza assim. Será que os loucos sabem que estão malucos? Ou será que se acham perfeitamente normais, enquanto fazem todo tipo de loucura, andando por aí imundos, com os sapatos em frangalhos e com a cabeça tão cheia de raiva que parece que vai explodir?

Passamos mais alguns quarteirões em silêncio. Eu não conseguia pensar em nada para falar, nem o que fazer em seguida. Sabia que havia perguntas a fazer, argumentos a defender, mas parecia que a minha cabeça estava cheia de zumbido de estática.

— Para onde estamos indo? — consegui perguntar, finalmente. — Eu deveria ir para casa. Ou para o hospital. Eu deveria voltar para lá.

Paramos num sinal vermelho.

— Você está trabalhando? — perguntou-me. — Não tenho visto nenhum artigo assinado por você...

Já fazia tanto tempo desde a minha última conversa informal com alguém que precisei de alguns instantes para escolher as palavras corretas.

— Estou de licença.

— Anda comendo direito? — ele me olhou de esguelha na escuridão do carro. — Ou talvez eu deva perguntar: está comendo alguma coisa?

Dei de ombros.

— É difícil. Com o neném! Com Joy! Vou para o hospital ficar com ela duas vezes por dia e estou arrumando as coisas em casa... E saio muito para andar — terminei.

— Isso eu estou vendo — disse ele.

Mais alguns quarteirões de silêncio, mais um sinal.

— Tenho pensado em você — disse ele. — E torcido para você passar por aqui, ou telefonar...

— Pois então, eu vim. Não vim?

— Achei que talvez pudéssemos ir a um cinema. Ou ir de novo àquele café-restaurante.

Aquilo soou tão bizarro que eu quase ri. Teria havido um tempo em que eu ia jantar fora, ia ao cinema, quando todos os meus pensamentos não se voltavam para o meu neném e a minha raiva?

— Para onde você estava indo quando se perdeu?

— Passear — falei, com a voz fraquinha. — Só tinha ido andar um pouco.

Ele balançou a cabeça, mas não me questionou.

— Por que você não deixa que eu a leve para a minha casa? Vou lhe preparar um jantar.

Considerei a possibilidade.

— Você mora perto do hospital?

— Mais perto até do que você. Eu a levarei até lá assim que você quiser.

Acabei cedendo e concordando com um aceno da cabeça.

Fiquei calada dentro do elevador enquanto subíamos para o décimo sexto andar, calada quando ele abriu a porta desculpando-se pela bagunça, perguntando se eu ainda gostava de frango e se queria usar o telefone. Concordei com o frango, rejeitei o telefone e circulei devagar pela sala de estar, passando a mão pela lombada dos livros, observando as fotos de família emolduradas nas paredes, vendo mas sem enxergar de fato. Ele foi para a cozinha e logo saiu com uma pilha de coisas dobradas: uma toalha branca felpuda, uma calça de moleton e uma camiseta, sabonetes e garrafinhas de xampu em miniatura de um hotel da cidade de Nova York.

— Você não gostaria de se refrescar um pouco? — ofereceu.

O banheiro era grande e estava muito limpo. Tirei a camisa, depois o short, tentando vagamente me lembrar da última vez que os havia lavado. Pela aparência e pelo cheiro, concluí que fazia muito tempo. Dobrei-os, e dobrei-os novamente, depois resolvi mandá-los para o inferno e joguei-os na lata de lixo. Fiquei embaixo do chuveiro bastante tempo, de olhos fechados, pensando em nada além da sensação da água no rosto. *Achar*, eu disse a mim mesma. *Tente se achar.*

Quando saí do banho, vestida, depois de secar o cabelo com a toalha, ele estava colocando o jantar na mesa.

— Seja bem-vinda de volta — disse ele, sorrindo para mim. — Será que você gosta disso?

Havia uma salada, um frango assado, uma travessa de panquecas de batata, que eu não via ninguém servir fora do Chanucá havia anos. Sentei-me. O cheiro da comida estava gostoso — a primeira vez que alguma coisa tinha cheiro bom para mim depois de um bom tempo.

— Obrigada — falei.

Ele encheu o meu prato e não falou enquanto eu comia, embora me observasse com atenção. De vez em quando, eu tirava os olhos da comida e o via... não me fitando, exatamente. Só me observando.

Finalmente, afastei o prato.

— Obrigada — disse-lhe, novamente. — Estava muito gostoso.

Ele me conduziu até o sofá e me entregou uma tigela de cerâmica com sorvete de chocolate e manga.

— É do Ben & Jerry's — disse. Eu olhei para ele, com a cabeça ainda cheia de estática, lembrando-me de que ele já havia comprado uma sobremesa para mim antes, quando eu estava no hospital. — Lembra de quando falamos sobre sorvete na aula?

Eu olhei para ele sem atinar com coisa alguma.

— Quando falamos de alimentos que levam a outros? — ele deu a dica.

Aí eu me lembrei, sentados no consultório, um milhão de anos atrás, conversando sobre coisas que eu gostava de comer. Parecia incrível que eu já tivesse gostado de alguma coisa... apreciado as coisas normais. Comida, amigos, passeios e cinema. Será que eu poderia ter uma vida assim novamente? Fiquei só imaginando. Não tinha certeza... mas achei que talvez pudesse tentar.

— Você se lembra dos pratos preferidos de todos os seus pacientes? — perguntei.

— Só dos meus pacientes favoritos — disse ele.

Ele se sentou na poltrona em frente do sofá enquanto eu tomava o sorvete, devagar, saboreando cada colherada. Soltei um suspiro quando terminei. Fazia tanto tempo que não comia bem assim; fazia tanto tempo que não achava alguma coisa tão gostosa!

Ele pigarreou. Imaginei que fosse a deixa para eu ir embora. Ele provavelmente tinha alguma coisa para fazer à noite. Talvez até tivesse um encontro. Fiz um esforço para me lembrar. Que dia era hoje? Será que era o fim de semana?

Soltei um bocejo e o Dr. K. sorriu para mim.

— Você parece cansada — disse ele. — Por que não descansa um pouco?

Sua voz era tão simpática, tão aconchegante.

— Você gosta de chá, não de café, correto? — eu confirmei. — Volto já — disse ele.

Foi à cozinha, e eu estiquei as pernas em cima do sofá, e quando ele chegou de volta eu já estava quase dormindo. Minhas pálpebras estavam tão pesadas. Bocejei e tentei me sentar, quando ele me entregou uma caneca.

— Para onde você estava indo hoje? — perguntou ele.

Virei a cabeça para trás, esticando-me para pegar o cobertor que estava dobrado sobre o sofá.

— Saí só para dar um passeio. Acho que me perdi, ou coisa que o valha. Mas estou legal. Não precisa se preocupar. Estou bem.

— Não está — disse ele, quase zangado. — Obviamente, você não está bem. Está morrendo de fome, vagueando pela cidade, largou o emprego...

— Estou de licença — corrigi. — Estou de licença por compaixão.

— Não precisa ter vergonha de pedir ajuda.

— Não preciso de ajuda — disse-lhe, automaticamente. Pois esse era o meu reflexo, arraigado na adolescência, aprimorado com o passar dos anos. *Eu estou bem. Eu agüento isso. Estou muito bem.* — Tenho tudo sob controle. Estou bem. Nós estamos bem, eu e a neném. Estamos muito bem.

Ele balançou a cabeça.

— Como é que está bem? Você não está feliz...

— E por que deveria estar feliz? — devolvi, prontamente. — Tenho alguma razão para estar feliz?

— Você tem uma neném maravilhosa...

— Pois é, graças a ninguém...

Ele cravou um olhar em mim. Eu lhe devolvi o mesmo olhar, furiosa. Então, coloquei o chá em cima da mesa e me levantei.

— É melhor eu ir embora.

— Cannie...

Procurei minhas meias e meu tênis pregado com fita prateada.

— Será que você pode me levar para casa?

Ele ficou chateado.

— Desculpe... eu não quis aborrecê-la.

— Você não me aborreceu. Eu não estou aborrecida. Mas quero ir para casa.

Ele soltou um suspiro e olhou para os próprios pés.

— Achei que... — murmurou.

— Achou o quê?

— Nada.

— Achou o quê? — repeti, com mais insistência.

— Foi uma má idéia.

— Achou o quê — disse eu ainda, num tom que não aceitaria não como resposta.

— Achei que se você viesse para cá, iria relaxar — ele balançou a cabeça, mostrando-se surpreso com suas próprias esperanças, com suas próprias pressuposições. — Achei que talvez fosse querer falar das coisas...

— Não há realmente do que falar — disse eu. Mas falei com mais delicadeza. Ele havia me dado jantar, roupas limpas, um picolé de laranja, uma carona. — Eu estou bem. Estou bem, mesmo.

Ficamos ali parados um momento, e passou-se uma coisa entre nós, um relaxamento da tensão. Eu estava sentindo as bolhas nos dois pés e a pele do rosto ardendo e repuxando do sol. Senti o frescor do contato do algodão da camiseta dele sobre as minhas costas, que agradável! E senti os seios, que doíam muito.

— Ei, você por acaso não teria uma bomba de tirar leite aqui? — perguntei. Minha primeira tentativa de fazer uma piada desde que acordara no hospital!

Ele balançou a cabeça.

— Será que gelo ajuda? — perguntou. Eu fiz que sim, e me sentei novamente no sofá, para onde ele trouxe gelo envolvido numa toalha. Virei de costas para ele e enfiei o gelo por baixo da camiseta.

— Como vai o Nifkin? — perguntou ele, novamente.

Fechei os olhos.

— Está com a minha mãe — balbuciei. — Vou deixá-lo com ela um tempo.

— Bem, não é bom ficar longe muito tempo. Ele acaba esquecendo os truques — ele tomou um gole do chá. — Eu iria ensiná-lo a latir sob comando, se pudéssemos passar mais um tempo juntos.

Eu concordei. Minhas pálpebras estavam novamente pesadas.

— Talvez outra hora — disse ele. E manteve os olhos educadamente noutra direção, quando eu ajeitei o gelo. — Eu gostaria de voltar a ver o Nifkin — disse. Parou de falar um pouco e pigarreou. — Eu gostaria de voltar a ver você, também, Cannie.

Olhei para ele.

— Por quê? — uma pergunta grosseira, eu sei, mas achei que tinha ultrapassado o limite das boas maneiras... ou de quaisquer maneiras, a bem da verdade. — Por que eu?

— Porque eu me preocupo com você.

— Por quê? — perguntei, novamente.

— Porque você é... — ele deixou a última palavra pendente. Quando olhei para ele, ele estava acenando com as mãos no ar, como se estivesse tentando esculpir frases no ar. — Você é especial.

Eu balancei a cabeça.

— Você é.

Especial, pensei. Eu não me sentia especial. Sentia-me ridícula, de verdade. Sentia-me um espetáculo à parte, uma história para chorar, uma aberração. Mas que cara eu tinha, afinal? Imaginei-me nas ruas aquela noite, com os calçados caindo aos pedaços, toda suada, nojenta, com os seios vazando. Deveriam tirar uma foto minha, colocar o meu pôster na parede de todas as escolas, nas livrarias ao lado dos romancinhos do tipo Sabrina e dos livros de auto-ajuda que falam de encontrar sua alma gêmea, alguém com quem compartilhar a vida, um verdadeiro amor. Eu poderia servir de aviso, e evitar que as meninas seguissem o meu destino.

Devo ter caído no sono a essa altura, porque quando acordei sobressaltada, com o rosto encostado no cobertor e a toalha cheia de gelo derretido no colo, ele estava sentado bem à minha frente.

Havia tirado os óculos e seus olhos se mostravam carinhosos.

— Tome — disse. Trazia uma coisa nos braços, embalada qual um neném. Travesseiros. Cobertores. — Preparei o quarto de hóspedes para você.

Fui até lá, meio em estado de transe, exausta e dolorida. Os lençóis estavam esticados e frescos, os travesseiros aconchegantes. Deixei que ele puxasse as cobertas, me ajudasse a deitar na cama e me cobrisse, ajeitando-as em torno de mim. Seu rosto parecia bem mais sereno sem os óculos, à meia-luz.

Ele se sentou na borda da cama.

— Você me conta por que está tão zangada? — perguntou.

Eu estava tão cansada, com a língua pesada e lerda dentro da boca. Era como estar drogada, ou hipnotizada, como sonhar debaixo da água. Ou talvez eu tivesse contado a qualquer um, se tivesse deixado qualquer um se aproximar o suficiente para perguntar.

— Estou zangada com Bruce. Estou zangada porque a namorada dele me empurrou e estou zangada porque ele não me ama. Estou zangada com o meu pai, acho.

Ele ergueu uma das sobrancelhas apenas.

— Eu o vi... na Califórnia... — parei para bocejar, para desencavar as palavras. — Ele nem quis saber de mim — passei a mão pela barriga, ou onde antes estava a minha barriga. — A neném... — falei. Minhas pálpebras estavam carregadas, tão pesadas que eu mal conseguia mantê-las abertas. — Ele nem quis saber.

Ele passou as costas da mão no meu rosto, e eu me aconcheguei ao seu contato qual uma gata, sem pensar.

— Eu sinto muito por você — disse ele. — Você teve muitas tristezas na vida.

Respirei fundo, soltei o ar, ponderando na verdade ali contida.

— Não é exatamente um furo de reportagem — falei.

Ele sorriu.

— Só queria que você soubesse — falou ele. — Eu queria vê-la para poder lhe dizer...

Fitei-o com os olhos arregalados no escuro.

— Você não precisa fazer tudo sozinha — disse ele. — Tem gente que se preocupa com você. Basta deixar que as pessoas a ajudem.

Eu me sentei na cama. Os lençóis e cobertores caíram em torno da minha cintura.

— Não — falei —, isso é errado.

— O que você quer dizer? — perguntou ele.

Balancei a cabeça, uma vez, impacientemente.

— Você sabe o que é o amor?

Ele ponderou sobre a pergunta.

— Acho que ouvi uma música que falava disso uma vez.

— O amor — falei eu — é o tapete que puxam debaixo de você. O amor é a Lucy levantando a bola sempre no último instante para que o Charlie Brown caia de bunda no chão. O amor é uma coisa que toda vez que você acredita nele, ele some. O amor é para os otários, e eu não vou bancar a otária de novo, nunca mais.

Quando fechei os olhos, me vi como eu era meses antes, deitada no chão do banheiro, com luzes no cabelo e maquiagem no rosto, sapatos caros, roupas sofisticadas e brincos de diamante que não foram capazes de me manter em segurança, que não foram capazes de afastar o lobo da minha porta.

— Eu quero uma casa com assoalho de tábua corrida — falei — e não quero que ninguém mais entre nela.

Ele estava acariciando o meu cabelo, dizendo alguma coisa.

— Cannie — repetiu.

Eu abri os olhos.

— Não precisa ser desse jeito.

Fiquei olhando fixamente para ele no escuro.

— E de que outro jeito pode ser? — perguntei, do modo mais racional possível.

Ele se inclinou para perto de mim e me beijou.

Ele me beijou e a princípio eu fiquei chocada demais para fazer qualquer coisa, chocada demais para me mexer, chocada demais para fazer qualquer coisa além de ficar ali sentada, perfeitamente imóvel, enquanto seus lábios tocavam os meus.

Ele afastou a cabeça.

— Desculpe — disse.

Eu me inclinei para perto dele.

— Assoalho de tábua corrida — sussurrei, e me dei conta de que o estava provocando, de que estava rindo e de que fazia muito que eu não ria.

— Vou lhe dar o que eu puder — disse ele, olhando-me de um jeito que deixava claro que estava, de alguma forma, oh! milagre dos milagres, levando isso tudo muito a sério. E então me beijou de novo, puxou as cobertas até o meu queixo, colocou a mão quente sobre a minha cabeça e saiu do quarto.

Escutei a porta se fechar e ele deitar o corpo comprido no sofá. Escutei quando apagou as luzes e sua respiração foi ficando mais profunda e regular. Escutei, apertando as cobertas com firmeza em torno de mim, agarrando aquela sensação de estar em segurança, de estar bem arrumada e cuidada, mantendo-a junto de mim. E pensei com clareza então, pela primeira vez desde que Joy nascera. Resolvi, ali, naquela cama estranha, no escuro, que eu poderia prosseguir com medo para sempre, que eu poderia continuar andando para sempre, que eu poderia continuar carregando a minha raiva para todo canto, com aquele peso me queimando o peito para sempre. Mas talvez houvesse um outro jeito. *Você tem tudo de que precisa*, dissera-me a minha mãe. E talvez tudo de que eu precisasse fosse a coragem de admitir que eu precisava de alguém em quem confiar. E aí eu conseguiria — ser uma boa filha, ser uma boa mãe. Talvez pudesse até ser feliz. Talvez eu pudesse.

Saí da cama. Senti o chão fresco com a planta dos pés. Andei à espreita pela escuridão, saí do quarto, fechando a porta com cuidado ao passar. Fui até ele no sofá, onde ele caíra no sono, com um livro escorregando-lhe dos dedos. Sentei-me no chão e me inclinei tão perto dele que meus lábios quase tocaram sua testa. Então, fechei os olhos e respirei fundo, e mergulhei na água.

— Socorro! — sussurrei.

Seus olhos se abriram instantaneamente, como se ele não estivesse dormindo, mas esperando, e ele esticou uma das mãos em concha e a colocou sobre o meu rosto.

— Socorro! — falei, novamente, como se eu fosse um neném, como se fosse uma palavra que acabara de aprender e não conseguisse parar de repetir. — Socorro! Socorro!

Duas semanas mais tarde, Joy veio para casa. Tinha oito semanas de idade, passara dos três quilos e meio, e finalmente respirava por conta própria. "Você vai ficar bem", disseram-me as enfermeiras. Só que eu resolvera que ainda não estava preparada para ficar só. Ainda estava magoada demais, triste demais.

Samantha nos convidou para ficar em sua casa. Ela tiraria uma licença do trabalho, disse, pois tinha várias semanas acumuladas, faria o que fosse preciso para ajeitar a casa. Maxi se ofereceu para pegar um avião para nos ver ou, como alternativa, nos colocar num avião para que fôssemos até Utah, onde ela estava filmando um épico de faroeste descabidamente intitulado *As garotas de Buffalo 2000*. Peter, claro, foi o primeiro a dizer que poderíamos ficar com ele ou, se eu quisesse, que ele poderia vir ficar conosco.

— De jeito nenhum! — disse-lhe. — Já aprendi a lição de dar o leite de graça para o homem e depois esperar que ele compre a vaca.

Gostei de ver como ele ficou vermelho!

— Cannie — ele foi dizendo —, eu não quis dizer...

E eu ri, ora. Ainda estava achando bom rir. Passara muito tempo sem isso.

— Brincadeira! — falei, e olhei para mim mesma com desgosto. — Acredite no que estou lhe dizendo: não tenho condições de pensar nisso por um bom tempo.

Acabei resolvendo ir para casa — a casa da minha mãe e da horrível Tanya, que concordou em tirar o tear pelo tempo que fosse necessário, e devolver a mim e a Joy o *quarto anteriormente conhecido como meu*. A bem da verdade, as duas ficaram felizes por nos ter em casa. "É tão bom segurar um neném novamente!", disse minha mãe, ignorando por consideração o fato de que a minúscula, frágil e doentia Joy, com seu monitor de apnéia do sono e uma miríade de preocupações com a saúde, não era exatamente o tipo de neném com o qual sonharia uma avó.

Achei que ficaria uma ou duas semanas — só uma chance para eu me recompor, descansar, me acostumar a cuidar de um neném. Acabamos ficando três meses, eu na cama que fora minha quando garota, e Joy num berço ao meu lado.

Minha mãe e Tanya me deixaram à vontade. Traziam bandejas de comida à porta e xícaras de chá à minha cama. Foram ao meu apartamento pegar os meus CDs e uma meia dúzia de livros, e Tanya me presenteou com um xale roxo e verde.

— Para você — disse, timidamente. — Sinto muito pelo que aconteceu.

E sentia mesmo, eu percebi. Estava sentida e tentando — conseguiu até parar de fumar. Pelo neném, dissera minha mãe. Isso foi legal.

— Obrigada! — falei, e o coloquei em volta do corpo. Ela sorriu como o sol quando nasce.

— De nada! — retrucou.

Samantha vinha me ver algumas vezes na semana, trazendo-me gulodices da cidade — folhas de uva na grelha do estande de comida vietnamita no Terminal Reading, ameixas frescas de uma fazenda em New Jersey. Peter me visitava também, trazendo livros, jornais, revistas (nunca a *Moxie*, tive o prazer de observar), e presentinhos para Joy, inclusive uma camiseta na qual se lia "Garota Poderosa".

— Que beleza! — falei.

Peter sorriu, e pegou alguma coisa na pasta.

— Trouxe uma para você também — disse.

— Obrigada — falei.

Joy se mexeu e quase acordou. Peter olhou para ela, depois para mim.

— E então, como é que vai, de verdade?

Estiquei os braços acima da cabeça. Estava bastante bronzeada, de tantas caminhadas ao sol, mas as coisas começavam a mudar. Em primeiro lugar, eu estava tomando banho; em segundo, eu estava comendo. Meus quadris e meus seios estavam voltando, e eu me senti bem com isso... como se estivesse me reconhecendo novamente. Como se estivesse não apenas recuperando o meu corpo, mas também a vida que havia deixado para trás. E considerando tudo junto, não tinha sido uma vida tão ruim assim! Havia coisas que eu perdera, é verdade, e gente que jamais tornaria a me amar, mas também havia... um potencial, pensei, e sorri para Peter.

— Melhor — disse-lhe. — Acho que agora estou melhor.

***

Então, numa bela manhã de setembro, acordei e tive vontade de andar de novo.

— Quer companhia? — grunhiu Tanya.

Balancei a cabeça. Minha mãe ficou olhando, enquanto eu amarrava o tênis, com o cenho franzido.

— Quer levar a neném? — perguntou.

Olhei para Joy mais demoradamente. Nem tinha considerado isso.

— Talvez seja bom para ela um pouco de ar fresco — falou minha mãe.

— Acho que não — falei, devagar.

— Ela não vai quebrar — disse minha mãe.

— Talvez — retruquei, sentindo os olhos se encherem de lágrimas. — Quase quebrou, da vez anterior.

— Os nenéns são mais fortes do que normalmente achamos — disse ela. — Joy vai ficar bem... e você não pode deixá-la dentro de casa a vida toda.

— Nem mesmo se eu der aulas para ela em casa? — perguntei.

Minha mãe sorriu e me entregou o carregador tipo canguru. Meio desajeitada, vesti-o em volta do tórax e coloquei Joy dentro dele.

Ela ainda era tão pequena, mais parecia uma folhinha de outono encostada em mim. Nifkin me olhou e esfregou a pata na minha perna, ganindo baixinho. Então, prendi a guia na coleira e levei-o também. Caminhamos devagar, até a entrada de carros, depois pegamos a rua, num passo que faria uma lesma com artrite parecer ligeira. Era a primeira vez que eu ia para a rua depois de ter chegado e fiquei atemorizada — pelos carros, pelas pessoas, por tudo, pensei, ressabiada. Joy se aconchegou a mim de olhos fechados. Nifkin caminhou ao meu lado, rugindo para os carros que passavam. "Olhe, neném", sussurrei com os lábios encostados nos parcos e macios cabelinhos da cabeça de Joy. "Olhe bem para o mundo."

Quando voltamos da nossa caminhada matinal, o carro de Peter estava parado na entrada de casa. Lá dentro, minha mãe, Tanya e Peter estavam sentados ao redor da mesa da cozinha.

— Cannie! — disse minha mãe.

— Olá! — disse Peter.

— Estávamos falando justamente de você — disse Tanya.

Mesmo depois de um mês inteiro sem fumar, ela ainda soava como as irmãs da Marge Simpson.

— Oi! — falei para Peter, feliz por vê-lo.

Fiz um gesto simpático e desamarrei Joy, envolvi-a num cobertor e me sentei com ela no colo. Minha mãe me serviu chá enquanto Joy olhava fixamente para Peter, com os olhos arregalados. Ele já havia feito outras visitas, claro, mas ela sempre estava dormindo. Então, esse foi o primeiro encontro de verdade entre os dois.

— Olá, neném — falou Peter, solenemente.

Joy retorceu o rosto e começou a chorar. Peter ficou chateado.

— Ah, me desculpe — foi logo falando.

— Não se preocupe com isso — disse, virando Joy de frente para mim, e embalando-a para que os soluços fossem se esvanecendo até parar.

— Ela não está acostumada a ver homens — disse Tanya.

Pensei em pelo menos seis respostas sarcásticas para lhe dar, mas prudentemente me mantive calada.

— Acho que os nenéns têm medo de mim — falou Peter, em tom pesaroso. — Acho que é a minha voz.

— Joy já ouviu todo tipo de voz — falei, sem rodeios.

Minha mãe me olhou zangada. Tanya nem se deu conta.

— Ela não está com medo — falei. Estava, de fato, com sono, com os lábios levemente entreabertos e os cílios compridos repousando sobre as róseas maçãs do rosto, onde ainda havia lágrimas secando. — Olhe — falei. — Está vendo?

Limpei o rosto dela e inclinei-a para que Peter pudesse vê-la. Ele se inclinou para vê-la.

— Uau! — disse, em tom de reverência.

Peter esticou um dedo comprido e magro, tocando o rosto dela com cuidado. Eu olhei exultante para Joy, que prontamente acordou, deu uma boa olhada em Peter e começou a chorar novamente.

— Isso vai passar — falei. — Neném mal-educada! — sussurrei, em seu ouvido.

— Talvez ela esteja com fome — falou Tanya.

— Fralda molhada — sugeriu minha mãe.

— Decepcionada com a linha da ABC para o horário nobre — falei.

Peter soltou uma gargalhada.

— Ora, ela é uma espectadora muito exigente — falei, trazendo Joy para o ombro. — Ela gostou muito da *Noite do esporte*.

Depois que ela se acalmou, eu me servi de chá e de um punhado de biscoitos de chocolate que estavam no meio da mesa. Acrescentei uma maçã do cesto de frutas e fui trabalhar.

Peter olhou-me com ar de aprovação.

— Você está muito melhor — declarou.

— Você diz isso toda vez que me vê — eu lhe disse.

— Mas está — insistiu ele. — Muito mais saudável.

E era verdade. Com três refeições por dia, mais lanches, eu estava rapidamente voltando às minhas velhas proporções de Anna Nicole Smith antes da dieta. E continuava acolhendo bem as mudanças. Conseguia ver tudo de maneira diferente agora. As pernas estavam rijas e fortes, e não gordas ou desajeitadas. Os seios agora tinham um propósito além de esticar os suéteres e me dificultar a compra de um sutiã que não fosse bege. Até a cintura e os quadris, rajados de estrias acinzentadas, sugeriam força e tinham uma história para contar. Posso ser uma garota grande, ponderei, mas isso não era a pior coisa do mundo. Eu era um porto seguro e um lugar macio para descansar. Construída para proporcionar conforto, não velocidade, pensei, e ri comigo mesma. Peter sorriu para mim.

— Muito mais saudável — repetiu ele.

— Vão mandar você embora do centro de perda de peso se souberem que andou me dizendo isso — falei.

Ele deu de ombros como se isso não importasse.

— Eu gosto do seu visual. Sempre gostei — disse.

Minha mãe estava radiante. Dei-lhe uma olhadela do tipo vá-cuidar-dos-seus-próprios-assuntos e coloquei Joy no colo.

— Então, o que o traz por aqui?

— Na verdade — disse ele —, eu queria saber se você e Joy gostariam de dar um passeio.

Senti o peito apertar novamente. Joy e eu não havíamos ido a lugar algum de carro desde a chegada dela, exceto a consultas no hospital.

— Onde? — perguntei, tentando dar um ar de informalidade.

— Pela orla — disse-me, usando a construção típica da Filadélfia. — Só um passeiozinho.

A idéia era boa. E também absolutamente aterrorizante.

— Não tenho certeza — falei, ressabiada. — Não sei direito se ela já pode.

— Se ela já pode ou se você já pode? — perguntou minha mãe, tentando ajudar.

Dei-lhe outra olhadela do tipo vá-cuidar-dos-seus-próprios-assuntos, ainda mais intensa.

— Eu vou estar junto — falou Peter. — Portanto, vai ter socorro médico, se precisar.

— Vá logo, Cannie — disse minha mãe.

— Vai ser bom para você — insistiu Tanya.

Eu fiquei olhando fixamente para ele. Ele sorriu para mim. Soltei um suspiro, vendo que havia sido derrotada.

— Só um passeiozinho — falei, e ele confirmou com um aceno de cabeça, ansioso como um menino de escola, e se levantou para me ajudar.

***

Claro, levou um tempo — quarenta e cinco minutos, para ser precisa, e três sacolas de fraldas, gorros, meias, suéteres, carrinho, mamadeiras, mantas e cobertores e mais uma variada parafernália para nenéns, tudo enfiado na mala do carro — até que estivéssemos todos prontos para sair. Então, Joy foi colocada na cadeirinha de neném, eu me alojei no assento do carona, Peter se sentou ao volante e nós partimos para a orla de Jersey.

Eu e Peter conversamos um pouco no início — sobre o trabalho dele, sobre Lucy e Maxi e sobre a ameaça de morte que Andy recebeu de verdade por ter espinafrado com um dos famosos e antigos restaurantes de frutos do mar da Filadélfia, que vinha sobrevivendo de uma reputação passada e de uma razoável sopa de vermelho há décadas. Então, quando pegamos a via expressa para Atlantic City, ele sorriu para mim e apertou um botão do painel, e a capota do carro começou a baixar.

— Capota conversível! — falei, impressionada.

— Achei que você iria gostar! — gritou ele, em resposta.

Olhei para Joy no banco de trás, aconchegadinha em seu assento de neném, preocupada se o vento não seria demais. Mas parecia que ela estava gostando. A fitinha cor-de-rosa que eu amarrara ao cabelo dela, para que todos soubessem tratar-se de uma menina, ficou balançando ao vento e seus olhos estavam arregalados.

Fomos até Ventnor e paramos num estacionamento a dois quarteirões da praia. Peter desdobrou o complicado carrinho de Joy, enquanto eu a tirava de dentro do carro, envolvendo-a em mais mantas do que o morno mês de setembro pedia, e a coloquei no carrinho. Caminhamos devagar até a água, eu empurrando o carrinho, Peter ao meu lado. O sol estava uma delícia, derramando-se como mel sobre os meus ombros, fazendo o meu cabelo brilhar.

— Obrigada — falei.

Ele deu de ombros e ficou acanhado.

— Que bom que você gostou! — disse.

Andamos pelo calçadão — vinte minutos para ir, outros vinte para voltar, pois eu resolvi que não queria Joy na rua por mais de uma hora. Mas a maresia não pareceu incomodá-la. Ela havia caído em sono profundo, com a boquinha rosada relaxada, o laço cor-de-rosa se desfazendo e o cabelinho castanho formando caracóis em torno do rosto. Inclinei-me para perto dela a fim de ouvir sua respiração e verificar a fralda. Estava tudo bem.

Peter voltou para perto de mim, com um cobertor na mão.

— Quer sentar na areia? — perguntou.

Aceitei a proposta. Ele esticou o cobertor, eu tirei Joy do carrinho e nós caminhamos juntos para perto da água e nos sentamos ali, e ficamos vendo as ondas quebrarem. Enfiei os dedos dos pés na areia morna e olhei para a espuma branca do mar, as profundezas verde-azuladas, a faixa negra perto do horizonte e pensei em todas as coisas que não conseguia ver: tubarões, e peixes-espada e estrelas-do-mar, baleias cantando umas para as outras, vidas secretas que eu jamais conheceria.

Peter colocou uma manta sobre os meus ombros e deixou as mãos ali por alguns instantes.

— Cannie — começou — eu quero lhe dizer uma coisa.

Eu lhe dei o que esperei ser um sorriso de estímulo.

— Naquele dia na Kelly Drive, quando você e Samantha estavam caminhando — disse ele, e pigarreou.

— Certo — falei —, continue.

— Bem — disse ele —, eu, hum... eu não costumo correr.

Olhei para ele, confusa.

— É que... bem, eu me lembro de ouvir você dizendo na aula que gostava de passear de bicicleta por ali e que sempre ia andar também, e eu não achava que poderia telefonar para você...

— E aí, começou a correr?

— Todo dia — confessou ele. — De manhã e de noite, e às vezes na hora do almoço. Até que vi você.

Eu me espantei um pouco, surpreendida pelo grau de sua dedicação, sabendo que se fosse comigo, independente do quanto eu quisesse ver a outra pessoa, provavelmente não seria o suficiente para me fazer começar a correr.

— E agora, bem, estou com estiramento dos músculos da perna — resmungou ele, e eu caí na gargalhada.

— Bem feito para você! — falei. — Bastava ter telefonado para mim...

— Mas eu não podia — falou ele. — Para começar, você era uma paciente...

— Era uma paciente — repeti.

— E estava, hum...

— Grávida do filho de outro homem — forneci-lhe a continuação.

— Você não estava nem aí! — exclamou ele. — Não estava nem aí, mesmo! E essa foi a pior parte. Lá estava eu, louco atrás de você, arrumando um estiramento muscular...

Eu ri um pouco mais.

— A princípio, você estava triste com o Bruce, que até eu conseguia ver que não servia para você...

— Você não foi nem um pouquinho objetivo — disse-lhe, mas ele ainda não tinha terminado.

— Depois foi para a Califórnia, e isso não foi bom para você, também...

— A Califórnia é muito legal — falei, em defesa da Califórnia.

Ele se sentou ao meu lado e me abraçou pelos ombros, puxando a mim e a Joy para perto de si.

— Achei que você não iria mais voltar para casa — falou. — Eu não agüentava mais. Achei que não iria tornar a vê-la, e não sabia o que fazer comigo mesmo.

Sorri para ele, virando-me para poder olhá-lo nos olhos. O sol estava se pondo e as gaivotas davam rasantes na água e soltavam grasnados.

— Mas eu voltei para casa — falei. — Está vendo? Nem precisava arranjar um estiramento.

— Ainda bem — falou, e eu me recostei nele, deixando que me apoiasse, com o pôr-do-sol se refletindo em seu cabelo e a areia morna aconchegando meus pés, e o meu neném, minha Joy, segura nos meus braços.

— Então, acho que a questão é — comecei, no carro dele a caminho de casa — o que eu vou fazer da minha vida agora?

Ele sorriu rapidamente para mim, antes de voltar a olhar para a estrada.

— Eu estava pensando em coisas do tipo: será que você vai querer parar para jantar antes de voltar para casa?

— Claro — falei. Joy estava adormecida em sua cadeirinha de neném. Perdemos a fitinha cor-de-rosa em algum lugar, mas eu podia ver areia reluzindo nos seus pezinhos descalços. — Então, agora que já resolvemos isso...

— Você quer voltar a trabalhar? — perguntou-me.

Pensei nisso um instante.

— Acho que sim — falei. — Vou acabar querendo. Eu sinto falta — falei. E me dei conta, mal terminando de dizer aquilo, que era verdade. — Não sei se já passei tanto tempo assim na minha vida sem escrever coisa alguma. Deus que me perdoe, sinto saudade até das minhas noivas.

— E o que vai querer escrever? — perguntou. — Sobre o que vai escrever?

Considerei a pergunta.

— Artigos de jornal? — sugeriu ele. — Outro roteiro? Um livro?

— Um livro — zombei. — Como se desse!

— Mas poderia — disse ele.

— Acho que não tenho um livro dentro de mim — falei.

— Se você tivesse — falou ele, com seriedade —, eu dedicaria todo o meu preparo médico a tirá-lo daí de dentro.

Eu ri. Joy acordou e fez um barulho questionador. Olhei para trás e acenei. Ela me olhou fixamente e depois bocejou, voltando a dormir em seguida.

— Talvez um livro não — falei —, mas gostaria de escrever alguma coisa sobre isso.

— Artigo de revista? — sugeriu ele.

— Talvez — falei.

— Que bom! — disse ele, dando a impressão de que o assunto estava resolvido de uma vez por todas. — Mal posso esperar para ver.

Na manhã do dia seguinte, depois de passear com Joy, tomar café da manhã com Tanya, conversar com Samantha ao telefone e combinar para sair com Peter na noite seguinte, fui para o porão e tirei o Mac empoeirado que me ajudou a passar os meus quatro anos em Princeton. Não estava esperando muita coisa, mas bastou ligá-lo na tomada que ele começou a acender e apitar, e funcionou direitinho. Embora o teclado parecesse estranho às mãos, eu respirei fundo, limpei a poeira da tela e comecei a escrever.

Amando uma Mulher Avantajada
por Candace Shapiro

Aos cinco anos, aprendi a ler. Os livros eram um milagre para mim — páginas brancas e tinta preta, cada qual com seus mundos novos e amigos diferentes. Até hoje gosto da sensação de abrir um livro pela primeira vez e perceber a capa estalando, querendo antever os lugares para onde irei e as pessoas que conhecerei ali dentro.
Aos oito anos, aprendi a andar de bicicleta. E isso também abriu os meus olhos para um mundo novo que eu podia explorar por conta própria — o riacho que murmurejava através de um terreno baldio dois quarteirões adiante, a loja que vendia sorvete feito em casa na casquinha por apenas um dólar, o quintal que fazia fronteira com um campo de golfe e tinha um cheiro picante, como o de cidra, das maçãs que caíam no chão durante o outono. Aos doze anos, aprendi que eu era gorda. Meu pai me disse isso, apontando para a parte interna das minhas coxas e a parte de baixo dos meus braços com o cabo de sua raquete de tênis.

Estávamos jogando, lembro-me bem, e eu estava vermelha e suada, exultante com a alegria do movimento. Você vai ter de prestar atenção nisso aí, ele me disse, cutucando-me com o cabo de forma que as gorduras balançaram. Os homens não gostam de mulheres gordas.

Embora isso não se revelasse mais tarde uma verdade absoluta — haveria homens que me amariam, e haveria gente que me respeitaria — levei suas palavras para a minha vida adulta qual uma profecia, enxergando o mundo através do prisma do meu corpo, e da previsão do meu pai.

Aprendi a fazer dietas — e, naturalmente, a não segui-las direito. Aprendi a me sentir infeliz e envergonhada, a me afastar de espelhos e dos olhares dos homens, a me tensionar para os insultos que sabia virem sempre: a líder do grupo de escoteiros que me oferecia cenouras, enquanto as outras meninas ganhavam biscoitos e leite; a bem-intencionada professora que me perguntava se eu já experimentara fazer uma aeróbica. Aprendi uma dúzia de truques para me tornar invisível — como manter uma toalha enrolada na cintura na praia (mas nunca entrar na água), como escapulir para a última fileira em qualquer grupo que se prepara para tirar uma foto (e nunca sorrir), como me vestir em tons de cinza, preto e marrom, como evitar ver o meu próprio reflexo nas janelas e espelhos, como pensar em mim exclusivamente como um corpo — mais do que isso, como um corpo que deixava a desejar, que se tornara algo horrendo, desleixado e repugnante.

Havia mil palavras que poderiam me descrever — esperta, engraçada, gentil, generosa. Mas a que eu escolhia — a palavra que eu acreditava que o mundo escolhia para mim — era *gorda*. Aos vinte e dois anos, saí para o mundo numa armadura invisível, na expectativa de ser alvejada de todo jeito, mas determinada a não me deixar atingir. Arranjei um emprego maravilhoso e acabei me apaixonando por um homem que acreditei que iria me amar pelo resto da vida. Mas não. E então — acidentalmente — engravidei. E quando minha filha nasceu quase dois meses antes do previsto, aprendi que há coisas piores do que não gostar das suas coxas ou da sua bunda. Existem coisas mais horripilantes do que experimentar um maiô diante dos espelhos tríplices da lojas de departamentos. Existe o medo de ficar vendo sua filha se debater para conseguir respirar, no meio de um bercinho de vidro onde você não pode nem tocá-la. Existe o horror de imaginar um futuro no qual ela não seja forte ou saudável.

E, em última instância, aprendi que existe o conforto. O conforto de chegar até as pessoas que a amam, o conforto de pedir socorro e o conforto de perceber, afinal, que eu tenho valor, que gostam de mim, que me amam, mesmo que eu jamais consiga usar roupas de tamanho menor que 48, mesmo que a minha história não tenha o final feliz perfeito de Hollywood, no qual eu perco trinta quilos e o Príncipe Encantado resolve que me ama.

A verdade é a seguinte: estou bem do jeito que sou. Sempre estive bem. Jamais serei magra, mas serei feliz. Vou amar a mim mesma, e amar o meu corpo, pelo que ele é capaz de fazer — por ele ser forte o suficiente para se erguer, para andar, para subir um morro pedalando uma bicicleta, para abraçar as pessoas que eu amo com toda a plenitude e para nutrir uma nova vida. Vou amar a mim mesma, porque sou forte. Porque não sucumbi — nem vou sucumbir.

Vou saborear bem a minha comida e também a minha vida, e se o Príncipe Encantado nunca aparecer — ou, pior ainda, se passar por mim, fizer uma breve análise do meu corpo e disser que o meu rosto é lindinho e depois perguntar: Será que você nunca pensou em tomar Optifast? —, vou fazer as pazes com isso.

E o que é mais importante: vou amar minha filha, seja ela grande ou pequena. Vou dizer sempre que ela é linda. Vou ensiná-la a nadar, a ler e a andar de bicicleta. E vou dizer que, usando tamanho 36 ou 50, ela pode ser feliz, forte e ter a certeza de que encontrará amigos, terá êxito e até amor. Vou sussurrar isso no seu ouvido quando ela estiver dormindo. Vou dizer: Nossa vida — a sua vida — será maravilhosa.

Li o texto inteiro duas vezes, limpando a pontuação, consertando os erros de digitação. Depois me levantei e espreguicei, colocando as mãos espalmadas contra as nádegas. Olhei para o meu neném, que estava começando a se parecer com um recém-nascido da espécie humana, e não com um híbrido de fruta espinhosa com ser humano em miniatura. E olhei para mim mesma: quadris, seios, bunda, barriga, todas as áreas problemáticas que me davam desespero antes, o corpo que me causara tanta vergonha, e sorri. Apesar de tudo, eu iria ficar bem.

"Nós duas vamos ficar bem", falei para Joy, que nem se mexeu.

Telefonei para o serviço de informações e depois disquei o número em Nova York.

— Alô, *Moxie* — disse uma secretária, com a voz cantarolante de uma adolescente.

Minha voz sequer titubeou quando mandei chamar o editor-chefe.

— Posso perguntar do que se trata? — cantarolou novamente a secretária.

— Meu nome é Candace Shapiro — comecei. — Sou a ex-namorada do jornalista que faz a coluna "Bom de cama".

Ouvi o barulho de uma respiração que é contida do outro lado da linha.

— Você é C.? — disse ela, em tom engasgado.

— Cannie — corrigi.

— Ai, meu Deus! Você existe, hum, de verdade!

— Existo sim, de verdade — falei. E estava achando aquilo muito divertido.

— Você teve o bebê? — perguntou a menina.

— Tive — falei. — Ela está bem aqui, dormindo.

— Oh! Ah, uau! — exclamou ela. — Nós estávamos querendo saber como foi que terminou tudo.

— Bem, é por isso que estou telefonando — falei.

VINTE

O lado bom das cerimônias judaicas em que se dá o nome às meninas é que elas não estão amarradas a um tempo específico. Com os meninos, é preciso fazer a circuncisão em sete dias. Com as meninas, a nomeação pode ser feita com seis semanas, três meses, quando quiser. É um serviço mais novo, de formato mais à vontade, e os rabinos que a fazem costumam ser receptivos, chegados a uma tendência New Age.

A cerimônia de nomeação de Joy foi no dia 31 de dezembro, numa nítida e perfeita manhã de inverno na Filadélfia. Às onze horas da manhã, com direito a comes e bebes em seguida.

Minha mãe foi uma das primeiras a chegar. "Quem é a minha garotona?", gracejou, levantando Joy do berço. "Quem é essa minha alegria?" Joy deu risadinhas e balançou os braços. Minha linda filha, pensei, sentindo a garganta travar só de vê-la. Estava com quase oito meses e eu ainda tinha a impressão de estar diante de um milagre toda vez que olhava para ela.

E até pessoas desconhecidas diziam que era um neném miraculosamente lindo, com a pele sedosa, os olhos grandes, braços e pernas fortes e gorduchos, dona de uma alegria ímpar. Eu escolhera o nome perfeito para ela. A menos que estivesse com fome, ou com a fralda molhada, Joy estava sempre sorrindo, sempre rindo, observando o mundo com a atenção de seus olhos grandes e atentos. Era o neném mais feliz que eu já tinha visto.

Minha mãe a entregou a mim e, num impulso, abraçou-nos.

— Estou tão orgulhosa de vocês — disse.

Eu a abracei com força.

— Obrigada — sussurrei-lhe, desejando poder dizer-lhe o que realmente queria, que poderia agradecer-lhe por ter-me amado quando menina e por deixar-me ir agora que eu era uma mulher. — Obrigada — tornei a dizer. Minha mãe me deu um último aperto e um beijo no alto da cabeça de Joy.

Enchi a banheira branca de Joy com água morna e dei-lhe um banho. Ela arrulhava e dava risadinhas sempre que eu lhe jogava água sobre a cabeça e lavava-lhe as pernas, os pés, os dedos, o bumbunzinho lindo de neném. Passei colônia e talco, coloquei nela um vestidinho de bordados brancos e na cabeça um chapéu branco com rosas bordadas na aba.

— Neném — sussurrei-lhe no ouvido —, minha Joy querida.

Joy balançou os punhos no ar como o menor atleta do mundo em júbilo pela vitória e gargarejou uma seqüência borbulhante de sílabas, como se estivesse conversando numa língua que nenhuma de nós houvesse aprendido.

— Você já sabe dizer mamãe? — perguntei.

— Ahh! — declarou ela.

— Não chegou perto ainda — falei.

— Uuh — disse ela, olhando para mim com seus olhos grandes e atentos, como se entendesse cada palavra.

Então, entreguei-a a Lucy e fui tomar banho, fazer o cabelo, dar um jeito no rosto e depois praticar a fala que vinha escrevendo há dias.

Ouvi a campainha tocando, a porta se abrindo e depois fechando, gente entrando. O serviço do bufê chegou e, logo a seguir, Peter, com duas caixas embrulhadas em papel prateado e um buquê de rosas. "Para você", disse, e colocou as rosas num vaso. Depois, levou Nifkin para passear e esvaziou a máquina de lavar pratos, enquanto eu terminava de aprontar as coisas.

"Que doce!", disse uma das ajudantes do bufê. "Acho que o meu marido nem sabe onde fica a máquina de lavar pratos."

Dei-lhe um sorriso de agradecimento, sem nem me incomodar em corrigi-la. Era confusão demais para explicar aos desconhecidos... como, por exemplo, o fato de eu ter passado o dia inteiro com a roupa ao avesso. Primeiro vinha o amor, depois o casamento, depois um neném no carrinho. Até as criancinhas eram capazes de dizer como deveriam ser as coisas. Mas o que eu poderia fazer? ponderei. O que aconteceu, aconteceu. Eu não podia desfazer a minha história. E se ela me deu Joy, não havia do que reclamar.

Entrei na sala com Joy no colo. Maxi estava lá, e sorriu para mim, fazendo-me um aceno mínimo. Samantha estava ao lado de Maxi, e logo em seguida minha mãe e Tanya, Lucy e Josh, Betsy, Andy e a esposa dele, Ellen, e duas das enfermeiras do hospital que haviam tomado conta de Joy. E, num canto, estava Audrey, impecavelmente vestida toda de linho bege. Peter estava ao lado dela. Todos os meus amigos. Mordi o lábio e olhei para o chão para não chorar. A rabina pediu silêncio e que quatro pessoas se aproximassem para segurar os postes do *huppah*. Era o da minha avó, eu percebi, reconhecendo a renda fina e antiga dos casamentos dos meus primos. Era o *huppah* sob o qual eu teria casado, caso tivesse feito as coisas na ordem correta. Nas cerimônias de nomeação, o *huppah* serve para abrigar o neném, o marido e a mulher. Mas eu tomei providências prévias e, quando a rabina chamou, todos se abrigaram sob o *huppah* comigo. Meu neném receberia seu nome cercada de todas as pessoas que nos amaram e apoiaram, eu resolvi, e a rabina disse que, para ela, estava bem assim.

Joy estava acordada e alerta, absorvendo tudo, radiante como se soubesse ser o centro das atenções, como se não houvesse dúvidas de que era exatamente ali que deveria estar. Nifkin estava educadamente sentado aos meus pés.

— Podemos começar? — perguntou a rabina.

Ela fez um breve discurso sobre Israel e a tradição judaica, e falou de Joy estar sendo recebida na religião entregue por Abraão, Isac e Jacó, e também Sara, Rebeca e Lia. Entoou uma bênção, recitou orações sobre o pão e o vinho, molhou um pano em Manischevitz e o pressionou contra os lábios de Joy.

— Uuh! — casquinou Joy, e todos riram.

— E agora — disse a rabina — a mãe de Joy, Candace, vai nos contar como escolheu o nome.

Eu respirei fundo. Joy me olhou com os olhos arregalados. Nifkin estava paradinho, encostado na minha perna. Tirei do bolso um cartão com anotações.

— Eu aprendi muito este ano — comecei. Respirei fundo, trêmula, e disse a mim mesma: *Não chore*. — Aprendi que nem sempre as coisas acontecem do jeito que planejamos, ou do jeito que achamos que devem ser. E aprendi que há coisas que dão errado e nem sempre podem ser consertadas ou voltar ao que eram antes. Aprendi que algumas coisas quebradas permanecem quebradas, e aprendi que se pode passar por maus momentos e continuar procurando outros melhores, contanto que tenhamos gente que nos ame — fiz uma pausa e passei uma das mãos pelos olhos. — Chamei minha filha de Joy porque ela é a minha alegria, e a chamei de Lia em homenagem ao pai de seu pai. O segundo nome dele era Leonard e ele foi um homem maravilhoso. Amava a esposa e o filho, e sei que também amaria Joy.

E foi só isso. Eu estava chorando, Audrey estava chorando, minha mãe e Tanya estavam segurando uma à outra, e até Lucy, cuja tendência era a de não reagir em ocasiões tristes ("É o Prozac", explicava), estava enxugando as lágrimas. A rabina observou isso tudo, com um olhar de espanto no rosto.

— Bem — disse ela, afinal —, vamos comer?

Depois dos pãezinhos e da salada de savelha, depois dos biscoitos amanteigados e do bolo de maçã e das mimosas, depois de Nifkin ter devorado uma lata inteira de salmão defumado e vomitado tudo atrás da privada, depois de termos aberto os presentes e eu ter passado quinze minutos contando a Maxi que Joy, neném maravilhoso que era, não iria precisar de um colar de pérolas até pelo menos o seu décimo oitavo aniversário, depois de termos jogado fora todos os papéis de embrulho e guardado as sobras de comida e o neném e eu termos tirado uma soneca, Peter, Joy e eu caminhamos até a beira do rio para aguardar o fim do século.

Eu estava me sentindo bem com relação às coisas, pensei, enquanto ajeitava Joy dentro do carrinho. Estava começando a pré-produção do meu filme. Minha versão de "Amando uma mulher avantajada" saiu no fim de novembro, substituindo a coluna de Bruce. A resposta, disse-me a editora-chefe, foi surpreendente, com toda mulher que se sentia grande demais, pequena demais, feia demais, ou que tinha dificuldade para se encaixar ou ser amada, todas escrevendo para elogiar minha coragem, para denunciar o egoísmo de B., para participar suas próprias histórias de serem avantajadas ou simplesmente mulheres nos Estados Unidos, e para desejar seus melhores votos para a neném, Joy.

"Nunca vi uma coisa dessas!", disse a editora-chefe, descrevendo os montes de cartas, mantas de neném, livros de neném, ursinhos de pelúcia e diversos amuletos religiosos e seculares para dar boa sorte que encheram a sala de correspondência da *Moxie*. "O que você acha de escrever para nós regularmente?" Ela já tinha resolvido tudo: eu faria contribuições mensais a partir do *front* da mãe solteira, oferecendo atualizações contínuas da minha vida e da vida de Joy. "Quero que você nos conte o que é viver a sua vida, no seu corpo: trabalhar, namorar, equilibrar a vida de solteiro de amigos e amigas com as suas obrigações de mãe", disse.

— E o Bruce? — perguntei.

Fiquei deleitada com a chance de trabalhar para a *Moxie* (e ainda mais deleitada quando me disseram quanto iriam me pagar), mas não fiquei nem um pouquinho empolgada com a idéia de ver minhas matérias publicadas ao lado das matérias de Bruce todo mês, de vê-lo contar sua vida sexual para os leitores enquanto eu lhes informava sobre fraldas sujas e babadores molhados ou falava das dificuldades em encontrar um maiô que me coubesse.

— O contrato de Bruce não foi renovado — disse ela, secamente. O que estava tudo bem para mim, falei, e, feliz da vida, concordei com os seus termos.

Passei o mês de dezembro me ajeitando no novo apartamento, e na minha vida. Procurei facilitar as coisas. Levantava de manhã, me vestia e depois vestia a neném, colocava Nifkin na coleira e saía empurrando o carrinho de Joy, caminhando até o parque, onde me sentava ao sol. Depois, me encontrava com Samantha para tomar café e praticava estar entre as pessoas, carros, ônibus, desconhecidos e centenas de milhares de outras coisas que eu aprendera a temer depois que Joy veio ao mundo tão abruptamente.

No mesmo embalo, arranjei uma terapeuta também: uma mulher simpática, com mais ou menos a idade da minha mãe e um jeito reconfortante, além de um suprimento inesgotável de lenços de papel, que não ficou nem um pouco alarmada por eu passar as duas primeiras sessões chorando sem parar e a terceira contando-lhe, a história de era uma vez, quanto meu pai me havia amado e magoado quando foi embora, em vez de abordar o que certamente pareciam ser as questões mais pertinentes do momento.

Telefonei para Betsy, minha editora, e acertamos para eu voltar em meio expediente, participar de alguns projetos de maior porte, trabalhar em casa se precisassem de mim. Telefonei para a minha mãe e marcamos um compromisso fixo: toda sexta-feira à noite, eu iria jantar na casa dela, passaria a noite lá com a Joy para que fôssemos de manhã à aula de natação para nenéns do Centro Judaico. Joy adorou a água como se fosse filhote de patos. "Nunca vi uma coisa dessas!", Tanya grunhia, enquanto Joy dava braçadas, vestida num maiozinho cor-de-rosa com babados na parte de baixo. "Ela vai nadar que nem um peixe!"

Telefonei para Audrey e me desculpei... bem, fiz o que pude no sentido de me retratar, entre as desculpas que ela não parou de pedir pelo Bruce. Ela estava magoada com o comportamento dele, magoada por ele não ter sido solidário comigo, magoadíssima acima de tudo por não ter sabido de nada de forma a mandá-lo fazer o que era correto. O que, naturalmente, não era possível. Não se pode fazer com que adultos façam o que eles não querem fazer. Mas eu não falei nada disso.

Falei que seria uma honra se ela participasse da vida de Joy. Ela perguntou, muito nervosamente, se eu tinha alguma intenção de deixar que Bruce participasse da vida de Joy. Eu lhe disse que não... mas disse também que as coisas mudam. Um ano atrás, eu não poderia me imaginar com um neném. Então, quem sabe? No ano que vem, talvez Bruce possa vir tomar um café da manhã, ou dar um passeio de bicicleta, e Joy possa vir a chamá-lo de papai. Tudo é possível, não é mesmo?

Não telefonei para Bruce. Pensei, repensei, revirei o assunto na cabeça, estudei-o de todos os ângulos que pude imaginar e acabei decidindo que não poderia. Já conseguira me livrar de grande parte da raiva... mas não de toda. Talvez isso também fosse uma questão de tempo.

— Então, você não falou com ele de jeito algum? — perguntou Peter, enquanto caminhava ao meu lado, colocando uma das mãos ao lado da minha, que empurrava o carrinho de Joy.

— Nem uma vez.

— Tem notícias dele?

— Ouço falar... algumas coisas a respeito dele. É um sistema meio bizantino. Audrey conta para a minha mãe, que conta para a Tanya, que conta para todo mundo, inclusive a Lucy, que normalmente me conta.

— E como você se sente quanto a isso?

Eu sorri para ele, sob o céu que já ficara totalmente preto.

— Você parece a minha terapeuta falando — respirei fundo e soltei o ar com força, para ver a nuvem prateada se formar e depois se dissipar aos poucos. — Horrível, a princípio; e ainda é, às vezes.

A voz dele soou com muita delicadeza.

— Mas só às vezes?

Eu sorri novamente para ele.

— Quase nunca — falei. — Quase não faz mais diferença — peguei a mão dele e ele apertou-me os dedos. — As coisas acontecem, sabe? É uma das grandes lições da terapia. As coisas acontecem e não há como fazer com que "des-aconteçam". Você não pode passá-las a limpo, não pode voltar o relógio, e a única coisa que dá para mudar, a única coisa com que vale a pena se preocupar é a maneira como você se deixa afetar por elas.

— Então, como é que você está se deixando afetar por isso?

Sorri de lado para ele.

— Você é muito persistente.

Ele me olhou, seriamente.

— Eu tenho os meus motivos.

— Oh?

Peter pigarreou.

— Eu queria saber se você... me aceitaria.

Eu inclinei a cabeça.

— No cargo de conselheiro-residente para assuntos de dieta?

— Residente para qualquer coisa — murmurou ele.

— Mas, afinal, quantos anos você tem? — provoquei.

Era o único assunto que nós nunca tocamos durante os passeios às livrarias, à praia e ao parque com Joy.

— Quantos anos você acha que eu tenho?

Peguei o que de fato achava e reduzi cerca de cinco anos.

— Quarenta?

Ele soltou um suspiro.

— Tenho trinta e sete.

Fiquei tão impressionada que não consegui nem tentar disfarçar.
— É mesmo?
Sua voz, normalmente lenta, grave e tão segura, soou mais aguda e hesitante quando ele explicou.
— É que eu sou tão alto, acho... e o meu cabelo começou a ficar grisalho quando eu tinha dezoito anos... e, sabe, por ser professor, acho que todo mundo tira certas conclusões...
— Você tem trinta e sete?
— Quer ver a minha identidade?
— Não — falei —, não, eu acredito em você.
— Eu sei — ele foi falando —, eu sei que provavelmente sou velho demais para você e certamente não sou o que você tinha em mente.
— Não seja bobo...
— Não sou nada glamouroso, nem atlético — ele olhou para os pés e soltou um suspiro. — Preciso pensar para andar, ficar tramando...
— Como nas tramas de *Assassinato por escrito*?
Um leve rasgo de sorriso repuxou-lhe os lábios.
— Tramo os passos que vou dar, assim, pé ante pé.
— Especialmente agora com o estiramento — murmurei.
— E eu... sabe, na verdade...
— Será que nós chegamos à parte emotiva da apresentação? — perguntei, ainda provocativa. — Você não se importa de eu ser uma mulher avantajada?
Ele envolveu-me o pulso com os dedos longos.
— Acho que você parece uma rainha — disse, com tanta intensidade que eu fiquei impressionada... e tremendamente satisfeita. — Acho você a mulher mais impressionante e excitante que já conheci. Acho que você é inteligente, engraçada e tem o coração mais maravilhoso... — ele fez uma pausa para engolir em seco. — Cannie.
— e aí parou.
Eu sorri — um sorriso particular, de contentamento —, enquanto ele permanecia ali sentado, segurando-me o pulso, esperando a resposta.

E eu sabia qual seria, pensei, vendo-o olhar para mim. A resposta era que eu o amava... que ele era um homem tão bom, carinhoso e amoroso como eu jamais poderia esperar. Que ele tinha consideração pelas pessoas, era decente, doce, e que nós poderíamos viver aventuras juntos... eu, Peter e Joy.

— Você gostaria de ser o primeiro homem que eu vou beijar neste milênio? — indaguei.

Ele se inclinou para perto de mim. Senti o hálito quente no rosto.

— Eu gostaria de ser o único homem que você vai beijar neste milênio — disse, enfaticamente. E roçou os lábios no meu pescoço... depois na minha orelha... depois no meu rosto. Eu fiquei soltando risinhos até que ele beijou meus lábios para me calar. Aconchegada no carrinho, espremida entre nós dois, Joy soltou um gritinho e deu um soco no ar.

— Cannie? — sussurrou Peter, com a voz novamente grave, só para eu ouvir, e com uma das mãos no bolso do paletó. — Eu quero lhe perguntar uma coisa.

— Psiu! — fiz, sabendo no fundo qual seria a pergunta e qual seria a resposta. *Aceito*, pensei. *Eu quero*. — Psiu! — repeti. — Vai começar.

Por cima de nossas cabeças, dispararam os fogos, numa explosão de cores e luzes. Caiu uma chuva de fagulhas prateadas, em direção ao rio, e a noite se encheu de explosões e dos assobios dos fogos detonados que cruzavam o céu até cair dentro da água. Olhei para baixo. O rosto de Joy estava vidrado, os olhos arregalados, os braços esticados, como se ela quisesse abraçar tudo que estava vendo. Sorri para Peter, com um dedo levantado, pedindo com os olhos que ele esperasse. Depois soltei Joy do carrinho, peguei-a com as mãos pelas axilas e segurei-a à minha frente, enquanto me punha de pé. Ignorando os gritos atenciosos de "Ei, cuidado aí na frente" e "Moça, fique sentada", fiquei de pé em cima da laje, deixando que o frio e aquela luminosidade toda banhassem o meu cabelo, o meu rosto e a minha filha. Levantei os braços acima da cabeça e ergui Joy em direção à luz.

AGRADECIMENTOS

Bom de cama não teria sido possível sem a minha brilhante, paciente e dedicada agente Joanna Pulcini, que tirou Cannie da obscuridade, limpou-a e encontrou um lar para ela. Agradeço a Liza Nelligan pela leitura minuciosa e pelos bons conselhos. Também agradeço à minha editora, Greer Kessel Hendricks, cujos olhos apurados e sugestões inestimáveis fizeram deste um livro muito melhor.

Obrigada à assessora de Greer, Suzanne O'Neill, e à assessora de Joanna, Kelly Smith, que responderam a mil perguntas e seguraram minha mão.

Obrigada a Linda Michaels e a Teresa Cavanaugh, que ajudaram Cannie a ver o mundo, e Manuela Thurner, tradutora de *Bom de cama* para o alemão, que pegou uma dúzia de discrepâncias e aprendeu o significado de Tater Tot.

Desde o primário até a faculdade, fui contemplada com professores que acreditavam em mim e no poder das palavras: Patricia Ciabotti, Marie Miller e, em especial, John McPhee.

Eu trabalho, e aprendi muito, com os melhores do ramo no *The Philadelphia Inquirer*. Agradeço a Beth Gillin, editora extraordinária, e a Gail Shister, a Jonathan Storm, a Carrie Rickey, a Lorraine Branham, a Max King e a Robert Rosenthal.

Obrigada aos meus amigos, que me inspiraram e me divertiram, especialmente a Susan Abrams, Lisa Maslankowski (pela orientação médica), Bill Syken, Craig e Elizabeth LaBan, e Scott Andron. Obrigada à minha irmã Molly, aos meus irmãos Jake e Joe, a minha avó Faye Frumin, que sempre acreditou em mim e a minha mãe, Frances Frumin Weiner, que ainda não consegue acreditar que isto está acontecendo. Obrigada a Caren Morofsky, por ser tão boa amiga.

Obrigada à minha musa inspiradora, Wendell, "Rei de Todos os Cães".

E finalmente, obrigada a Adam Bonin, primeiro leitor e companheiro de viagem, que fez valer a jornada.

Este livro foi composto em Garamond, 12.5/14/16/30 e impresso em papel OFF-SET 75 gramas/m² pela Marques Saraiva, na cidade do Rio de Janeiro, para Editora Leganto no mês de Março de 2003.